निवेदिता मेनन

निवेदिता मेनन जवाहरलाल नेहरू विश्वविद्यालय, दिल्ली में प्रोफ़ेसर हैं। *सीइंग लाइक अ फ़ेमिनिस्ट (2012)* एवं *रिकवरिंग सबवर्जन : फ़ेमिनिस्ट पॉलिटिक्स बियॉन्ड दि लॉ (2004)* उनकी प्रमुख कृतियाँ हैं। उन्होंने एक अन्य पुस्तक *पावर ऐंड कंटेस्टेशन : इंडिया आफ़्टर 1989 (2007)* का सह-लेखन भी किया है। दो सम्पादित पुस्तकों के अलावा भारतीय तथा अन्तर्राष्ट्रीय जर्नलों में उनका विपुल लेखन प्रकाशित हुआ है।

समकालीन राजनीति के महत्त्वपूर्ण सामूहिक ब्लॉग *काफिला. ऑनलाइन* की संस्थापक-सदस्य हैं और इस ब्लॉग पर नियमित रूप से लिखती हैं।

उन्होंने हिन्दी तथा मलयालम के गल्प एवं गल्पेतर साहित्य का अंग्रेजी में तथा मलयाली रचनाओं का हिन्दी में अनुवाद भी किया है। उन्हें *कथा* द्वारा संस्थापित *अनुवाद-पुरस्कार* (1994) से सम्मानित किया जा चुका है।

नरेश गोस्वामी

नरेश गोस्वामी धर्म और राजनीति के अन्तर्सम्बन्धों के शोध-अध्येता हैं। उन्होंने *हिन्दी समाज-विज्ञान कोश* (सं. अभय कुमार दुबे) में लगभग पैंसठ लेखों का योगदान दिया है। विभिन्न पत्र-पत्रिकाओं में शोध-लेख और समीक्षाएँ प्रकाशित हो चुकी हैं। फिलहाल विकासशील समाज अध्ययन पीठ (सीएसडीएस, दिल्ली) द्वारा प्रकाशित शोध-जर्नल 'प्रतिमान' में सहायक सम्पादक हैं।

नारीवादी निगाह से

निवेदिता मेनन

अनुवाद
नरेश गोस्वामी

राजकमल पेपरबैक्स

मूल कृति Seeing Like a Feminist का अनुवाद

राजकमल पेपरबैक्स में
पहला संस्करण : 2021
दूसरा संस्करण : 2024

राजकमल पेपरबैक्स : उत्कृष्ट साहित्य के जनसुलभ संस्करण

राजकमल प्रकाशन प्रा. लि.
1-बी, नेताजी सुभाष मार्ग, दरियागंज
नई दिल्ली-110 002
द्वारा प्रकाशित

शाखाएँ : अशोक राजपथ, साइंस कॉलेज के सामने, पटना-800 006
पहली मंजिल, दरबारी बिल्डिंग, महात्मा गांधी मार्ग, प्रयागराज-211 001
1, अनमोल सोराबजी संतुक लेन, धोबी तलाव, मरीन लाइंस, मुम्बई-400 002
वेबसाइट : www.rajkamalprakashan.com
ई-मेल : info@rajkamalprakashan.com

विकास कंप्यूटर एंड प्रिंटर्स
ट्रॉनिका सिटी-201 102
द्वारा मुद्रित

मूल्य : ₹299

NARIWADI NIGAH SE
by Nivedita Menon
Translated by Naresh Goswami

ISBN : 978-93-90971-21-3

क्रम

भूमिका

क्या आपने न्यूड मेकअप के बारे में सुना है?

यह कुछ इस प्रकार होता है :

'न्यूड मेकअप में आपकी त्वचा एकदम ताज़ा और ओस से भीगी नज़र आती है। ऐसा मेकअप करने के बाद आपको यह लगता ही नहीं कि आपने मेकअप जैसा कुछ किया भी है! इसके लिए कुल मिलाकर एक आई-लाइनर, मस्कारे, न्यूड लिपस्टिक और एक ऐसे ब्लश की ज़रूरत पड़ती है जिससे आपकी त्वचा में एक प्राकृतिक चमक पैदा हो सके।'[1]

साफ़ ज़ाहिर है कि न्यूड मेकअप का कुल क़िस्सा यह है कि आप अपने चेहरे को घंटों इस तरह पोतते रहें कि वह बिलकुल अनछुआ दिखाई दे।

सामाजिक व्यवस्था का संरक्षण भी कुछ इसी तरह किया जाता है। इसे क़ायम रखने के लिए कुछ कर्मकांडों का पूरे जीवन बड़ी निष्ठा से पालन करना होता है। इस उद्‌देश्य की पूर्ति के लिए सांस्कृतिक पुनरुत्पादन का एक जटिल तंत्र हर वक़्त काम में लगा रहता है। लेकिन इस कभी न रुकनेवाली सक्रियता का अन्तिम उद्‌देश्य यही होता है कि सब कुछ अनछुआ और प्राकृतिक नज़र आए।

परन्तु जब हम दुनिया को नारीवाद की आँख से देखते हैं तो हमें वह माइक्रोसॉफ़्ट वर्ड के 'रिवील फ़ॉर्मेटिंग' फ़ंक्शन जैसी दिखाई पड़ती है। पता चलता है कि हम जिसे समतल और सम्पूर्ण सतह मानकर चल रहे थे उसके नीचे कितनी गुत्थियाँ और जटिलताएँ मौजूद हैं।

नारीवाद से मेरा आशय क्या है? नारीवादी नज़रिया इस बात को महत्त्व देता है कि दुनिया में जेंडर के इर्द-गिर्द खड़ी दर्जाबन्दी ही वह किल्ली है जिस पर सामाजिक व्यवस्था टिकी हुई है; तथा 'पुरुष' और 'स्त्री' जैसे परिचय-चिह्नों के साथ जीना दरअसल दो अलग-अलग सच्चाइयों के साथ जीना होता है। लेकिन इसी के साथ, नारीवादी होने का एक मतलब हर उस प्रभुत्वशाली सत्ता के मुक़ाबले हाशिये पर सिमटा और अपेक्षाकृत शक्तिहीन प्राणी भी होना है, जो केन्द्र की पूरी जगह को हजम कर जाती है। मसलन, इस किताब की कोई सम्भावित महिला-पाठक मज़दूर वर्ग के ऑटो-रिक्शा ड्राइवर, दरबान या घरेलू नौकर का काम करनेवाले ऐसे पुरुषों

के मुक़ाबले ज़्यादा मज़बूत स्थिति में होगी जिनसे उसका रोज़मर्रा की ज़िन्दगी में आमना-सामना होता है; और अगर भारत में वह हिन्दू समाज की किसी ऊँची जाति की सदस्य या श्वेत अमेरिकी हुई तो वह इस श्रेणी में न आनेवाले तमाम पुरुषों से कहीं ज़्यादा ताक़तवर पाई जाएगी। लेकिन इसके बावजूद, अगर पुरुष उस पर यौन-आक्रमण करने की ठान ले तो उसकी समस्त शक्ति और सत्ता धरी की धरी रह जाती है। ग़ौरतलब है कि इस मामले में पुरुष का वर्ग या उसकी जाति कोई मायने नहीं रखती। इसी तरह, ज़िन्दगी में अपनी पसन्द-नापसन्द तय करने या स्वतंत्रता के साथ जीने के सवाल पर भी स्त्री अपने वर्ग के पुरुष से मात खा जाती है। कहने की ज़रूरत नहीं है कि नारीवाद केवल 'महिलाओं' के राजनीतिक रवैये या उनकी जीवन-शैली तक सीमित नहीं है; बल्कि अगर पुरुष इस नज़रिये के हामी बनना चाहते हैं तो उन्हें अपने उन विशेषाधिकारों का त्याग करना होगा जिनके बारे में वे कभी अलग से सोचने की ज़हमत नहीं उठाते।

इस तरह, नारीवाद का वास्ता केवल पुरुषों या स्त्रियों से नहीं है, वह समझ की इस प्रक्रिया की ओर इशारा करता है कि 'पुरुष' और 'स्त्री' जैसी अस्मिताओं की रचना किस तरह की जाती है तथा उन्हें पितृसत्ता के सामयिक और स्थानिक तंत्रों में किस तरह फ़िट किया जाता है। मेरी इस किताब का शीर्षक जेम्स स्कॉट की कृति *सीइंग लाइक अ स्टेट* से प्रेरित है, किन्तु स्कॉट और मेरे यहाँ 'देखने' का यह सन्दर्भ एक दूसरे से नितान्त अलग है। स्कॉट देखने के इस रूपक का इस्तेमाल यह इंगित करने के लिए करते हैं कि आधुनिक राज्य अलग-थलग क़िस्म के क्रियाकलापों को एकमुश्त ढंग से समझने के लिए क्या-क्या जतन करता है। इस प्रकार, राज्य के 'देखने' में एक विशाल सत्ता का भाव शामिल रहता है क्योंकि जब वह किसी 'अस्मिता' को देख रहा होता है तो वह उसे 'वास्तविक' बना रहा होता है, और इसी के समानांतर एक सामाजिक व्यवस्था भी गढ़ रहा होता है। इसके उलट, जब कोई नारीवादी अपनी इच्छा से हाशिये की जगह चुनता है तो उसका यह निर्णय सत्ता को भीतर से पलटने की ओर इशारा करता है; उसकी मंशा एक स्थापित दायरे को छिन्न-भिन्न कर देने, समरूपीकरण का प्रतिरोध करने और सम्भावनाओं को ख़त्म करने के बजाय नए दरवाज़े खोजने की होती है।

नारीवादी होने का मतलब यह है कि व्यक्ति न केवल यह समझे कि विभिन्न अस्मिताओं का पदानुक्रम—उनका *वर्चस्वशाली* या *अधीनस्थ* होना—समय और स्थान की भिन्नताओं से तय होता है, बल्कि उसे जेंडर-निर्माण की प्रक्रिया के प्रति भी सजग रहना चाहिए। जेंडर-निर्माण की प्रक्रिया से मेरा आशय उन तौर-तरीक़ों, तरह-तरह के नियमों और आदेशों से है जिनके ज़रिये लोगों को स्त्री और पुरुष के 'औपचारिक' साँचे में ढाला जाता है। इन नियमों को कभी हम ख़ुद आत्मसात कर लेते हैं तो कभी उन्हें हमारे ऊपर ज़बरन लागू किया जाता है। नारीवादी होने

में यह देखना भी निहित है कि सामाजिक व्यवस्था केवल जेंडर-आधारित अन्याय से नहीं, कई तरह की संरचनात्मक असमानताओं से भी ग्रस्त है। नारीवादी होने का मतलब यह यक़ीन करना भी है कि बदलाव सम्भव है और इसके लिए हर स्तर पर प्रयास किए जाने चाहिए। नारीवाद कोई संगठन नहीं है कि उसकी औपचारिक सदस्यता ली जा सके; उसे किसी एक स्त्री की अनन्य उपलब्धि तो क़तई नहीं माना जा सकता। नारीवादी होने का मतलब उस इतिहास को अपने भीतर महसूस करना है जिससे हम पैदा हुए हैं; राष्ट्रीय सरहदों के आर-पार लड़े गए दो सदियों के संघर्षों और ख़ुशियों के सघन आख्यानों की काया में प्रवेश करना है; ग़ुस्से, दुख तथा लड़ाकूपन से भरे गीतों के सुरों को तरह-तरह की ज़बानों में सुनना है; अपनी नायिकाओं, आदि-माताओं को याद करना और सबसे ऊपर—अपनी ज़िम्मेदारी के एहसास को निरन्तर महसूस करते जाना है।

क्या यह किताब 'भारत के बारे' में है? मुझे नहीं लगता। जब हम जर्मेन ग्रीयर की रचना *द फ़ीमेल यूनक* या सिमोन द ब्युवा की कृति *द सेकेंड सेक्स* अथवा बेल हुक्स की किताब *फ़ेमिनिज़म इज़ फ़ॉर एवरीबडी* पढ़ते हैं (मैं अपने साथ नारीवाद की इन बुनियादी रचनाओं का ज़िक्र सिर्फ़ एक गहरी विनम्रता से कर रही हूँ क्योंकि बहुत से पाठक इन नामों से पहले ही परिचित होंगे) तो हम यह मानकर नहीं चलते कि वे ऑस्ट्रेलिया, फ्रांस या अमेरिका के 'बारे' में लिख रही हैं, बल्कि हम जानते हैं कि इन कृतियों की रचनाकार अपनी एक ख़ास जगह से स्त्रियों और पितृसत्ता के बारे में एक सर्वसामान्य क़िस्म का सूत्रीकरण कर रही हैं। कुछ सन्दर्भों में उनके तर्क खरे उतरते हैं तो कई दफ़ा उतने सटीक नहीं भी बैठते। इस किताब में मैंने दुनिया के उस हिस्से के नारीवादी कृतित्व और राजनीति पर ज़ोर दिया है जहाँ मैं रहती हूँ। लेकिन इसी के साथ यह नारीवाद की वैश्विक बहसों और अनुभवों के साथ एक गहरा संवाद भी है। यहाँ एक मुख्य अन्तर यह हो सकता है कि जब हम जैसे ग़ैर-पश्चिमी लोग अपने अनुभवों के आधार पर सिद्धान्त की रचना करते हैं तो हमारे ज़ेहन में यह बात कभी-कभार ही आती है कि इन सिद्धान्तों को हर जगह लागू किया जा सकता है। लेकिन हमारा मानना है कि अन्य नारीवादियों से तुलना और बहस-मुबाहिसा करना न केवल ज़रूरी है, बल्कि उससे बचा भी नहीं जा सकता। यही वजह है कि इस किताब में मैंने नारीवाद के वैश्विक स्वरों को सुनने और उनसे विमर्श करने की कोशिश की है। और जब मैं 'हम' का इस्तेमाल करती हूँ तो आमतौर पर मेरा आशय नारीवादियों से होता है।

लिहाज़ा, मैं एक बात यहाँ फिर दोहरा दूँ कि इस किताब में मैंने नारीवादी राजनीति तथा सत्ता के जेंडर-आधारित रूपों की कार्यप्रणाली समझने पर ज़ोर दिया है। यह किताब महिला-राजनीतिज्ञों के बारे में नहीं है। आज भारत का राजनीतिक परिदृश्य, स्वतंत्र और जुझारू महिलाओं से भरा है। इसके एक सिरे पर पर्यावरण की

दृष्टि से नुक़सानदेह और पूँजीवादी विकास के अन्यायपूर्ण रूपों से संघर्ष करतीं मेधा पाटकर; मणिपुर और समूचे उत्तर-पूर्व में भारतीय राज्य द्वारा थोपे गए सशस्त्र सेना (विशेष अधिकार) अधिनियम से टकराती और नज़रबन्दी से जूझतीं इरोम शर्मिला; तो दूसरे सिरे पर दलितों के सबसे ताक़तवर संगठन—बहुजन समाज पार्टी की मुखिया मायावती हैं। दूसरी तरफ़, महिलाओं की एक बड़ी संख्या हिन्दू दक्षिणपंथी और आरक्षण-विरोधी राजनीति के अलावा पर्यावरण-आन्दोलनों, भूमि-संघर्षों तथा माओवाद जैसे सशस्त्र संघर्षों में भी बढ़-चढ़कर हिस्सा ले रही है। ऐसे तमाम मुद्दों की पहले भी पड़ताल की गई है और इन पर नारीवादी नज़रिये से आगे भी काम किया जा सकता है। लेकिन, यह किताब ऐसे मुद्दों के पास नहीं जाती। यहाँ मैंने ख़ुद को विचारों और सक्रियता के केवल उन्हीं दायरों तक सीमित रखा है जो सत्ता के जेंडर-आधारित रूपों से सीधे मुख़ातिब होते हैं।

इस बिन्दु पर मैं 'नारीवाद' और 'आन्दोलनरत महिलाओं' का अन्तर स्पष्ट करने के लिए एक विरोधी मत प्रस्तुत करना चाहूँगी। मछुआरों की जीविका और पर्यावरण की ख़ुशहाली के लिए काम करनेवाली नलिनी नायक पर्यावरण-आन्दोलनों को 'अपने नारीवाद का मूल स्रोत' घोषित करती हैं। उनका आशय है कि दोनों को बहुत अलग करके नहीं देखा जा सकता। ज़ाहिर है कि नारीवादी होने के नाते हमें ऐसे आन्दोलनों की राजनीति में भाग लेना चाहिए। लेकिन जहाँ तक इस छोटी-सी किताब का सवाल है, मैं नारीवाद तथा आन्दोलनरत महिलाओं के बीच अवधारणात्मक अन्तर बरक़रार रखूँगी।

जगह की कमी और अपनी बात को स्पष्ट रखने के कारण मैंने इस किताब में भारतीय नारीवाद के इतिहास का कोई निरूपण नहीं किया है। भारत में नारीवाद की शुरुआत उन्नीसवीं सदी में होती है। इस विषय पर प्रचुर सामग्री उपलब्ध है। प्रस्तुत किताब में जहाँ-तहाँ इसके सन्दर्भ दिए गए हैं। चूँकि यहाँ मैंने समकालीन परिस्थितियों पर ज़्यादा ध्यान दिया है, इसलिए इतिहास का ज़िक्र केवल मौजूदा समय के लक्षणों की विकास-प्रक्रिया को इंगित करने के लिए किया गया है।

मैं भारतीय राजनीति को जिस तरह देखती हूँ, वह इस किताब में पृष्ठभूमि की तरह मौजूद है। इस विषय पर मैंने आदित्य निगम के साथ मिलकर लिखी गई किताब—*पॉवर एंड कंटेस्टेशन* (2007) में ज़्यादा सघन ढंग से विचार किया है। उक्त पुस्तक में हमने भारतीय अभिजन वर्ग की दो जुड़वाँ परियोजनाओं—राष्ट्र और पूँजी, की पड़ताल करते हुए दिखाया था कि इन परियोजनाओं को जहाँ कई तरफ़ से चुनौती मिल रही है, वहीं प्रतिरोध की कुछ ऐसी ताक़तें एक दूसरे के ख़िलाफ़ भी खड़ी हैं। हालाँकि भारतीय राजनीति का विश्लेषण करते हुए उस किताब में भी नारीवादी नज़रिया अपनाया गया था, लेकिन यह किताब सत्ता के जेंडर-आधारित स्वरूप से पैदा होनेवाले सवालों से ज़्यादा सीधे अन्दाज़ में मुठभेड़ करती है।

कुछ बुनियादी और अन्तर्सम्बन्धित मुद्दों पर केन्द्रित यह किताब छह अध्यायों में विभाजित है। अकादमीय प्रशिक्षण के ठस्स और उबाऊ माहौल से बच निकलनेवाले ख़ुशकिस्मत पाठकों को यह बताना ज़रूरी है : इस किताब में जहाँ-तहाँ दूसरी अन्य किताबों और लेखों के सन्दर्भ बिखरे हैं, लेकिन पाठक चाहें तो कोष्ठकों में बन्द इन नामों और तारीख़ों को सहर्ष नज़रअन्दाज़ कर सकते हैं। इस किताब में ऐसे उद्धरण और सन्दर्भ इसलिए रखे गए हैं ताकि इनसे यह स्पष्ट हो सके कि मेरे अपने तर्क नारीवादी राजनीति की संगत और संवाद से उभरे हैं। इसका दूसरा औचित्य यह है कि अगर कुछ पाठक इन मुद्दों के बारे में विस्तार से जानना चाहें तो उनके लिए ये सन्दर्भ सीढ़ी का काम करेंगे। लेकिन, अगर पाठक सन्दर्भों पर नज़र डालना ज़रूरी न समझें तो भी कोई हर्ज नहीं। कोष्ठक में दिए गए सन्दर्भों के ब्योरे तथा पाद-टिप्पणियाँ अकारादि क्रम में व्यवस्थित की गईं हैं। मैंने इस सूची के प्रारम्भ में सामान्य सन्दर्भों के तौर पर पाँच किताबों का उल्लेख किया है।

अन्त में, मुझे लगता है कि इस किताब में मैंने उत्तर देने के बजाय कुछ ऐसे नये सवाल और मुद्दे उठाने की कोशिश की है जिनसे हम पहले कभी रूबरू नहीं हुए थे। नारीवादी दृष्टिकोण चीज़ों को सन्तुलन प्रदान करने के बजाय उन्हें अस्थिर करके देखता है। हम इस तथ्य को जितना ज़्यादा समझते जाते हैं, हमारे क्षितिज उतने ही बदलते जाते हैं।

—निवेदिता मेनन

परिवार

अगर विवाह जीवन का अन्त है
तो उसे जीवन का उद्देश्य कैसे माना जा सकता है?

मोनी की कहानी

समाज ने चेहरे-मोहरे और व्यवहार के मामले में जिस तरह की महीन 'प्राकृतिक' व्यवस्था रची है, उसका उल्लंघन करनेवालों को कभी माफ़ नहीं किया जाता। कुछेक साल पहले पश्चिम बंगाल के एक गाँव में मोनी नाम की एक किशोरी को 'लड़के की तरह व्यवहार' करने के कारण बुरी तरह पीटा गया, उसके सिर के बाल मुँडवा दिए गए और उसे सरेआम नंगा किया गया। हिंसा का यह विस्फोट बताता है कि सामाजिक व्यवस्था को बरक़रार रखने के लिए कितने प्राणपण से काम किया जाता है। इस घटना को गँवई लोगों की जहालत कहकर आसानी से टाला जा सकता है, लेकिन अगर इस दूरदराज़ के गाँव के मुक़ाबले किसी बहुराष्ट्रीय कॉरपोरेशन का पुरुष कर्मचारी साड़ी पहनने और बिन्दी लगाने की ज़िद करने लगे तो लोगों का रवैया कैसा होगा?

इस तरह, मोनी को जिस हौलनाक अनुभव से गुज़रना पड़ा, उसे सहिष्णुता के पैमाने पर सबसे आख़िर में ही रखा जा सकता है, परन्तु मूल बात ये है कि भिन्नता के प्रति सहिष्णुता दर्शाने के मामले में सामाजिक व्यवस्था चरम स्वीकार या चरम नकार का रवैया न अपनाकर एक विस्तृत श्रेणी का निर्माण करती है। असहिष्णुता के इन नियम-क़ायदों को एक हद तक हम सभी लोग ढोते हैं। अगर इस मामले में हममें से हरेक व्यक्ति अपनी-अपनी भूमिका निभाना छोड़ दे तो यह व्यवस्था भरभराकर गिर पड़ेगी। बच्चों के 'उचित' लालन-पालन; उनके अनुचित व्यवहार को प्यार से सुधारने या उनके कान उमेठने; यह सुनिश्चित करने कि ख़ुद हम इन नियम-क़ायदों का उल्लंघन न कर बैठें; भिन्न दिखाई देनेवाले लोगों को आँखें फाड़कर देखने या उनका उपहास करने; मनोरोग-विज्ञान या चिकित्सा के दमनकारी हस्तक्षेप; भावनात्मक रूप से ब्लैकमेल (उसका भयादोहन) करने से लेकर शारीरिक हिंसा करने तक—ऐसे तमाम तरीक़े हैं जिनकी तरफ़ हमारा ध्यान तक नहीं जाता।

लेकिन मोनी के साथ जिस तरह की हिंसा की गई वह केवल इस बात तक सीमित नहीं थी कि उसकी बोल-चाल और बरताव लड़कियों जैसा नहीं था। इसका

एक और महत्त्वपूर्ण आयाम था—विवाह की संस्था की रक्षा और उसे बनाए रखने की चिन्ता। मतलब, विवाह के सामान्य रंग-ढंग अर्थात् उसके पितृसत्तात्मक और विषमलिंगी स्वरूप को बचाए रखने की चिन्ता। उस किशोरी को सिर्फ़ इसलिए प्रताड़ित नहीं किया गया कि वह लड़के की तरह व्यवहार करती थी, बल्कि उसके साथ यह अमानवीय व्यवहार इसलिए किया गया क्योंकि उसने गाँव की एक नव-विवाहित स्त्री के साथ अपनी दोस्ती ख़त्म करने से इनकार कर दिया था।

इस तरह, जेंडर के लिहाज़ से उचित व्यवहार का प्रश्न प्रजनन सम्बन्धी यौनिकता की वैधता से इस क़दर जुड़ा है कि दोनों को अलग करके नहीं देखा जा सकता। इसका मतलब है यौनिकता की पहरेदारी करना ताकि जाति, नस्ल और धर्म जैसी बुनियादी पहचानों की पवित्रता और निरन्तरता को अक्षुण्ण रखा जा सके। ग़ैर-विषमलिंगी (स्त्री-स्त्री या पुरुष-पुरुष के बीच) कामनाओं से इन पहचानों के अस्तित्व पर ख़तरा मँडराने लगता है क्योंकि जीव-विज्ञान की दृष्टि से ऐसी कामनाएँ प्रजनन का उद्देश्य पूरा नहीं करतीं; और अगर ये ग़ैर-विषमलिंगी लोग तकनीकी उपायों से बच्चे पैदा कर लेते हैं या उन्हें गोद ले लेते हैं तो इससे इन पहचानों की पवित्रता संकट में पड़ जाती है। अगर सामान्य रूप से वैध यानी विषमलिंगी और प्रजननकारी कामनाएँ वैधता के स्थापित ढर्रे का पालन न करें तो उन पर भी इसी तरह की आपत्ति उठाई जाती है। मसलन, अपनी जाति या धर्म से बाहर जाकर प्यार करनेवालों के साथ हिंसक व्यवहार करना इसी की तरफ़ इशारा करता है।

यौनिकता की पहरेदारी करनेवाली इस संस्था का नाम है पितृसत्तात्मक विषमलिंगी परिवार। परिवार का यह मौजूदा स्वरूप ही सामाजिक व्यवस्था का मुख्य आधार है।

यह सामाजिक व्यवस्था इस बात की सटीक पहचान करके चलती है कि ग़ैर-विषमलिंगी कामना तथा जेंडर-संगत हाव-भावों का उल्लंघन करना, समाज और पूर्व-प्रदत्त पहचानों के पुनरुत्पादन में भागीदारी करने से इनकार करना होता है। मोनी की उम्र सोलह साल बताई गई थी, लेकिन उसके गाँव में रिपोर्टिंग करने गए पत्रकार के अनुसार वह इतनी छोटी और पतली थी कि कुल 'बारह साल की लगती' थी। आख़िर वह नियम-क़ायदों की मुस्तैद ताक़त से कैसे बच पाई होगी जिसे हम जैसे अधिकांश लोग बिना कोई सवाल किए आत्मसात् कर चुके हैं? ज़ाहिर है कि इन नियम-क़ायदों पर टिकी यह संरचना, जो इतनी 'स्वाभाविक' और सवालों से परे, अपरिवर्तनीय लगती है, असल में उतनी मज़बूत है नहीं जितनी दिखाई देती है। इस व्यवस्था में दरारें भी हैं, छुपकर निकल जाने के रास्ते भी हैं

और उसकी सरहदें बड़ी आसानी से पार की जा सकती हैं। मोनी एक-दो नहीं, अनेकानेक हैं; वह शायद हमारे भीतर भी रहती है। सच्चाई यह है कि यह संरचना बेहद कमज़ोर है इसीलिए तो एक छोटी और पतली-सी लड़की की ज़िद तोड़ने के लिए उसे इतनी ज़्यादा ताक़त झोंकनी पड़ी!

प्यार का इससे क्या ताल्लुक़ है?

परिवार क्या होता है? लोगों का एक समूह जो अच्छे-बुरे समय में एक दूसरे के साथ खड़ा होता है? लेकिन अगर लोगों का कोई अन्य समूह ठीक यही व्यवहार करे तो उसे 'परिवार' के तौर पर मान्यता नहीं दी जाती। मसलन, दोस्तों की टोली, अविवाहित माँओं तथा अपने बहन-भाइयों के साथ रहनेवाली महिलाओं आदि को परिवार की संज्ञा नहीं दी जाती। 'परिवार' एक ऐसी संस्था है जिसके पास एक क़ानूनी पहचान होती है। और राज्य भी परिवार के उसी स्वरूप को मान्यता देता है जिसमें उसके सदस्य ख़ास तरह के सम्बन्धों में बँधे रहते हैं। ऐसा नहीं है कि केवल क़ानून ही 'परिवार' की परिभाषा तय करता है; व्यक्ति को क़ानूनी दायरे के बाहर भी किसी न किसी परिवार का सदस्य होना पड़ता है और परिवार को हमेशा इसी संकीर्ण अर्थ में परिभाषित किया जाता है। उदाहरण के लिए, बहुत-सी हाउसिंग सोसायटियों में यह अलिखित क़ानून चलता है कि केवल विषमलिंगी विवाहित युगल को ही किरायेदार रखा जाएगा। इस तरह 'परिवार' केवल पितृसत्तात्मक, विषमलिंगी परिवार ही हो सकता है : एक पुरुष, एक स्त्री और पुरुष के बच्चे।

दिल्ली उच्च न्यायालय ने 1984 में अपने एक फ़ैसले में कहा था कि संविधान द्वारा प्रत्येक भारतीय नागरिक को दिए गए मौलिक अधिकार परिवार पर लागू नहीं होते : ये अधिकार घर की ड्योढ़ी नहीं लाँघ सकते! न्यायाधीश का कहना था कि अगर मौलिक अधिकारों को परिवार के स्तर पर लागू कर दिया गया तो उसकी हालत ऐसी हो जाएगी जैसे 'चीनी मिट्टी के बर्तनों की दुकान में साँड घुस आए।'[1] यह न्यायाधीश बिलकुल सही फ़रमा रहे थे। अगर परिवार में मौलिक अधिकार लागू कर दिए जाएँ और परिवार के हरेक सदस्य को एक स्वतंत्र और समान नागरिक की तरह देखा जाने लगे तो परिवार नाम की चीज़ ही नहीं बचेगी। चूँकि अपने मौजूदा स्वरूप में परिवार जेंडर और उम्र की एक ऐसी दर्जाबन्दी पर टिका है जिसमें जेंडर अक्सर उम्र पर भारी पड़ जाता है। इसका मतलब है कि परिवार का वयस्क पुरुष किसी उम्रदराज़ महिला से ज़्यादा ताक़तवर होता है।

इस तरह एक संस्था के रूप में परिवार ग़ैर-बराबरी पर आधारित है; इसका कार्य निजी सम्पत्ति के स्वामित्व के कुछ ख़ास रूपों तथा वंश अर्थात् सम्पत्ति तथा उत्तराधिकार को पिता से शुरू करके पुत्रों तक ले जाना होता है। इसमें सम्पत्ति और परिवार का 'नाम' पिता और पुत्रों तक सीमित रहता है।

मुझे हिन्दी फ़िल्म *मृत्युदंड* का एक दिलचस्प दृश्य याद आता है जिसमें माधुरी दीक्षित और शबाना आज़मी ने दो सगे भाइयों की पत्नियों की भूमिका निभाई है। शबाना का पति नपुंसक है और यह बात पूरा गाँव जानता है। कुछ समय के लिए वह अपने पति से दूर चली जाती है और किसी दूसरे आदमी से प्रेम करने लगती है; जब वह घर लौटकर आती है तो उसे देखकर सबको पता चल जाता है कि वह गर्भवती है। इस पर माधुरी दीक्षित बहुत हैरत से पूछती है कि *दीदी, ये बच्चा किसका है?* एक तरह से देखें तो यह सवाल ही बेतुका और ग़ैर-ज़रूरी है क्योंकि अगर बच्चा उसके शरीर के अन्दर है तो ज़ाहिर-सी बात है बच्चा उसी का होगा। लेकिन एक पितृसत्तात्मक समाज (केवल पितृसत्तात्मक समाज में ही) में यह बेतुका सवाल कि—बच्चे का बाप कौन है, पूरी तरह जायज़ माना जाता है। इस बच्चे की जाति क्या है? वह किसकी सम्पत्ति का वारिस बनेगा? इस पर शबाना छोटा-सा जवाब देती है : *'मेरा'।* मुझे याद है कि यह सुनते ही पूरे थिएटर में अजीब-सी चुप्पी छा गई थी। कुछ दबी-ढँकी खिलखिलाहट। और कुछ बेचैनी?

सच्चाई यह है कि पुरुष को इसका पता ही नहीं चल सकता कि बच्चा उसी का है या किसी और का। औरत को हमेशा पता होता है कि बच्चा उसी का है, लेकिन पुरुष डीएनए टेस्ट के बावजूद यह दावा नहीं कर सकता कि बच्चा उसी का है। डीएनए टेस्ट से केवल इतना पता चल सकता है कि बच्चा आपका है या नहीं; लेकिन अगर पुरुष के डीएनए का बच्चे के डीएनए से मिलान हो जाता है तो इससे केवल 'सांख्यकीय दृष्टि से उच्च प्रायिकता' का यह संकेत मिलता है कि अमुक बच्चा आपका है। जैसा कि कहा जाता है, 'मातृत्व एक जीव-वैज्ञानिक तथ्य है, जबकि पितृत्व केवल एक समाजशास्त्रीय कल्पना है।' पितृसत्ता के लिए यह चीज़ एक स्थायी चिन्ता की बात होती है। यही चिन्ता स्त्रियों की यौनिकता पर पहरेदारी बिठाने की मानसिकता तैयार करती है।

वैलेंटाइन डे को लेकर जिस तरह का वितंडा खड़ा किया जाता है, वह दरअसल इस मुक्त 'प्रेम' के कथित तौर पर अन्तर्निहित ख़तरों की बानगी पेश करता है। भारत में वैलेंटाइन डे की लोकप्रियता नवें दशक के बाद लगातार बढ़ी है। नारीवादी वैलेंटाइन डे के ख़ास मुरीद नहीं रहे हैं क्योंकि उन्हें 'रोमांस' का यह

आख्यान बहुत नहीं जँचता जिसमें प्रेम की एक ख़ास क़िस्म की कहानी को ही प्रेम की सच्ची कहानी माना जाता है। प्रेम की इस कहानी का ख़ास पहलू यह है कि उसे अनिवार्य रूप से स्त्री-पुरुष की कहानी होना चाहिए; और इसमें यह बात भी पहले से तय है कि जब कोई 'प्यार में पड़ता' है तो ज़्यादा सम्भावना इस बात की होती है कि वह 'प्यार के लिए' उचित व्यक्ति का चुनाव करता है। इस तरह, पुरुष की उम्र स्त्री से दो-चार महीने ज़्यादा होनी चाहिए; उसे स्त्री की तुलना में कम-से-कम दो इंच लम्बा होना चाहिए तथा उसकी कमाई स्त्री से थोड़ी ज़्यादा होनी चाहिए! रोमांस के इस स्वरूप का कुल क़िस्सा ये है कि इसमें स्त्री हमेशा छोटी और प्यारी होनी चाहिए, जबकि पुरुष को पूरी तरह वयस्क दिखना चाहिए। इसलिए, हम नारीवादियों को 'रोमांस' के इस रूप से हमेशा परहेज़ रहा है जो दीवानावार होने के बजाय पितृसत्ता की गोदी में बैठना ज़्यादा पसन्द करता है।

हमें वैलेंटाइन डे से यह भी दिक़्क़त है कि वह 'प्यार' का कम, ख़रीद-फ़रोख़्त और बाज़ार का खेल ज़्यादा बन गया है क्योंकि इस दिन किसी को प्यार करना ही काफ़ी नहीं माना जाता। लोगों को अपना प्यार कार्ड, फूल और टैडी बेयर ख़रीदकर साबित करना पड़ता है। वैलेंटाइन डे की परिघटना नवें दशक की उपज है। यह वह दौर था जब भारत में आर्थिक उदारीकरण की नींव रखी जा रही थी। उस समय हम इसकी आलोचना इसलिए कर रहे थे क्योंकि हमें यह नव-उपभोक्तावाद का सबसे सटीक उदाहरण लगता था।

लेकिन जल्दी ही यह हिन्दू दक्षिणपंथियों के निशाने पर आ गया और उसे 'भारतीय मूल्यों' के विरुद्ध घोषित कर दिया गया। यह घोषणा सिर्फ़ शाब्दिक नहीं थी; प्रेमी-युगलों के साथ सार्वजनिक स्थानों पर अभद्र व्यवहार और मार पीट की जाने लगी। वैलेंटाइन डे पर होनेवाले इन हमलों के साथ बड़े शहरों सहित पूरे देश में अपनी जाति या धार्मिक समुदाय से बाहर विवाह करनेवाले लोगों को जान से भी मारा जाने लगा। अंग्रेज़ी-भाषी मीडिया में ऐसी हत्याओं को 'ऑनर किलिंग' कहा जाता है, लेकिन प्रतीक्षा बख्शी ने इसके लिए एक ज़्यादा स्याह और मुनासिब शब्द सुझाया है। प्रतीक्षा बख्शी ऐसी हत्याओं को 'कस्टोडियल डैथ' (हिरासत में होनेवाली मौत) की श्रेणी में रखना चाहती हैं क्योंकि ऐसे मामलों में तमाम युवा-प्रेमियों, जिन्हें ख़ुद उनके परिवार ही बंधक बना लेते हैं, की मौत हिरासत के दौरान होती है।[2] यही सूत्र हमें 'समलैंगिक आत्महत्याओं' में भी दिखाई दिया। हमारे सामने कई ऐसे मामले आए जिनमें आत्महत्या करनेवाली स्त्रियाँ अपने पीछे ख़त छोड़कर गई थीं जिनसे पता चला कि कोई स्त्री किसी अन्य स्त्री से प्रेम करती थी; कि वह उसके बिना ज़िन्दा नहीं रह सकती थी लेकिन परिवार

के लोग उन्हें एक दूसरे से अलग करने पर आमादा थे। सार्वजनिक जीवन का ध्यान अपनी तरफ़ खींचनेवाली हिंसा की ऐसी हरेक घटना यह साबित करती है कि यौन शुचिता की जाति और समुदायगत कसौटियों को कड़ी चुनौतियों का सामना करना पड़ रहा है।

भीमराव आम्बेडकर समझ चुके थे कि 'जाति के उन्मूलन' में अन्तर-जातीय विवाह एक बड़ी भूमिका निभा सकते हैं। 1936 में पहली बार प्रकाशित एक प्रसिद्ध लेख में उन्होंने कहा था : 'जो समाज अन्य कड़ियों के कारण पहले से ही सुगठित होता है उसमें विवाह जीवन की एक सामान्य घटना होती है। लेकिन खंडित समाज में विवाह एक संयोजक शक्ति की भूमिका निभाता है इसलिए वह अत्यन्त आवश्यक हो जाता है। *जाति को तोड़ने के लिए अन्तर-जातीय विवाह से ज़्यादा कोई उपाय कारगर नहीं हो सकता, इसके अलावा कोई भी चीज़ जाति का ख़ात्मा नहीं कर सकती।'* (आम्बेडकर 1936 : 67)

ज़ाहिर है कि आम्बेडकर ने जिस अन्तर-जातीय विवाह को जातिगत पहचानों का संहारक बताया था वह पिचहत्तर सालों बाद भी खाप पंचायतों के लिए भय का कारण बना हुआ है। परन्तु, नारीवादी होने के नाते हम विवाह को समाज की ख़ुशहाली के लिए स्वस्थ और संयोजक शक्ति मानने से इनकार करते हैं। इस मान्यता का औचित्य हम आगे स्पष्ट करेंगे।

आज इक्कीसवीं सदी के दूसरे दशक में 'ऑनर किलिंग्स' नाम की इस प्रवृत्ति का इस्तेमाल हरियाणा के जाट समुदाय की बहु-गोत्रीय ग्राम-सभाओं—खाप पंचायतों के सन्दर्भ में बहुत होने लगा है। इस दौरान खाप पंचायतें 'अनुचित' विवाह करने की जुर्रत करनेवाले अनेक प्रेमी-युगलों को मौत का फ़रमान सुना चुकी हैं। इस प्रकार की पंचायतें ख़ुद को राज्य द्वारा स्थापित *सरकारी* पंचायतों से अलग रखकर देखती हैं और यह दावा भी करती हैं कि उनका जाति-समुदाय उन्हें सरकारी पंचायतों से ज़्यादा महत्त्व देता है। एक हद तक, यह बात सच भी मानी जा सकती है। खाप पंचायतें हिन्दू विवाह अधिनियम में संशोधन करने की माँग भी करती रही हैं। उनकी माँग है कि अधिनियम के तहत *सगोत्रीय* तथा *भाईचारे* (पड़ोसी गाँवों के समूह) के क्षेत्र में होनेवाले विवाहों पर रोक लगनी चाहिए। अन्तर-जातीय विवाह के सामने पहले ही सामाजिक दबावों की दीवार खड़ी रहती है। ऐसे में, संयुक्त प्रतिबन्धों के कारण जवान होते किशोर-किशोरियों को अपने नज़दीकी दायरे में कोई भी ऐसा नहीं मिलेगा जिससे वे प्रेम कर सकें। इसका मतलब है कि एक ही जाति के युवा बहुत नज़दीकी माने जाएँगे जबकि असम्बन्धित लोगों को दूसरी जाति का घोषित कर दिया जाएगा। इस तरह विवाह से जुड़े तमाम फ़ैसले परिवार के हाथों में सिमट जाएँगे।

इस सम्बन्ध में अक्सर कहा जाता है कि खाप पंचायतों की हिंसक और स्वेच्छाचारी छवि के पीछे शहरी और अंग्रेज़ीदाँ इलीट का हाथ है जो देहाती लोगों के प्रति विकट तिरस्कार का भाव रखते हैं, जबकि सम्बन्धित समुदाय को खाप पंचायतों के क्रिया-कलापों से कोई शिकायत नहीं होती। लेकिन, यहाँ यह देखना महत्त्वपूर्ण है कि खाप पंचायतों की सत्ता को पहली चुनौती *इन्हीं* समुदायों के युवाओं से मिलती है। सच तो ये है कि 'शहरी इलीट' के सामने यह मुद्दा आया ही इसलिए क्योंकि इन समुदायों के युवा लड़के-लड़कियाँ खाप पंचायतों के फ़रमानों का पूरी ताक़त से प्रतिरोध करते हैं और अपने प्रेम के लिए सामाजिक बहिष्कार; यहाँ तक कि मौत क़ुबूल करने के लिए भी तैयार रहते हैं।*

संक्षेप में, भारतीय समाज की पुरातनपंथी ताक़तों की तरह नारीवादी भी वैलेंटाइन डे के ख़तरे को समझते हैं। वे जानते हैं कि प्रेम बने-बनाए ढाँचे को उलटकर रख देता है और जाति, समुदाय तथा विषमलिंगी यौनिकता के नियमों में बँधने से इनकार कर देता है।

श्रम का यौनिक विभाजन

लेकिन इस सत्य को स्वीकार करके चलें कि एक बार जब यह प्यार विवाह की संस्था में करीने से फ़िट हो जाता है तो यह विवाह भी किसी अन्य विवाह जैसा ही हो जाता है। अक्सर जब मैं और मेरे मित्र पश्चिम के लोगों के सामने पारम्परिक विवाह को *जायज़* ठहराने की कोशिश करते हैं तो वे अचरज से पूछते हैं : क्या भारत में विवाह अब भी परिवार द्वारा ही तय किया जाता है? इस पर हम जैसे लोगों का जवाब होता है कि विवाह करने के ढंग से क्या फ़र्क़ पड़ता है। उसका स्वरूप चाहे जैसा हो। पश्चिम में भी कितने लोग हैं जो सचमुच 'प्यार में पड़ते' हों—यह एक अजीबोग़रीब सवाल है जिसके तहत पहले से यह मान लिया है कि पारम्परिक विवाह के कठोर नियंत्रण के उलट पश्चिम के लोग अपने माता-पिता से स्वतंत्र होकर विवाह कर सकते हैं। क्या इससे अन्ततः विवाह का वास्तविक स्वरूप कुछ और हो जाता है?

इस संस्था का बुनियादी लक्षण श्रम का यौनिक विभाजन है। महिलाओं पर घर के कामकाज की ज़िम्मेदारी रहती है, जिसका मतलब है कि वे श्रम-शक्ति के पुनरुत्पादन का स्रोत होती हैं। स्त्रियाँ ही उस श्रम का स्रोत होती हैं जिसके

* यह इतना विषादपूर्ण है कि यहाँ मैं प्रेम और रोमांस के विषय में अपनी परम्परा-भंजक समझ को एक क्षण के लिए विराम देना चाहती हूँ!

बल पर लोग-बाग दिन-ब-दिन काम करने की क्षमता विकसित कर पाते हैं (भोजन, घर और कपड़ों की साफ़-सफ़ाई तथा आराम)। औरत से अपेक्षा की जाती है कि वह इस तरह के काम ख़ुद निबटाए या किसी ग़रीब महिला को मामूली मज़दूरी पर रखकर उससे काम कराए। दोनों स्थितियों में, घरेलू काम स्त्रियों की पहली ज़िम्मेदारी माना जाता है—भले ही, और जैसा कि अक्सर होता भी है, वह घर से बाहर नौकरी या कोई अन्य काम करती हो।

श्रम के इस यौनिक विभाजन में कुछ भी 'स्वाभाविक' नहीं है। इस बात का जीव-विज्ञान से ख़ास लेना-देना नहीं है कि स्त्री और पुरुष परिवार के अन्दर और बाहर तरह-तरह के काम करते हैं। यह एक सामान्य बात है। इसमें केवल गर्भावस्था की प्रक्रिया ही जीव-विज्ञान के दायरे में आती है, बाक़ी खाना पकाने, साफ़-सफ़ाई, बच्चों की देखभाल करने जैसे तमाम काम (जिन्हें 'घरेलू काम' की श्रेणी में रखा जाता है) पुरुष भी बख़ूबी कर सकते हैं। लेकिन ऐसे सभी कार्यों को 'महिला का काम' माना जाता है। श्रम का यह यौनिक विभाजन 'सार्वजनिक' दायरे के वैतनिक कार्यों तक फैला है। ध्यान रहे कि इसका 'सेक्स' (जीवविज्ञान) से कोई ताल्लुक़ नहीं है, यह पूरी तरह जेंडर अर्थात् संस्कृति से जुड़ा हुआ है। कुछ प्रकार के कार्यों को महिलाओं का कार्य माना जाता है और कुछ काम पुरुषों के माने जाते हैं; लेकिन इससे ज़्यादा अहम तथ्य यह है कि महिला चाहे जो भी काम करे, उसे पुरुष की तुलना में कम वेतन दिया जाता है और उसके काम को कमतर आँका जाता है। मसलन, निचले स्तर पर नर्सिंग और अध्यापन जैसे काम पूरी तरह महिलाओं के हिस्से में आते हैं तथा अन्य मध्यवर्गीय सफ़ेदपोश कार्यों के मुक़ाबले उनमें वेतन भी बहुत कम रहता है। नारीवादियों का मानना है कि अध्यापन और नर्सिंग का यह 'स्त्रीकरण' इसलिए हुआ है क्योंकि ऐसे कार्यों को स्त्रियों की घरेलू ज़िम्मेदारी—देखभाल आदि करने का ही विस्तार मान लिया जाता है।

इसी के साथ, एक बार जब 'औरतों के काम' का पेशेवर ढर्रा तय हो जाता है तो उस पर व्यावहारिक रूप से पुरुषों का एकाधिकार हो जाता है। मिसाल के तौर पर, न्यूयॉर्क हो या नई दिल्ली—अधिकांश पेशेवर बावर्ची पुरुष ही होते हैं। इसकी वजह साफ़ है : श्रम का यौनिक विभाजन पहले से तय कर देता है कि महिलाओं को वैतनिक कार्य के बजाय घर के अवैतनिक काम को तरजीह देनी होगी।

तथ्य यह है कि श्रम के यौनिक विभाजन के पीछे जीवविज्ञान की किसी 'स्वाभाविक' भिन्नता के बजाय कुछ निश्चित वैचारिक पूर्व-धारणाएँ ज़िम्मेदार

हैं। इस तरह, एक तरफ़ तो महिलाओं को शारीरिक दृष्टि से कमज़ोर और श्रम के भारी कार्यों के लिए अनुपयुक्त माना जाता है, वहीं हम देखते हैं कि घर हो या बाहर—पानी और जलावन ढोने, अनाज पीसने, धान की रोपाई करने, खदान और आवासीय निर्माण जैसे क्षेत्रों में सिर पर भारी बोझा उठाने जैसे काम भी महिलाओं के ही हिस्से में आते हैं। लेकिन यहाँ भी जब महिलाओं द्वारा किए जानेवाले कार्यों का मशीनीकरण हो जाता है और उन्हें हल्का और ज़्यादा कमाऊ बना दिया जाता है तो नई मशीनों के इस्तेमाल का प्रशिक्षण पुरुषों को दिया जाता है और महिलाओं को काम से बाहर कर दिया जाता है। यह सिर्फ़ कारख़ानों में नहीं, उन कार्यों पर भी लागू होता है जिन्हें महिलाएँ अपने समुदायों में परम्परागत तौर पर करती आई थीं। मसलन, जब अनाज पीसने का काम बिजली से चलनेवाली आटा-चक्की करने लगती है या महिलाओं द्वारा मछुआरों के लिए बनाए जानेवाले जाल की जगह नायलॉन के जाल बनने लगते हैं तो नए कार्यों का प्रशिक्षण पुरुषों को दिया जाता है और महिलाओं को पहले से भी कम मज़दूरी और ज़्यादा मेहनत वाले काम में झोंक दिया जाता है।

समान पारिश्रमिक अधिनियम 1976 में पारित हो गया था परन्तु स्थिति आज भी यही है कि महिला को उसी काम के बदले पुरुष से कम मज़दूरी दी जाती है। क़ानूनी प्रावधानों से बचने के लिए ठेकेदार/नियोक्ता एक तरीक़ा यह अपनाते हैं कि वे पुरुषों और महिलाओं को श्रम-प्रक्रिया के अलग-अलग ख़ानों में बाँटकर महिलाओं द्वारा किए जानेवाले काम की मज़दूरी-दर कम कर देते हैं। उनका दावा यह रहता है कि 'महिलाओं' को 'पुरुषों' के मुक़ाबले किसी भी तरह कम मज़दूरी नहीं दी जा रही है, बल्कि इस काम में मज़दूरी ही कम मिलती है। जबकि सच्चाई यह होती है कि पुरुषों की तुलना में महिलाओं द्वारा किया जानेवाला काम शारीरिक दृष्टि से ज़रा भी कम श्रमसाध्य या अकुशल नहीं होता।

महिलाओं को जिन कार्यों के बदले कोई दाम नहीं मिलता उनमें ईंधन, चारा और पानी आदि जुटाने; पशुओं की देखभाल, फ़सल की कटाई के बाद उसे संसाधित करने, घरेलू बग़ीचे की देखभाल तथा मुर्गीपालन जैसे काम शामिल किए जा सकते हैं जिनसे पारिवारिक संसाधनों में साफ़ इज़ाफ़ा होता है। अगर महिलाएँ इन कार्यों को हाथ नहीं लगातीं तो ऐसी कई वस्तुएँ बाज़ार से खरीदनी पड़तीं, किसी को मज़दूरी देनी पड़ती या फिर परिवार को इन चीज़ों से वंचित रहना पड़ता। लेकिन जेंडर के बारे में ऐसी धारणाएँ इतनी स्वाभाविक बन चुकी

हैं कि भारत की जनसंख्या-गणना की प्रक्रिया में भी ऐसे कार्यों को बहुत लम्बे समय तक 'काम' का दर्जा नहीं दिया गया क्योंकि इस काम को घरेलू मानकर उसके बदले कोई मज़दूरी नहीं दी जाती। ख़ुद महिलाएँ भी इसे अलग काम न मानकर अपनी 'घरेलू' ज़िम्मेदारियों में शामिल करके चलती हैं। कई दफ़ा महिलाओं के कार्यों से सृजित आय की अनदेखी इसलिए कर दी जाती है क्योंकि उनके इन कार्यों से परिवार के दूसरे कार्यों में बाधा पहुँचती है। (कृष्णा राज 1990; कृष्णा राज तथा पटेल 1982) इस तरह महिलाओं के काम पर कभी ध्यान नहीं दिया गया। 1991 की जनगणना में यह सवाल पहली बार जोड़ा गया : 'क्या पिछले साल आपने कोई काम किया?' इस सवाल में 'पारिवारिक खेती या पारिवारिक उद्यम में किया गया अवैतनिक कार्य' भी शामिल था। इस तरह, राज्य की नज़र में ऐसा काम पहली बार दर्ज किया गया। ऐसे बदलाव नारीवादी हस्तक्षेप के कारण ही सम्भव हुए हैं, और इन बदलावों की ज़मीन तैयार करनेवाले लोगों का मानना है कि अगर राज्य के पास महिलाओं द्वारा किए जानेवाले विभिन्न कार्यों की पुख़्ता जानकारी होगी तो ग़रीबी-उन्मूलन तथा रोजगार-सृजन की नीतियों पर ज़्यादा कारगर ढंग से काम किया जा सकेगा।

श्रम के इस यौनिक विभाजन के कारण एक नागरिक के तौर पर महिलाएँ अपनी उचित भूमिका का निर्वाह नहीं कर पातीं। जिस चीज़ को उनकी 'प्राथमिक' ज़िम्मेदारी कहा जाता है, उससे महिलाओं का क्षितिज बुरी तरह संकुचित हो जाता है। करियर तय करने का मुद्दा हो या राजनीति में भागीदारी (मज़दूर संगठन, चुनाव आदि) करने का, महिलाओं को यह बात बहुत जल्द समझ लेनी होती है कि उन्हें अपनी महत्त्वाकांक्षाओं को पिंजरे में रखना होगा। ख़ुद को एक निश्चित सीमा में बाँध कर रखने की इस प्रवृत्ति से ही वह 'अदृश्य बाधा' खड़ी होती है जिसे पेशेवर महिलाएँ बमुश्किल फाँद पाती हैं; बच्चों की देखभाल करने में उनके जीवन के सबसे उत्पादक वर्ष ख़त्म हो जाते हैं, इसलिए अपनी पेशेवर ज़िन्दगी में वे सही जगह नहीं पहुँच पातीं। राज्य की नीति भी यही मानकर चलती है कि स्त्रियों का पहला काम माँ बनना होता है, यही वजह है कि जन्म-दर में बढ़ोतरी लाने के लिए फ्रांस, जर्मनी और हंगरी जैसे देशों की सरकारें महिलाओं को तीन साल का मातृत्व-अवकाश प्रदान करती हैं। 2008 में भारत सरकार ने भी मातृत्व-अवकाश की अवधि में छह महीने तक की वृद्धि करने का निर्णय लिया था। इसके अलावा सरकार ने महिला कर्मचारियों को छोटे बच्चों की देखभाल के लिए वैतनिक अवकाश की अवधि में दो वर्ष की वृद्धि (जिसे किसी भी समय अर्जित किया जा सकता था) करने की भी घोषणा की थी। एक अख़बार में

इस ख़बर को इस तरह प्रस्तुत किया गया था कि इससे 'भारत के उद्योग-जगत में काम करनेवाली महिलाएँ ख़ासी नाराज़' होंगी। मतलब यह कि इसके बाद निजी क्षेत्र की महिला कर्मचारी भी सरकारी क्षेत्र में काम करनेवाली महिलाओं जैसे विशेषाधिकार की माँग करने लगेंगी—यानी अपने करियर में आगे बढ़ने से समझौता कर लेंगी। इस सारे शोर-शराबे में यह याद रखना मुश्किल हो जाता है कि बच्चों का लालन-पालन करना केवल एक अभिभावक का काम नहीं होता। यह बात ग़लत है कि पुरुष तो अपने करियर की दौड़ में लगा रहे और स्त्री बच्चों का लालन-पालन करने के लिए अपना करियर दाँव पर लगा दे। यह मुश्किल फ़ैसला केवल माँ के हिस्से में नहीं आना चाहिए।

कहने का आशय यह नहीं है कि घरेलू कामकाज या बच्चों का लालन-पालन करना बेकार काम होता है, हमारा कहना यह है कि इस काम के सकारात्मक-रचनात्मक पहलुओं और इसकी नीरसता में स्त्री और पुरुषों की भागीदारी बराबर होनी चाहिए।

श्रम का यौन-आधारित विभाजन केवल परिवार ही नहीं, अर्थव्यवस्था के संरक्षण में भी बुनियादी भूमिका निभाता है। अगर पति या नियोक्ता द्वारा इस अवैतनिक काम का पारिश्रमिक दिया जाने लगे तो पूरी अर्थव्यवस्था ताश के पत्तों की तरह बिखर जाएगी। एक बार यह कल्पना करके देखें : नियोक्ता अपने पुरुष या महिला कर्मचारी को उसके श्रम के बदले पैसा देता है। लेकिन इस कर्मचारी का अगले दिन काम पर आ पाना किसी अन्य द्वारा (या ख़ुद पर) किए जानेवाले कार्यों जैसे खाना बनाने, सफ़ाई और घर की देखरेख पर निर्भर करता है। इन कार्यों के लिए नियोक्ता कोई पैसा नहीं देता। ऐसे में, अगर अवैतनिक श्रम की एक पूरी संरचना अर्थव्यवस्था का आधार बनी हुई हो तो श्रम के यौनिक विभाजन को घरेलू या निजी मसला न मानकर उसे अर्थव्यवस्था की चालक शक्ति के रूप में देखा जाना चाहिए। अगर कल प्रत्येक महिला अपने इस काम के दाम माँगने लगे तो पारिश्रमिक देने की ज़िम्मेदारी पति या नियोक्ता को वहन करनी होगी। और इस तरह अर्थव्यवस्था की चूलें हिल जाएँगी। यह पूरी व्यवस्था इस धारणा पर काम करती है कि महिलाएँ घर का काम प्रेमवश करती हैं।

नारीवाद के इतिहास में एक पड़ाव ऐसा भी आया था जब घरेलू काम के बदले पारिश्रमिक की माँग की गई थी। पिछली सदी के सातवें दशक के दौरान इंग्लैंड में यह मुद्दा एक ज़बरदस्त माँग के रूप में उठाया गया था। इसके पीछे मूल भावना यह थी कि स्त्रियों द्वारा किए जानेवाले घरेलू काम का आर्थिक महत्त्व स्वीकार किया जाना चाहिए। लेकिन कुछ नारीवादियों का मानना है कि यह माँग

श्रम के यौनिक विभाजन को एक तरफ़ छोड़ देती है। यह बात सच भी है कि तीन वर्ष के वैतनिक मातृत्व अवकाश जैसे उपायों को 'मातृत्व के पारिश्रमिक' के तौर पर देखना बहुत ग़लत भी नहीं है क्योंकि, जैसा कि हम पहले दर्ज कर चुके हैं, इससे यही विचार मज़बूत होता है कि कुछ काम 'महिलाओं के काम' ही होते हैं।

सर्वोच्च न्यायालय ने 2010 में महिलाओं द्वारा किए जानेवाले घरेलू काम के सम्बन्ध में एक महत्त्वपूर्ण निर्णय पारित किया था। मसला एक ऐसी महिला से जुड़ा था जिसकी एक वाहन दुर्घटना में मौत हो गई थी और इस सम्बन्ध में महिला के पति ने मुआवज़े का दावा किया था। पंचाट ने तय किया कि मुआवज़े की राशि पति की आय की एक-तिहाई होनी चाहिए। इस पर महिला के पति ने मुआवज़े की रक़म बढ़ाने के लिए सर्वोच्च न्यायालय में गुहार लगाई। सर्वोच्च न्यायालय ने अपने फ़ैसले में न केवल मुआवज़े की राशि में अच्छा-ख़ासा इज़ाफ़ा किया बल्कि यह भी कहा कि महिलाओं द्वारा घर की चौहद्दी में किए जानेवाले काम को आर्थिक रूप से महत्त्वहीन मानना जेंडरगत पूर्वग्रह का उदाहरण है। न्यायाधीशों ने यह सुझाव भी दिया कि मौजूदा मसले से जुड़े ख़ास सवालों—मोटर वेहिकल एक्ट में बदलाव करने के अलावा अन्य क़ानूनों में भी बदलाव किया जाना चाहिए। अपनी टिप्पणी में न्यायाधीशों ने इस बात पर भी ज़ोर दिया था कि महिलाओं द्वारा किए जानेवाले घरेलू काम के सम्बन्ध में संसद को भी पहलक़दमी करनी चाहिए। (गुनु 2010)

घरेलू काम के सम्बन्ध में इस ऐतिहासिक निर्णय का सन्दर्भ हमेशा याद रखा जाना चाहिए। इस निर्णय की पृष्ठभूमि में एक स्त्री की मौत थी जिसके पति ने इस आधार पर मुआवज़े की माँग की थी कि उसकी पत्नी एक निश्चित काम किया करती थी। लिहाज़ा इस नुक़सान की भरपाई की जानी चाहिए। क्या हम जीवित स्त्री के मामले में भी ऐसे ही फ़ैसले की उम्मीद कर सकते हैं? क्या अदालत तब भी यही निर्णय लेती अगर जीवित स्त्री यह माँग रखती कि उसे अपने काम के बदले में पति से वित्तीय पारिश्रमिक चाहिए? मुझे नहीं लगता कि तब अदालत यही निर्णय लेती। एक क्षण के लिए मान लीजिए कि महिला वाक़ई यह माँग करती—जैसा कि घरेलू काम के बदले पारिश्रमिक तय करने की माँग से जुड़े आन्दोलन के दौरान किया गया था, तब भी मैं इसका समर्थन नहीं कर पाती क्योंकि मेरी नज़र में यह क़दम श्रम के यौनिक विभाजन को दुबारा निजीकरण की ओर मोड़ देता। मतलब यह कि पति दिहाड़ी देनेवाला और पत्नी कामगार की स्थिति में आ जाती।

घरेलू काम अदृश्य बना रहता है, लेकिन उसके सामाजिक आयाम से नज़रें नहीं चुराई जा सकतीं। यह सामाजिक आयाम तब स्पष्ट होता है जब हम पगार पर काम करनेवालों अर्थात् घरेलू 'नौकरों' की स्थिति पर विचार करते हैं।

घरेलू नौकर

भारत में घरेलू नौकरों की संख्या का एक अनुमान इस आधार पर लगाया जाता है कि यहाँ मध्यवर्ग की जनसंख्या लगभग तीन करोड़ बैठती है। यह मानते हुए कि हर मध्यवर्गीय परिवार घरेलू काम के लिए नौकरानी रखता होगा और उनमें से कुछ ऐसे ही और परिवारों में भी काम करती होंगी, तो घरेलू नौकरों की संख्या डेढ़ करोड़ से ज़्यादा बैठेगी।

अब ज़रा इस सूचना पर विचार करें। हाल ही में हुए असंगठित महिला-यौन कर्मियों के एक अखिल भारतीय सर्वे से पता चलता है कि इकहत्तर प्रतिशत महिलाएँ इस पेशे में इसलिए दाख़िल हुईं क्योंकि इससे पहले उन्होंने जितने प्रकार के कार्यों में हाथ आजमाया था उनमें पगार बहुत कम मिलती थी और मेहनत ज़्यादा करनी पड़ती थी। यौन कर्म में उतरने से पहले इन महिलाओं ने सबसे ज़्यादा घरेलू नौकरानियों के रूप में काम किया था। दूसरे शब्दों में, सर्वे के नमूने में शामिल बहुत-सी महिला-यौन कर्मियों का मानना था कि घरेलू नौकर के रूप में काम करना बेहद अपमानजनक और थकाऊ अनुभव था जिसमें पैसे भी बहुत कम मिलते थे। (साहनी एवं शंकर 2010) 'नौकरानियों' के इन मध्यवर्गीय नियोक्ताओं, जिनकी कल्पना में वेश्यावृत्ति करना मौत से भी बदतर काम होता है, के लिए यह तथ्य हद दर्जे की शर्म का क्षण होना चाहिए।

पैसों के बदले लोगों के घरों में साफ़-सफ़ाई या खाना बनाने का काम करना अपने आप में अपमानजनक नहीं होता; बाक़ी तमाम कामों की तरह यह भी एक काम होता है। लेकिन यह बात भारत में लागू नहीं होती। यहाँ इस काम को करने का मतलब सामन्तवाद और पूँजीवाद के निकृष्टतम पहलुओं से रूबरू होना है।

अपने 'नौकरों' के प्रति भारतीय मध्यवर्ग की अशिष्टता सामन्तवाद की तमाम ज़्यादतियाँ पार कर जाती है। शिष्टता दिखाने के लिए सार्वजनिक बोलचाल की भाषा में 'नौकर' (सर्वेंट) की जगह 'घरेलू सहायक' (डोमैस्टिक हेल्प) का इस्तेमाल बेहद भ्रामक है। इसके झाँसे में न आइये—उनकी हैसियत नौकरों की ही होती है। उन्हें मनुष्य से एक दर्ज़ा नीचे मानकर व्यवहार किया जाता है और औक़ात पालतू पशुओं से भी कम। शारीरिक और यौन-प्रताड़ना जैसे सामान्य अनुभवों के अलावा

घरों में काम करनेवाले इन लोगों से हाड़-तोड़ और बहुत देर तक मेहनत कराई जाती है क्योंकि अगर वे मालिक के घर में रहते हैं तो उनके काम का कोई निश्चित समय नहीं होता और अगर अंशकालिक काम करते हैं तो उन्हें किसी क़िस्म की छुट्टी या वार्षिक अवकाश नहीं दिया जाता।

यहाँ उस अपमान का तो ज़िक्र ही क्या करना जो आयाओं के साथ हर समय किया जाता है! दिल्ली के रेस्त्राओं में मैंने अपने मालिक के परिवार के साथ आई नई उम्र की नौकरानियों को बहुत दारुण स्थिति में देखा है। खाने के दौरान छोटे बच्चों को सँभालने के लिए हर वक़्त मुस्तैद खड़ी इन लड़कियों से मालिक लोग एक गिलास पानी के लिए भी नहीं पूछते। हाल ही में मैंने एक ऐसे ही युवा और आधुनिक दम्पति को देखा था। अगर यह युगल अमेरिका में पढ़ाई कर रहा होता और उसे अपना ख़र्च वहन करने के लिए बच्चे की देखभाल करने (बेबीसिटिंग) का काम करना पड़ता और वहाँ कामगार के तौर पर उनके साथ पूरी तरह गरिमापूर्ण व्यवहार किया जाता। शारीरिक श्रम के प्रति यह घृणा भारत के मध्यवर्ग, ख़ास तौर पर ऊँची जातियों की जातिवाद से बजबजाती मानसिकता का प्रदर्शन करती है, जिनकी कुल 'प्रगतिशीलता' इस बात में प्रकट होती है कि वह किसी दलित सफ़ाई वाले को अपनी रसोई में गन्दे बर्तन धोने की अनुमति दे देता है!

पहले के सामन्ती परिवारों में नौकर कम-से-कम यह उम्मीद कर सकता था कि ज़रूरत के समय उसका ख़याल रखा जाएगा, लेकिन आज के समय में नौकर संकट की घड़ी में अपने मालिक से ज़्यादा से ज़्यादा कुछ रक़म उधार ले सकता है जिसे बाद में उसकी पगार से काट लिया जाता है। दूसरी तरफ़ देखें, पूँजीवादी व्यवस्था में काम का कॉन्ट्रैक्ट सामन्ती स्थिति से ज़्यादा गरिमापूर्ण होता है क्योंकि इसमें दोनों पक्ष काम की शर्तें आपस में मिल-बैठकर तय करते हैं। पीढ़ी-दर-पीढ़ी चले आ रहे सामन्ती सम्बन्धों में नौकर परायेपन या अलगाव की भावना का शिकार नहीं होता था, जबकि कॉन्ट्रैक्ट की आधुनिक व्यवस्था में मानवीय सम्बन्ध का कोई महत्त्व नहीं होता। फिर भी, कम-से-कम सैद्धान्तिक स्तर पर यह व्यवस्था ज़्यादा समानतापूर्ण होती है। भारत में नौकर को न सामन्ती दौर की सुरक्षा नसीब है, न पूँजीवादी कॉन्ट्रैक्ट की औपचारिक समानता। उसे सामन्ती दर्जेबन्दी में निहित अपमान और पूँजीवाद का निर्मम शोषण एक साथ सहन करना पड़ता है।

घर में रहकर काम करनेवाली युवा नौकरानियों का जीवन भयावह अकेलेपन से भरा होता है—वे दूरदराज़ की जगहों से दिल्ली और मुम्बई जैसे महानगरों में आती हैं, उन्हें स्थानीय भाषा का ज्ञान नहीं होता और उनकी रोज़मर्रा की दुनिया उसी घर तक सीमित रहती हैं जहाँ वे काम करती हैं। अधिकांश स्थितियों में

अगर मनुष्य के नाम पर किसी के साथ उनका सम्बन्ध होता है तो केवल अपने नियोक्ताओं के साथ जो ख़ुद दिन-भर बाहर रहते हैं। इनमें केवल चर्च से जुड़ी एजेंसियाँ ही इस बात का ख़याल रखती हैं कि नियोक्ता अपनी नौकरानी के साथ कैसा व्यवहार करते हैं।

भारत के कई शहरों तथा केरल जैसे राज्यों में जहाँ अर्थव्यवस्था के बाक़ी क्षेत्रों में लोगों को काम के बदले बेहतर वेतन मिल जाता है, मध्यवर्ग के सामने घरेलू नौकरों की कमी का संकट खड़ा हो गया है। शारीरिक श्रम से सम्बन्धित कार्यों में अब लोग-बाग घरेलू नौकर के काम को सबसे कम पसन्द करते हैं। शायद यही वजह है कि पिछले दिनों अंग्रेज़ी के अख़बारों में नौकरानियों की अजीबोग़रीब आदतों; 'अच्छी' नौकरानी न मिल पाने की दिक़्क़तों और उनके 'भाव बढ़ जाने' के बारे में मज़ाक़िया और बातचीत पर आधारित लेखों की बाढ़-सी आई हुई है। विचित्र बात यह है कि इस प्रकार की सामग्री के बीच हमें ख़ुद नौकरानियों के इंटरव्यू कहीं दिखाई नहीं देते। अख़बारों की इस सामग्री में नौकरानियों के जहाँ-तहाँ घुटनों के बल झुके फ़र्श की सफ़ाई करते या खिलन्दड़ अन्दाज़ में अपनी झाड़ू लहराते कुछ कार्टून ज़रूर मिल जाते हैं परन्तु वह कहना क्या चाहती है? इसका हमें कुछ पता नहीं चलता।

घरों में काम करनेवाली महिलाओं का एक विलक्षण दस्तावेज़ हमें बेबी हालदार की आत्मकथा *अँधेरा उजाला* (*अ लाइफ़ लैस ऑर्डिनरी*) में मिलता है। मूल रूप से बांग्ला में लिखी गई इस किताब का अंग्रेज़ी सहित अनेक भाषाओं में अनुवाद हो चुका है। यह किताब ग़रीबी के स्याह तजुर्बों और नियोक्ताओं के हाथों किए गए शोषण को सरल और सपाट भाषा में बयान करती है। अन्त में वह एक रिटायर्ड प्रोफ़ेसर के यहाँ काम करने गई जिसने उसे लिखने के लिए प्रेरित किया। मध्य वर्ग की आत्म-मुग्धता को ध्वस्त करने के लिए हमें अपने सार्वजनिक दायरे में ऐसी और आवाज़ों की ज़रूरत है।

ऊपर मैंने घरेलू नौकरों के बारे में जिन अख़बारी लेखों का उल्लेख किया था, उनमें मध्यवर्गीय पुरुष भी उपस्थित नहीं हैं। इनमें जिन लोगों का इंटरव्यू लिया गया है उन्हें 'कामकाजी महिलाएँ' (वर्किंग वीमेन) कहा गया है, जिसका मतलब है कि इन महिलाओं को घर से बाहर काम करने का पारिश्रमिक मिलता है। और चूँकि उन्हें बाहर काम करना पड़ता है तो इसका अर्थ यह हुआ कि पगार के बिना वे अपने घर और बच्चों की देखभाल का असली काम नहीं कर सकतीं। इसलिए, उन्हें अपना काम कराने के लिए अन्य महिलाओं (कई दफ़ा पुरुष भी) को पैसे देने पड़ते हैं। अगर ये महिलाएँ बाहर काम न कर रही होतीं

तो उन्हें अपने घर का काम मुफ़्त में करना पड़ता। लेकिन, इन महिलाओं के पतियों यानी उन सभी बच्चों के पिताओं को इससे कोई वास्ता न होता—उनका अपना एक अलग जीवन होता है जिसके बाहर देखने में उनकी कोई रुचि नहीं होती। महिलाओं की बहुत-सी दुखद कहानियाँ इसी स्थिति से पैदा होती हैं—मेरा मीटिंग में जाना बहुत ज़रूरी था इसलिए ड्राइवर को बच्चे के पास छोड़ना पड़ा, मुझे फलाँ मीटिंग छोड़नी पड़ी क्योंकि उस दिन आया नहीं आई। इन दोनों के बीच एक सच्चाई यह है कि शुक्राणु के धारकों को कोई मीटिंग नहीं छोड़नी पड़ती भले ही वह कितनी भी ग़ैर-ज़रूरी हो।

यहीं से आपको अचानक यह बात समझ आने लगती है कि नियोक्ता महिलाओं को नौकरी पर क्यों नहीं रखना चाहते (बच्चों की देखभाल करने के अलावा)—वे हर समय नौकरों की समस्या से जूझती रहती हैं! यह भी ग़ौरतलब है कि 'नौकरों' का नियोक्ता पुरुष के बजाय महिलाओं को ही माना जाता है।

हाल में, कॉरपोरेट दुनिया की दो कामयाब महिलाओं ने अख़बार में लिखा कि नौकरानियों को कर्मचारी की तरह देखें, उन्हें अच्छा वेतन दिया जाए, उनके साथ गरिमापूर्ण व्यवहार किया जाए और उन्हें वही लाभ और सुविधाएँ दी जानी चाहिए जिनकी बतौर कर्मचारी हम स्वयं उम्मीद करते हैं। अपने कॉलम में उन्होंने चेतावनी के स्वर में कहा है कि, अगर आप ऐसा नहीं करते तो अपने काम में आनेवाली गिरावट के लिए तैयार रहें। आपका पति तो कभी इन ज़िम्मेदारियों में शामिल होने से रहा । (बीजापुरकर 2011; कालरा 2011) बुनियादी बात ये है कि घरेलू नौकरों का सस्ता श्रम पति-पत्नी के आपसी विवाद को ठंडा करने का साधन बन गया है। श्रम के यौनिक विभाजन की मूलभूत विसंगति के कारण ऐसे टकराव की सम्भावना हमेशा मौजूद रहती है।

अगर मूल मुद्दा यही है तो इसका अर्थ है कि किसी भी पुरुष कर्मचारी को दिये जानेवाले वेतन में वस्तुत: एक गुप्त चीज़—इस श्रम की लागत भी छिपी होती है। यह ऐसा श्रम है जिसके बदले या तो किसी को पगार देनी पड़ती है या फिर यह श्रम पत्नी द्वारा मुफ़्त में किया जाता है। अगर कोई यह श्रम न करे तो कर्मचारी हर दिन काम के लिए नहीं निकल सकता। इस तरह अगर बच्चों की बालिग बनने तक देखभाल नहीं की गई तो कुछ समय बीतने के बाद काम करने के लिए कोई बचेगा ही नहीं। नारीवादी यह तर्क बहुत लम्बे समय से देते रहे हैं कि अगर महिलाएँ यह नि:शुल्क श्रम करना छोड़ दें अथवा इस श्रम का इन्तज़ाम करने की ज़िम्मेदारी से हाथ खींच लें तो आर्थिक व्यवस्थाओं का पहिया यकायक रुक जाएगा। सच यह है कि पूरी अर्थव्यवस्था महिला के इस निश्शुल्क श्रम पर ही टिकी है।

घरेलू नौकरों की आपूर्ति के काम में कई निजी और चर्च द्वारा संचालित एजेंसियाँ लगी हैं। इनमें निजी एजेंसियाँ मुनाफ़े के लिए काम करती हैं। निजी एजेंसियाँ नौकरों के हितों के बजाय मध्यवर्ग की 'सुरक्षा' और 'प्रशिक्षण' सम्बन्धी ज़रूरतों पर ज़्यादा ध्यान देती हैं; जबकि चर्च द्वारा संचालित एजेंसियाँ काम की कुछ न्यूनतम शर्तों जैसे, सप्ताह में एक दिन की छुट्टी जैसी चीज़ों का ध्यान रखती हैं। इस प्रसंग में 1980 के बाद के वर्षों में बेंगुलुरु, पुणे तथा दिल्ली सहित देश के विभिन्न भागों में घरेलू नौकरों के संगठनों का उभार एक उल्लेखनीय तथ्य है। घरेलू नौकरों की मज़दूरी और काम की परिस्थितियाँ तय करने के लिए इन संगठनों ने राज्य तथा केन्द्र सरकार पर दबाव बनाने की कोशिश की है। घरेलू नौकरों के काम की स्थितियों में व्यापक सुधार लाने हेतु अन्तर्राष्ट्रीय श्रम संगठन (आइएलओ) द्वारा 2011 में आयोजित एक सम्मेलन में यह निर्णय लिया गया कि घरेलू नौकरों का कामकाज अन्तर्राष्ट्रीय मानकों के अनुसार तय किया जाना चाहिए। इस निर्णय के प्रभावस्वरूप कर्नाटक सरकार ने एक क़ानून पारित किया जिसके तहत घरेलू नौकरों के लिए एक न्यनूतम मज़दूरी तय की गई। इस मामले में यूपीए सरकार के राष्ट्रीय सलाहकार परिषद् (एनएसी) का यह प्रस्ताव भी प्रशंसनीय था कि घरेलू नौकरों के दोनों प्रकारों—अंशकालिक तथा नियोक्ता के घर में रहनेवाले नौकरों के काम को न्यूनतम मज़दूरी अधिनियम तथा अन्य श्रम-सम्बन्धी नियमों के अन्तर्गत लाया जाना चाहिए। परिषद् ने इस सम्बन्ध में आठ घंटे के कार्य-दिवस, वैतनिक अवकाश तथा मातृत्व लाभ जैसे प्रावधानों की अनुशंसा की थी। हालाँकि अभी तक यह स्पष्ट नहीं है कि इसे कार्यान्वित करने के तरीक़े क्या होंगे, फिर भी इस पहल का स्वागत किया जाना चाहिए।

लेकिन ऐसे तमाम प्रयासों की समस्या यह है कि उनमें बच्चे की देखभाल के प्रश्न को घर के दायरे में हल करने की कोशिश की जाती है, और आया को नियोक्ता की कृपा पर छोड़ दिया जाता है। आख़िर ऐसा क़ानून क्यों नहीं बनाया जा सकता जिसमें दिन के समय बच्चे की देखभाल करने का दायित्व नियोक्ता-संस्था के हवाले कर दिया जाए? इससे बच्चों की देखभाल करनेवाले लोग भी कम्पनी या बच्चे के माता-पिता की तरह सरकार के कर्मचारी बन जाएँगे; इससे रोजगार और उत्पादकता में वृद्धि होगी तथा बच्चे अपने माता-पिता के ज़्यादा नज़दीक रह सकेंगे। किन्तु, नारीवादी इसके बाद भी यह सवाल पूछेंगे—बच्चों की देखभाल करनेवालों या आयाओं के बच्चों का क्या होगा? दूसरे शब्दों में, इसके लिए बच्चों की देखभाल के नेटवर्क को और आगे बढ़ाना पड़ेगा क्योंकि यह एक सामाजिक ज़िम्मेदारी है जिसे अकेले महिलाओं या अकेले अभिभावक के मत्थे नहीं मढ़ना चाहिए।[3]

'हिन्दू' परिवार के बदलते रूप

हमें यह समझने की ज़रूरत है कि परिवार के अलग-अलग रूप—एकल, पितृसत्तात्मक या पितृवंशीय (अर्थात् पुरुषों के ज़रिये आगे बढ़ती वंश-परम्परा, और पुरुषों के माध्यम से सम्पत्ति का वंशानुगत उत्तराधिकार) कोई प्राकृतिक या स्वाभाविक व्यवस्था नहीं है; न ही इसे अखिल भारतीय परिघटना कहा जा सकता है। दृष्टांत के तौर पर हम इस खंड में 'हिन्दू' परिवार के मौजूदा स्वरूप की चर्चा करेंगे। हिन्दू परिवार का यह स्वरूप उत्तर भारत की ऊँची जातियों के मानक पर आधारित है। विवाह और परिवार के इस स्वरूप का मुख्य लक्षण यह है कि इसमें महिला का अपने मूल परिवार में कोई अधिकार नहीं होता (पैट्रीलीनिअल विरीलॉकैलिटी)। विवाह के बाद महिला अपने मूल परिवार को छोड़कर हमेशा के लिए ससुराल चली जाती है जहाँ उसके अधिकार काफ़ी सीमित होते हैं।[4] लेकिन बीसवीं सदी के दौरान परिवार के कई अन्य रूप भी मौजूद रहे हैं। मिसाल के तौर पर, केरल के नायर समुदाय में, जिसमें मेरा जन्म हुआ था, मेरी दादी की पीढ़ी तक हमारे घर में मातृवंशीय व्यवस्था मौजूद थी। मेरी दादी के लिए सामान्य कुटुम्ब (थरवाडु) का अर्थ एक ऐसे परिवार से था जिसमें बहन तथा भाई और बहन के बच्चे साथ-साथ रहते थे तथा इन बच्चों के पिता अपनी बहनों के साथ रहा करते थे। आज यह बात अजीब लगती है लेकिन उन लोगों के लिए पूरी तरह सामान्य और 'स्वाभाविक' थी। उन्नीसवीं सदी के उत्तरार्ध में परिवार का यह रूप अंग्रेज़ों और नायर समुदाय के पुरुष अभिजन-समूहों के हस्तक्षेप के बाद क़ानूनी तौर पर ख़त्म कर दिया गया। (अरुणिमा 2003; कोडोथ 2001) परन्तु इस व्यवस्था के कुछ अवशेष पिछली सदी के सातवें दशक तक मौजूद रहे थे।

कहने का मतलब यह है कि जिस परिवार को हम स्वाभाविक समझते हैं वह परिवार का महज़ एक रूप है। मेघालय के खासी समुदाय में आज भी मातृवंशीय व्यवस्था प्रचलित है जिसके अन्तर्गत परिवार की सबसे छोटी बेटी ही सम्पत्ति की उत्तराधिकारी होती है। वह अपने माता-पिता के साथ ही रहती है ताकि वृद्धावस्था में उनकी देखभाल कर सके। विवाह के बाद लड़की का पति भी उसी के माता-पिता के साथ रहने लगता है। मैं एक टीवी कार्यक्रम देख रही थी जिसमें एक खासी लड़की इस व्यवस्था के बारे में बता रही थी। स्टूडियो में बैठे दर्शक, जिनमें सभी दिल्ली के थे, यह सुनकर बहुत उपहासपूर्ण ढंग से हँसने लगे। हममें से अधिकांश लोगों को इस बात का कोई एहसास ही नहीं है कि अपने इस भू-भाग में जिसे हम भारत कहते हैं, कितने तरह की प्रथाएँ मौजूद रही हैं। लोगों को इसका इल्म भी

नहीं है कि लोगबाग एक दूसरे से अनेकानेक ढंग से प्यार कर सकते हैं और एक दूसरे के साथ भिन्न-भिन्न ढंग से रहते हुए जीवन जी सकते हैं।

'हिन्दू' नाम से सम्बोधित किए जानेवाले समुदायों में परिवार के अनेकानेक और विविध रूप मौजूद रहे हैं, लेकिन अठारहवीं सदी के दौरान ब्रिटिश उपनिवेशवाद तथा पुरुष-केन्द्रित राष्ट्रवादी अभिजनों की एक अजीब मिलीभगत के बाद धीरे-धीरे परिवार के उन तमाम रूपों और सम्पत्ति की विभिन्न व्यवस्थाओं को अवैध घोषित कर दिया गया जो 'आधुनिकता' के विक्टोरियाई तथा ऊँची जातियों के हिन्दुओं की मान्यताओं से मेल नहीं बिठा सकीं।

औपनिवेशिक सरकार ने समुदायों के स्वयं-भू नेताओं के साथ मिलकर परिवार के विभिन्न रूपों तथा सम्पत्ति की व्यवस्थाओं को चार धर्मों—हिन्दू, मुस्लिम, इसाई तथा पारसी के निजी क़ानूनों में सीमित कर दिया। समुदायों के ये निजी क़ानून जिन्हें परम्परा और धार्मिक आज़ादी का नाम देकर आज विभिन्न समुदायों के कुछ स्वयं-भू नेता उनकी रक्षा के लिए लट्ठ उठाए घूमते हैं, औपनिवेशिक शासन की उन्नीसवीं और बीसवीं सदी के दौरान गढ़े गए थे। सच तो यह है कि हिन्दू और मुसलमानों की अस्मिताओं का ठोस और पृथक साँचा भी बीसवीं सदी के दौरान ही अस्तित्व में आया। 1955 के हिन्दू कोड बिल में 'हिन्दू' को मुसलमान, इसाई और पारसी से भिन्न व्यक्ति के रूप में परिभाषित किया गया। इस देश में हिन्दू की आधिकारिक परिभाषा यही है—अगर आप 'अ', 'ब' या 'स' नहीं हैं तो आप हिन्दू हैं, आप भले ही इसका प्रतिवाद करते रहें। (उदाहरण के लिए, जैन समुदाय और रामकृष्ण मिशन के लोग अदालत में गुहार लगा चुके हैं कि उन्हें हिन्दू न कहा जाए; इसी तरह सिख भी बार-बार यह माँग उठाते रहे हैं कि उन पर हिन्दू क़ानून लागू न किए जाएँ, लेकिन इस मामले में आज तक कुछ नहीं हो पाया है।

ऐसा ही कुछ 1937 के शरीयत अधिनियम के तहत किया गया। अधिनियम के अन्तर्गत 'मुस्लिम' समुदाय की सीमाएँ तय कर दी गईं, जबकि सच्चाई यह थी कि अधिनियम में जिन समुदायों के रीति-रिवाजों को संहिताबद्ध किया गया था, वे ख़ुद को अनिवार्य रूप से 'मुसलमान' के तौर पर नहीं देखते थे।

हिन्दू कोड बिल 1955 और 1956 में पारित किया गया था। इसे सामान्यत: परम्परा और रूढ़िवादिता के बरक्स एक नए प्रस्थान-बिन्दु की तरह देखा जाता है। इस विधेयक के बाद हिन्दू महिलाओं को पहली बार अपनी मर्ज़ी से विवाह करने, जाति से बाहर विवाह करने तथा तलाक़ लेने का अधिकार प्राप्त हुआ। इससे महिलाओं को पति या पिता की सम्पत्ति में भी महत्त्वपूर्ण अधिकार हासिल हुआ।

लेकिन सबसे पहले तो यही पूछा जाना चाहिए कि ये 'हिन्दू' महिलाएँ हैं कौन? यहाँ पहली समस्या तो यही धारणा है कि हिन्दू समुदाय जैसी कोई एकसार या समरूपी चीज़ अस्तित्व में रही है। 'हिन्दू' नाम के इस ठप्पे के नीचे भारत के भू-भाग में भिन्न-भिन्न प्रकार के समुदाय रहते थे। इन समुदायों के रीति-रिवाज भी अलग-अलग तरह के थे—कुछ समुदायों में सम्पत्ति का उत्तराधिकार मातृवंशीय परम्पराओं से निर्धारित होता था; कुछ समुदायों में स्त्री को तलाक़ लेने, दुबारा विवाह करने और पति की मृत्यु के बाद पुनर्विवाह करने जैसे अधिकार प्राप्त थे; विवाह की भी अनेक रीतियाँ प्रचलित थीं। कुछ नारीवादियों का तो यह तक कहना है कि वास्तव में हिन्दू कोड बिल का एक उद्देश्य ऐसे रीति-रिवाजों की भिन्नताओं और बहुलताओं को ख़त्म करके उन्हें एकरूपता प्रदान करना था। यह महिलाओं को अधिकार प्रदान करने के बजाय राष्ट्रीय एकीकरण का उपक्रम ज़्यादा था। (पाराशर 1992) इस एकरूपता को प्रगतिशील क़दम मानना एक दिक़्क़तलब धारणा है क्योंकि हिन्दू कोड बिल की कुल उपलब्धि यह थी कि उसने भिन्न-भिन्न प्रकार की प्रथाओं और रीति-रिवाजों को संहिताबद्ध कर दिया था। इसमें जिन समुदायों के रीति-रिवाजों को संहिताबद्ध किया गया था उन्हें मुस्लिम/पारसी/इसाई नहीं कहा जा सकता था। इसका मूल उद्देश्य विभिन्न समुदायों की विशिष्ट प्रथाओं को 'भारतीय' और 'हिन्दू' अर्थात् उत्तर भारत की ऊँची जातियों में प्रचलित रीतियों के अनुरूप ढालना था। इस मानक पर फ़िट न बैठनी वाली प्रथाओं को संसदीय बहस में ग़ैर-भारतीय कहकर ख़ारिज कर दिया गया।

संसद में हिन्दू कोड बिल पर होनेवाले बहस-मुबाहिसे से पता चलता है कि भारत के अधिकांश निर्वाचित प्रतिनिधि पितृसत्ता और संकीर्ण विचारों के घनघोर समर्थक थे। सच्चाई यह है कि उनमें अधिकतर पुरुष प्रतिनिधि उत्तर भारत की ऊँची जातियों से वास्ता रखते थे। (किश्वर 1994; सिन्हा 2007) इस बहस-मुबाहिसे में हर उस प्रथा पर या तो विचार ही नहीं किया गया या फिर उसे सिरे से ख़ारिज कर दिया गया जो उत्तर भारत की ऊँची जातियों की मान्यताओं से मेल नहीं खाती थी। इस बहस में केवल एक ख़ास तरह की रीति को ही हिन्दू धर्म और भारतीयता का प्रतिनिधि स्वीकार किया गया।

मिसाल के तौर पर, संसद में महिलाओं के सम्पत्ति अधिकारों से सम्बन्धित इस बहस पर ग़ौर करें। इस चर्चा में इन अधिकारों के हस्तान्तरण तथा महिला की मृत्यु के बाद उसकी सम्पत्ति के अन्तरण जैसे पहलुओं पर विचार किया गया था :

> बेटियों को सम्पत्ति का अधिकार दिए जाने का विरोध करते हुए मुकुट बिहारी लाल ने यह तर्क दिया कि कोई भी हिन्दू माता-पिता बेटी की

मृत्यु हो जाने पर उसकी सम्पत्ति का वारिस नहीं बनना चाहेंगे। इस पर एल. कृष्णास्वामी भारती ने पूछा, 'लेकिन क्यों, इसमें क्या बुराई है?'

भार्गव नाम के एक दूसरे सांसद ने लाल का समर्थन करते हुए कहा, 'शायद मेरे आदरणीय मित्र भारत के बजाय किसी दूसरे देश में रहते हैं।'

भारती : 'मैं दक्षिण भारत से सम्बन्ध रखता हूँ।'

भार्गव : भारत में कोई भी पिता या माता बेटी से कोई चीज़ लेने के बारे में सोच भी नहीं सकता।

भारती : ऐसा पंजाब में होता होगा।

भार्गव : यह पूरे उत्तर भारत की सच्चाई है, इसलिए हस्तान्तरण के नियमों का पूरा ढाँचा हिन्दू-विरोधी आदर्शों पर आधारित है।

दक्षिण भारत की प्रथाओं के प्रति अवमानना का ऐसा ही उदाहरण एस.पी. मुखर्जी की टिप्पणी में भी देखा जा सकता है। मुखर्जी तलाक़ की प्रक्रिया को आसान बनाने के विरुद्ध तर्क दे रहे थे : 'किसी ने कहा है...कि दक्षिण भारत विशेष रूप से प्रगतिशील रहा है और हम यहाँ जिन क़ानूनों पर विचार कर रहे हैं, वे दक्षिण भारत में पहले से मौजूद रहे हैं। मैं दक्षिण भारत को शुभकामनाएँ देता हूँ। भगवान करे दक्षिण भारत निरन्तर प्रगति की ओर बढ़ता रहे, वहाँ तलाक़ के मामले बढ़ते रहें...इसे अनिच्छुक लोगों पर क्यों थोपा जाए?।' (किश्वर 1994)

मधु किश्वर यह भी बताती हैं कि औपनिवेशिक शासन के दौरान 1937 में पारित किए गए हिन्दू महिला सम्पत्ति अधिकार अधिनियम के अन्तर्गत हिन्दू विधवाओं को पति की सम्पत्ति में इसलिए हिस्सा दिया गया था क्योंकि यह उन तमाम समुदायों पर समान रूप से लागू होता था जिन्हें 'हिन्दू' के तौर पर वर्गीकृत किया गया था। इससे ब्राह्मण विधवाओं की स्थिति में तो सुधार आया किन्तु जैन समुदाय की विधवाओं के लिए यह नुक़सानदेह साबित हुआ क्योंकि जैन समुदाय के पारम्परिक क़ानूनों में विधवाओं के लिए बेहतर प्रावधान उपलब्ध थे। इस तरह यह 'परिष्कृत' क़ानून ब्राह्मणों की तुलना में उन समुदायों के लिए हानिकारक सिद्ध हुआ जिनमें सम्पत्ति के उत्तराधिकार जैसे मामलों में महिलाओं के लिए बेहतर नियम उपलब्ध थे।

इस अधिनियम के बाद ब्राह्मणों के एक वैवाहिक अनुष्ठान—*सप्तपदी* को विवाह के मानक के तौर पर स्थापित कर दिया गया जिसके चलते विवाह के अन्य प्रचलित रूपों (जो आज भी प्रचलित हैं) की लोक-प्रतिष्ठा सन्दिग्ध मानी जाने लगी। इसका प्रभाव यह हुआ है कि द्विपत्नीत्व की प्रथा को ग़ैर-क़ानूनी घोषित

किए जाने के बावजूद अगर कोई व्यक्ति विवाह की अन्य पारम्परिक रीतियों के तहत दूसरा विवाह कर लेता है तो इसे अदालत में सिद्ध करना असम्भव हो जाता है। ऐसे में सम्बन्धित पुरुष दोनों ही महिलाओं के प्रति अपने उत्तरदायित्व से पल्ला झाड़ लेता है। (एग्नेस 1999)

हिन्दू उत्तराधिकार अधिनियम के तहत बेटों को सम्पत्ति में बराबर का हिस्सेदार बनाने से बेटियों की स्थिति कमज़ोर हुई है। मातृवंशीय क़ानूनों में बेटियों की स्थिति ज़्यादा बेहतर थी। मूल रूप से मातृवंशीय समुदायों को हिन्दू कोड बिल के अधिकार-क्षेत्र से बाहर रखा गया था, परन्तु प्रवर समिति ने, जिसके अध्यक्ष स्वयं आम्बेडकर ही थे, उनके निर्णय के विरुद्ध जाते हुए इस प्रावधान को उलट दिया। हिन्दू उत्तराधिकार अधिनियम से जहाँ मातृवंशीय परम्परा में जन्मे पुरुषों को फ़ायदा हुआ वहीं इसके अन्तर्गत ग़ैर-मातृवंशीय समुदायों से आनेवाली महिलाओं (संख्या की दृष्टि से बहुसंख्यक) को कोपार्सनरी (सह-समांशभागी) सम्पत्ति में हिस्सा देने से इनकार कर दिया गया (इस स्थिति में 2005 में जाकर सुधार किया गया)। इस प्रावधान के साथ वे तमाम सुरक्षा-उपाय भी ख़त्म कर दिए गए जो महिलाओं को सह-समांशभागी व्यवस्था में सहज रूप से प्राप्त थे। परम्परागत हिन्दू संयुक्त परिवार में सम्पत्ति का मुख्य लक्षण यह रहा है कि न उसका बँटवारा किया जा सकता है और न उसे बेचा जा सकता है। अंग्रेज़ों के यहाँ सम्पत्ति का हस्तान्तरण वसीयत के आधार पर किया जाता है। भारत में अंग्रेज़ों का यह क़ानून तो अपना लिया गया लेकिन यहाँ इस बात का ख़याल नहीं रखा गया कि अंग्रेज़ों के इस क़ानून के तहत परिवार के सदस्यों के हित सुरक्षित रहते थे। इसका परिणाम यह हुआ कि एक ओर बेटियों का पैतृक सम्पत्ति से भरण-पोषण प्राप्त करने का अधिकार जाता रहा तो दूसरी ओर पिता द्वारा अर्जित सम्पत्ति में उनकी हिस्सेदारी का अधिकार इस तथ्य से निष्प्रभावी हो गया कि वसीयत के नए अधिकारों के तहत पिता उन्हें सम्पत्ति से बेदख़ल कर सकता था। इस सन्दर्भ में फ़्लेविया एग्नेस एक दिलचस्प बात बताती हैं कि संसदीय बहस के दौरान बेटियों को अधिकारहीन करनेवाले इन्हीं प्रावधानों का गुणगान करते हुए उन्हें नए क़ानून का सकारात्मक पहलू घोषित किया जा रहा था। महिलाओं को सम्पत्ति में अधिकार देने की मुहिम का विरोध करनेवाले सदस्यों को मनाने के लिए उनसे यह कहा गया कि इन नए प्रावधानों को जब चाहे बेअसर किया जा सकता है! (एग्नेस 1999)

हिन्दू कोड बिल पर चर्चा के दौरान जब संसद में महिलाओं को सम्पत्ति में समान अधिकार प्रदान करने की सम्भावना पर बहस-मुबाहिसा चल रहा था तो एम.ए. आयंगर आगबबूला होकर कहने लगे : 'भगवान हमें बिन ब्याही बेटियों

की फ़ौज से बचाए!' आयंगर वाक़ई ठीक समझे थे—पितृसत्ता का प्रबन्ध-तंत्र महिलाओं को सम्पत्ति से बेदख़ल करके और उन्हें पिताओं, भाइयों और पतियों का आश्रित बना कर ही ज़िन्दा रह सकता है। हमें आयंगर की ईमानदारी को सलाम करना पड़ेगा—इक्कीसवीं सदी के पितृ-पुरोधाओं की तरह वे कम-से-कम झूठ तो नहीं बोल रहे थे।

मुझे लगता है कि हिन्दू उत्तराधिकार अधिनियम जैसे उत्तराधिकार तथा सम्पत्ति से सम्बन्धित निजी क़ानून राज्य और परिवार की अपरिहार्य आवश्यकताओं के आपसी टकराव की ओर संकेत करते हैं। राज्य को पूँजीवादी उद्योगीकरण हेतु संसाधन जुटाने के लिए कुछ चीज़ें सुस्पष्ट रखनी पड़ती हैं अर्थात् उसे मौजूदा सम्पत्ति के रूपों को ऐसा आकार देना पड़ता है कि उनकी निशानदेही करने में कोई दिक़्क़त न आए। इस काम में सम्पत्ति के वैयक्तिक अधिकार की संस्था बेहद महत्त्वपूर्ण भूमिका निभाती है। अर्थव्यवस्था के पूँजीवादी रूपान्तरण के लिए सम्पत्ति के तमाम रूपों को हस्तान्तरणीय बनाना एक आवश्यक शर्त होती है। इसी के साथ राज्य को सम्पत्ति के इन रूपों की पूरी जानकारी होनी चाहिए। दूसरी ओर, परिवार के सामने अपना नाम, कुल तथा सम्पत्ति का हस्तान्तरण करने की बाध्यता होती है। सम्पत्ति का वैयक्तिक अधिकार परिवार की इस परियोजना को ध्वस्त कर देता है। इस तथ्य की रोशनी में यह देखना ज़रूरी है कि हिन्दू क़ानून के अन्तर्गत महिलाओं को जिस तरह धीरे-धीरे सम्पत्ति का अधिकार मिलता गया है, उसे केवल नारीवादी माँगों की जीत न माना जाए—वह हिन्दू समुदाय में, सैद्धान्तिक स्तर पर ही सही, सम्पत्ति के एक ऐसे बुर्जुआ तंत्र की स्थापना की ओर इशारा करता है जो हरेक व्यक्ति की भू-सम्पत्ति को पूरी तरह हस्तान्तरणीय बनाना चाहता है। भूमि-अधिग्रहण के प्रति व्यापक प्रतिरोध को देखते हुए इसे राज्य की एक बड़ी उपलब्धि कहा जाएगा क्योंकि ज़मीन बेचने के मामले में समुदाय के बजाय ज़मीन के स्वतंत्र स्वामी पर दबाव डालना ज़्यादा आसान होता है।

हमें क़ानून की नारीवादी विद्वान और एक्टिविस्ट नन्दिता हक्सर के उस तर्क को इसी सन्दर्भ में रखकर देखना चाहिए कि आदिवासी महिलाओं को सम्पत्ति के सामुदायिक अधिकारों के बजाय निजी अधिकारों के लिए प्रेरित करना एक ग़लत क़दम होगा। ग़ौरतलब है कि नारीवादी कार्यकर्ताओं का एक समूह इस मामले में निजी अधिकारों पर ज़ोर दे रहा था। हक्सर का कहना है कि इस तरह की पहलक़दमियों से यह पता चलता है कि ऐसे लोगों को आदिवासी समुदाय के उन जटिल रीति-रिवाजों की सही जानकारी नहीं है जिनसे आदिवासी समुदायों में सम्पत्ति और उसके स्वामित्व का ढाँचा निर्मित होता है। वे इस बात पर ज़ोर

देती हैं कि सम्पत्ति के वैयक्तिक अधिकारों को ऊपर से थोपने के बजाय कोशिश यह की जानी चाहिए कि आदिवासी समुदाय समानता की नई परम्पराओं के लिए अन्दरूनी स्तर पर संघर्ष करें। (हक्सर 1999)

'हिन्दू' समुदायों की बहुरूपी प्रथाओं को एकरूपता प्रदान करने के पीछे अक्सर यह तर्क दिया जाता था कि इससे सभी समुदायों में समान नागरिक संहिता का मार्ग प्रशस्त होगा। लेकिन पारित किए गए चार अधिनियमों में हिन्दू माइनॉरिटी एंड गार्जियनशिप एक्ट (1956) क़ानून के सेकुलर रूप की अवमानना करता था। इस अधिनियम के अन्तर्गत हिन्दुओं को 1890 के गार्जियंस एंड वाड्र्स एक्ट के दायरे से निकाल लिया गया जबकि यह अधिनियम सभी समुदायों पर लागू होता था। इस क़ानून की उपलब्धि यह थी कि इसने 'हिन्दू शास्त्रों' के एक आयाम—'पिता को स्वाभाविक अभिभावक' मानने के विचार को पूरे हिन्दू समुदाय का सार्वभौम तथ्य बना दिया, जबकि पिछले क़ानून के अन्तर्गत अदालत द्वारा नियुक्त अभिभावक को 'पिता के स्वाभाविक अभिभावक' होने के 'शास्त्रीय' विचार से ऊपर रखा गया था। (सिन्हा 2007) व्यवहार में अदालत द्वारा नियुक्त अभिभावक ही महत्त्व रखता था तथा इसके अन्तर्गत अधिकांश मामलों में माँ को तरजीह दी जाती थी। (किश्वर 1994) इस तरह, नए क़ानून के तहत एक ओर हिन्दुओं पर सेकुलर क़ानून के बजाय 'शास्त्रीय' क़ानून थोप दिया गया तो दूसरी ओर हिन्दू माँओं से उनके पारम्परिक अधिकार भी छीन लिये गए।

बाद में, हिन्दू पुरुषों को दी गई मीठी गोली यानी विवाह से सम्बन्धित एकमात्र सेकुलर क़ानून—स्पेशल मैरिज एक्ट में संशोधन करते हुए (जेंडर की दृष्टि से इसमें सम्पत्ति के प्रावधान ज़्यादा समानतापूर्ण थे) में हिन्दू पुरुषों को इससे उन्मुक्त करते हुए उन्हें हिन्दू उत्तराधिकार अधिनियम का लाभार्थी बना दिया गया। (हिन्दू समुदाय के दक्षिणपंथी राजनीतिज्ञ अक्सर 'अल्पसंख्यकों के तुष्टीकरण' की बड़े ज़ोर-शोर से बात करते हैं, जबकि मुझे लगता है कि तुष्टीकरण की बात सभी समुदायों के सारे पुरुषों पर लागू होती है)।

नायर समुदाय में मातृवंशीयता धीरे-धीरे प्रचलन से बाहर हो गई और उसके अन्तिम अवशेष 1956 में पारित हिन्दू उत्तराधिकार अधिनियम के साथ हमेशा के लिए समाप्त हो गए। इतिहासकार प्रवीणा कोडोथ का कहना है कि महिला-अधिकारों के इस हनन को इतिहास की प्रगति तथा वैयक्तिक अधिकारों के उभरते आख्यान में लपेटकर पेश किया गया है। दूसरे शब्दों में, नायर महिलाओं को मातृवंशीय व्यवस्था के अन्तर्गत प्राप्त सम्पत्ति के विशिष्ट अधिकारों का ख़ात्मा अधिकारों की भाषा में किया गया—इसमें 'पत्नी' के अधिकारों को नायर पुरुष की 'बहन' के

ख़िलाफ़ खड़ा किया गया; लेकिन अधिकारों की इस चर्चा में नायर महिला नदारद रही। (कोडोथ 2001)

यहाँ मैं आपसे अपने अतीत के मातृवंशीय इतिहास की एक कहानी साझा करती हूँ जो मुझे मेरी माँ ने सुनाई थी : 1940 के दशक में माँ के आठ साला भाई अर्थात् मेरे मामा, एक दिन अपनी मुंडी आगे-पीछे हिलाते हुए अंग्रेज़ी की पाठ्य-पुस्तक के एक वाक्य पर रट्टा लगा रहे थे : 'फैमिली मीन्स वाइफ़ एंड चिल्ड्रन, फ़ैमिली मीन्स वाइफ़ एंड चिल्ड्रन' (परिवार का मतलब पत्नी और बच्चे होते हैं)। मामा को यह रटते देख उनकी दादी आगबबूला हो गईं। उसने पूरा घर सिर पर उठा लिया : 'क्या स्कूल में आजकल बच्चों को पश्चिम की यही बकवास पढ़ाई जाती है? परिवार का मतलब पत्नी *और* बच्चे होते हैं...मैं भी तो कहूँ कि थरावडु एक के बाद एक क्यों बर्बाद होते जा रहे हैं...।' दादी को अपने आगे एक स्याह दुनिया दिखाई दे रही थी जिसमें भाइयों का अपनी बहनों, भतीजी और भांजियों से कोई वास्ता नहीं रह जाएगा; एक ऐसी दुनिया जिसमें किसी की पत्नी हुए बग़ैर औरत की कोई औक़ात ही नहीं होगी। दादी के लिए थरावडु ही प्राकृतिक संस्था थी; पितृप्रधान और एकल परिवार उन्हें पश्चिम से आया अजूबा लगता था।

पाँच दशकों की इस अवधि के दौरान इन देशव्यापी प्रक्रियाओं के तहत परिवार का मौजूदा रूप हमें प्राकृतिक और अपरिवर्तनीय लगने लगा है। इस 'भारतीय' परिवार के तीन मुख्य और अंतर्सम्बन्धित लक्षण इस तरह देखे जा सकते हैं—पितृसत्ता (शक्ति का जेंडर तथा उम्र की दर्जाबन्दी पर आधारित वितरण, लेकिन जिसमें परिवार की उम्रदराज़ महिलाओं के मुक़ाबले वयस्क पुरुष के पास ज़्यादा शक्ति होती है); पितृवंशीयता (सम्पत्ति तथा नाम का पिता से पुत्र की ओर अन्तरण); विरिलॉकैलिटी (तथा पत्नी का पति के निवास-स्थान पर जाकर रहना)।

इस विन्यास में स्त्री का पति के घर में जाकर बसना सबसे ज़्यादा अहमियत रखता है। यह एक ऐसा बदलाव है जो महिला को पहले के तमाम शक्ति-स्रोतों से अलग-थलग करके उसे पूरी तरह पति के परिवार पर निर्भर बना देता है।

इस सन्दर्भ में एक नई घटना का उल्लेख करना ज़रूरी होगा। हाल में पंजाब के महिला आयोग ने पंजाबी में एक सूचना-पत्र जारी किया था जिसमें युवतियों से कहा गया था कि अगर वे अपना वैवाहिक सम्बन्ध बचाकर रखना चाहती हैं तो उन्हें अपने मायके वालों से मोबाइल फ़ोन पर बात बन्द कर देनी चाहिए। इस क़दम की भर्त्सना किए जाने पर आयोग की अध्यक्ष ने कहा : 'मैंने पाया कि लगभग चालीस प्रतिशत महिलाएँ इस आधार पर तलाक़ लेना चाहती हैं कि उनके पति और ससुराल वालों को उनका मोबाइल फ़ोन पर बात करना बुरा लगता है।' ज़ाहिर तौर पर, पति

और ससुराल के लोगों को यह लगता है कि फ़ोन पर वे किसी ग़ैर-मर्द से बात कर रही हैं। आयोग की अध्यक्षा का कहना था कि महिलाओं का अपने माता-पिता से बात करना भी एक समस्या है क्योंकि मायके वालों के साथ लगातार सम्पर्क में रहने के कारण वे अपने नये घर से सामंजस्य नहीं बिठा पातीं। (एएफ़पी 2011)

साफ़ है कि नव-विवाहिताओं को अपने मायके से अनिवार्यत: दूरी बनाकर रखनी चाहिए, और मोबाइल फ़ोन इसमें बाधक बन गए हैं!

नाम में क्या रखा है!

परिवार के इस नये रूप का एक लक्षण, जो अब बढ़ते-बढ़ते काफ़ी आम हो गया है, यह है कि विवाह के बाद महिला अपना उपनाम बदल लेती है। उपनाम का प्रयोग करना भारत में अपेक्षाकृत एक नया चलन है। इसकी शुरुआत औपनिवेशिक शासन के दौरान हुई थी। नामकरण के पुराने ढर्रे में इस दौरान धीरे-धीरे इसलिए बदलाव आया क्योंकि औपनिवेशिक राज्य हर ब्योरे को सुस्पष्ट देखना चाहता था। स्कॉट के मुताबिक़ यह एक ऐसी परिघटना है जिसे अंग्रेज़ों के हर उपनिवेश में देखा जा सकता है। (स्कॉट 1998) उपनाम लगाने के साथ दूसरी बात यह हुई कि विवाहित महिलाओं को उनके पति के उपनाम (दक्षिण भारत में बहुत से लोग इसका इस्तेमाल अभी भी नहीं करते) या अगर वह अपने नाम के पीछे उपनाम लगाता हो तो उसके पहले नाम से पुकारा जाने लगा। इस प्रकार, महिलाओं द्वारा विवाह के बाद अपना उपनाम न बदलने का चलन 'पश्चिमी नारीवाद' से नहीं आया है, बल्कि भारत में इसे परम्पराओं की ओर लौटने का पर्याय माना जा सकता है! भारत में कोई भी परिवार सिर्फ़ एक पीढ़ी पीछे जाकर देखें तो पाएगा कि उस समय नाम रखने के कई तरीक़े चलन में थे और महिलाओं की पहचान की दृष्टि से इसके गहरे निहितार्थ होते थे। उपनिवेशवाद के दौरान लोग अपने उपनाम के तौर पर जाति के नाम का इस्तेमाल करते थे। इस तरह हम वह मुहिम भी देखते हैं जब दलित और ग़ैर-दलितों ने एक सोचे-समझे राजनीतिक कृत्य के तौर पर अपने नाम के पीछे उपनाम लगाना छोड़ दिया।

अक्सर युवतर लोगों के साथ नारीवाद पर चर्चा करते समय कक्षा में कई बार ख़ुद को ज़रूरत से ज़्यादा तेज़तर्रार समझनेवाले लड़के मुझसे यह चुनौतीपूर्ण सवाल कर डालते (आमतौर पर ऐसे सवाल पुरुषों की तरफ़ से पूछे जाते हैं) हैं : अगर विवाह के बाद कोई लड़की अपना उपनाम नहीं बदलती तो इसमें दिक़्क़त क्या है? आख़िर उसका उपनाम पिता का नाम ही तो होता है, यानी उसका नाम तो

किसी दूसरे व्यक्ति का ही होता है। मुझे इस सवाल में छिपी यह मान्यता अजीब लगती है कि अपने पिता के बजाय पुरुष का उपनाम तो उसका 'अपना' उपनाम माना जाता है, जबकि महिला का उपनाम हमेशा उसके 'पिता का' बना रहता है। मैं इसका जवाब यह कहकर देती हूँ कि विवाह के बाद अपना उपनाम न बदलकर महिला अपने पति के पिता यानी ससुर के बजाय अपने पिता के नाम का ही तो चुनाव करती है! इस सवाल का दूसरा अजीब पहलू यह है कि इसे उठाता कौन है? यह सवाल पारम्परिक मुखिया नहीं बल्कि कॉलेज जानेवाले, पूरी तरह आधुनिक और पश्चिमी मान्यताओं और पितृसत्तात्मकता को घोंटकर आत्मसात् कर चुके युवाओं द्वारा पूछा जाता है।*

पिछले दिनों एक और घटना सामने आई। नारीवादी वकील फ़्लेविया एग्नेस ने एक ऐसा मुक़दमा लड़ा जिसमें एक तलाक़शुदा महिला अपने नाम के साथ पूर्व-पति का उपनाम बनाए रखना चाहती थी। इसके लिए उसे क़ानूनी लड़ाई लड़नी पड़ी। महिला के तलाक़शुदा होने के कारण पासपोर्ट ऑफ़िस ने उसके पासपोर्ट का नवीकरण करने से मना कर दिया। ऑफ़िस वालों का कहना था कि पासपोर्ट के नवीकरण के लिए वह अपने नाम के साथ पूर्व-पति के उपनाम का इस्तेमाल नहीं कर सकती। लेकिन सारे दस्तावेज़ों में उसका यही नाम दर्ज था। इसलिए पासपोर्ट जैसे अहम दस्तावेज़ में अपना नाम बदलवाना भारी झंझट का काम था। एग्नेस का कहना है कि बहुत-सी तलाक़शुदा औरतों को इस सोच का ख़मियाजा उठाना पड़ा है। यहाँ नारीवाद की दृष्टि से मुख्य सरोकार यह है कि तलाक़ के बाद महिलाओं पर अपना नाम बदलने का अतिरिक्त बोझ नहीं पड़ना चाहिए। अतिरिक्त सॉलिसिटर जनरल डैरियस खम्भाटा ने मुम्बई के क्षेत्रीय पासपोर्ट ऑफ़िस के इस क़दम पर अपनी क़ानूनी राय ज़ाहिर करते हुए कहा था कि 'भारतीय संविधान के अनुच्छेद 21 (जीवन का अधिकार) के अन्तर्गत हरेक स्त्री को कोई भी नाम इस्तेमाल करने—तलाक़ के बावजूद अगर उसके पति को इस पर आपत्ति न हो तो उसके उपनाम का प्रयोग करने का अधिकार प्रदान है।' (देशपांडे 2011) लेकिन, यह ज़रूर है कि अगर पति को अपनी पूर्व-पत्नी द्वारा अपना नाम इस्तेमाल करने पर कोई आपत्ति हो तो फिर महिला उसके उपनाम का प्रयोग नहीं कर सकती।[5]

इस तरह, अगर पूर्व-पति को दिक़्क़त होती है तो तलाक़शुदा महिला उसके नाम का इस्तेमाल नहीं कर सकती, लेकिन अब उन महिलाओं के बारे में सोचिए

---

* ऐसे में, कई बार तो मेरा मन उन्हें लताड़ने का होने लगता है कि साहबज़ादों, कम-से-कम अपनी पितृसत्ता की ही हिफ़ाजत कर लो!

जो विवाह के बाद अपना नाम नहीं बदलतीं? क़ानूनी तौर पर यह बिलकुल ज़रूरी नहीं है कि शादी के बाद महिला अपने पति का उपनाम अपनाए, लेकिन ऐसे किसी नियम की अनुपस्थिति के बावजूद पासपोर्ट विभाग में काम करनेवाले राज्य के छुटभैये कर्मचारी अक्सर परिवार के कुछ निश्चित मानकों को मज़बूत बनाने का काम करते रहते हैं। ऐसे कई मामले सामने आए हैं जिनमें पासपोर्ट विभाग के लोगों ने विवाहित महिलाओं को इस बात के लिए मजबूर किया है कि या तो वे अपने मूल नाम की जगह अपने पति के उपनाम का इस्तेमाल करें या फिर पति के नाम को अपने उपनाम में शामिल कर लें। इस मामले में उन्हें कोई मोहलत नहीं दी जाती। (शर्मा और अरोड़ा 2011)

इस तरह, यहाँ दो मुद्दे सामने आते हैं—समरूपीकरण के तकाज़ों के तहत आधुनिक औपनिवेशिक राज्य द्वारा 'उपनाम' को सार्वभौम बनाने की क़वायद तथा विवाह के एक अनिवार्य और प्राकृतिक हिस्से के तौर पर महिला द्वारा पति का नाम धारण करना। इन दोनों तथ्यों की जुगलबन्दी से यह पता चलता है कि उत्तर भारत की ऊँची जातियों तथा ब्रिटिश औपनिवेशिक सत्ता द्वारा पोषित पितृसत्ता के दो प्रमुख रूपों को धीरे-धीरे किस तरह प्राकृतिक मान लिया गया।

(सार्वजनिक) नागरिकता और (निजी) परिवार

नागरिकता का जेंडरीकरण हमें इस तथ्य पर सवाल खड़ा करने के लिए मजबूर करता है कि नागरिकता, जिसे हम एक सार्वजनिक पहचान मानकर चलते हैं, वह दरअसल एक निजी विषमलिंगी पितृसत्तात्मक परिवार के ज़रिये गढ़ी जाती है। इसलिए नारीवादी विचार इस मान्यता पर ज़ोर देता है कि समाज में महिलाओं के दोयम दर्जे का मूल कारण पितृसत्तात्मक परिवार है। और नारीवादी नारे—'पर्सनल इज़ पॉलिटिकल' (निजी भी राजनीति से परे नहीं होता) का जन्म इसी बिन्दु से होता है। इसका मतलब है कि हम जिसे 'निजी' (बैडरूम, रसोई) कहते हैं, वह भी पूरी तरह सत्ता-सम्बन्धों में लिपटा होता है। और इस तथ्य का उस दायरे पर ज़बरदस्त प्रभाव पड़ता है, जिसे हम 'सार्वजनिक' (सम्पत्ति, वैतनिक कार्य, नागरिकता) के नाम से जानते हैं। इसलिए, ज़ाहिर है कि 'निजी', 'राजनीति' से अलग नहीं होता।

मिसाल के तौर पर, सर्वोच्च न्यायालय के उस फ़ैसले (2005) पर ग़ौर करें जिसमें कहा गया था कि बच्चा पिता की जाति का उत्तराधिकारी होता है। न्यायालय ने इसी आधार पर ऊँची जाति के एक व्यक्ति की बेटी के चुनाव को इस आधार पर अवैध घोषित कर दिया था कि उसने जिस निर्वाचन-क्षेत्र से चुनाव लड़ा था वह

अनुसूचित जनजाति के लिए आरक्षित था। पराजित उम्मीदवारों द्वारा दायर याचिका के जवाब में महिला उम्मीदवार शोभा हेमावती देवी का कहना था कि उसके पिता और माँ (जो बगथ नामक अनुसूचित जनजाति से ताल्लुक़ रखती थी) का विवाह क़ानूनी तौर पर वैध नहीं था। पिता ने उसकी माँ और बच्चों को बेसहारा छोड़ दिया था। शोभा की दलील थी कि चूँकि उसकी माँ ने उसका लालन-पालन समुदाय के बीच रहते हुए किया है इसलिए उसकी जाति माँ की जाति के आधार पर तय की जानी चाहिए। सर्वोच्च न्यायालय के न्यायाधीश उसकी इस दलील से आश्वस्त नहीं हुए। इसके उलट, उन्होंने इस बात पर 'दुख' जताया कि पद के लालच में कोई नेता इतना नीचे क्यों गिर गया कि अपने 'पाँच भाई-बहनों को अवैध सन्तान और माँ को रखैल' बताने की नौबत आ गई![6]

इस फ़ैसले में दो पूर्व-धारणाएँ काम करती दिखती हैं—एक तो यह कि 'अवैध सन्तान होना' एक ऐसा तथ्य है जिसे कोई भी सम्मानित व्यक्ति छिपाना ही चाहता है, लिहाज़ा इस आशय की घोषणा करना पद हासिल करने की तिकड़म ही हो सकती है। दूसरे, ऊँची जातियों से ताल्लुक़ रखनेवाले इन तीनों न्यायधीशों का रवैया देश-भर में फैले उस आम नज़रिये से मेल खाता है जिसके अन्तर्गत यह माना जाता है कि अनुसूचित जाति/अनुसूचित जनजातियों को बेजा लाभ दिया जाता है, इसलिए जहाँ तक सम्भव हो इस लाभ का दायरा सीमित रहना चाहिए।[7] इस तरह, एक तरफ़ इस फ़ैसले की यह व्याख्या की जा सकती है कि वह विवाह के मामले में महिलाओं को क़ानूनी अधिकार प्रदान करने के साथ अन्तर्जातीय विवाह पर भी वैधता की मुहर लगाता है तो, दूसरी तरफ़ अपनी अन्तर्निहित धारणाओं के चलते वह पितृसत्ता के रास्ते में आनेवाली जातिगत पहचानों को प्राकृतिक सिद्ध करने की नज़ीर भी पेश करता है।

यहाँ दूसरा उदाहरण एक ऐसे विधेयक का है जो अन्ततः रद्द कर दिया गया था। विधेयक में यह माँग उठाई गई थी कि अगर कोई कश्मीरी महिला राज्य से बाहर विवाह करती है तो उसे जम्मू-कश्मीर राज्य की स्थायी नागरिकता से वंचित कर दिया जाए। जम्मू-कश्मीर के एक मंत्री ने विधेयक पर महिला-विरोधी होने के आरोप का बचाव करते हुए यह तर्क दिया था कि चूँकि कश्मीरी पुरुषों से विवाह करनेवाली बाहरी स्त्रियों को राज्य की नागरिकता स्वत: मिल जाती है, लिहाज़ा अगर राज्य की महिलाओं को बाहरी पुरुषों के साथ विवाह करने पर अपनी नागरिकता गँवानी पड़ती है तो हिसाब बराबर हो जाता है। यानी कुल मिलाकर, एक समूह के तौर पर महिलाओं को नुक़सान नहीं होगा। ऐसी दलील का मतलब तब तक समझ नहीं आ सकता जब तक कोई इस बात पर ध्यान न दे कि समाज में विषमलिंगी

और पितृसत्ता पर आधारित परिवार को ही मानवीय स्थिति का प्राकृतिक और शाश्वत अंग माना जाता है। इसके पीछे यह धारणा काम करती है कि एक दिन सभी महिलाओं का विवाह हो जाता है और उन्हें पत्नी के रूप में कहीं न कहीं 'कुछ' अधिकार मिल ही जाते हैं। इससे यह मतलब निकलता है कि अविवाहित महिलाओं को सम्पत्ति के अधिकारों की ज़रूरत ही कहाँ पड़ती है! इस अर्थ में जम्मू-कश्मीर का वह विधेयक कोई अजूबा नहीं है—वह समूचे भारत में महिलाओं के दोयम दर्जे की वास्तविकता पर महज़ मुहर लगाने का काम करता है।

अब ज़रा मध्यप्रदेश सरकार की 'मुख्यमंत्री कन्यादान योजना' जैसे एक और उदाहरण पर विचार करें। इस योजना का उद्‌देश्य ग़रीब परिवारों की लड़कियों के विवाह हेतु सरकारी मदद प्रदान करना है।[8] योजना के अन्तर्गत होनेवाले विवाहों के कर्मकांड व अन्य प्रबन्ध ज़िला प्रशासन द्वारा मुफ़्त में कराए जाते हैं। इसके तहत हरेक विवाहित जोड़े को पाँच हज़ार रुपये का घरेलू सामान भी उपहार में दिया जाता है। ध्यान से देखें कि यहाँ राज्य सरकार विवाह को एक अनिवार्य और शाश्वत कर्म मानते हुए ख़ुद ही पिता की भूमिका में उतर आई है। क्या यह सम्भव नहीं था कि इस पैसे से इन लड़कियों को किसी काम का प्रशिक्षण दिया जाता या उन्हें किसी छोटे-मोटे व्यवसाय में लगाने की कोशिश की जाती! इस योजना पर कभी उँगली नहीं उठाई गई। लेकिन, जुलाई 2009 में जब यह ख़बर सामने आई कि योजना के अन्तर्गत विवाह करनेवाली लड़कियों का 'कौमार्य-परीक्षण' किया जा रहा है तो एक बड़ा विवाद खड़ा हो गया। (घटवई 2009) यह निस्सन्देह एक निन्दनीय हरकत थी, लेकिन ज़रा सोचिए, क्या अपनी बेटी का ब्याह करानेवाला हरेक पिता बेटी के कौमार्य की इसी तरह चिन्ता नहीं करता? क्या *कन्यादान* से यही अर्थ ध्वनित नहीं होता। ऐसे में, अगर सरकार लड़की के पिता की भूमिका अपना कर उसके विवाह की ज़िम्मेदारी धारण कर लेती हो तो फिर सरकार द्वारा पिता की तरह बेटी के कौमार्य की गारंटी लेने पर कैसे आश्चर्य किया जा सकता है? मैंने पीछे जो बात कही थी उसका मतलब ठीक यही था कि परिवार की संस्था में निहित हिंसा बहुत विशेष परिस्थितियों में ही प्रकट होती है; 'सामान्य' परिस्थितियों में इस हिंसा को पूरी तरह एक सामान्य बात माना जाता है।

जैसा कि होता है, इस मामले में भी यह सफ़ाई देने की कोशिश की गई कि कौमार्य परीक्षण का क़दम इसलिए उठाया गया क्योंकि वैवाहिक उपहार का फ़ायदा उठाने के लिए बहुत से विवाहित युगल भी इस योजना में अपना नाम दर्ज कराने लगे थे। सरकार के अनुसार कौमार्य परीक्षण का क़दम ऐसे तत्त्वों से निपटने के लिए उठाया गया था। इसके पीछे यह धारणा काम कर रही थी कि

परीक्षण से विवाहित और कुँआरी लड़कियों का अन्तर स्पष्ट हो जाएगा क्योंकि कुँआरी लड़कियाँ तो निरपवाद रूप से अक्षतयोनि ही होती हैं! कन्यादान योजना से स्पष्ट हो जाता है कि परिवार तथा विवाह के पीछे पितृसत्ता की यह पूर्व-धारणा खड़ी है कि स्त्री की यौनिकता को नियंत्रित किए जाने की ज़रूरत है। और इस धारणा को 'निजी' के बजाय 'सार्वजनिक' कर देने से योजना का स्त्री-द्वेष पूरी तरह उजागर हो जाता है।

भारतीय दंड-संहिता के भाग 497 से पता चलता है कि राज्य विवाह को किस नज़रिये से देखता है। संहिता का यह खंड व्यभिचार से सम्बन्धित है जिसके तहत पति को यह अधिकार दिया गया है कि अगर कोई परपुरुष उसकी पत्नी के साथ दैहिक सम्बन्ध रखता है तो वह उसके ख़िलाफ़ आपराधिक मामला दर्ज करा सकता है। ग़ौरतलब है कि इस प्रावधान के अन्तर्गत पत्नी को दोषी नहीं माना जाता; महिला इस प्रावधान का इस्तेमाल दूसरी महिला या अपने पति के ख़िलाफ़ भी नहीं कर सकती। इस मामले में भी यही धारणा काम कर रही है कि पत्नी तो पति की सम्पत्ति या कोई भावनाहीन वस्तु होती है जिस पर किसी अन्य पुरुष का अधिकार नहीं हो सकता। इस तरह सम्बन्धित प्रावधान की मूल धारणा ही यौनतावादी (सेक्सिस्ट) और पितृसत्तात्मक है, और यही वजह है कि नारीवादियों को भारतीय विधि आयोग तथा राष्ट्रीय महिला आयोग की इन अनुशंसाओं पर ख़ासा ऐतराज है कि इस प्रावधान को जेंडर-निरपेक्ष बनाकर महिलाओं को इसके दायरे में लाया जाना चाहिए। उल्लेखनीय है कि बॉम्बे उच्च न्यायालय ने 2001 के अपने एक फ़ैसले में व्यभिचार को गम्भीर अपराध घोषित करते हुए इसे विवाह की पवित्रता सुनिश्चित करने के लिए एक ज़रूरी क़दम बताया था।

दो वयस्क लोगों के बीच आपसी सहमति पर आधारित यौन-सम्बन्धों को अपराध घोषित करना एक निन्दनीय बात है जिसे स्वीकार नहीं किया जा सकता। व्यभिचार को पुरुष या महिला, दोनों में से कोई भी एक 'ग़लत' हरकत मानने के लिए स्वतंत्र है और इसे तलाक़ का आधार बनाया जा सकता है, लेकिन इसे आपराधिक कृत्य की श्रेणी में नहीं रखा जा सकता। क़ानून की किसी भी आधुनिक संहिता में ऐसे प्रावधान की कोई जगह नहीं हो सकती। इसे तुरन्त ख़त्म किया जाना चाहिए।

हमें कुछ ऐसी स्थितियों का निर्माण करना होगा जिनमें विवाह एक स्वैच्छिक निर्णय बन सके और उसमें सम्बन्ध से बाहर आने का दरवाज़ा पहले से मौजूद हो। ऐसे में तलाक़ को आसान बनाने में घरेलू सामानों और संसाधनों का न्यायपूर्ण बँटवारा बहुत ज़रूरी है। जब तक महिलाओं को वैवाहिक सम्पत्ति में बराबर का हिस्सा नहीं दिया जाता तब तक वैवाहिक बन्धन में बँधी अधिकांश महिलाओं की

स्थिति डाँवाडोल ही रहेगी; पति की आय में उनके माध्यम से होनेवाली वृद्धि को 'बेकार' और अदृश्य काम माना जाता रहेगा और तलाक़ की सूरत में उनके पास न कोई आर्थिक सुरक्षा होगी, न सिर छुपाने के लिए कोई छत। सरकार ने एक विधेयक 2010 में तैयार किया है। इसमें हिन्दू विवाह अधिनियम के तहत तलाक़ के प्रावधान में 'वैवाहिक सम्बन्धों में अपूरणीय क्षति' की बात जोड़ने पर विचार किया जा रहा है। विधेयक को लेकर महिला समूहों की चिन्ता ये है कि इसे जिस तेज़ी से क्रियान्वित करने की कोशिश की जा रही है उतनी गम्भीरता घरेलू सम्पत्ति के न्यायपूर्ण बँटवारे के प्रति नहीं बरती जा रही है। (सिंह 2010)

दहेज क्या है?

अब हम एक ऐसे मुद्दे की तरफ़ बढ़ते हैं जिसे लेकर कहीं कोई मतभेद दिखाई नहीं देता—दहेज एक ऐसी चीज़ है जिसकी बुराई चारों तरफ़ की जाती है। लेकिन सवाल ये है कि दहेज होता क्या है? इस प्रथा का अध्ययन करनेवाले विद्वानों का कहना है कि समय के साथ इसका स्वरूप इतना बदल चुका है और विवाह की रस्म में भेंट-उपहार देने के इतने तरीक़े पैदा हो चुके हैं कि अब उसे परिभाषित करना मुश्किल हो गया है। लेकिन एक स्थूल रूप में इसे माता-पिता द्वारा बेटियों को अपनी मृत्यु से पहले पैतृक सम्पत्ति में दिए जानेवाले उत्तराधिकार की तरह देखा जा सकता है। हम जानते हैं कि सम्पत्ति के उत्तराधिकार की दृष्टि से लड़कियों की स्थिति कमज़ोर ही रहती है। कुछ लोग दहेज के इस पहलू पर ज़ोर देते हुए कहते हैं कि महिलाओं के सम्पत्ति-सम्बन्धी अधिकारों को मज़बूत किए बिना दहेज का बहिष्कार करना बेमानी होगा क्योंकि विवाह के बाद ससुराल में सम्पत्ति के नाम पर उनके पास यही एक बड़ा सहारा होता है। लेकिन, कुछ अन्य लोगों का मानना यह है कि दहेज का लेन-देन दो परिवारों के पुरुषों के बीच सम्पन्न होता है जिसमें वधू के साथ आए दहेज पर उसके बजाय उसके पति और ससुराल वालों का नियंत्रण रहता है। 1980 के बाद दक्षिण एशिया में दहेज के साथ हिंसा भी जुड़ गई है। अब दहेज दिया नहीं जाता, उसकी माँग की जाती है; अपने साथ पर्याप्त दहेज न लानेवाली महिलाओं के साथ ससुराल में मार-पीट और यातनादायी बर्ताव किया जाता है।

नारीवादी लेखिका सी.एस. लक्ष्मी दहेज को विवाह की अनिवार्य प्रकृति से जोड़कर देखती हैं। उनकी नज़र में दहेज का एक सिरा महिलाओं के अपने मातृ-परिवार से अलगाव के साथ भी जुड़ा है। लेखिका हमें एक सवाल के बारे में बताती है जो बीसवीं सदी के शुरुआती दौर में समाज-सुधार और दहेज-विरोध की

मुहिम चलानेवाली प्रसिद्ध कार्यकर्ता सिस्टर सुब्बालक्ष्मी से पूछा गया था : 'अगर दहेज न देने पर लड़कियों का विवाह ही न हो पाए?' इस पर सिस्टर सुब्बालक्ष्मी का जवाब यह था : 'तो फिर लड़कियों को गरिमा और हिम्मत के साथ अकेले जीने का फ़ैसला करना चाहिए।'[9]

कुछ नारीवादी विद्वानों का मानना है कि इस दृष्टि से दहेज में निहित मसलों की पश्चिमी के पितृसत्तात्मक तंत्रों में महिलाओं की स्थिति से भी तुलना की जा सकती है। इसका मतलब है कि जेंडर-आधारित अधीनस्थता विषमलिंगी विवाह, वित्तीय संसाधनों की उपलब्धता के मामले में महिलाओं के साथ भेदभाव तथा महिलाओं के साथ की जानेवाली व्यापक शारीरिक-संरचनात्मक हिंसा के राजनीतिक अर्थशास्त्र में गुँथी हुई है। कहने का आशय यह है कि दहेज से सम्बन्धित हिंसा कोई अनूठी चीज़ नहीं है, वह दुनिया के विभिन्न हिस्सों में अलग-अलग रूप-रंग में व्याप्त जेंडर-आधारित हिंसा का एक दक्षिण एशियाई नमूना-भर है। (बसु 2009)

श्रीमति बसु का तर्क है कि दहेज निषेध अधिनियम (1984 में संशोधित) इसलिए कारगर नहीं हो पाया क्योंकि वह समाज में पैवस्त उन तौर-तरीक़ों का कुछ नहीं कर सकता जिनके ज़रिये दहेज का लेन-देन किया जाता है। यह अधिनियम तभी प्रभाव में आता है जब दहेज के मामले में शिकायत दर्ज की जाती है। इस सम्बन्ध में यह बात भी याद रखी जानी चाहिए कि दहेज से सम्बन्धित शिकायतों में इसके औचित्य पर सवाल नहीं उठाया जाता; शिकायत केवल तब की जाती है जब कोई 'बेतुकी' माँग करता है या दहेज दे दिए जाने के बावजूद और ज़्यादा दहेज की माँग करता है। इस प्रसंग में यह भी ग़ौरतलब है कि अधिनियम में दहेज लेने या देनेवाले को बराबर का दोषी माना गया है, इसलिए होता यह है कि मौत या क़ानूनी पेंचों जैसी गम्भीर परिस्थितियों के अलावा कोई भी पक्ष दहेज की शिकायत दर्ज करने से परहेज करता है (बसु 2009 : 181) मिसाल के तौर पर, दिल्ली की एक सेशन अदालत ने 2009 में एक महिला द्वारा अपने ससुराल वालों के ख़िलाफ़ दायर की गई एक दहेज सम्बन्धी हिंसा की घटना पर फ़ैसला सुनाते हुए महिला के पिता को भी दहेज देने का दोषी क़रार दिया था। (आनन्द 2009) यही वजह है कि दहेज के मुद्दे पर काम करनेवाले कई महिला संगठन दहेज निषेध अधिनियम के प्रावधानों का सहारा लेने के बजाय आर्थिक निर्भरता, आवास के विकल्पों और घरेलू हिंसा जैसे उन अन्य क़ानूनी उपायों को ज़्यादा तरजीह देते हैं जो विवाह से जुड़ी समस्याओं को ज़्यादा गहराई से पकड़ते हैं। क़ानून के इन वैकल्पिक उपायों में तलाक़ की प्रक्रिया के साथ इस बात पर भी ज़ोर दिया जाता है कि अगर तलाक़

की स्थिति में दहेज का सामान नहीं लौटाया जाता तो भारतीय दंड संहिता की धारा 406 के तहत इस कृत्य को आपराधिक कृत्य घोषित किया जाए। महिला संगठनों को इसके अलावा, पति या उसके रिश्तेदारों द्वारा किए गए क्रूरतापूर्ण बर्ताव के लिए धारा 498ए तथा घरेलू हिंसा अधिनियम (2005) जैसे उपाय ज़्यादा कारगर लगते हैं। ग़ौरतलब है कि घरेलू हिंसा अधिनियम के अन्तर्गत पीड़ित महिला को पति के घर में रहने का अधिकार दिया गया है।

दहेज की प्रथा मूलत: उत्तर भारत की ऊँची जातियों में प्रचलित थी, लेकिन धीरे-धीरे वह भारत के तमाम वर्गों, जातियों, क्षेत्रों और धर्मों में व्याप्त हो गई है। दहेज प्रथा के इस फैलाव को विद्वान 'संस्कृतिकरण' (ऊँची जातियों के रहन-सहन का अनुकरण), बढ़ते उपभोक्तावाद और बाज़ारीकरण; तथा नवें दशक में उभरी उदारवादी अर्थव्यवस्था में नकद आय के बढ़ते लेन-देन का मिला-जुला परिणाम मानते हैं। (टोमालिन 2009)

मैं दहेज की जबरन माँग और इसके साथ जुड़ी हिंसा को दूसरी तरह देखती हूँ। मेरा कहना है कि यह परिघटना विवाह के एक ख़ास रूप की धीरे-धीरे बढ़ती स्वीकार्यता का परिणाम है। बीसवीं सदी के आख़िर तक विवाह का यह रूप भारत में बहुत हद तक स्वाभाविक मान लिया गया था। दूसरे शब्दों में, इस समय तक विवाह और सम्पत्ति-हस्तान्तरण के पूर्व-स्थापित रूपों को पछाड़ते हुए विवाह का पितृसत्तात्मक, पितृवंशीय और पितृ-स्थानिक (विरिलोकल) रूप सर्वप्रमुख और सार्वभौम बन गया। भारत के प्रत्येक समुदाय में दहेज का प्रचलन इस बात का सुबूत है कि हर समुदाय में विवाह का वही रूप स्थापित हो चुका है जिसमें शादी के बाद लड़की को पति के घर जाकर एक नए परिवेश में जीना या उससे जूझना पड़ता है; और विवाह के इस प्रकार में महिला को पत्नी के रूप में सम्पत्ति के सीमित, और बेटी के रूप में कभी कोई अधिकार नहीं दिया जाता। जब तक परिवार के इस ढाँचे को प्राकृतिक और अवश्यम्भावी तथा विवाह के एक प्रकार विशेष को सबके लिए अनिवार्य माना जाता रहेगा तब तक 'दहेज की बुराई' से लड़ने की तमाम कोशिशें विफल होती रहेंगी। दहेज की समस्या परिवार के समकालीन स्वरूप को बदले बिना दूर नहीं की जा सकती।

क्या विवाह की संस्था अन्दर से दरक रही है?

परिवार का यह रूप अपनी बनावट में हिंसक और जेंडर की दृष्टि से पक्षपाती होता है। यहाँ मैं केवल शारीरिक हिंसा की बात नहीं कर रही; मेरे कहने का आशय यह

है कि एक संस्था के रूप में परिवार और उसका अखिल भारतीय फैलाव विवाह की दुनिया में क़दम रखनेवाली महिला के आत्म को तोड़-मरोड़कर रख देता है। हमने इस बात पर कभी पर्याप्त विचार नहीं किया है कि पितृवंशीय स्थानिकता (विवाह के बाद पति के परिवार के साथ रहने की परम्परा) का महिला के मानस पर क्या असर पड़ता है। उसे अपना पैतृक घर छोड़ना पड़ता है, वह भले ही कोई काम करती हो लेकिन उसे अपने पति के घर या उसके माता-पिता के यहाँ जाना पड़ता है। उसे अपना उपनाम बदलना पड़ता है, कुछ समुदायों में तो उसका मूल नाम तक बदल दिया जाता है, और उसके बच्चों के साथ उनके पिता का नाम जाता है; इस तरह, अगर वह विवाह के बाद अपवादस्वरूप अपना नाम यथावत रखती है तब भी उसका नाम मिट जाता है।

महिलाओं को हर हालत में ख़ुद को नए सिरे से गढ़ना पड़ता है, लेकिन इससे कहीं ज़्यादा गम्भीर बात ये है कि विवाह की इस अकेली घटना से पहले उनका पूरा जीवन भविष्य के इसी क्षण के बारे में सोचते-विचारते—करियर के चुनाव और रोजगार के विकल्पों से लेकर लड़कपन के शुरुआती दौर से ही ख़ुद को किसी भी परिस्थिति में ढालने की तैयारी में बीत जाता है।

जैसा कि एक बच्ची ने मुझसे कहा था, 'मैं जब भी अपनी माँ से कहती हूँ कि अच्छे कपड़े पहनकर कहीं बाहर जाकर मज़े करो तो माँ कहती है कि, "मैं अब शादीशुदा हूँ, मैं यह सब नहीं कर सकती"। अगर विवाह का मतलब एक चलते हुए जीवन का ख़त्म हो जाना है तो उसे जीवन का उद्देश्य कैसे माना जा सकता है?'[10]

हमें उन सवालों को, जिन्हें हमारी तरफ़ अक्सर चुनौती की तरह फेंका जाता है, इसी पृष्ठभूमि में रखकर देखना चाहिए : लेकिन क्या महिलाएँ ही महिलाओं की सबसे कट्टर दुश्मन नहीं होतीं? क्या क्रूरता के मामले में सास ही बहू के साथ सबसे बुरा व्यवहार नहीं करती? ऐसा क्यों है? इन सवालों का जवाब देने से पहले आइये एक ऐसे अलग सवाल पर ग़ौर करें जिसे कभी-कभार ही पूछा जाता है : आख़िर सत्ता के लिए ससुर और दामाद में ऐसी जंग क्यों नहीं होती? बात साफ़ है कि उन दोनों का दायरा पूरी तरह अलग होता है। उनके बीच सत्ता का खेल इस तरह नहीं खेला जाता कि एक की ताक़त बढ़ने से दूसरे की ताक़त ख़त्म हो जाएगी। लेकिन पितृवंशीय और पितृ-स्थानिक घर में महिलाओं को सारी ताक़त पुरुषों—अपने पतियों और पुत्रों—से ही मिलती है, जो एक समय के बाद स्वयं किन्हीं अन्य महिलाओं के पति बन जाते हैं। इस प्रकार की संरचना में महिलाओं के बीच सत्ता का संघर्ष अवश्यम्भावी होता है। इसका उनके 'महिला' होने से कोई लेना-देना नहीं है, इसकी वजह यह होती है कि उन्हें ऐसी परिस्थितियों में झोंक

दिया जाता है जो बुनियादी तौर पर वे एक दूसरे के विरोध में खड़ी हो जाती हैं। एक ऐसी स्थिति की कल्पना करें जिसमें ससुर और दामाद को एक सीमित दायरे में रहने के कारण हर दिन एक दूसरे से भिड़ना पड़ता हो। ऐसी स्थिति में दामाद धीरे-धीरे ससुर से सत्ता छीन लेगा। और इस स्थिति में पुरुष ही पुरुष का सबसे बड़ा दुश्मन बन जाएगा।*

तो एक बार फिर इस तोहमत की ओर लौटें कि महिला ही महिलाओं की सबसे कट्टर दुश्मन होती है और उसके बाद इस बात पर ग़ौर करें कि पितृसत्तात्मक और पितृ-स्थानिक परिवार की संरचना ही ऐसी होती है कि उसमें महिलाएँ एक दूसरे की विरोधी हुए बिना रह ही नहीं सकती।

विवाह में यह पूर्व-निहित हिंसा एक ऐसा तथ्य है जिसे हल नहीं किया जा सकता, औरतों के पास वह भाषा ही नहीं है जिसमें वे इस समस्या का समाधान खोज सकें। मुझे लगता है कि धारा 498ए का शायद इसीलिए इतना ज़्यादा इस्तेमाल किया जाता है और इसीलिए दहेज की माँग के आरोपों को इन प्रावधानों का 'दुरुपयोग' कहा जाता है। चूँकि दहेज का सम्बन्ध मातृ-परिवार की सम्पत्ति से होता है इसलिए महिलाएँ इसके आधार पर कम-से-कम किसी सहारे की उम्मीद कर सकती हैं; सच्चाई भी यही है कि ऐसे विवादों में महिला-समूह अक्सर यह कोशिश करते हैं कि दहेज का सामान वापस मिल जाए। इसी तरह घरेलू हिंसा के मामलों में पुलिस और वकील भी अक्सर विवाद का त्वरित समाधान ढूँढ़ने के लिए दहेज निषेध अधिनियम के प्रावधानों पर ही ज़्यादा भरोसा करते हैं।

जिस अर्थ में पितृसत्ता काम करती है उसमें पुरुषों द्वारा इन प्रावधानों के 'दुरुपयोग' की दलील सही कही जाएगी। ऐसे पुरुष वाक़ई यह मानते हैं कि उन पर 'झूठा आरोप' लगाया जा रहा है क्योंकि उनके कहने का मतलब दरअसल यह बैठता है : 'परिवार को ऐसा ही तो होना चाहिए; पत्नी के रूप में तुमसे यही तो उम्मीद की जाती है कि तुम वह सब भूल जाओ कि पहले तुम क्या थी; हम तुमसे कई तरह की उम्मीदें करते हैं और तुम्हारा दायित्व है कि तुम हमारी उन उम्मीदों को पूरा करो। शादी का मतलब यही तो होता है।' और हो यह रहा है कि महिलाएँ उम्मीदों के इस पिटारे को विवाह मानने से इनकार कर रही हैं। इस लिहाज़ से पुरुषों की यह बात एकदम ठीक है कि उन्हें 'झूठे मामले' में फँसाया जा रहा है—यह बात इसलिए ठीक है क्योंकि वे जिस तरह का व्यवहार कर रहे थे वही तो पितृसत्तात्मक परिवार का आदर्श माना जाता है।

---

* बाप-बेटे या भाई-भाई के बीच सम्पत्ति को लेकर होनेवाले भयंकर लड़ाई-झगड़ों को देखते हुए यह कहना बहुत ग़लत न होगा कि पुरुष पहले से ही पुरुषों के सबसे बड़े दुश्मन हैं!

हमारे पास इस बात की कोई व्याख्या नहीं है कि महिला अपने इस आमूल रूपान्तरण के बाद भी दुखी रहती है। क्या कोई महिला कभी अपने घर वापस लौटकर यह ऐलान कर सकती है : *'मैं किसी की पत्नी नहीं बनना चाहती, मुझे यह काम पसन्द नहीं है!'* बचपन से ठोक-पीटकर सिर्फ़ शादी और शादी के लिए तैयार किया जाना, इसके अलावा भविष्य का कोई और सपना न देखने की हिदायतों और इस उम्मीद में जीते चले जाना कि शादी के बाद उनकी ज़िन्दगी में एक नई सुबह होगी और फिर यह महसूस करना कि शादी का मतलब तो ज़िन्दगी का अन्त है; इस स्थिति से एक ऐसी कुंठा और क्षोभ पैदा होता है जिसे मैं *विवाह के अन्तर्ध्वंस* की तरह देखना चाहती हूँ। आज नई उम्र की लड़कियाँ दबी-सहमी रहनेवाली पत्नी और पुत्र-वधू बनने से साफ़ इनकार कर रही हैं। वे जिन परिवारों में ब्याह कर जाती हैं, उन्हें यह रवैया क़तई बर्दाश्त नहीं हो पाता। क़ानून के ये प्रावधान परिवार को मूलत: सार्वजनिक क़ानूनों से संचालित होनेवाली संस्था की तरह देखते हैं। ज़ाहिर है कि इससे परिवार संकट में पड़ जाता है क्योंकि लोगों को लगता है कि विवाह के इन 'दमनकारी' क़ानूनों से पुरुषों की रक्षा की जानी चाहिए। लेकिन सच्चाई यह है कि विवाह की इस संस्था में सबसे ज़्यादा दुख अब भी महिलाओं के हिस्से में आता है क्योंकि अधिकांश महिलाएँ विवाह के इन हिंसक और अपमानजनक बन्धनों को निभाने के लिए अपनी पूरी ऊर्जा, हिम्मत और ताक़त झोंक देती हैं।

यहाँ महिला की ससुराल के साथ उसके मातृ-परिवार की व्यापक विवेचना करना अनिवार्य है। शादी के बाद पहली बेटी को दहेज के कारण मार दिए जाने के बावजूद माता-पिता दूसरी बेटी के सुरक्षित भविष्य के लिए भी शादी का ही सपना देखते हैं। इसकी तुलना व्यावसायिक प्रशिक्षण संस्थानों में होनेवाली 'रैगिंग' से की जा सकती है जहाँ नये लड़कों को सीनियर लड़कों के हाथों बार-बार शारीरिक और भावनात्मक प्रताड़ना झेलनी पड़ती है और इन लड़कों के माँ-बाप उन्हें हर बार वापस लौट जाने, एडमिशन पर होनेवाले ख़र्च के बारे में सोचने और तब तक सहन करते रहने की नसीहत देते हैं जब तक किसी दिन उनकी मौत नहीं हो जाती। आख़िरकार, परिवार का काम नाकारा औलाद पैदा करना थोड़े है, उसका काम तो ऐसे पुरुषों और स्त्रियों को पैदा करना होता है जो अपने माता-पिता के सपनों को पूरा कर सकें, उनकी सामाजिक प्रतिष्ठा को महफ़ूज़ रख सकें और उनके बुढ़ापे का सहारा बन सकें!

उदाहरण के लिए, रविन्दर कौर पंजाब के खेतिहर परिवारों के एक अध्ययन में दर्शाती हैं कि इन परिवारों में सभी बेटों को समान महत्त्व नहीं दिया जाता। उनमें कुँवारे बेटे दूसरे नम्बर की चीज़ माने जाते हैं। (कौर 2009) इस तरह पितृसत्तात्मक

परिवार—चाहे ससुराल हो या मायका (पैतृक परिवार), सत्ता के हिंसक खेलों और वंचनाओं का मैदान होता है।

अब इस बात के संकेत बढ़ते जा रहे हैं कि विवाह और परिवार का यह स्वरूप अन्दर से दरकने लगा है। वर्ष 2011 के अख़बार में एक रिपोर्ट आई थी कि हरियाणा जैसे राज्य में, जहाँ बेटियों के बजाय बेटों को ज़्यादा तरजीह दी जाती है और जहाँ लिंगानुपात भारत में सबसे कम पाया जाता है, वहाँ पिता और कभी-कभी माँओं की तरफ़ से 'क्षेत्रीय भाषाओं और अंग्रेज़ी के अख़बारों में हर दिन दर्जनों नोटिस' छपवाए जाते हैं कि वे अपने फलाँ बेटा-बेटी को अपनी सम्पत्ति से बेदख़ल कर रहे हैं। (सिवाच 2011) हालाँकि ऐसे नोटिसों का कोई क़ानूनी महत्त्व नहीं होता, लेकिन उनसे यह ज़रूर पता चलता है कि परिवार का विस्फोटक तनाव घर की चारदीवारी से बाहर फूटने पर आमादा है।

क्या प्रजनन की नई तकनीक पितृवंशीयता के लिए चुनौती है?

प्रजनन विज्ञान के क्षेत्र में तीन ऐसे तकनीकी बदलाव आए हैं जिनसे मातृत्व के जैव-अनुभव को तीन अलग-अलग हिस्सों में बाँटा जा सकता है। अब, 'माँ के तीन प्रकार्यों' को तीन अलग-अलग महिलाएँ निभा सकती हैं। इनमें एक महिला आनुवंशिक द्रव्य (अंडाणु की दाता) का स्रोत हो सकती है; दूसरी नौ महीनों के लिए गर्भ धारण (सरोगेट मदर) कर सकती है तथा तीसरी बच्चे का लालन-पालन (सामाजिक माता) कर सकती है। मातृत्व की पुरानी जैविक समझ में इन तीनों प्रकार्यों को एक ही स्त्री से जोड़कर देखा जाता था; लेकिन अब गर्भ की अवधि के दौरान इन तीनों भूमिकाओं को दो या तीन महिलाएँ अलग-अलग स्तर पर निभा सकती हैं।

इस तरह अब कोई महिला आईवीएफ़ (इन विट्रो फ़र्टिलाइज़ेशन) तकनीक के ज़रिये शरीर से बाहर निषेचित किए गए गर्भ को अपने गर्भाशय में धारण कर सकती है। यह गर्भ उसके अपने या किसी अन्य महिला से लिए गए अंडाणु का हो सकता है तथा इसके निषेचन की भूमिका निभानेवाला शुक्राणु उसके पति, दूसरे व्यक्ति या प्रेमी का हो सकता है। इस प्रक्रिया से पैदा होनेवाला बच्चा आमतौर पर किसी अन्य का होता है, परन्तु अगर महिला चाहे तो वह अपने बच्चों के लिए भी इस तकनीक का प्रयोग कर सकती है। इसका मतलब ये है कि अगर कोई महिला अपने जीवन में पुरुष का साहचर्य नहीं चाहती तो वह इसके बावजूद किसी व्यक्ति से शुक्राणु लेकर गर्भवती हो सकती है; इस तकनीक का इस्तेमाल

ऐसे विवाहित महिला और पुरुष भी कर सकते हैं जिनके अंडाणु या शुक्राणु की गुणवत्ता ठीक नहीं होती।

इस मामले में नारीवादियों की यह चिन्ता वाजिब है कि लोग-बाग किराए की कोख का व्यावसायिक इस्तेमाल करने के लिए ग़रीब महिलाओं का शोषण करते हैं। हम इस मसले पर एक अलग खंड में चर्चा करेंगे। लेकिन, एक बार सोचें कि परिवार की नारीवादी समझ के सम्बन्ध में इन तकनीकों के निहितार्थ क्या हैं? यहाँ नारीवादियों की सबसे प्रमुख चिन्ता यह है कि दवाओं की बड़ी-बड़ी कम्पनियाँ और बाज़ार की ताक़तें इन तकनीकों को बढ़ावा देकर पितृसत्ता की इस धारणा को मज़बूत करती हैं कि जैविक रूप से सम्बन्धित बच्चे ही 'अपने' होते हैं। ज़ाहिर है कि इससे बच्चों को गोद लेने की भावना पर आघात होगा। इसी के साथ, कई नारीवादियों की राय यह भी है कि विज्ञान और तकनीक के इन बदलावों से सिद्धान्ततः 'मातृत्व' की उन पितृसत्तावादी निर्मितियों में भी दरार आएगी जो सामाजिक भूमिका का 'जीव-विज्ञान' के साथ घालमेल कर देती हैं। अर्थात्, अगर 'गर्भ' (सरोगेट) को 'माँ' (बच्चे का पालन करनेवाली 'सामाजिक' माँ) से अलग कर दिया जाता है तो 'मातृत्व' के विचार का औचित्य ही क्या रह जाएगा? और क्या यह सम्भव नहीं है कि ऐसे बदलावों से परिवार पर विषमलिंगी एकाधिकार ख़त्म हो जाए और चयनिका शाह के शब्दों में कहें तो इसकी जगह 'सामाजिक रूप से बाँझ लोग' यानी अविवाहित रहने का फ़ैसला करनेवाली औरतें और पुरुष तथा समलिंगी दम्पति ही जैविक रूप से सम्बन्धित सन्तानों को जन्म देने लगें?

यहाँ 'जैविक' तौर पर एक दूसरे से सम्बन्धित परिवार के विचार पर बात करना और उसकी असलियत को उजागर करना ज़रूरी है क्योंकि परिवार के स्वरूप में केवल इसे ही स्वीकार्य माना जाता है। प्रजनन की नई तकनीकों के सन्दर्भ में हम पाते हैं कि किराए पर कोख लेनेवाले माता-पिताओं को दवा-कम्पनियाँ और डॉक्टर लगातार यह भरोसा दिलाते रहते हैं कि अगर बच्चे में आनुवंशिक द्रव्य (अर्थात् अंडाणु और शुक्राणु) उन्हीं के हैं तो बच्चा 'जैविक' रूप से उन्हीं का होगा क्योंकि किराए की कोख केवल एक 'पकाने के बर्तन' या 'किराए के कमरे' आदि की तरह होती है। लेकिन, जब कोई महिला उधार के शुक्राणु और अंडाणु को अपने गर्भाशय में धारण करके स्वयं ही बच्चे को जन्म देना चाहती है तो वही कम्पनियाँ और डॉक्टर उसे यह कहते पाए जाते हैं कि 'बच्चे को जन्म देने का काम' तो असल में गर्भ में ही होता है तथा 'जैविक' रूप से बच्चा उसी महिला की सन्तान होता है जिसके गर्भ में उसके भ्रूण का विकास होता है।[11]

दूसरे शब्दों में, जैसा कि हम पहले देख चुके हैं, 'जैविक' सम्बन्ध सामाजिक तौर पर भी गढ़े जाते हैं। इसलिए, तकनीक के अन्य बदलावों की तरह किराए की कोख के निहितार्थ भी सन्दर्भ के हिसाब से तय होंगे।

*

परिवार की संस्था उत्तराधिकार और वंश-परम्परा की व्यवस्था का बहुत कड़ाई से पालन करती है। और इस संरचना में बेटा, बेटी, पत्नी, पति—सबके सब साधन की तरह होते हैं जिन्हें इस ढाँचे की स्पष्ट या परोक्ष हिंसा आपस में मज़बूती से बाँधे रखती है। आमतौर पर हम इस ढाँचे के प्रति सजग नहीं रहते। इसकी अश्लीलता हमें असाधारण परिस्थितियों में ही नज़र आती है।

नारीवादी होने के नाते हमारा यह कर्तव्य है कि हम महिला और पुरुष, दोनों के अन्दर ऐसी क्षमता और शक्ति का संचार करें कि वे विवाह को एक स्वैच्छिक सम्बन्ध की तरह जी सकें। इसके अलावा, हमें ग़ैर-शादीशुदा ढंग के वैकल्पिक समुदाय बनाने की भी कोशिश करनी चाहिए।

अगर विवाह पर आधारित परिवार समाज की मौजूदा व्यवस्था की बुनियाद है तो परिवार की बुनियाद यौन-भिन्नता पर टिकी है। और यही वह चीज़ है जिसे हमें धक्का देने की ज़रूरत है।

देह

अगर उन्हें उन्नत वक्ष और लम्बे बाल आते दिखते हैं
तो उसे वे औरत कहते हैं।
जब उन्हें दाढ़ी और मूँछें दिखाई देती हैं तो वे उसे मर्द कहने लगते हैं।
लेकिन ग़ौर करिये कि इन दोनों के बीच में
जो आत्म मँडराता रहता है वह न मर्द होता है, न औरत...

पूर्व-आधुनिकता और ग़ैर-पश्चिमी संस्कृतियों में देह

यहाँ सबसे पहले इस बात पर ध्यान दिया जाना चाहिए कि देह का 'केवल पुरुष' और 'केवल स्त्री' जैसा कठोर विभाजन मानव इतिहास के एक ख़ास मुकाम की देन है। इसके लक्षण उस दौर में उभरे जिसे हम 'आधुनिकता' का नाम देते हैं। इस तरह, आज जो धारणाएँ हमारे सामान्य बोध का हिस्सा बन चुकी हैं, उनका सोलहवीं सदी से पहले यूरोप और उन्नीसवी सदी की शुरुआत में दक्षिण एशिया तथा अफ्रीका में उपनिवेशवाद के रास्ते सार्वभौम हुई यूरोपीय आधुनिकता के आगमन से पहले कोई वजूद नहीं था। अर्थात्, प्रकृति को मनुष्यों से अलग-थलग स्थित बेजान साधनों के एक ऐसे समुच्चय के रूप में देखना जिसका अर्थ ही मनुष्य के काम आना है; कि देह प्राकृतिक रूप से पूरी तरह या तो स्त्रीलिंगी होती है या पुरुष लिंगी; कि अर्धनारीश्वरता एक बीमारी है; और यौन आकर्षण केवल 'विपरीत' लिंगों के बीच जन्म लेता है—ये तमाम धारणाएँ इसी दौर में रूढ़ हुई थीं। ऐनी फाउस्टो-स्टर्लिंग बताती हैं कि यूरोप में स्त्री और पुरुष, दोनों के लक्षण रखनेवाले लोगों को सत्रहवीं सदी में जाकर किसी एक जेंडर को चुनने का फ़रमान सुनाया गया। फ़रमान के साथ यह हिदायत भी दी गई थी कि ऐसा न करनेवाले मृत्युदंड के भागीदार होंगे। (2002)

यूरोप की इस आधुनिकता का केन्द्रीय विचार व्यक्ति के इस निरूपण से था कि 'मैं' ही यह देह हूँ तथा 'मेरा आत्म' त्वचा की सीमाओं पर जाकर ख़त्म हो जाता है। ऊपर हमने 'सामान्यबोध' में पैवस्त हो जानेवाली जिन पूर्व-धारणाओं की बात की थी, उन्हें आधुनिकता के इसी विचार से खाद-पानी मिलता है। हालाँकि स्त्री और पुरुष के वर्गीकरण का यह विचार एक आधुनिक दिमाग़ को पूरी तरह प्राकृतिक लग सकता है, लेकिन सच्चाई यह है कि यह विचार केवल चार सौ साल पुराना है तथा पश्चिम के अनुभव में इसका एक ख़ास सांस्कृतिक सन्दर्भ है। ग़ैर-पश्चिमी समाजों में व्यक्ति को बाक़ी अन्य व्यक्तियों से पृथक मानने और उसे समाज की इकाई के रूप में देखने का विचार आज भी पूरी तरह स्वीकृत नहीं हो पाया है। इसलिए, ग़ैर-पश्चिमी समाजों के हर स्तर पर *आत्म* को एक

ऐसे भाव के तौर पर देखा जाता है जो व्यक्तिगत देहों और अलग-अलग तरह की सामूहिकताओं के संधि-स्थल पर पैदा होता है। इस तरह वयैक्तीयन यानी स्वयं को मूल रूप से एक व्यक्ति की तरह देखने की प्रक्रिया हमारी दुनिया में (पश्चिमी दुनिया से अलग) हमेशा एक *निरन्तर चलनेवाली* प्रक्रिया होती है।

इसलिए हमें यह सवाल पूछते हुए इस पृष्ठभूमि को ध्यान में रखना चाहिए : क्या लिंग अथवा जेंडर सामाजिक वर्गीकरण का वाक़ई ऐसा आधार था जिसे *सार्वभौम रूप* से प्रासंगिक कहा जा सकता हो? मतलब, क्या अचल देहों पर आधारित पुरुष/स्त्री की यह भिन्नता सभी समाजों और स्थानों में हमेशा इसी तरह देखी जाती थी?

नाईजीरियाई विद्वान ओयरोंके ओयवुमी इस सवाल को प्रमुखता से उठाती हैं और जेंडर की सामाजिक श्रेणी को सार्वभौम मानने का कड़ा प्रतिवाद करती हैं। ओयवुमी की दलील यह है कि पश्चिम के मानवशास्त्री, यहाँ तक कि नारीवादी भी अफ्रीकी समाज को उसके अपने सन्दर्भ में नहीं समझ सके। और इसकी वजह यह थी कि वे जेंडरगत पहचानों तथा दर्जाबन्दियों को सार्वभौम मानकर चल रहे थे : 'अगर अध्येता जेंडर की धारणा को पहले ही स्वीकार कर लेता है तो फिर उसके अध्ययन में जेंडरगत श्रेणियाँ स्वयं उभरने लगेंगी, भले ही उनका अस्तित्व हो या न हो।'

ओयवुमी का मानना है कि पश्चिम में एक सामाजिक संगठन के तौर पर पितृसत्ता का उद्‌भव आधुनिकता की कुछ विशिष्ट पूर्व-धारणाओं—समाज के प्राथमिक विभेद के रूप में धीरे-धीरे जेंडरगत भेद के ज़्यादा प्रमुख हो जाने और इस विभेद को कुछ निश्चित दृश्य-संकेतों में रूढ़ कर देने जैसी प्रवृत्तियों के साथ विकसित हुआ है (नीला रंग लड़कों पर और गुलाबी लड़कियों पर ज़्यादा फबता है। तत्कालीन पश्चिम में उभरी ऐसी मान्यताएँ इसी ओर संकेत करती हैं; लेकिन इस विचित्र इतिहास की तरफ़ हम कुछ देर बाद रुख करेंगे)।

ओयवुमी एक रेडिकल सुझाव यह देती हैं कि पूर्व-औपनिवेशिक योरुबा तथा अफ्रीका की अन्य संस्कृतियों में एक श्रेणी या कोटि के रूप में 'जेंडर' ख़ास महत्त्व नहीं रखता था। उदाहरण के तौर पर ओयवुमी पश्चिम के एक मानवशास्त्री द्वारा अक्रा (घाना) के एक समुदाय गा पर किए गए अध्ययन का उल्लेख करती हैं। अपने अध्ययन में यह मानवशास्त्री 'स्त्रियों' की खोज करने का इरादा लेकर चला था, उसने इन 'स्त्रियों' को उनके काम की प्रक्रिया में ढूँढ़ भी निकाला, लेकिन इससे जो तथ्य उभरा वह यह था कि ऐसी तमाम स्त्रियाँ अधिकांशत: व्यापार करनेवाली निकलीं। अध्ययन के लेखक ने बाक़ायदा यह स्वीकार किया कि,

'मैं तो महिलाओं पर काम करने निकला था, लेकिन मेरा अध्ययन तो व्यापारियों का अध्ययन बन गया।' ओयवुमी का सवाल यह है कि: पहली बात तो यही है कि लेखक 'स्त्रियों' की तलाश में ही क्यों था? और वे इसका यह उत्तर देती हैं : 'क्योंकि "स्त्री" एक देह-आधारित पहचान है और पश्चिम के शोधकर्ता "व्यापारी" जैसी गैर-देह आधारित पहचान के मुक़ाबले देह-आधारित पहचान को ज़्यादा तवज्जो देते हैं। ओयवुमी बताती हैं कि पश्चिमी अफ़्रीका के समाजों में व्यापारी की पहचान जेंडर से निर्देशित नहीं होती, लेकिन उक्त अध्ययन में लेखक गा व्यापारियों को फिर भी बाज़ार से जुड़ी महिलाएँ (मार्केट वुमन) कहकर सम्बोधित करता है; 'मानो उनके इस काम को करने की वजहें उनकी छातियों, या...एक्सक्रोमोसोम (गुण-सूत्र) में बसती हैं।'

ओयवुमी अपने अध्ययन में बताती हैं कि योरुबा समुदाय में दर्जाबन्दी का ढाँचा *जेंडर* के बजाय *वरिष्ठता* के इर्द-गिर्द घूमता है। और यह वरिष्ठता सिर्फ़ पैदाइश के सालों पर नहीं बल्कि वैवाहिक सम्बन्धों द्वारा बने अन्तर्सम्बन्धों के दायरे पर भी निर्भर करती है। इस प्रकार, वरिष्ठता हमेशा सापेक्षिक और सन्दर्भजन्य होती है। दूसरे ढंग से कहें तो वरिष्ठता इस बात से तय होती है कि दी गई स्थिति में व्यक्ति किसी का क्या लगता है। योरुबा समुदाय की भाषा जेंडर-मुक्त भाषा है; समुदाय में नाम भी जेंडर से निर्धारित नहीं होते; न ही आमतौर पर *ओको* या *अया* मतलब पति या पत्नी होता है (यह गड़बडी अंग्रेज़ी में ग़लत अनुवाद के कारण हुई है); इस भाषा में 'शासक' के लिए इस्तेमाल किए जानेवाले पद भी जेंडर से मुक्त हैं (हालाँकि अंग्रेज़ी में इसके लिए 'किंग' शब्द का प्रयोग किया जाता है)। इसलिए योरुबा के पूर्व-औपनिवेशिक काल के सत्ता-सम्बन्धों को समझने के लिए जेंडर की श्रेणी प्रासंगिक नहीं है। (ओयवुमी 1997)

नाईजीरिया के इगबो समुदाय पर केन्द्रित इफि अमाड्यूमे के अध्ययन से भी यही साबित होता है कि पूर्व-औपनिवेशिक काल में इगबो समुदाय की लड़कियाँ पुरुषों की भूमिका अपना कर 'बेटों' की तरह व्यवहार कर सकती थीं तथा सम्पन्न स्त्रियाँ अपने लिए 'पत्नियों' का प्रबन्ध कर सकती थीं। इगबो के भाषायी लोक में जेंडरगत विभेद के पद बहुत कम थे तथा 'घर का मुखिया' भी एक जेंडर-मुक्त पद था। इसी तरह 'स्वामी' या 'पति' की भूमिका निभाने के लिए किसी का पुरुष होना भी ज़रूरी नहीं था। अमाड्यूमे इसे 'जेंडर का लचीलापन' कहती हैं। इस विषय में आगे की छानबीन करने के लिए ओयवुमी की व्याख्या काफ़ी उपयोगी लगती है क्योंकि इसके आधार पर हम इस बात की गहन पड़ताल कर सकते हैं कि पूर्व-औपनिवेशिक काल के इगबो समुदाय में 'जेंडर' एक श्रेणी के

तौर पर कितना महत्त्व रखता था। ओयवुमी इस तथ्य पर ज़ोर देती हैं कि पश्चिम के मुक़ाबले अफ़्रीका के समुदाय दुनिया को बिलकुल अलग ढंग से देखते थे। लेकिन, अफ़्रीकी समुदायों के इस दृष्टि-बोध को अफ़्रीकी विद्वान भी पश्चिम की जेंडरीकृत तथा पितृसत्तात्मक पूर्व-धारणाओं से लदी-फदी श्रेणियों और भाषाओं में अनूदित करते रहे हैं। क्या, ऐसे में यह कहा जा सकता है कि अफ़्रीका में जेंडर की ईजाद औपनिवेशिक हस्तक्षेप की उसी प्रक्रिया में हुई जिसके तहत औपनिवेशिक शक्तियाँ अफ़्रीकी समाजों को यूरोप की शब्दावली में प्रस्तुत कर रही थीं? (अमाड्यूमे 1987)

कुछ इसी तरह, यूरोपीय लोगों के आगमन से पहले अमेरिका के मूल निवासियों की संस्कृति में कुछ लोगों को 'दो आत्माओं' से लैस माना जाता था। ऐसे लोगों के बारे में यह विश्वास प्रचलित था कि उनमें स्त्री और पुरुष, दोनों की आत्मा वास करती हैं। इसे एक दैवीय गुण माना जाता था। प्राचीन कलाकृतियों में बताया गया है कि महिलाएँ क़बीलाई युद्धों में भाग लेती थीं और अन्य महिलाओं से ब्याह रचाती थीं। इसी तरह कुछ पुरुष भी अन्य पुरुषों से विवाह किया करते थे। ऐसे लोगों को तीसरे और चौथे जेंडर के रूप में देखा जाता था और उन्हें लगभग सभी संस्कृतियों में सम्मान और पूजा का पात्र समझा जाता था। दो आत्माओं वाले इन व्यक्तियों की छवि दूरदृष्टा, रोगनिवारक, वैद्य, अनाथों के रक्षक और पालनकर्ता की मानी जाती थी। पहचान का यह प्रकार उत्तरी अमेरिका के 155 से ज़्यादा क़बीलों में दर्ज किया गया है। (रोस्को 1988)

अब ज़रा भारत में उभरे भक्ति आन्दोलन के कवियों पर विचार करें। भक्त कवियों की इस धारा का ईसा छठी शताब्दी में तमिल क्षेत्र में उद्‌भव हुआ था। पंद्रहवीं सदी में इसका प्रसार उत्तरी भारत में हुआ और इसका प्रभाव सत्रहवीं सदी तक बना रहा। ये रहस्यवादी ईश्वर से दैहिक मिलन की कामना करते थे। वे पुरुषत्व के विलोप को अपनी शक्ति तथा स्त्रीत्व के विलोप को यौनिक असह्यता मानते थे। ए.के. रामानुजन कहते हैं कि भक्त कवि अपने जीवन में 'पुरुष और स्त्री की चौहद्दियों के बीच निरन्तर आवाजाही करते हैं।' उन्होंने देह को 'लिंग' के अर्थ से लादनेवाले चिह्नों और परिपाटियों को विस्थापित कर देह के इर्द-गिर्द खड़े रहस्य को छिन्न-भिन्न कर दिया। भक्त कवियों ने लौकिक यौनाकर्षण से विमुख होकर, और अपने यौन आवेग को निराकार करके अपने प्रिय आराध्य को समर्पित कर दिया। ध्यान रहे कि यह यौनिकता के भय या उससे घृणा का परिणाम नहीं था।

दसवीं शताब्दी के एक शिव-भक्त देवेरा दसिमैय्या ने लिखा था :

अगर उन्हें उन्नत वक्ष और लम्बे बाल आते दिखते हैं
तो उसे वे औरत कहते हैं।
जब उन्हें दाढ़ी और मूँछें दिखाई देती हैं तो
वे उसे मर्द कहने लगते हैं।
लेकिन इन दोनों के बीच में जो आत्म मँडराता रहता है
वह न मर्द होता है, न औरत...[1]

रामानुजन कहते हैं कि जब कश्मीर की लल्ल द्यद और कर्नाटक की महादेवीयक्का जैसी स्त्री-संतों ने देह से वस्त्र त्यागने का निर्णय लिया तो वे हमें दरअसल यह समझाना चाहती थीं कि 'शील'—देह को कपड़ों में छिपाने से यौन जिज्ञासा ख़त्म नहीं होती, बल्कि इससे इसका आकर्षण और बढ़ता ही है। कपड़ों का त्याग करने से यह विरोधाभास खुलकर सामने आ जाता है। (वे) पुरुष और महिला के अन्तर को उजागर करने तथा इस अन्तर के प्रति विरक्त हो जाने पर मुक्त हो जाते हैं।'

महादेवीयक्का, जिनके लम्बे केश ही उनकी देह का वस्त्र होते थे, देह को इस तरह देखती हैं :

तुम हाथ के पैसे ज़ब्त कर सकते हो;
क्या तुम देह का ऐश्वर्य भी ज़ब्त कर सकते हो?
या अपनी देह के कपड़ों की हर चिंदी उतार सकते हो,
पर क्या तुम उस अनअस्तित्व, निर्वसनता को भी
उतारकर फेंक सकते हो जिसने तुम्हें ढँक रखा है? [2]

स्पष्ट है कि भक्ति-आन्दोलन के उदय तक पुरुषत्व/स्त्रीत्व की धारणाओं का मानकीकरण हो चुका था तथा लिंग उचित/अनुचित होने का विचार जड़ जमा चुका था। संत कवि इन्हीं धारणाओं का विरोध कर रहे थे। लेकिन इस मामले में उन्नीसवीं सदी के उत्तरार्ध तथा बाद के समय तक काफ़ी लचीलापन मौजूद था। और यह वही समय था जब आधुनिकता की बात करनेवाले राष्ट्रवादी अभिजनों के साथ मिलकर औपनिवेशिक आधुनिकता की प्रक्रिया इस लचीलेपन को अनुशासित करने का प्रयास कर रही थी।

उन्नीसवीं सदी के आख़िरी और बीसवीं सदी के शुरुआती सालों के दौरान नाट्य-कर्म और नृत्य जैसी विधाओं में क्रॉस-ड्रेसिंग (महिलाओं की भूमिका निभानेवाले पुरुष अभिनेताओं) पर केन्द्रित ऐतिहासिक अध्ययनों से पता चलता है कि आधुनिकता का मज़बूत होता विमर्श इन अभिनेताओं को टेढ़ी निगाह से देखने लगा था। इस विमर्श में पुरुष अभिनेताओं द्वारा महिलाओं के कपड़े पहनना एक व्यतिक्रम के रूप में

देखा जा रहा था। इसके विरुद्ध यह तर्क दिया जा रहा था कि महिलाओं के कपड़े पहनकर पुरुष अभिनेता पर्याप्त रूप से स्त्रैण नहीं दिखते। लेकिन, इसी के समानांतर कुछ चिन्तित तर्क भी पेश किए जा रहे थे कि स्त्री का वेश धारण करनेवाले पुरुष कभी-कभी इतने स्त्रैण दिखने लगते थे कि बाक़ी पुरुषों की नीयत डोल जाती थी! (भट्टाचार्य 2003) नारीवादी विद्वानों ने अपने लेखन में बाक़ायदा दर्शाया है कि पुरुषों द्वारा महिला का वेश धारण करना किसी भी तरह अप्राकृतिक नहीं था। सच्चाई यह थी कि इन चीज़ों से 'स्त्री की शारीरिक छवि का एक बहु-प्रसारित मानक विकसित हुआ तथा स्त्री के आचरण से सम्बन्धित नियमों में भी बदलाव' आया। (हानसेन 1999) इसके तहत कई बार महिला दर्शकों से इन स्त्री-वेशधारी पुरुषों के हाव-भाव का अनुकरण करने के लिए कहा जाता था। राष्ट्रवादी बुर्जुआ की कल्पना में नई स्त्री से यह उम्मीद की जाती थी कि वह स्त्रैणता की उस भूमिका के अनुसार व्यवहार करे जिसे पुरुष अभिनेता मंच पर निभा रहा होता था।

बिन्दु मेनन इस सन्दर्भ में हमारा ध्यान मलयाली रंगमच पर स्त्री की भूमिका निभानेवाले विख्यात कलाकर ओचिरा वेलुकुट्टी की तरफ़ खींचती हैं। मलयाली रंगमंच में स्त्री-कलाकारों के इतिहास पर केन्द्रित एक हालिया किताब में एक दिलचस्प घटना का उल्लेख किया गया है। क़िस्सा ये है कि मलयाली रंगमच में शुरुआती पीढ़ी की अभिनेत्री मवेलिक्कड़ा पोनम्मा से *करुणा* नाम के नाटक में वासवदत्ता जैसी सुदर्शन पात्रा की भूमिका निभाने के लिए कहा गया तो उसने इस भूमिका को स्वीकार करने से इसलिए इनकार कर दिया कि वह वासवदत्ता की भूमिका में वेलुकुट्टी जैसी उत्कृष्टता का निर्वाह नहीं कर सकती। बताया जाता है कि जब तक वेलुकुट्टी ने, जो अब बीमारी के कारण चलने-फिरने में असमर्थ हो गए थे, पोनम्मा को यह भूमिका निभाने और उसका उत्साह बढ़ाने के लिए चिट्ठी नहीं लिख दी तब तक वह इस भूमिका के लिए तैयार नहीं हुईं। चिट्ठी मिलने के बाद उसे लगा कि अब वेलुकुट्टी का आशीर्वाद उसके साथ है। पोनम्मा कहती हैं कि इसके बाद, 'मेरी आवाज़ तक बदल गई। मेरे अन्दर पहले वेलुकुट्टी और फिर वासवदत्ता प्रवेश कर गई।'

मेनन लिखती हैं, 'मंच पर स्त्री की भूमिका निभाने के लिए सिर्फ़ स्त्री होना काफ़ी नहीं था। स्त्रीत्व एक बेहद कूटबद्ध व्यवहार था। और इस व्यवहार की संहिता वेलुकुट्टी तथा स्त्री की भूमिका निभानेवाले अनेक पुरुष अभिनेताओं ने विकसित की थी।'[3] यह अध्ययन तो विद्वत्ता की उस विशाल राशि का महज़ एक छोटा-सा हिस्सा है जो इस बात की पड़ताल करती है कि उन्नीसवीं सदी के दौरान औपनिवेशिक आधुनिकता ने भारत में वे कौन से तौर-तरीक़े अपनाए जिनके

ज़रिये पूर्व-औपनिवेशिक समाजों की लचीली पहचानों और परिपाटियों को मिटाकर उनका एक कठोर और इकतरफ़ा संस्करण तैयार किया गया। लेकिन, ग़ौरतलब है कि यह प्रक्रिया कभी 'पूरी' नहीं हो पाई। और यही कारण है कि ग़ैर-पश्चिमी दुनिया के 'सामान्य' समाजों की सतह के नीचे यौनिकता के देशज रूप आज भी कुलबुलाते मिल जाते हैं।

हमें यह याद रखना चाहिए कि यूरोप में आधुनिकता की प्रक्रिया ने यौनिक पहचान का निर्धारण सोलहवीं-उन्नीसवीं सदी के दौरान पूरा कर लिया था। इसलिए बीसवीं सदी के दौरान यूरोप और अमेरिका में नारीवादी तथा ग़ैर-नारीवादी शिविरों की तरफ़ से कई दार्शनिक और समाजशास्त्रीय महत्त्व के हस्तक्षेप सामने आने लगे। यह एक पूरा सिलसिला था जो देह, सेक्स और यौनिकता जैसी बुनियादी अवधारणाओं को 'प्राकृतिक' रंग देने पर सवालिया निशान लगाता था।

'प्रकृति में सेक्स का स्थान वही है जो संस्कृति में जेंडर का होता है'

लिंग और जेंडर के भेद को चिन्हित करना नारीवाद का स्वाभाविक उद्देश्य है। शुरू में 'लिंग' (सेक्स) का इस्तेमाल पुरुष और स्त्री के जीव-वैज्ञानिक अन्तर को दर्शाने के लिए किया जाता था, जबकि 'जेंडर' का प्रयोग इस बुनियादी अन्तर के साथ जुड़े व्यापक सांस्कृतिक तात्पर्यों के लिए किया जाता था। नारीवाद के लिए यह विभेद इसलिए अहमियत रखता है क्योंकि महिलाओं की अधीनस्थता के लिए पुरुष और स्त्री के इस जैविक अन्तर की ही दुहाई दी जाती है। स्त्री की अधीनस्थता को प्राकृतिक और अटल—और इसी आधार पर अपरिवर्तनीय साबित करनेवाले इस दार्शनिक तर्क-वितर्क को जैव-निर्धारणवाद कहा जाता है। नस्लवाद और जाति-प्रथा को जैव-निर्धारणवाद का एक उपयुक्त उदाहरण माना जा सकता है क्योंकि ये दोनों विचार इस धारणा पर आधारित हैं कि लोगों के कुछ निश्चित समूह अपने जन्म से ही श्रेष्ठ, ज़्यादा बुद्धिमान और विशेष प्रतिभा से लैस होते हैं। यह दरअसल एक व्याख्या है जो उनकी सामाजिक सत्ता पर वैधता की मुहर लगाती है। यह जैव-निर्धारणवाद स्त्रियों के सदियों से चले आ रहे दमन को वैधता प्रदान करने का भी एक अहम तरीक़ा रहा है। इसलिए जैव-निर्धारणवाद को चुनौती देना नारीवादी राजनीति का बहुत ज़रूरी कार्यभार है।

प्रमुख नारीवादी मानवशास्त्री मार्गरेट मीड ने अपने अध्ययन से यह साबित किया है कि पुरुषत्व और स्त्रीत्व की धारणा हर संस्कृति में अलग-अलग होती है। एक दूसरे से अलग संस्कृतियों में न केवल कुछ विशेष लक्षणों के समुच्चय

को स्त्रीत्व का और दूसरे समुच्चय को पुरुषत्व का पर्याय माना जाता बल्कि हर संस्कृति में ये लक्षण भी अलग-अलग तरह के पाए जाते हैं। इस तथ्य के मद्देनज़र ही नारीवादी यह तर्क देते हैं कि स्त्री-पुरुष के जैविक गठन और स्त्रीत्व तथा पुरुषत्व के कथित क्षणों में कोई अनिवार्य सह-सम्बन्ध नहीं होता। इसके बजाय स्त्री और पुरुष के बीच जिन निश्चित विभेदों की बात की जाती है, उनका सम्बन्ध बच्चे के लालन-पालन की रीतियों से ज़्यादा है। इन विभेदों को ऐसी रीतियों से ही खाद-पानी मिलता है। अर्थात्, लड़के-लड़कियों को बचपन से ही एक ऐसे व्यवहार, खेल और वेशभूषा में प्रशिक्षित किया जाता है जो जेंडर से निर्धारित होते हैं। आमतौर पर प्रशिक्षण की यह प्रक्रिया निरन्तर चलती रहती है। अधिकांश समय यह प्रक्रिया इतने सूक्ष्म ढंग से चलती है कि उसका पता नहीं चलता, लेकिन अगर कोई इसका पालन न करे तो वह उसे खुले तौर पर दंडित करने की क्षमता भी रखती है। इसलिए नारीवादियों का मानना है कि लिंग के साथ जोड़कर देखे जानेवाले गुणों (उदाहरण के लिए वीरता और आत्मविश्वास को 'पुरुषत्व' और संवेदनशीलता तथा शर्मीलेपन को 'स्त्रीत्व' का पर्याय मानना) और समाज द्वारा इन गुणों के महिमा-मंडिन के पीछे वे संस्थाएँ और विश्वास काम कर रहे होते हैं जो इस बात पर ज़ोर देते हैं कि लड़कों और लड़कियों का समाजीकरण अलग-अलग ढंग से किया जाना चाहिए। जैसा कि सिमोन दि ब्युआ ने कहा है, 'स्त्री पैदा नहीं होती, उसे स्त्री बनाया जाता है।'

इसके अलावा, समाज 'स्त्रैण' गुणों के बजाय 'मर्दाना' लक्षणों को ज़्यादा महत्त्व देने के साथ इन गुणों या लक्षणों की मुख़ालिफ़त करनेवाले पुरुषों और स्त्रियों को यथोचित व्यवहार का पाठ भी पढ़ाता रहता है। मिसाल के तौर पर, अपने दुख को सबके सामने रोकर जतानेवाले पुरुष का अक्सर यह कहकर उपहास उड़ाया जाता है कि, *'औरतों की तरह क्यों रो रहे हो।'* सुभद्रा कुमारी चौहान की वह फड़कती पंक्ति—*खूब लड़ी मर्दानी वह तो झाँसी वाली रानी थी,* किसे याद नहीं होगी! इस पंक्ति का आख़िर क्या मतलब है? इसका अभिप्राय यह है कि औरत चाहे कितनी भी वीरता का प्रदर्शन कर ले लेकिन उसकी वीरता को तब भी 'स्त्रैण' गुण नहीं माना जाएगा।

किन्तु, सच्चाई यह है कि पुरुषत्व और स्त्रीत्व की छवियाँ समय के साथ बदलती रहती हैं। उदाहरण के लिए, पश्चिम में बीसवीं सदी के मध्य तक गुलाबी रंग लड़कों का और नीला रंग लड़कियों का माना जाता था! अठारहवीं सदी तक नन्हें-मुन्हें बच्चों को सफ़ेद कपड़े पहनाए जाते थे और चलने-फिरने की शुरुआत तक उनकी जेंडरगत पहचान पर ख़ास ज़ोर नहीं दिया जाता था। पश्चिम में समय

के उस बिन्दु पर लड़के और लड़कियों में अन्तर करने के बजाय बच्चों और वयस्कों में अन्तर करना ज़्यादा महत्त्वपूर्ण माना जाता था। लेकिन बीसवीं सदी की शुरुआत में जब लड़कों और लड़कियों के बीच अन्तर करने की प्रवृत्ति उभरी तो गुलाबी रंग लड़कों और नीला रंग लड़कियों के लिए तय हो गया। 1927 में *टाइम* पत्रिका में बेल्जियम के राजघराने में पैदा होनेवाली एक बच्ची के बारे में कहा गया था कि उसका पालना 'लड़कों के गुलाबी रंग में बड़ी उम्मीदों से सजाया गया।' पहले विश्वयुद्ध की समाप्ति के आसपास *लेडीज़ होम जर्नल* में पहली बार माँ बननेवाली महिलाओं को राय दी गई थी कि, 'सामान्य नियम ये है कि गुलाबी रंग लड़कों का और नीला रंग लड़कियों का माना जाता है। इसका कारण ये है कि गुलाबी रंग निर्णायक और गहरा रंग माना जाता है इसलिए वह लड़कों के लिए ज़्यादा ठीक रहता है, जबकि नीला रंग कोमल और सजीला होता है, इसलिए वह लड़कियों पर ज़्यादा फबता है।' कुछ लोगों का मानना था कि गुलाबी लाल रंग के नज़दीक पड़ता है इसलिए उसे जोश और मर्दानगी का प्रतीक समझा जाता है। कुछ अन्य लोग नीले रंग और लड़कियों के सम्बन्ध का इतिहास खोजने के क्रम में इस नतीजे पर पहुँचे कि नीला रंग लड़कियों के साथ इसलिए जोड़ा गया क्योंकि कुँआरी माता (वर्जिन मैरी) को अधिकांशत: नीले रंग में चित्रित किया गया था। रंगों का यह उलटा क्रम बीसवीं सदी के मध्य में जाकर 'स्वाभाविक' माना गया। (एडम्स 2008, बेलकिन 2009)

इस सन्दर्भ में फ़ातिमा मर्निस्सी का वह अध्ययन भी उल्लेखनीय है जिसमें उन्होंने ग्यारहवीं सदी के इस्लामी विद्वान इमाम ग़जाली तथा फ्रायड के यौनिकता सम्बन्धी लेखन का तुलनात्मक आकलन किया है। ग्यारहवीं सदी के फ़ारस का विद्वान ग़जाली यह मानकर चल रहा था कि वह यौनिकता के मामले में इस्लामी विश्वास का चित्रण कर रहा है; फ्रायड अपनी बात एक ऐसे समय में कह रहा था जब यूरोप में आधुनिकता अपनी विजय पताका फहरा चुकी थी। लिहाज़ा फ्रायड न केवल यूरोपीय यौनिकता का सिद्धान्त गढ़ने का दावा कर सकता था, बल्कि स्त्रीत्व की सार्वभौम व्याख्या भी कर सकता था। मर्निस्सी बताती हैं कि ग़जाली और फ्रायड, दोनों ही स्त्री की यौनिकता को सामाजिक व्यवस्था के लिए विध्वंसकारी मानते हैं। ग़जाली अपनी बात पुख़्ता करने के लिए कहते हैं कि स्त्री की यौनिकता *सक्रिय* होती है, जबकि फ्रायड स्त्री की यौनिकता को *अक्रिय* घोषित करते हैं। मर्निस्सी का तर्क यह है कि फ्रायड और ग़जाली के सिद्धान्तों की तुलना करना दरअसल यौनिकता की दो अलग-अलग संस्कृतियों में पनपी और एक दूसरे से भिन्न अवधारणाओं की तुलना करना है, जिनमें फ्रायड स्त्री की यौनिकता को

अक्रिय बताते हैं जबकि ग़जाली उसे सक्रिय कहते हैं। दिलचस्प ये है कि सामाजिक व्यवस्था के लिए दोनों लोग स्त्री की इस यौनिकता को विध्वंसकारी मानते हैं, लेकिन उनके तर्क एक दूसरे से ठीक उलटे खड़े हैं। (मर्निस्सी 1987)

नारीवादियों द्वारा प्रस्तुत सेक्स/जेंडर का यह शुरुआती वर्गीकरण समय के साथ और पेचीदा होता गया है। कई विद्वानों का मत है कि 'सेक्स' और 'जेंडर' के बीच एक द्वन्द्वात्मक और अविभाज्य सम्बन्ध है। उनका यह भी कहना है कि पहले के नारीवादियों ने इन दोनों के बीच जिस तरह का अवधारणात्मक विभेद स्थापित किया था, उसे एक सीमा के बाद ज़्यादा नहीं खींचा जा सकता। इस नज़रिये के अनुसार मनुष्य का जैविक गठन उसके शरीर, भौतिक परिवेश तथा प्रोद्यौगिकी व समाज के विकास के स्तर जैसे विभिन्न कारकों की जटिल अन्तर्क्रिया का परिणाम है। इस तरह हाथ एक ही साथ श्रम का *उत्पाद* भी है और श्रम का *साधन* भी है—जिस तरह मानवीय हस्तक्षेप से बाहरी वातावरण में बदलाव पैदा होता है, ठीक इसी के समानांतर बाहरी वातावरण भी मनुष्य के शारीरिक ढाँचे में बदलाव पैदा करता है।

इस सच्चाई के दो पहलू हैं। पहला, सहस्राब्दियों में फैले दीर्घकालीन उत्परिवर्तन के रूप में। भोजन, जलवायु तथा काम के रूपों की भिन्नताओं के कारण दुनिया के विभिन्न हिस्सों में मनुष्य के शरीर का विकास अलग-अलग तरह से हुआ है। सच्चाई का दूसरा पहलू छोटी अवधि यानी मनुष्य के जीवन की अवधि से सम्बन्ध रखता है। अब यह बात स्वीकार की जाने लगी है कि जिस तरह सामाजिक अन्तर्क्रिया पर मनो-शरीर रचना तथा हार्मोन के सन्तुलन का असर पड़ता है ठीक उसी तरह मनो-शरीर रचना तथा हार्मोन का सन्तुलन भी चिन्ता, शारीरिक श्रम तथा सामाजिक अन्तर्क्रिया के स्तर और प्रकार जैसे सामाजिक कारकों से प्रभावित होता है। उदाहरण के तौर पर, शरीर में होनेवाले कुछ निश्चित रासायनिक बदलावों के कारण तनाव के लक्षण पैदा हो सकते हैं जिन्हें दवाइयों के इस्तेमाल से दूर किया जा सकता है। लेकिन, यह बात भी उतनी ही ठीक है कि शरीर का रासायनिक सन्तुलन तनाव बढ़ने के कारण भी बिगड़ सकता है। और ऐसे में शरीर का सन्तुलन केवल उन परिस्थितियों को बदलने से ही बहाल किया जा सकता है जिनमें वह शरीर मौजूद रहता है। (जैगर 1983)

जब हम इस समझ को लेकर चलते हैं कि सेक्स/जेंडर यानी जीव-विज्ञान और संस्कृति एक दूसरे से जुड़े हुए हैं तो पता चलता है कि स्त्री की देह पर सामाजिक वर्जनाओं और सौन्दर्य के मानकों की भी छाप पड़ी है। दूसरे शब्दों में, उसकी देह जितनी संस्कृति से निर्मित हुई उतनी ही प्रकृति से भी रची गई है। उदाहरण के तौर पर, पिछले दो दशकों के दौरान एथलेटिक्स के क्षेत्र में महिलाओं द्वारा बनाए गए रिकॉर्ड इस बात की तसदीक़ करते हैं कि महिलाओं का शारीरिक दमखम सामाजिक

मान्यताओं से भी तय होता है। नारीवादी मानवशास्त्री बताते हैं कि कुछ जनजातीय समूहों में शरीर को लेकर पुरुष और स्त्रियों में बहुत अन्तर नहीं किया जाता। संक्षेप में, हमें यह देखना चाहिए कि इस मामले में दो समान रूप से शक्तिशाली कारक एक साथ काम कर रहे हैं : एक, समाज स्त्री और पुरुषों के बीच परस्पर रूप से गुँथे तौर-तरीक़ों के ज़रिये भेद पैदा करता है; दूसरा, और लिंग का यह भेद समाज को एक ख़ास तरह की संरचना में बदल देता है।

इस तरह देखा जाए तो 'सेक्स' कोई ऐसा अपरिवर्तनीय आधार नहीं है जिस पर समाज 'जेंडर' के अर्थों की इमारत खड़ी करता रहता है। इसके बजाय सेक्स एक ऐसी संज्ञा है जो विभिन्न तरह के बाहरी कारकों से प्रभावित होती रही है—प्रकृति और संस्कृति को एक दूसरे से पृथक करनेवाली लकीर बहुत साफ़ और अपरिवर्तनीय नहीं होती।

सेक्स/जेंडर के विषय में नारीवादी चिन्तन की एक दूसरी धारा यह कहती है कि नारीवादियों को स्त्री-पुरुष के जैविक विभेद को कम आँकने और दोनों के अन्तर को केवल 'संस्कृति' के खाते में डालने की प्रवृत्ति से बचना चाहिए। ऐसा करने का मतलब पुरुष-सभ्यता द्वारा स्त्री की प्रजननकारी भूमिका के अवमूल्यन को स्वीकार करना होगा। यह दरअसल उदारतावादी नारीवाद की उस समझ को प्रश्नांकित करता है जो सहज भाव से यह मानकर चलता है कि एक आदर्श दुनिया में पुरुष और स्त्रियाँ मोटा-मोटी एक जैसे ही होंगे। इसके प्रतिपक्ष में यह दावा किया जाता है कि पितृसत्ता के सामाजिक मूल्यों ने स्त्री के गुणों को विरूपित किया है, इसलिए नारीवाद की ज़िम्मेदारी यह है कि वह इन गुणों की महत्ता को दुबारा हासिल करने की कोशिश करे। यहाँ, इस धारणा के पीछे यह समझ काम कर रही है कि पुरुष और स्त्री के बीच कुछ ख़ास तरह के भेद होते हैं, जो उनकी जैविक प्रजननकारी भूमिकाओं की भिन्नताओं से पैदा होते हैं। इन्हीं भिन्नताओं के कारण स्त्रियाँ ज़्यादा संवेदनशील, सहज और प्रकृति के ज़्यादा निकट होती हैं। ऐसे नारीवादियों को अक्सर 'रेडिकल नारीवादी' कहा जाता है; उनका मानना है कि महिलाओं का प्रजननकारी जैविक ढाँचा—गर्भधारण की प्रक्रिया तथा मातृत्व का अनुभव बाहरी दुनिया के साथ उनके सम्बन्ध को मूलभूत ढंग से बदल देता है। इसलिए, इस समझ के अनुसार महिलाएँ प्रकृति के ज़्यादा निकट होती हैं और उनमें उर्वरता, पालन-पोषण और स्वाभाविकता जैसे प्राकृतिक गुण बहुतायत में पाए जाते हैं। पुरुषवादी-पितृसत्तावादी समाज ने इन गुणों को कभी महत्त्व नहीं दिया, लेकिन नारीवादियों को ऐसे गुणों का सम्मान करना चाहिए और उन्हें पुनर्स्थापित करने की कोशिश करनी चाहिए।

उदाहरण के लिए, पर्यावरणीय नारीवाद एक ऐसी ही दार्शनिक धारा है जो स्त्री की उन भिन्नताओं को सम्मान की दृष्टि से देखती है जिन्हें पितृसत्ता उपहास का विषय समझती है। इस धारा के सिद्धान्तकार यह मानकर चलते हैं कि मौजूदा दुनिया में एक ऐसी पुरुषवादी विचारधारा का दबदबा है जो प्रकृति तथा स्त्री को अपने भय और नियंत्रण में रखती है और उनकी उत्पादक क्षमताओं को कुछ निश्चित आर्थिक उद्देश्यों की प्राप्ति में झोंक देती है। मसलन, वन्दना शिवा कहती हैं कि पुरुषवादी विचारधारा स्त्रियों और प्रकृति को निष्क्रिय मानकर चलती है और इस बात पर ज़ोर देती है कि ये दोनों तभी उत्पादक होती हैं जब इनकी ऊर्जा का एक निश्चित ढंग से इस्तेमाल किया जाए। उदाहरण के लिए, इस विचारधारा की दृष्टि में कोई भी जंगल तब तक अनुत्पादक होता है जब तक उसमें व्यावसायिक रूप से उपयोगी पेड़ न लगाए जाएँ। जब तक ऐसे जंगल में सागौन या अन्य प्रकार के पेड़ लगाकर उन्हें काटा या बेचा नहीं जाता अथवा उनका कोई वाणिज्यिक इस्तेमाल नहीं किया जाता, तब तक ऐसे जंगल को उत्पादक नहीं माना जाता। 'प्राकृतिक संसाधन' नाम का यह पद ही इस बात का सूचक है कि पूँजीवाद के लिए प्रकृति महज़ मुनाफ़े कमाने का साधन होती है, इसलिए अगर जंगल उसके मुनाफ़े के काम नहीं आ सकता तो उसे अनुत्पादक मान लिया जाता है। लेकिन शिवा इस तथ्य की ओर ध्यान दिलाती हैं कि जंगल की उत्पादकता तो एक निरन्तर चलनेवाली चीज़ है—वह तो केवल अपनी मौजूदगी से ही भूमिगत जल का संरक्षण करता रहता है। वह वातावरण में ऑक्सीजन के स्थानांतरण के साथ पशुओं की अनेक प्रजातियों का पर्यावास भी होता है। जंगल से स्थानीय लोगों को ईंधन और खान-पान की चीज़ें भी मिलती हैं। इस तरह नारीवाद को पर्यावरण की नज़र से देखनेवाली धारा स्त्री की सृजनात्मक और उर्वरा शक्ति को पुरुषवादी विचारधारा से आज़ाद करने पर ज़ोर देती है। (शिवा 1988)

कैरॉल गिलिगन अपनी पुस्तक *इन अ डिफ़रेंट वॉयस (1982)* में मनोविश्लेषण की पद्धति का इस्तेमाल करते हुए यह तर्क देती हैं कि श्रम के यौनिक विभाजन के कारण किसी के भी बचपन में उसके लालन-पालन का काम कोई स्त्री (माँ) ही करती है, इसलिए वयस्कता के मुकाम पर पुरुष और स्त्री अलग-अलग ढंग से पहुँचते हैं। इस तरह, लड़के वयस्क होने की *प्रक्रिया* में ख़ुद को माँ से अलग करके देखने लगते हैं, जबकि लड़कियाँ वयस्कता की ओर बढ़ते हुए माँ के साथ ज़्यादा तादात्म्य *अनुभव* करने लगती हैं। अर्थात् यौनिकता के आधार पर बँटे समाज में शिशु अपनी माँओं के साथ तादात्म्य अनुभव करते हैं, लेकिन लड़कपन की ओर बढ़ते समय उन्हें बताया जाने लगता है कि वे उनसे 'अलग' होते हैं, लेकिन इसी

दौर में लड़कियाँ यह सीखने लगती हैं कि वे अपनी माँ 'जैसी' ही हैं। गिलिगन कहती हैं कि, इसका परिणाम यह होता है कि स्त्रियाँ दुनिया को आत्मपरकता तथा सम्बन्धमयता की दृष्टि से देखती हैं, जबकि पुरुषों का नज़रिया वस्तुपरक और स्वायत्त होता है। महिलाएँ ख़ुद को दूसरों से जोड़कर देखती हैं, लेकिन पुरुष स्वयं को दूसरों से हमेशा अलग करके देखता है।

अपनी इस किताब में गिलिगन बताती हैं कि पुरुष और महिलाओं के नैतिक निर्णय एक दूसरे से भिन्न होते हैं। वे इस निष्कर्ष पर पहुँचती हैं कि महिलाएँ ग़लत और सही की समझ में सहानुभूति, चिन्ता और संवेदनशीलता जैसे सन्दर्भों के मुक़ाबले अमूर्त आदर्शमूलक धारणाओं से कम प्रभावित होती हैं। इसके विपरीत, पुरुष अपने नैतिक निर्णय ग़लत और सही की सर्व-स्वीकृत और सन्दर्भ-निरपेक्ष धारणाओं के आधार पर लेते हैं। मिसाल के तौर पर, चोरी करना ग़लत होता है, परिस्थितियाँ चाहे जैसी हों। इस प्रकार, गिलिगन इस नतीजे पर पहुँचती हैं कि पश्चिम के नीति-विज्ञान की आधारभूत श्रेणियों—विवेकशीलता, स्वायत्तता और न्याय में दुनिया के एक पुरुषवादी अनुभव का अक्स झलकता है। इस नीति-विज्ञान में न केवल स्त्रियों का अनुभव ग़ायब है बल्कि पश्चिम में दर्शनशास्त्र की मुख्यधारा यह भी मानकर चलती है कि महिलाएँ कोई भी नैतिक निर्णय कठोरतापूर्वक और सन्दर्भ-निरपेक्ष होकर नहीं ले सकतीं इसलिए वे नैतिक रूप से अपरिपक्व होती हैं। इसलिए, स्त्री और पुरुष की भिन्नता को स्वीकार न करना पितृसत्ता के इस निषेध में शामिल होने के बराबर है कि स्त्रीत्व एक बेमानी बात है।

गिलिगन की इस किताब पर होनेवाले विचार-विमर्श से बाद में यह भी स्पष्ट हुआ कि सामाजिक-सांस्कृतिक सन्दर्भों से छानकर निकाला गया और नैतिक निर्णय लेते समय सन्दर्भ की परवाह न करनेवाला स्वायत्त व्यक्ति केवल 'पुरुषत्व' का परिणाम नहीं होता, बल्कि नस्ल के सांस्कृतिक सन्दर्भों से भी प्रतिकृत होता है। अर्थात्, इससे यह पता चला कि ग़ैर-श्वेत और आप्रवासी समुदायों के स्त्री-पुरुषों के नैतिक निर्णय उनके सन्दर्भ से जुड़े होते थे। और सम्पन्न व श्वेत स्त्री-पुरुषों के मुक़ाबले उनके इन निर्णयों की जड़ें उनके समुदायों में स्थित होती थीं। इस बात में राधिका चोपड़ा के अध्ययन की प्रतिध्वनि सुनी जा सकती है। अपने अध्ययन में राधिका चोपड़ा पश्चिमी साहित्य के स्वायत्त और विशृंखल पुरुषत्व तथा दक्षिण एशिया क्षेत्र में व्याप्त पुरुषत्व के रूपों की तुलना करते हुए दक्षिण एशियाई रूपों को 'सहायक' घोषित करती हैं। दक्षिण एशिया में पुरुषों को पितृसत्ता से प्राप्त होनेवाले विशेषाधिकार कई प्रकार की

ज़िम्मेदारियों से घिरे होते हैं, जिनमें अपनी बहनों, छोटे भाइयों और माता-पिता की देखभाल करना भी शामिल है। इस तरह, स्त्रियों तथा अपने से छोटे पुरुष सदस्यों के ऊपर उनके नियंत्रण और सत्ता के बीच एक ज़िम्मेदारी की भावना काम करती है, जो कई बार इतनी प्रबल होती है कि व्यक्ति को अपने निजी हितों और इच्छाओं की बलि चढ़ानी पड़ जाती है। राधिका ने यह भी दर्शाया है कि दक्षिण एशिया में घरेलू नौकर की संस्था पुरुष नौकर के 'पुरुषत्व' पर लगाम लगाने का उपाय भी है। यह ख़ास तौर पर तब देखने में आता है, जब घर की मालकिन स्त्री होती है। (चोपड़ा 2003)

नारीवाद इस बात को लम्बे समय से मानता आ रहा है कि जेंडरगत पहचान सारे सन्दर्भों में निर्णायक न होकर नस्ल, वर्ग, जाति और धार्मिक समुदाय जैसी अन्य पहचानों की एक दूसरे को छूती और मिलती रेखाओं से भी तय होती है और, कुछ विशेष प्रकार के मुद्दों को समझने के लिए इस प्रकार की पहचानें ज़्यादा प्रासंगिक होती हैं। आगे बढ़ने पर यह बात और स्पष्ट होती जाएगी।

अब, हमने जैविक देह के इर्द-गिर्द गढ़ी गई जिन सांस्कृतिक निर्मितियों और दलीलों की ऊपर चर्चा की है, अन्त में वे सब जैविक देह द्वारा निर्धारित उन सीमाओं पर आकर थम जाती हैं जो इस देह को प्राकृतिक चीज़ मानने से आगे जाने की कोशिश नहीं करती। जेंडर की इस समझ के साथ एक जटिलता यह पैदा हो गई है कि उसमें देह कोई सपाट और इकहरी चीज़ नहीं रह गई है। इस समझ के अनुसार देह केवल एक भौतिक चीज़ नहीं होती, उसका अर्थ समाज, संस्कृति और अर्थव्यवस्था के किसी ख़ास रूप से तय होता है।

'जेंडर का व्यवहार-प्रदर्शन'

इस सन्दर्भ में नारीवादी दार्शनिक जूडिथ बटलर का नाम ख़ुद-ब-ख़ुद उभर आता है। इस प्रसंग में बटलर की पहली ही किताब *जेंडर ट्रबल* (1990) मील का पत्थर मानी जाती है। बटलर का कहना था कि अगर हम सिमोन द ब्युआ के इस कथन को वाक़ई गम्भीरता से लेते हैं कि स्त्री पैदा नहीं होती, बल्कि उसे *गढ़ा* जाता है तो इसका मतलब ये हुआ कि हम सभी को स्त्री और पुरुष की भूमिकाएँ *सीखनी* पड़ती हैं। अगर सच्चाई यही है तो फिर इस बात का कोई कारण नहीं है कि 'स्त्रियोचित' कहे जानेवाले गुण केवल स्त्री की देह के साथ नत्थी किए जाएँ और 'मर्दाना' गुण केवल पुरुष की देह से। इस तरह जूडिथ लिंग से निर्धारित देह और सांस्कृतिक रूप से गढ़े गए जेंडर के सातत्य को 'रैडिकल ढंग से विच्छिन्न' कर देती हैं।

बटलर कहती हैं कि बायो-मेडिकल विज्ञान से लेकर धर्म और संस्कृति की अन्यान्य संस्थाएँ, रीति-रिवाज और विमर्श आदि आपस में मिलकर एक ऐसा *विषमलिंगी* ताना-बाना (हेट्रोसेक्सुअल मैट्रिक्स) बुन देते हैं जिसमें मानव-देह को दो स्थायी यौनिक पहचानों में बाँट देना एक 'प्राकृतिक तथ्य' नज़र आने लगता है। इसके तहत यह भी मान लिया जाता है कि दोनों देह केवल 'विपरीत लिंग' के प्रति आकर्षित होती हैं। अगर यौनिकता के इस विषमलिंगी ताने-बाने को निरस्त कर दिया जाए तो पता चलेगा कि यौनिकता, मनुष्य की देह और कामनाएँ अपने आप में लचीली होती हैं। उनकी यौनिक पहचान या यौनिक रुझान का स्थिर और अटल होना क़तई अनिवार्य नहीं होता।

इस तरह, बटलर की यह दलील वाक़ई चौंकानेवाली है कि 'जेंडर' अर्थ की कोई ऐसी सांस्कृतिक इबारत नहीं होती जिसे 'सेक्स' जैसी किसी पूर्व-प्रदत्त चीज़ पर चस्पां कर दिया जाए। इसके उलट, एक अवधारणा और सोच के तौर पर जेंडर देह से पहले मौजूद रहता है; लिंग की जैविक श्रेणी तथा उससे जुड़ी भाव-भंगिमाओं का निर्माण भी जेंडर ही करता है।

लिंग के अनुरूप उचित समझे जानेवाले इस प्रयत्नसाध्य व्यवहार को हमें केवल एक बाहरी प्रदर्शन या आवरण (अर्थात् 'यथार्थ' के बजाय उसका 'दिखावा') नहीं मानना चाहिए। बटलर की दलील है कि जेंडर के पूर्व-निर्धारित व्यवहार को बार-बार दोहराते रहने से 'एक अवधि के बाद' देह इस मजबूरी के कारण उसी के अनुसार 'पदार्थीकृत' होने लगती है। (बटलर 1993) इसका अर्थ है कि समय के साथ देह यौनिकता के इस विषमलिंगी ताने-बाने द्वारा तय किए गए मानकों का पालन करने लगती है। इस तरह, स्त्री और पुरुष के दोहरे लक्षणों वाले व्यक्ति को सर्जरी के ज़रिये किसी एक श्रेणी में डाल दिया जाता है; स्तनों का आकार छोटा या बड़ा कर दिया जाता है, और अगर स्तन पर्याप्त रूप से विकसित न हों तो उन्हें छिपाकर अदृश्य बना दिया जाता है। इसके बाद भी अगर कोई बचा रह जाए तो उसे विरोमण (रोमों को जड़ से निकालना), लिबास और मेकअप के दम पर निपटा दिया जाता है। अगले खंड में हम कुछ इसी प्रकार की परिघटनाओं पर बात करेंगे।

बटलर इस तथ्य की ओर भी ध्यान खींचती हैं कि पुरुष या स्त्री बनने की यह परियोजना कभी ख़त्म नहीं होती—यह एक ऐसा 'व्यवहार' है जिसे हमें ज़िन्दा रहने तक हर पल दोहराना पड़ता है। स्थिति इतनी पेचीदा है कि पचास साल का एक प्रचंड मुच्छड़ बाप भी यह कहने को बाध्य है कि, 'अब तक यह जगजाहिर हो चुका है कि मैं मर्द ही हूँ, लेकिन कल मैं काम पर जाते समय साड़ी भी पहन

सकता हूँ।' हम जीवन में अपनी जेंडरगत पहचान का कभी पक्का दावा नहीं कर सकते; यह एक ऐसा व्यवहार है जिसमें हम कभी ढील नहीं दे सकते।

'वास्तविक' देह क्या है?

यौनिकता का विषमलिंगी ताना-बाना देह की बहुलताओं को अदृश्य बना देता है। क़ानूनी और सांस्कृतिक नियमों की वर्चस्वशाली प्रणाली देह के अन्यान्य रूपों को अदृश्य या अवैध घोषित कर देती है। जब कोई विचार 'वर्चस्वशाली' हो जाता है तो वह सामान्य-बोध बन जाता है और फिर उस विचार से पीड़ित होनेवाले लोग ही उसे आत्मसात् कर बैठते हैं।

चूँकि मौजूदा समय में मानवीय देह की सबसे वर्चस्वी समझ यह कहती है कि प्रत्येक देह स्पष्ट और असन्दिग्ध रूप से पुल्लिंग या स्त्रीलिंग होती है, इसलिए मानवीय देह के जो प्रकार इस वर्गीकरण में नहीं अँट पाते उन्हें किसी न किसी तरह बीमार या असामान्य घोषित कर दिया जाता है। अस्पष्ट यौन-लक्षणों वाले शिशुओं; किन्नरों तथा क्रमश: जिन पुरुषों और स्त्रियों में 'ग़ैर-मर्दाना' और ग़ैर-स्त्रैण' लक्षण पाए जाते हैं, उन्हें ऐसी ही श्रेणी में डाल दिया जाता है। ऐसे तमाम लोगों को या तो चिकित्सा और सर्जरी के ज़रिये जबरन सामान्य बनाने का प्रयास किया जाता है अथवा उन्हें विकृत और अमान्य क़रार कर दिया जाता है। जेंडर की दो-ध्रुवीयता में मगन हमारी भाषा की इस प्रकार की देह को सम्बोधित करने में साँस फूलने लगती है। अन्त:लिंगी (स्त्रीलिंग और पुल्लिंग, दोनों प्रकार के लक्षणों से युक्त) शिशु को पुरुषवाची नाम से पुकारा जाए या स्त्रीवाची नाम से? *अवन* या *अवल; वो करेगा या करेगी?*

उदाहरण के लिए, भारत के एक अख़बार के चिकित्सा स्तम्भ में छपे एक 'दुखियारी माँ' के इस पत्र पर ग़ौर करें जिसमें उसने अपने अठारह वर्षीय बेटे के अवसाद के सम्बन्ध में सलाह माँगी है। इस महिला के अनुसार उसके बेटे के अवसाद का मूल कारण यह था कि उसके 'स्तनों का आकार बढ़ने लगा था, जिसे देखकर उसे गहरी जुगुप्सा होती थी।' इस माँ को ढाँढ़स बढ़ाते हुए डॉक्टर ने यह उत्तर दिया कि लगभग तीस प्रतिशत पुरुष इस रोग—'गायनीकॉमैस्टिया' की चपेट में आते रहे हैं। कुछ मामलों में यह बीमारी ट्यूमर अथवा कुपोषण के कारण होती है, लेकिन ऐसा बहुत विरल होता है। डॉक्टर के अनुसार, गायनीकॉमैस्टिया का सबसे प्रमुख कारण तरुणाई के आगमन से जुड़ा है। लड़कों में स्तन के ऊतक सामान्यत: सुसुप्तावस्था में रहते हैं। लेकिन ये ऊतक इतने ज़्यादा संवेदनशील होते

हैं कि स्त्री-हॉर्मोन की ज़रा-सी मात्रा भी उन्हें विकट ढंग से सक्रिय बना देती है। अपने इस जवाब में डॉक्टर कहता है कि अगर कोई एंडोक्राइनोलॉजिस्ट यह कह दे कि इस बीमारी के 'विरल कारण' मौजूद नहीं हैं तो एक समय के बाद यह स्थिति स्वयं ही ख़त्म हो जाती है, लेकिन अगर ऐसा न हो पाए तो फिर सर्जरी का सहारा लेना पड़ता है।[4]

'उभरे हुए वक्ष' की यह बीमारी तक़रीबन तीस प्रतिशत पुरुषों में पाई जाती है। अगर इसके पीछे हॉर्मोन के अन्त:स्राव जैसे कारण न हों तो 'यह एक पूरी तरह सामान्य स्थिति मानी जाती है। 'शर्म' महसूस करने के अलावा इसका कोई और बुरा प्रभाव नहीं होता, लेकिन इसके बावजूद गायनीकॉमैस्टिया को एक बीमारी बना दिया गया है। एक बार यह तय हो जाने के बावजूद कि इसके कोई गम्भीर परिणाम नहीं होंगे तब भी सम्बन्धित व्यक्ति को चिन्ता न करने और आराम से रहने की राय नहीं दी जाती। इसके बजाय उसे सर्जरी कराने की सलाह दी जाती है ताकि उसका शरीर किसी मिथकीय मानक पर खरा उतर सके।

नेली ऑउडशूर्न ने जेंडर की भिन्नता में हॉर्मोन की भूमिका से सम्बन्धित अपने बेहतरीन अध्ययन में बताया है कि पश्चिमी चिन्तन में—प्राचीन यूनान से लेकर अठारहवीं शताब्दी के आख़िर तक पुरुष और स्त्री की देह को बुनियादी तौर पर एक जैसा माना गया है। मनुष्यता का यह 'एक-लिंगी' मॉडल, जिसमें स्त्री को पुरुष-देह का एक कमतर संस्करण मान लिया गया है, प्राचीन काल से जड़ जमाए हुए था। अठारहवीं सदी में जिस तरह का जैव-रासायनिक विमर्श उभरा, उसमें स्त्रीलिंग और पुल्लिंग की समानताओं के बजाय उनकी भिन्नताओं पर ज़ोर दिया जाने लगा। और बीसवीं सदी की शुरुआत से शरीर की हॉर्मोन आधारित संकल्पना लैंगिक भिन्नता दर्शाने का एक प्रमुख तरीक़ा बन चुकी है। जैसा कि ऑउडशूर्न कहती हैं, शरीर की यह हॉर्मोन आधारित संकल्पना, दरअसल लैंगिक भिन्नता के दो-ध्रुवीय मॉडल की क़ैद से निकलने की गुंजाइश प्रदान करती है। अर्थात्, अगर शरीर में पुरुष और स्त्री, दोनों के हॉर्मोन पाए जाते हैं तो फिर पुरुषत्व और स्त्रीत्व केवल एक शरीर तक सीमित नहीं रह सकते। लेकिन, जैव-चिकित्सा विज्ञान यह मानकर चलता है कि स्त्री के शरीर में एंड्रोजन तथा पुरुष के शरीर में एस्ट्रोजेन की मौजूदगी एक विकार होती है। इतना ही नहीं, इस सोच के अन्तर्गत पुरुष की देह के बजाय स्त्री की देह को ही हॉर्मोन के खेल का मैदान चित्रित किया जाता है। इस प्रक्रिया में चिकित्सा के पेशे और खरबों डॉलरों के दवा-उद्योग के बीच एक प्रकार की मिलीभगत पैदा हो चुकी है। महिलाओं को किसी भी तरह का 'रोग' हो—त्वचा पर बढ़ती झुर्रियों; अवसाद से लेकर माहवारी की अनियमितता

तक—डॉक्टर उन्हें हर मामले में हॉर्मोन थैरेपी कराने की सलाह देने लगे हैं। (ऑउडशूर्न 1994) शरीर के सामान्य लक्षणों को बीमारी सिद्ध करने की यह प्रवृत्ति पुरुषों तक जा पहुँची है। अपने शरीर में स्त्री हॉर्मोन की 'ज़रा-सी मात्रा' का पता चलते ही पुरुष भी ऐसे ही उपचारों की तरफ़ दौड़ते हैं (ऊपर उल्लिखित पत्र में डॉक्टर भी कुछ ऐसा ही परामर्श देता है)।

दुग्धदायी पुरुष, अ-मातृ महिलाएँ

मुझे हाल ही में पता चला है कि बच्चेदानी निकलवा देनेवाली स्त्रियों की छातियों में भी दूध उतर सकता है। और इसकी वजह ये है कि दूध पैदा करनेवाले हॉर्मोन—प्रोलैक्टिन और ऑक्सीटोसिन का स्राव अंडाशय के बजाय पिट्यूटरी ग्लैंड में होता है। बेशक, इसके कुछ अपवाद भी हो सकते हैं, परन्तु हॉर्मोन की पर्याप्त मात्रा तथा कुछ अन्य प्रकार की तैयारी के बाद लगभग सभी स्त्रियों के स्तनों में दूध उतर सकता है। इसलिए मुझे लगा कि जब गर्भ का दूध उतरने से कोई सीधा सम्बन्ध नहीं है और दूध का स्राव करनेवाले हॉर्मोनों के ग्लैंड सभी मनुष्यों में पाए जाते हैं तो क्या पुरुष की छाती में भी दूध उतर सकता है? इसका जवाब हाँ है। पुरुषों के स्तनों में दूध उतरने के अनेक उदाहरण मिलते हैं; इस बात के प्रमाण भी मौजूद हैं कि उपरोक्त प्रक्रिया पर अमल करके पुरुष भी शिशु को स्तनपान करा सकते हैं। (स्वामीनाथन 2007; शेनली 2007) यह तय है कि इससे पुरुषों के स्तनों का आकार बढ़ जाएगा और दुधारू होने की यह स्थिति पुरुष को अजीबोग़रीब बना कर रख देगी। दरअसल समस्या यह नहीं है कि यह स्थिति प्राकृतिक नहीं जान पड़ती क्योंकि फिर तो सवाल यह उठने लगता है कि स्त्री के स्तनों में दूध उतरने को ही प्राकृतिक क्यों माना जाता है?

दुग्धदायी पुरुष? मैं ऐसे हर बच्चे को दुआ देती हूँ जो यह सोचता है कि जब वह बड़ा हो जाएगा तो वह अपने बच्चे को अपने स्तनों से दूध पिलाएगा!* लेकिन, मैं प्रार्थना करती हूँ कि वह सब कुछ उलट-पलटकर देनेवाली इस असम्भावना तक पहुँचे ही नहीं!

ख़ैर, इस तरह पुरुष के स्तनों में दूध उतर सकता है, लेकिन अ-मातृक स्त्रियों के बारे में क्या ख़याल है?

एक बार न्यूयॉर्क में एक खुले इंटरव्यू के दौरान दिग्गज नृत्यांगना चन्द्रलेखा से यह पूछा गया कि क्या उन्हें निस्सन्तान होने का कोई अफ़सोस है। कहा जाता

* आप शायद इस तरह के बच्चों से परिचित होंगे।

है कि चन्द्रलेखा ने भरतनाट्यम की क्लासिक शैली में अपने स्तनों पर हाथ रखते हुए कहा : 'प्रियवर, हम देवी को *अपीठकूचांबल* (जिसके स्तनों का कभी स्पर्श नहीं किया गया) मानकर पूजते हैं।'[5] लोक और शहरी संस्कृति; प्राक-इतिहास के धुँधले अतीत से लेकर चन्द्रलेखा के इस वक्तव्य तक, देवी की छवि उर्वरता/मातृत्व के इस युगल में सेंध लगाती आई है। चन्द्रलेखा स्त्री की उर्वरता के सिद्धान्त को एक ऐसी रहस्यपूर्ण शक्ति मानती हैं, जिसे समग्र के साथ 'मातृ' देवी की छवि तक सीमित कर दिया गया है। चन्द्रलेखा सवाल करती हैं :

> बैल, शेर और चीते पर शान्त और निडर बैठी, अपने केशों में आभूषणों की जगह शस्त्र धारण करनेवाली इन प्रचंड शक्तियों को आख़िर किस आधार पर *'माँ'* कहा जा सकता है?

प्रकृति से सम्बन्धित इन प्रचंड और अदम्य शक्तियों को 'पालतू' बनाकर मातृत्व के सुकोमल और क्षीणकाय ढाँचे में ढालना ऐतिहासिक विकास का एक ऐसा लक्षण है जो केवल हिन्दू धर्म में ही नहीं बल्कि इसाइयत में भी मिलता है।[6]

ऐसे में एक असहज करनेवाला प्रश्न यह उठता है कि अगर हम उर्वरता, 'मातृत्व' की कामना, मातृत्व तथा स्तन-पान जैसी चीज़ों को शरीर पर चस्पां किए गए जेंडर से हटकर, मानवीय स्थिति के लक्षणों की तरह देखने लगें तो पुरुष और स्त्री के सम्बन्ध में हमारे विचारों का क्या होगा?

'अगर पुरुषों को भी माहवारी हुआ करती'

माहवारी एक ऐसी चीज है जिसे सिर्फ़ स्त्री-देह के साथ ही जोड़कर देखा जाता है। लेकिन, जब इसे अक्षमतासूचक लक्षण की तरह देखा जाता है तो यह प्राकृतिक बाधाओं के बजाय एक सामाजिक और सांस्कृतिक मामला बन जाता है। अमेरिकी नारीवादी ग्लोरिया स्टीनेम ने अपने एक विकट खिलन्दड़ व्यंग्य में इस बात की कल्पना की है कि अगर पुरुषों को भी माहवारी से गुज़रना पड़ता तो पितृसत्तात्मक समाज माहवारी की घटना को किस नज़रिये से देखता! स्टीनेम वक्रतापूर्ण ढंग से कहती हैं कि चूँकि पुरुष के काम को हमेशा महत्त्व दिया जाता है, इसलिए अगर स्त्रियों के बजाय पुरुषों को माहवारी होने लगती तो इसे पुरुषों की श्रेष्ठता का सूचक बना दिया जाता :

> उदाहरण के लिए, कल्पना करके देखिए कि अगर किसी जादू के चलते अचानक स्त्रियों के बजाय पुरुषों को माहवारी होने लगती तो क्या होता?

इसका जवाब बड़ा-साफ़ है—फिर माहवारी को लेकर भी पुरुष डींग हाँकने लगते और एक दूसरे से होड़ करने लगते : पुरुष इस बात को लेकर लम्बी-चौड़ी हाँकते कि अब की बार उन पर माहवारी कितनी लम्बी और भारी गुज़री।

लड़के अपनी माहवारी शुरू होने यानी अपनी मर्दानगी का सुबूत मिलने का इन्तज़ार करते; धार्मिक कर्मकांड करते और खालिस मर्दों की महफ़िल सजाते...।

नैपकिन की आपूर्ति संघीय मदद से एकदम मुफ़्त होने लगती..।

सेना के लोग, दक्षिणपंथी राजनेता और धार्मिक कठमुल्ले माहवारी का हवाला देकर कहते कि चूँकि यह गुण केवल पुरुषों में ही पाया जाता है इसलिए सेना में पुरुष ही काम कर सकते हैं ('ख़ून करने से पहले तुम्हें ख़ून बहाना होगा'), वे ही राजनीतिक पद सँभाल सकते हैं ('मंगल ग्रह के नियमित चक्र के सम्पर्क में आए बिना स्त्रियाँ आक्रामक कैसे हो सकती हैं!'), पुरोहित और मंत्री भी वही बन सकते हैं ('औरत को क्या पता कि अपने पापों के बदले ख़ून बहाने का क्या मतलब होता है?') या रब्बी का दायित्व भी वही निभा सकते हैं ('अशुद्धियों के मासिक स्राव से वंचित होने के कारण महिलाएँ अपवित्र रह जाती हैं')।

स्टीनेम कुछ ऐसी सुर्खियों की कल्पना भी करती हैं : 'बलात्कारी को माफ़ी देने में जज ने दिया माहवारी के तनाव का हवाला।' (स्टीनेम 1978)

यह सच्चाई आज तक नहीं बदली कि जो बात आधी आबादी को प्रभावित करती है, वह सार्वजनिक चेतना में सिरे से ग़ायब है। अगर सार्वजनिक शौचालयों की संख्या बढ़ा दी जाए, उनमें साफ़-सफ़ाई की व्यवस्था दुरुस्त कर दी जाए तथा सैनेटरी नैपकिन की उपलब्धता ज्यादा हो और वे सस्ते हो जाएँ तो अधिकांश महिलाओं के लिए माहवारी एक सामान्य रूटीन की तरह हो जाएगी। पर चूँकि हमारे सार्वजनिक जीवन का दायरा इस तरह तैयार किया गया है कि उसमें शारीरिक दृष्टि से ठीकठाक पुरुष ही फ़िट हो सकता है (भारत में यह दायरा कुछ ऐसा बन गया है कि इसमें पुरुष कहीं भी खड़े होकर फारिग हो सकता है)। इसका असर यह होता है कि घर के बाहर जाकर महिलाएँ सामान्य (दक्षता की तो उम्मीद ही मत करिये) ढंग से भी काम नहीं कर पाती।

सैनेटरी नैपकिन के मामले में भारतीय बाज़ार पर दो बहुराष्ट्रीय कम्पनियों—प्रोक्टर एंड गैंबल तथा जॉनसन एंड जॉनसन का क़ब्ज़ा है। माहवारी के दौरान भारत में महिलाओं की एक बहुत बड़ी आबादी नैपकिन के नाम पर अस्वास्थ्यकारी

उपायों का इस्तेमाल करने को मजबूर है। राज्य को सैनेटरी नैपकिन के दाम सस्ते रखने के लिए सब्सिडी की नियमित व्यवस्था करनी चाहिए क्योंकि अधिक दाम के कारण अधिकांश महिलाएँ नैपकिन का ख़र्च वहन नहीं कर पातीं। सब्सिडी की बात इसलिए भी ज़रूरी है क्योंकि भारतीय राज्य डीज़ल से लेकर गर्भनिरोधकों जैसी मदों पर भी सब्सिडी देता ही रहा है। लेकिन, हाल में भारतीय नारीवादियों का एक अजीब-सी स्थिति से पाला पड़ा।

सन् 2010 में अख़बारों में इस आशय की ख़बरें आईं कि सरकार लगभग बीस करोड़ ग्रामीण महिलाओं को मुफ़्त में सैनेटरी नैपकिन देगी। सरकार पर इसका वार्षिक व्यय 2000 करोड़ रुपये बैठता था। इसमें चिन्ता करने की बात यह थी कि सरकार इस योजना में उपरोक्त बहुराष्ट्रीय कम्पनियों में किसी एक को सहयोगी बनाकर काम करना चाहती थी, जिसका साफ़ मतलब था कि योजना का वित्तीय लाभ किसी एक कम्पनी के खाते में जाता। इसी समय के आसपास एक सामाजिक उद्यमी ने सैनेटरी नैपकिन बनानेवाली एक सस्ती मशीन का विकास किया। मशीन का दाम इतना कम था कि महिलाओं के स्वयं-सहायता समूह बैंक से ऋण लेकर उसे आसानी से ख़रीद सकते थे। भारत में यह परियोजना 200 स्थानों पर पहले से ही चलाई जा रही थी। महाराष्ट्र में ख़ुद राज्य सरकार भी इस परियोजना से जुड़ी थी। अगर सरकार बैंकों को यह गारंटी दे देती कि वह स्वयं-सहायता समूहों से नैपकिन की ख़रीदारी करेगी तो बैंक स्वयं-सहायता समूहों को हँसी-ख़ुशी ऋण जारी कर देते। इसमें बहुराष्ट्रीय कम्पनी के सहयोग से चलाई जानेवाली परियोजना से ज़्यादा ख़र्च भी नहीं होता। यह वैकल्पिक परियोजना न केवल ज़्यादा टिकाऊ साबित होती, बल्कि इससे एक तरफ़ रोजग़ार पैदा होता और दूसरी तरफ़ महिलाओं के जीवन में भी ख़ुशहाली आती। (कुमार 2010) इस पुस्तक को प्रेस में भेजने के समय तक यह स्पष्ट नहीं हुआ था कि सरकार ने इस मामले में क्या निर्णय लिया है।

ख़ैर, मुद्दे की बात यह है कि शरीर की प्राकृतिक क्षमता में आनेवाली किसी भी 'बाधा' को इससे जुड़े सामाजिक आयामों का परिणाम मानकर देखा जाना चाहिए।

न स्त्री, न पुरुष

मध्यलिंगी शिशुओं में जन्म के समय अंडाशय तथा अंडाणुओं, दोनों के ऊतक मौजूद होते हैं। दूसरे शब्दों में कहें तो उनके यौनांग अस्पष्ट होते हैं। पहले के समाज में

मध्यलिंगी लोगों को समस्या की तरह नहीं देखा जाता था। यह सिलसिला तब शुरू हुआ जब आधुनिकता के आगमन के साथ स्त्री और पुरुष को दो विपरीत और कठोर साँचों में बाँध दिया गया। बीसवीं शताब्दी की शुरुआत से डॉक्टरों ने ऐसे मध्यलिंगी शिशुओं को एक या दूसरे लिंग के रूप में परिभाषित करना शुरू कर दिया। लिंग का निर्धारण करने में सर्जरी की मदद ली जाती थी। अमेरिका में मध्यलिंगी बच्चों पर केन्द्रित एक अध्ययन से पता चला कि इन बच्चों का लिंग-निर्धारण करने की प्रक्रिया *जैविक* लक्षणों के बजाय *सांस्कृतिक* धारणाओं पर आधारित थी। अर्थात्, कुछ मामलों में बच्चे के माता-पिता उसे 'लड़के या लड़की' ('लड़का/लड़की' होने के तमाम सांस्कृतिक आशयों के साथ) के रूप में देखना चाहते थे। कुछ अन्य मामलों में बच्चे के शरीर में स्थित ऊतकों को भग-शिश्न या लघु आकार के शिश्न का रूप दे दिया जाता था। और चूँकि इसके पीछे यह धारणा काम कर रही थी कि छोटे शिश्न वाले आदमी का जीवन बेकार होता है, इसलिए अन्त में यह निर्णय लिया जाता था कि बच्चे को लड़की बना दिया जाए। इस तरह, बच्चे को स्त्री या पुरुष के साँचे में ढालने के बावजूद उसे जीवन-भर हॉर्मोन आधारित थैरेपी की ज़रूरत पड़ती थी ताकि वह सर्जरी द्वारा निर्धारित जेंडर की पात्रता पर खरा उतर सके। (केसलर 1990)

हाल में भारत के एक राष्ट्रीय दैनिक ने बड़ी सनसनीख़ेज़ और ऊल-जलूल ख़बर प्रकाशित की। ख़बर में कहा गया कि इन्दौर शहर में सैकड़ों बच्चियों की सर्जरी करके उन्हें लड़का बनाया जा रहा है। इसके पीछे कारण यह बताया गया कि इन बच्चियों के माता-पिता उनकी जगह लड़के की चाहत रखते हैं। इस घटना पर नारीवादियों के साथ-साथ सरकारी एजेंसियों ने बड़े पैमाने पर रोष दर्ज कराया। लेकिन जब एक दूसरे अख़बार ने इस घटना पर एक खोजी रिपोर्ट प्रकाशित की तो मामला कुछ और निकला। (जेबराज 2011) रिपोर्ट में डॉक्टरों के हवाले से कहा गया था कि चिकित्सा विज्ञान के हिसाब से किसी लड़की को लड़के में बदल पाना एक असम्भव काम है। इसलिए इन्दौर में जिस घटना को लिंग-परिवर्तन कहा जा रहा था वह चिकित्सा विज्ञान की दृष्टि से पूरी तरह वैध प्रक्रिया है जिसे 'जेनिटोप्लास्टी' कहा जाता है। यानी इस घटना में 'असामान्य जननांगों के साथ पैदा होनेवाले' पुरुष-शिशुओं की जेनिटोप्लास्टी की गई थी। अख़बार के उस लेख में इस प्रक्रिया का वर्णन एक ऐसी 'सर्जरी के तौर पर किया गया था जिसके अन्तर्गत जन्म के समय असामान्य जननांगों के साथ पैदा होनेवाले शिशुओं के इस विकार को ठीक किया जाता है। मसलन, अगर त्वचा की असामान्य गोलाई के कारण बच्चे का शिश्न छोटा या नदारद दिखाई देता है तो यह विकार इस सर्जरी के द्वारा

ठीक कर दिया जाता है। बाल-रोग तथा मूत्र-रोग विशेषज्ञ इस सर्जरी को अपनाने की सलाह आमतौर पर दिया करते हैं।'

एक डॉक्टर का कहना था कि, 'इसका उद्देश्य पुरुष-शिशु को शारीरिक रचना या उसके प्रकार्य की दृष्टि से बेहतर पुरुष बनाना होता है। बच्चे के लिंग को बदलने से इसका कोई सम्बन्ध नहीं है।'

यह बात अभी तक साफ़ नहीं हो पाई है कि कहीं ये बच्चे मध्यलिंगी तो नहीं थे। लेकिन इस रिपोर्ट में भारत के प्रमुख चिकित्सा संस्थान अखिल भारतीय आयुर्विज्ञान संस्थान के अध्ययन का भी उल्लेख किया गया है। उक्त अध्ययन के अनुसार, 'अगर मध्यलिंगी शिशु के जननांग अत्यधिक रूप से अस्पष्ट हों तो डॉक्टर को शिशु के जननांगों को ठीक करने से पहले उसका लिंग निर्धारित कर लेना चाहिए।' अखिल भारतीय आयुर्विज्ञान संस्थान (एम्स) के इस अध्ययन में यह भी स्वीकार किया गया है कि, 'शिश का जेंडर निर्धारित करने के मामले में किसी समुदाय में प्रचलित सामाजिक कारकों तथा माता-पिता की इच्छा का ख़याल रखा जाता है।' यह कोई असाधारण बात नहीं है क्योंकि अमेरिका के उपरोक्त अध्ययन में भी यही तस्वीर सामने आई थी। बहरहाल, रिपोर्ट में कहा गया था कि कुछ मामलों में शिशु के माता-पिता की इच्छा भी डॉक्टर के इस निर्णय को प्रभावित कर सकती है कि वह शिशु को यौनिक पहचान के किस साँचे में फ़िट करता/करती है। रिपोर्ट के लेखक का भी यही मानना था कि लिंग-निर्धारण के लिए सर्जरी का इस्तेमाल करना एक व्यापक वैश्विक बहस का मुद्दा है जिसमें इस मूल बात पर ही प्रश्न उठाया गया है कि ऐसे बच्चों की सर्जरी करना किस सीमा तक उचित है। लेखक के अनुसार यह निर्णय 'मध्यलिंगी' बच्चों पर छोड़ देना चाहिए कि वयस्क होने पर वे किस यौनिक पहचान का चुनाव करते हैं।

यहाँ, बेशक एक सम्भावना यह भी हो सकती है कि मध्यलिंगी लोग अपने इसी रूप-रंग के साथ एक स्वस्थ और सन्तुष्ट जीवन व्यतीत करते रहें और शायद बच्चे भी पैदा कर सकें। लिहाज़ा, ऐसे लोगों को लिंग के इस या उस ढाँचे में रखने की वजह 'जैविक' न होकर सांस्कृतिक ही हो सकती है। आजकल विश्व में मध्यलिंगी लोगों का आन्दोलन दिनोंदिन मज़बूत होता जा रहा है, जो इस तथ्य की ओर ध्यान खींचता है कि लैंगिकता के इस प्रकार को पश्चिम में उन्नीसवीं शताब्दी के दौरान बीमारी घोषित किया गया था। मध्यलिंगी समूहों के पैरोकार इस बात पर ज़ोर देते हैं कि लोगों को यह बात समझ लेनी चाहिए कि यह कोई बीमारी नहीं बल्कि मानव-जीवन की एक पूरी

तरह 'सामान्य' दशा है। जैसा कि उत्तरी अमेरिका के मध्यलिंगी समुदाय की वेबसाइट पर लिखा गया है :

> मध्य-लैंगिकता एक सामाजिक तौर पर निर्मित श्रेणी है जो जैविक भिन्नता की ओर संकेत करती है..।
>
> ...प्रकृति हमें यौनिकता के भिन्न-भिन्न रूप प्रदान करती है। स्तन, शिश्न, भग-शिश्न, अंडकोष, भगोष्ठ और जनन-ग्रंथि—यौनिकता के इन विभिन्न रूपों का आकार, शक्ल और आकृति-विज्ञान एक दूसरे से भिन्न होते हैं। 'सेक्स' के तथाकथित गुणसूत्रों में भी यह भिन्नता देखी जा सकती है। लेकिन मानव-संस्कृतियों में सामाजिक क्रियाकलापों, अपनी समझ और संवेदना को अभिव्यक्त करने तथा समाज की व्यवस्था बनाए रखने के लिए यौनिकता की इन श्रेणियों को अक्सर पुरुष, स्त्री तथा कभी-कभार मध्यलिंगी जैसे वर्गों में विभाजित कर दिया जाता है।
>
> इस तरह, प्रकृति यह तय नहीं करती कि 'पुरुष' की श्रेणी कहाँ ख़त्म होती है और मध्यलिंगी की श्रेणी किस बिन्दु से शुरू होती है, अथवा मध्यलिंगी की श्रेणी कहाँ ख़त्म हो जाती है और 'स्त्री' की श्रेणी कहाँ से शुरू होती है। यह फ़ैसला मानव जाति करती है।

भारत में मुट्ठी-भर लोग ही समलैंगिक लोगों की मध्य-लिंगी हक़ीक़त को समझते हैं, वर्ना सार्वजनिक तौर पर उन्हें ख़ुद को पुरुष या स्त्री के रूप में प्रस्तुत करना पड़ता है। आमतौर पर ऐसे लोग अपने माता-पिता या डॉक्टर से अपनी इस स्थिति के बारे में कभी बात नहीं कर पाते। इसलिए, अपनी पहचान छिपाने के लिए मजबूर कर दिए गए लोगों की तरह उन्हें भी अकेलापन झेलना पड़ता है।[7]

इसलिए, असल में सवाल यही रह जाता है :

क्या आप जेंडर के परीक्षण में सफल हो पाएँगे?

सन् 2000 के ओलम्पिक खेलों में 'जेंडर के सत्यापन' से सम्बन्धित परीक्षण इसलिए स्थगित कर दिए गए क्योंकि एक के बाद एक कई सुबूतों से यह साफ़ होता जा रहा था कि 'क्रोमोसोम की अप्रारूपिक भिन्नताएँ' इतनी आमफ़हम होती हैं कि केवल उनके पैटर्न के आधार पर 'स्त्रीत्व' या 'पुरुषत्व' का निर्णय नहीं किया जा सकता। इस तरह पुरुषत्व और स्त्रीत्व की अवधारणा न केवल सांस्कृतिक रूप से अलग-अलग होती है, बल्कि उनकी जीव-वैज्ञानिकता भी हर समय स्थिर नहीं रहती।

लेकिन पर्याप्त सुबूतों के बावजूद जीवन के अन्य क्षेत्रों की भाँति, खेलों में भी यह धारणा हावी है कि प्रत्येक मनुष्य को स्त्री या पुरुष के किसी एक वर्ग में रखा जा सकता है। इस प्रकार, खेलों के अन्य निकायों की तरह ओलम्पिक समिति ने 'सन्देहपूर्ण परीक्षण' का रास्ता अख़्तियार करते हुए यह निर्णय लिया कि जेंडर परीक्षण का मसला घटना-दर-घटना तय किया जाना चाहिए। इस नीति का परिणाम यह हुआ कि दो अलग-अलग समय पर दक्षिण अफ्रीकी एथलीट कैस्टर सेमेन्या और भारतीय एथलीट शान्ति सौन्दरराजन को 'जेंडर परीक्षण' में विफल रहने के कारण अपने मेडल गँवाने पड़े। दोनों एथलीटों के अनुभव से उस जैविक देह पर सवाल उठते हैं जिसके बारे में निर्द्वन्द्व रूप से मान लिया गया है कि वह प्रकृति में सहज रूप से विद्यमान होती है।

यौनिक पहचान का निर्धारण जिन लक्षणों के आधार पर किया जाता है, उन्हें तीन समुच्चयों में रख कर देखा जा सकता है :

(अ) आनुवंशिक—मादा के XX तथा नर के XY गुणसूत्रों का पैटर्न;

(आ) हॉर्मोन सम्बन्धी—एस्ट्रोजेन (मादा), एंड्रोजेन/टेस्टोस्टेरोन (नर); तथा

(इ) यौनांग—शिश्न/योनि के प्रत्यक्ष भौतिक लक्षण।

परन्तु, विज्ञान-अध्ययन के नारीवादी अध्येताओं ने हमारा ध्यान जीव-विज्ञान के क्षेत्र में होनेवाले कुछ ऐसे आविष्कारों की ओर खींचा है जिनसे यह साबित होता है कि उपरोक्त तीन समुच्चयों को एक दूसरे से सम्बन्धित मानना ज़रूरी नहीं है। इस प्रकार, अगर किसी व्यक्ति के शरीर में स्त्री के यौनांग पाए जाते हैं तो इसका अनिवार्य अर्थ यह नहीं होता कि उक्त व्यक्ति में स्त्री के गुणसूत्र अथवा हॉर्मोन भी मौजूद होंगे। यही नहीं, अक्सर यौन-गुणसूत्र ही इस पैटर्न—XX (स्त्री) तथा XY (पुरुष) का अनुसरण करने के बजाए X0 (ऐसी स्त्रियाँ जिनमें केवल एक ही X गुणसूत्र पाया जाता है), XXY, XYY, XXX, अथवा 'पच्चीकारी (मोज़ाइक़)' जैसे पैटर्न पाए जाते हैं, जिनमें उसी व्यक्ति के शरीर की अलग-अलग कोशिकाओं के गुणसूत्र भिन्न-भिन्न होते हैं। (बुज़ुविस 2010)

अगर इन तीन कारकों को पूरी सटीकता से लागू करके देखें तो ज़्यादातर शरीर (मेरा भी और आपका भी) जिन्हें पुरुष और स्त्री के ख़ाने में रखा जाता है, जेंडर-परीक्षण में असफल हो जाएँगे। कहने का तात्पर्य यह है कि रोज़मर्रा के जीवन में जेंडर-परीक्षण एक बहुत विरल घटना होती है क्योंकि एक बार जन्म के समय व्यक्ति का जो भी लिंग निर्धारित कर दिया जाता है, वह उसी के अनुसार जीवन जीने लगता है।

यह सवाल मुख्यत: खेल जैसी प्रतिस्पर्धी गतिविधियों, जिनमें मनुष्य के शरीर को स्त्री या पुरुष की श्रेणी में रखा जाता है, और वह भी केवल महिलाओं के सन्दर्भ में ही उठता है। इसके पीछे यह धारणा काम करती है कि शारीरिक दमख़म से सम्बन्धित क्रियाकलापों की दृष्टि से पुरुष होना फ़ायदेमन्द होता है। इसका मतलब यह हुआ कि खेल के मैदान में 'असली स्त्रियाँ' 'अ-स्त्रियों' से मात खा जाएँगी। यह सही है कि जिन महिला एथलीटों को उनके गुणसूत्रों, हॉर्मोन या शारीरिक भिन्नताओं के आधार पर पर्याप्त 'स्त्रैण' न मानकर अयोग्य सिद्ध कर दिया जाता है, उन्हें 'पुरुषों' की श्रेणी में तो नहीं रखा जाता। उन्हें पुरुषों के खेलों या पुरुषों के लिए आरक्षित पेशों से भी बाहर रखा जाता है।

यहाँ कम-से-कम दो सवाल तो ज़रूर उठते हैं। पहला, आख़िर वे प्रतिस्पर्धी प्रतियोगताएँ कहाँ तक न्यायोचित हैं जिनमें केवल पुरुष की देह को कुछ इस तरह का मानक मान लिया जाता है कि पुरुष जैसा डील-डौल रखना फ़ायदे का सौदा बन जाता है? इससे तो वही सार्वभौम समझ परिलक्षित होती है कि पुरुष के साथ जुड़ा कोई गुण स्वत: ही श्रेष्ठतर होता है, इसलिए उसे सभी मनुष्यों के लिए एक मानक की तरह देखा जाना चाहिए। महिलाएँ चाहे जिस रूप में भिन्न हों, उनकी यह भिन्नता केवल भिन्नता नहीं होती बल्कि एक *कमतर* या *श्रेष्ठतर* क़िस्म की भिन्नता मानी जाती है।

लेकिन, यहाँ दूसरा सवाल ज़्यादा बुनियादी महत्त्व का है और जो इस तथ्य से निकलता है कि खेलों में सभी प्रकार के प्राकृतिक सुविधाप्रद गुणों को अवैध क़रार नहीं दिया जाता। उदाहरण के लिए, बास्केटबाल में लम्बा कद फ़ायदेमन्द माना जाता है, जबकि अमेरिका के ओलम्पिक पदक विजेता तैराक माइकेल फेल्प्स का विशेष शारीरिक गठन, जिसके चलते वह 'सामान्य' पुरुषों की तुलना में पानी को ज़्यादा आसानी से चीर लेते हैं, एक बीमारी—मारफन ग्रंथि का परिणाम माना जाता है।[8] अलग-अलग जातीय समुदायों में शारीरिक गठन के लक्षण जैसे लम्बाई या देहयष्टि आदि भिन्न होते हैं। इसलिए, वास्तव में मुद्दे की बात यह है कि खेल प्रतियोगिताओं में प्रतिस्पर्धियों को उनके शारीरिक लक्षणों के तुलनात्मक आधार पर कभी नहीं चुना जाता—बराबरी के मैदान जैसी कोई चीज़ होती ही नहीं! खेल में जब पुरुष एक दूसरे से मुक़ाबला करते हैं तो उनके बीच शारीरिक गठन, प्रशिक्षण के स्तर और लम्बाई व दमखम जैसे प्राकृतिक गुणों का अन्तर पहले से मौजूद रहता है। यही बात महिलाओं पर भी लागू होती है। तो क्या ऐसे में यह पूछना ज़रूरी नहीं हो जाता कि फिर भिन्नता

का यह मानक जेंडर की कल्पित दो-ध्रुवीयता पर आकर ही क्यों अटक जाता है? इसे एक विद्वान के मर्मभेदी शब्दों में कहा जाए तो :

> यह कहना कि खेल में कोई अपने क़ुदरती गुण का इस्तेमाल नहीं कर सकता, एक अन्तर्विरोधी बात होगी। एक सामान्य व्यक्ति विश्व-स्तरीय या ओलम्पिक का एथलीट नहीं बन जाता...(खेल में वही लोग विलक्षण प्रदर्शन कर पाते हैं जिन्हें शारीरिक दग-खग जैसी क्षमताएँ आनुवंशिक तौर पर मिली होती हैं। ऐसी क्षमताएँ सांस्कृतिक और पर्यावरणीय कारकों का संयोग होती हैं)। लेकिन सेक्स को छोड़कर इन स्थितियों की भिन्नता पर खेल के न्यायोचित दायरे से बाहर कभी सवाल नहीं किया जाता। (बुजुविस 2010)

अब ज़रा खेल की दुनिया से जुड़े एक हैरतअंगेज़ क़िस्से पर ग़ौर करिये। 1936 के ओलम्पिक खेलों में पोलैंड की धावक स्टेला वाल्श को अमेरिकी धावक हेलेन स्टीफ़ंस ने पछाड़ दिया। उस समय वाल्श दुनिया की सबसे तेज़ धावक मानी जाती थीं, इसलिए उस स्पर्धा के बाद पोलैंड के एक पत्रकार ने यह कहकर विवाद खड़ा कर दिया कि कोई महिला इतना तेज़ नहीं दौड़ सकती। इसके बाद ओलम्पिक के अधिकारियों को हेलेन का 'लिंग-परीक्षण' जैसा कुछ करना पड़ा। परीक्षण से यह बात साबित हो गई कि हेलेन महिला ही थी। लेकिन चवालीस साल बाद स्टेला वाल्श की एक पार्किंग स्थल पर गोली मारकर हत्या कर दी गई। उल्लेखनीय है कि इन वर्षों के दौरान स्टेला वाल्श अमेरिकी नागरिक बन चुकी थीं। जब स्टेला की मृत देह की ऑटोप्सी की गई तो पता चला कि वह तो दरअसल 'पुरुष' थीं! (बॉयलन 2008) बर्लिन ओलम्पिक्स की एक ऐसी ही कहानी बीस साल बाद खुलकर सामने आई। कहानी यह थी कि हिटलर के संगठन के एक युवा सदस्य ने, जिसने महिलाओं की ऊँची कूद में भाग लेते हुए चौथा स्थान प्राप्त किया था, बीस साल बाद यह कुबूल किया कि वह दरअसल पुरुष था और उसे उक्त प्रतिस्पर्धा में महिला के रूप में भाग लेने के लिए नाज़ियों ने मजबूर किया था। यह 'असली मर्द' तीन महिला प्रतिस्पर्धियों के बाद चौथे स्थान पर रहा था। (बुजुविस 2010)

सभी पुरुष सभी महिलाओं से तेज़ नहीं दौड़ सकते; सभी पुरुष सभी महिलाओं से ज़्यादा ताक़तवर नहीं होते; सभी पुरुष सभी महिलाओं से ज़्यादा ऊँचा नहीं कूद सकते; और यही वजह है कि नारीवादियों की तरफ़ से अक्सर यह सुझाव आता रहा है कि एथलीटों का वर्गीकरण लिंग के आधार पर न करके सम्बन्धित खेल से जुड़ी उनकी शारीरिक क्षमताओं के आधार पर किया जाना चाहिए।

कहने का मतलब यह है कि हमारी देह न तो स्पष्ट रूप से पुरुष की देह होती है, न स्त्री की; इस देह के लक्षणों को भी तुरत-फुरत पुरुष या स्त्री के ख़ाने में नहीं रखा जा सकता। यानी इस मानक पर कुछ असामान्य लोग ही खरे उतरते हैं। आमतौर पर बच्चे के जन्म के समय उसके जेंडर का निर्धारण शिश्न की मौजूदगी या ग़ैर-मौजूदगी के आधार पर किया जाता है। लेकिन, जिन बच्चों में शिश्न की मौजूदगी साफ़ तौर पर दिखाई नहीं देती, उनके अन्दर कई बार प्रजननांग तथा XY गुणसूत्र मौजूद रहते हैं। चूँकि स्त्री की पहचान उसकी *योनि तथा गर्भाशय/अंडाशय* जैसे लक्षणों के बजाय उसमें *शिश्न* की ग़ैर-मौजूदगी के आधार पर होती है, इसलिए आनुवंशिक तौर पर पुरुष के रूप में पैदा होनेवाले बच्चों का स्त्री के रूप में लालन-पालन करना एक ख़ासी आम बात है।

इस सन्दर्भ में जीव-विज्ञान के क्षेत्र में हाल का एक शोध बेहद दिलचस्प जानकारी देता है। इस शोध के अनुसार केवल हॉर्मोन ही व्यक्ति के जेंडरगत क्रियाकलापों का निर्धारण नहीं करते, बल्कि हॉर्मोन के स्राव में एक सीमा तक जेंडरगत क्रियाकलाप की भूमिका भी रहती है। सघन अन्तराल की अवधि में एंड्रोजेन का उत्पादन बढ़ जाता है, जबकि शिशुओं अथवा वयस्कों के पोषण की अवस्था के दौरान एंड्रोजेन के स्राव में कमी आने लगती है। इसीलिए, विज्ञान के नारीवादी अध्येता इस विचार को स्वीकार नहीं करते कि देह के सम्बन्ध में कुछ ऐसे छुपे हुए वैज्ञानिक तथ्य हैं, जिनसे बस पर्दा उठाना बाक़ी है। इसके बजाय ऐसे अध्येता इस बात पर ज़ोर देते हैं कि वैज्ञानिक तथ्य समाज और संस्कृति में अन्तस्थ होते हैं। 'यौनिकता' स्वयं मानवीय व्यवहार की निर्मिति है, और 'विज्ञान' भी उसी व्यवहार का एक अंग है।

विज्ञान की इतिहासकार एमिली मार्टिन हमारा ध्यान विज्ञान के इस महत्त्वपूर्ण तथ्य की ओर खींचती हैं कि विज्ञान केवल प्राकृतिक परिघटनाओं का वर्णन करने तक सीमित नहीं है, बल्कि उसका काम चीज़ों की व्याख्या करना है। मार्टिन दर्शाती हैं कि विज्ञान मनुष्य के प्रजनन की प्रक्रिया को कुछ इस तरह प्रस्तुत करता है कि डिम्ब और शुक्राणु समकालीन पश्चिमी विश्व के विषमलिंगी रोमांस की कथाओं में फ़िट हो जाते हैं। रोमांस के इन वृत्तान्तों (जोशो ख़रोश से लबालब नायक, चुपचाप इन्तज़ार करती नायिका) तथा जीव-विज्ञान की पाठ्य-पुस्तकों में वर्णित आख्यानों (सक्रिय शुक्राणु, अक्रिय डिम्ब) से हम सब भली-भाँति परिचित हैं। जीव-विज्ञान की पाठ्यपुस्तकों में लिखा जाता है कि फैलोपियन ट्यूब में डिम्ब 'निष्क्रिय भाव से ले जाया', 'बुहार दिया' या 'बह' जाता है, जहाँ वह सक्रिय शुक्राणु के इन्तज़ार में रहता है कि वह आकर कोई पहलकदमी करे और उसके *अस्तित्व* को सार्थकता प्रदान करे। जीव-विज्ञान की एक मानक पुस्तक में लिखा गया है

कि, गर्भाशय से छूटने के बाद 'अगर शुक्राणु उसकी हिफ़ाजत न करे' तो डिम्ब मर जाता है। मार्टिन कहती हैं कि 'यह देखना बेहद दिलचस्प है कि डिम्ब किस तरह स्त्रैण व्यवहार करता है और शुक्राणु पूरी मर्दानगी के साथ सामने आता है।'

नए शोध से पता चला है कि दरअसल शुक्राणु की गति इतनी शक्तिशाली होती ही नहीं कि उसे आगे की ओर धक्का दे सके। सच्चाई यह है कि डिम्ब की ऊपरी परत से एक ऐसी ऊर्जा निकलती है जो शुक्राणु को सायास अपनी ओर खींचती है और जहाँ पहुँचने के बाद वह डिम्ब की लिसलिसी सतह से चिपक जाता है। मार्टिन बताती हैं कि इस तथ्य के उद्घाटन के बावजूद इन दोनों के पारस्परिक सम्बन्ध को देखने का नज़रिया आज तक नहीं बदल पाया। इसके बजाय या तो 'आक्रामक शुक्राणु' का रूपक अपने पूर्व रूप में चलता रहा अथवा इसमें एक और सांस्कृतिक स्टीरियोटाइप आ जुड़ा जो स्त्री को आक्रामक और पुरुष की स्वायत्तता के लिए ख़तरा बताने लगा। मार्टिन स्पष्ट करती हैं कि जैव-विज्ञानों में एक मॉडल पहले से ही उपलब्ध है जिसका डिम्ब और शुक्राणु की व्याख्या के लिए इस्तेमाल किया जा सकता है। इस मॉडल को सायबरनेटिक मॉडल कहा जाता है जो 'फ़ीडबैक लूप्स' तथा 'क्रलेक्सिबल अडैप्टेशन टू चेंज' की संकल्पनाओं पर आधारित है। यह मॉडल बताता है कि डिम्ब और शुक्राणु का सम्बन्ध अन्तर्क्रियात्मक है और वह पारस्परिक अन्त:सूत्रों से निर्धारित होता है। (मार्टिन 1991)

आइये, इस सन्दर्भ में देखें कि मलयालम की एक शुरुआती नारीवादी लेखिका ललिताम्बिका अन्तरजनम ने शुक्राणु के डिम्ब तक पहुँचने के सफ़र को साहित्यिक मुहावरे में किस तरह प्रस्तुत किया है। अपनी एक कहानी में (1960) लेखिका ने डिम्ब को एक देवी के रूप में कल्पित किया है, जिसकी ओर हज़ारों की संख्या में लालायित शुक्राणु तीर्थयात्रियों की भाँति बढ़े चले जा रहे हैं। यह ऐसी तीर्थयात्रा है जिसमें केवल किसी एक शुक्राणु की मनोकामना पूरी हो पाएगी। यह आख्यान इसी एक शुक्राणु का आर्तनाद है।[9]

यह वृत्तान्त भी संस्कृति के स्थानीय स्रोतों—केरल में मातृ-देवी की पूजा पर आधारित है, जो स्पष्टतया सृष्टि की सृजन-प्रक्रिया की ओर इंगित करते हुए डिम्ब और शुक्राणु के आधुनिक विज्ञान का भाष्य प्रस्तुत करता है। इस कहानी में गर्भाशय देवी का गर्भ-गृह है; डिम्ब स्त्री की मातृ-ऊर्जा और उसकी चुम्बकीय शक्ति का प्रतीक है; जबकि विज्ञान (पाश्चात्य) मिल्स एंड बून्स की रोमांस-सीरीज़!

स्पष्ट है कि आधुनिक वैज्ञानिक हों या सृजनात्मक लेखक—कदाचित् वस्तुपरक 'प्राकृतिक' प्रक्रिया का हुलिया रचने के लिए दोनों ही, संस्कृति के

स्थानीय रूप से प्रासंगिक और भावपूर्ण रूपकों का समान ढंग से इस्तेमाल करते पाए जाते हैं।

पुरुष की देह और पुरुषत्व के रूप

पुरुषत्व की नई सैद्धान्तिकी विकसित हुए अब एक अर्सा बीत गया है। आशिस नन्दी ने अपनी किताब द *इंटिमेट एनिमी* में यह विचार व्यक्त किया था कि प्राक-आधुनिक भारतीय समाज में जेंडरगत पहचान काफ़ी तरल हुआ करती थी। पहचान की यह तरलता अंग्रेज़ों की पुरुषत्व प्रधान साम्राज्यवादी विचारधारा के हाथों मिटाई गई। उन्होंने गाँधी के व्यक्तित्व का पाठ एक ऐसी शख़्सियत के तौर पर किया है ज़ो यौनिक दृष्टि से किसी एक वर्ग में नहीं समा पाता। उनकी राजनीति में स्त्रीत्व के बुनियादी तत्त्वों की निशानदेही की जा सकती है। नन्दी का यह विचार ख़ासा प्रभावशाली रहा है। (नन्दी 1983)

सुधीर कक्कड़ का, जो कि पेशेवर मनोविश्लेषक भी हैं, मानना है कि जहाँ तक पुरुष के व्यक्तित्व के विकास का सवाल है तो हिन्दू संस्कृति का सबसे प्रमुख आख्यान 'न फ्रायड के इडिपस और न ही इसाईयत के आदम से मिलता है। इस संस्कृति का एक सबसे प्रमुख आख्यान, ख़ास तौर पर हिन्दू समुदाय में बेटे के अन्दरूनी संसार में, देवी से ताल्लुक़ रखता है।' लेकिन नन्दी की तरह कक्कड़ इसे परिपूर्णता अथवा पूर्णत्व का चिह्न न मानकर एक ऐसी स्वैर कल्पना (फैंटेसी) की तरह देखते हैं जिससे स्त्री-द्वेष के कुछ विशेष रूपों को प्रश्रय मिलता है। कक्कड़ का कहना है कि भारत में पुरुष की इस स्वैर-कल्पना का सबसे ख़ास लक्षण माँ की एक मिश्रित छवि है जिसमें वह एक ही साथ यौनिक (जो उसमें क्रोध का आवेग पैदा करती है) और अविश्वसनीय (जिससे उसमें भय पैदा होता है) रूप में उपस्थित रहती है। यही माँ न केवल 'गाँधी की पीड़ाओं में विपर्यस्त रहती है', बल्कि मनोरोगियों के निजी इतिहास, मिथकों तथा लोक-प्रचलित क़िस्सों में भी मौजूद रहती है।' पितृसत्ताओं के सार्वभौम दायरे में स्त्री के प्रति सहज प्रतिक्रिया यह होती है कि उसे एक ऐसा ख़तरनाक प्रतिद्वन्द्वी मान लिया जाता है जिसे पराजित किए बिना बात नहीं बनती। लेकिन, कक्कड़ कहते हैं कि भारतीय पुरुष की स्वैर कल्पना का 'प्रतिरक्षात्मक तरीक़ा' एक विशेष रूप अख़्तियार करता है—वह या तो अपनी यौनिकता को ख़त्म कर डालता है अथवा स्त्री को उसकी यौनिकता से रहित कर देता है।' इस तरह, जहाँ पुरुष ब्रह्मचर्य तथा संन्यास आदि के ज़रिये अपनी यौनिकता का संहार करता है, वहीं स्त्री को मातृत्व के एक स्वचालित

यंत्र अथवा 'उभयलिंगी अक्षतयोनि' में रूपान्तरित करके उसे यौनिकता से रिक्त कर देता है। एक मनोविश्लेषक के तौर पर अपने अनुभवों का निचोड़ पेश करते हुए कक्कड़ यह तज़वीज करते हैं कि भारत में अन्य संस्कृतियों के बरक्स पुरुष की वह पहचान ज़्यादा स्वीकार्य है जिसमें स्त्रीत्व का उदात्त रूप निहित होता है। इसमें पुरुषों में द्वि-यौनिकता की उपस्थिति के प्रति बृहत्तर स्वीकार्यता का भाव भी सन्निहित है। (कक्कड़ 1989)

हिन्दू संस्कृति में स्त्रैण पौरूष का एक दिलचस्प अध्ययन अनुराधा कपूर के अध्ययन (1993) में भी मिलता है। इस अध्ययन में लक्षित किया गया है कि कैसे तुलसीदास के सौम्य, किशोर और स्त्री की तरह शर्मीले राम, जिसके पैरों में जंगल की घास से ज़ख़्म हो गए थे और जो सीता के अपहरण पर फूट-फूटकर रोए थे, बीसवीं सदी में हिन्दू दक्षिणपंथियों के रामजन्म भूमि आन्दोलन तक आते-आते विकट रूप से पुरुषत्ववादी और आक्रामक राम में रूपान्तरित हो चले थे। ग़ौरतलब है कि बाबरी मस्जिद का विध्वंस इसी आन्दोलन की परिणति था।

सामाजिक रूढ़ियों का पालन न करनेवाली पुरुष देह को अनुशासन के नियम-क़ायदों के अलावा हाशिये पर सिमटते जाने की पीड़ा भी सहन करनी होती है—समलैंगिक पुरुष, स्त्रियों की तरह व्यवहार करनेवाले तथा वृद्ध पुरुष की देह आदि, इसी श्रेणी में रखे जा सकते हैं। स्त्रियोचित व्यवहार करनेवाले पुरुषों को अक्सर रास्ते में उपहास और शारीरिक हिंसा का सामना करना पड़ता है। इसी तरह, अगर वृद्ध पुरुष सम्पत्ति या सामाजिक हैसियत के हिसाब से ताक़तवर न हो तो उसे अपने से कम उम्र के पुरुषों, यहाँ तक कि स्त्रियों के हाथों भी अपमानित होना पड़ता है। दक्षिण एशिया के सन्दर्भ में देखा जाए तो यहाँ घरेलू नौकरों का 'पुरुषत्व' घर के अन्य पुरुषों की तुलना में 'अधीनस्थ' रहता है। इसकी वजह यह है कि उन्हें वैसा काम करना पड़ता है जिसे स्त्रियों का क्षेत्र माना जाता है। अपनी मालकिनों के सम्बन्ध में उनका पुरुषत्व अक्सर अप्रसांगिक रहता है, लेकिन इसके बावजूद उनके पौरुष को ख़तरे और चुनौती का सबब माना जाता है, लिहाज़ा 'मर्यादा' के कल्पित उल्लंघन के डर से उन पर हमेशा अनुशासन की चाबुक तनी रहती है। (चोपड़ा 2006)

इस तरह उम्र, वर्ग, नस्ल तथा जाति आदि के मुख़्तलिफ़ मुक़ामों पर पुरुषत्व के मायने भी बदलते रहते हैं।

ऐसा प्रतीत होता है कि लैंगिक भिन्नता का आख़िरी गढ़ यानी स्वयं देह का उद्घाटन भी प्रकृति द्वारा प्रदत्त वस्तु के रूप में नहीं बल्कि अलग-अलग तरह के विमर्शों

की विशिष्टताओं से छनकर सामने आता है। यह सही है कि हम दुनिया को देह के विभिन्न रूपों के ज़रिये ही जीते और अनुभव करते हैं। अगर उस देह पर, जिसमें हम वास करते हैं, पुरुष का ठप्पा लगा दिया जाता है तो इसका एक अलग तरह का असर होता है; अगर उस पर स्त्री होने का चिह्न चस्पां कर दिया जाए तो फिर उसका परिणाम कुछ और होता है; अगर उस देह का रंग काला हो; वह दलित अथवा विकलांग हो तो इसके परिणाम और भी अलग हो जाते हैं। ये सारे परिणाम एक ही साथ संरचनात्मक, भौतिक और मनोवैज्ञानिक भी होते हैं। लेकिन, यहाँ कहने का आशय यह है कि ये समस्त परिणाम स्वयं देह से पैदा नहीं होते—ऐसे समस्त परिणाम इस तथ्य से पैदा होते हैं कि कुछ सार्वभौम माने जानेवाले गुणों से संरचित इस दुनिया में वह देह किस बिन्दु पर स्थित है! मसलन, दुनिया में देखने और चल फिर सकने की शक्ति को एक सामान्य मानक की तरह लिया जाता है; लेकिन एक ऐसी दुनिया में जहाँ चीज़ें दृष्टिहीनता और व्हीलचेयर के इर्द-गिर्द ढली हों, वहाँ आँखों से ठीक-ठाक देख पाने और दो पैरों पर चलनेवाले व्यक्ति के सामने चुनौती खड़ी हो जाएगी—उसके लिए अन्धकार में धँसे; ध्वनि और स्पर्श से लाचार; नीचे की ओर तेज़ी से उतरती सीढ़ियों पर चल पाना..।

हम इन पहचानों के साथ जीते हुए या तो उनकी महत्ता और मूल्य को पुष्ट करते जाते हैं अथवा उन्हें ख़ारिज करते हुए अन्य पहचानों की खोज में जुटे रहते हैं। नारीवाद के लिए इसका निहितार्थ क्या हो सकता है? क्या यह सोचने से मुक्ति का एहसास होता है कि यह देह हमारा कारागार नहीं है, कि इस देह को समझने और अनुभव करने के तौर-तरीक़ों का एक लम्बा इतिहास है? मुझे लगता है कि इसका उत्तर हाँ में होना चाहिए।

कामना

क्वीयर तथा जाति और समुदायों की वर्जनाओं के विरुद्ध जाकर प्रेम करनेवाले प्रेमियों की साझी सच्चाई यह है कि प्रेम के अधिकार का उपयोग करने के लिए दोनों पक्षों की जान दाँव पर लगी रहती है।

भारतीय दंड संहिता की धारा 377*

जब एक दूसरे से प्रेम करनेवाला कोई स्त्री-युगल माता-पिता के कहने पर पुलिसिया दमन के ख़िलाफ़ अदालती हस्तक्षेप के लिए अर्जी दाख़िल करता है (जैसा कि कुछ बरस पहले केरल में हुआ था); या ऐसी हर 'विषमलिंगी आत्महत्या', जिसके तहत एक स्त्री यह चिट्ठी लिखकर अपनी जीवन-लीला समाप्त कर लेती है कि वह एक अन्य स्त्री से प्रेम करती है, लेकिन उसे पारम्परिक विवाह के लिए मजबूर किया जा रहा है; या किसी समलैंगिक पुरुष पर किए जानेवाले शारीरिक हमले की कहानी—इस तरह की तमाम घटनाओं में प्रत्येक घटना उस डरावने सवाल को और स्याह रंग से रेखांकित कर जाती है जो भारतीय दंड संहिता की धारा 377 के मूल में कुंडली मारे बैठा है : क्या सामान्य होना कोई प्राकृतिक तथ्य है?

धारा 377 में 'प्राकृतिक व्यवस्था का उल्लंघन' करनेवाले यौन कर्म के लिए दंड का प्रावधान किया गया है। इसके पीछे यह धारणा काम करती है कि 'सामान्य' यौन-व्यवहार प्रकृतिजन्य होता है, जिसका संस्कृति, इतिहास या मानवीय पसन्द-नापसन्द से कोई वास्ता नहीं होता। लेकिन, एकबारगी इस असहज से लगते विचार पर ध्यान देने की कोशिश करें कि यौनिकता सम्बन्धी दिशा-निर्देश मनुष्य-समाज के अलग-अलग सन्दर्भों पर निर्भर करते हैं और

* 2012 में इस किताब के अंग्रेज़ी में छपने के बाद से भारतीय दंड संहिता की धारा 377 की स्थिति में दो बार बदलाव आया है। दिसंबर 2013 में सुप्रीम कोर्ट ने दिल्ली के उच्चतम न्यायालय के 2009 के उस फ़ैसले को पलट दिया था जिसमें उसने समलैंगिक बालिगों के बीच सहमति से संभोग को अपराध की श्रेणी से हटा दिया था। इस फ़ैसले के खिलाफ कई संगठनों और व्यक्तियों ने अपील की थी जिसके फलस्वरूप 2018 में सुप्रीम कोर्ट की एक पाँच सदस्यीय बेंच ने फिर एक बार धारा 377 को समलैंगिक बालिगों के बीच सहमति से संभोग के संदर्भ में ग़ैर संवैधानिक क़रार दिया।

उनके पीछे प्रकृति का कोई हाथ नहीं होता। क्या हम इस धारणा पर इस कोण से विचार कर सकते हैं?

ज़रा सोच कर देखिये—अगर 'सामान्य' व्यवहार वाक़ई इतना प्राकृतिक या सहज था तो फिर नियंत्रण के इतने लम्बे-चौड़े नेटवर्क की क्या ज़रूरत थी! मसलन, तब इस बात पर इतनी पहरेदारी करने की क्या ज़रूरत थी कि लोगों को क्या पहनना और क्या नहीं पहनना चाहिए। कल्पना करके देखें कि किसी सार्वजनिक स्थल पर एक दाढ़ी वाला आदमी स्कर्ट पहनकर खड़ा है : आख़िर यह देखकर 'सामान्य' समाज की चूलें क्यों हिलने लगती हैं? अगर 'वह' आदमी *हिजड़ा* हुआ तो सामान्य समाज उसे एक अलग ढंग से हाशिये पर ठेल देगा। बस एक ग़लत शरीर पर ग़लत कपड़े पहनने की देर होती है कि हमारी प्राकृतिक, सामान्य, यौनिक पहचान डगमगाने लगती है। आख़िर ऐसा क्यों होता है? अगर यह सब इतनी आसानी से हो जाता है तो फिर उस पहचान को प्राकृतिक और सामान्य किस हद तक कहा जा सकता है?

विचारों पर परिवार, मीडिया, शिक्षा और धर्म का यह अनुशासन आपको हर समय यह बताता रहता है कि समलिंगी व्यक्ति के प्रति आकर्षित होना एक पाप, पागलपन या अपराध होता है। लेकिन अगर यह आकर्षण बिन बुलाए आपके भीतर आ बैठे और इसे आपके अन्दर से दंडित करके बाहर निकालना हो तो फिर इनमें से कौन 'प्राकृतिक' रह जाता है—वह विचार या उसे ठोक-बजाकर ठीक करने की कार्रवाई?

अगर अन्य सारे तौर-तरीक़े विफल हो जाएँ तो फिर लोगों को विषमलिंगी बनाए रखने के लिए हिंसा का सहारा लिया जाता है। इसके लिए बिजली के झटके देने से लेकर मारपीट करने और राज्य के दमनकारी तंत्र तक का इस्तेमाल किया जाता है। केरल की घटना में माता-पिता ने ऐसा ही किया था। अगर कोई चीज़ प्राकृतिक है तो उसे यथावत् रखने के लिए क़ानून की ज़रूरत क्यों होनी चाहिए? क्या लोगों को खाने या सोने की हिदायत देनेवाले क़ानून भी हैं? लेकिन हमें एक ऐसे क़ानून की ज़रूरत पड़ती है जो लोगों को यह बताए कि सम्भोग केवल एक निश्चित तरीक़े से किया जाए।

सच्ची और दिलचस्प बात यह है कि लोग-बाग इस 'प्राकृतिक' होने पर ख़ुद भी बहुत ज़ोर नहीं देते। लगता है कि जैसे सभ्यता का पूरा मक़सद ही यह हो गया है कि प्रकृति से ज़्यादा से ज़्यादा कैसे दूर हुआ जाए। हम अपने नंगे शरीर को कपड़े से ढकते हैं*। कच्चे भोजन को पकाकर हम उसके प्राकृतिक रूप को

* सच बात यह है कि जो लोग समलैंगिकता को अप्राकृतिक बताकर उसकी भर्त्सना करते हैं, वही सार्वजनिक नग्नता पर ज़मीन-आसमान एक कर देते हैं।

बदल डालते हैं। हम प्राकृतिक वस्तुओं का उपयोग करके अपने लिए लम्बे-चौड़े मकान बनाते हैं। और गर्भनिराधकों का इस्तेमाल करते हैं।*

साफ़ है कि जब मन चाहे 'अप्राकृतिक' को 'अनैतिक' के समकक्ष खड़ा कर देना, असल में, बहस का गला घोंटना होता है। लिहाज़ा धारा 377 किन्हीं अजूबे लोगों की ओर इशारा नहीं करती। वह जिन लोगों से सम्बन्धित है, उन्हें उस तरह नहीं देखा जा सकता जिस तरह कोई मानवशास्त्री किसी अजीबोगरीब क़बीले को देखता है। धारा 377 एक व्यथा की इबारत है जो हमें यह बताती है कि सामान्य पुरुष या सामान्य स्त्री होना क्या होता है। यह वह नाखून है जिसने अपने नीचे यह व्यापक झूठ छुपा रखा है कि 'सामान्यता' प्राकृतिक देन होती है। इसकी ज़रूरत इसलिए पड़ती है ताकि उत्तराधिकार और सम्पत्ति की व्यवस्थाएँ अक्षुण्ण रह सकें। ग़ौरतलब है कि इस धारा के तहत 'गुदा-मैथुन' को विषमलिंगी सम्बन्ध, विवाह या आपसी सहमति के बावजूद अपराध माना जाता है।

औपनिवेशिक आधुनिकता और विषमलिंगी यौनिकता का विकास

विषमलिंगी यौनिकता से हमारा आशय उस धारणा से है जो लोगों को यह बताती है कि स्त्री-पुरुष का यौन सम्बन्ध ही प्राकृतिक और सामान्य होता है तथा यह सम्बन्ध ऐसा होता है जिसका पालन एक सामाजिक प्रतिमान की तरह किया जाना चाहिए। यहाँ यह याद रखा जाना ज़रूरी है कि प्राचीन भारत में समलैंगिक यौन सम्बन्धों को अपराध की श्रेणी में नहीं रखा जाता था। दरअसल, यह एक ऐसा क़ानूनी प्रावधान है जिसे ब्रिटिश औपनिवेशिक सरकार ने उन्नीसवीं सदी में लागू किया था। इस प्रावधान को ब्रिटेन के तमाम उपनिवेशों में लगभग एक ही समय पर अपराध सम्बन्धी संहिताओं में शामिल किया गया था। रूथ वनिता तथा सलीम क़िदवई (2000) ने अपने अध्ययन में बताया है कि ब्रिटेन में गुदा-मैथुन को प्रतिबन्धित करनेवाले क़ानून को समय के साथ थोड़ा उदार बनाया गया था; पहले इसके लिए फाँसी की सज़ा का प्रावधान था, जिसे बाद में दस वर्ष के कारावास तक सीमित कर दिया गया। लेकिन, जब 1861 में इसे धारा 377 के रूप में भारतीय दंड संहिता में शामिल किया गया तो इससे जुड़ी कई ऐसी बातें अपराध की श्रेणी में आ गईं जो पहले क़ानून की नज़रों से ओझल थीं।

* जो समलैंगिकता की इस आधार पर निन्दा करते हैं कि यौन-सम्बन्ध का उद्देश्य केवल सन्तानोत्पत्ति होना चाहिए, उनमें अधिकांश लोगों को गर्भनिरोधकों के इस्तेमाल से कोई दिक़्क़त नहीं होती। इस मामले में केवल पोप ही अपनी बात पर अड़े हैं!

इस धारा का शब्द-विन्यास इतना व्यापक है कि इसमें किसी भी प्रकार के यौन-सम्बन्ध को शामिल किया जा सकता है। उदाहरण के लिए, इसमें 'प्राकृतिक व्यवस्था के विरुद्ध किसी पुरुष, स्त्री अथवा पशु के साथ स्वैच्छिक दैहिक संसर्ग' करना निषिद्ध किया गया है।

विद्वानों ने इस बात की बारीक निशानदेही की है कि समलैंगिक यौन-आकर्षण को अवैध घोषित करना और नागरिकों को प्राकृतिक रूप से विषमलिंगी या उन्हें लैंगिक दृष्टि से पुरुष *या* स्त्री के स्पष्ट वर्गों में बाँटकर स्त्री को उसकी यौनिकता से वंचित करके सम्मान की पात्र बना देना, राष्ट्र निर्माण की एक विश्व-व्यापी प्रक्रिया है।[1] इस प्रसंग में अफ़सानेह नजमाबादी का वृत्तान्त 'लॉन्ग नाइंटींथ सेंचुरी' एक दिलचस्प उदाहरण है, जिसमें उन्होंने बताया है कि ईरान में 'प्रेम के विषमलिंगी रूप की स्थापना और सुंदरता को स्त्री के सन्दर्भ में व्याख्यायित करने की प्रवृत्ति' यूरोप के साथ हुई उसकी सांस्कृतिक मुठभेड़ का परिणाम थी। अर्थात् यूरोप के सम्पर्क में आने से पहले फ़ारसी की सौन्दर्यशास्त्रीय परम्पराओं में पुरुष की देह तथा पुरुष के अन्य पुरुष के प्रति प्रेम को सुंदरता का मानदंड माना जाता था। इस प्रकार, नजमाबादी (2005) कहती हैं कि ईरान में स्त्री-मुक्ति की आधुनिकतावादी परियोजना 'पुरुष समलैंगिकता की गर्भ-नाल काटकर अस्तित्व में आई।' इस प्रक्रिया में स्त्री की मुक्ति को उचित यौन-सम्बन्धों की उन विक्टोरियाई धारणाओं के साथ नत्थी कर दिया गया जिनमें विषमलिंगी, पितृसत्तात्मक और एकल विवाह पर आधारित पारिवारिक इकाई के अलावा सब कुछ अवैध मान लिया गया था।

भारत में भी उन्नीसवीं शताब्दी के बाद के वर्षों तक जेंडरगत पहचान और यौन आकर्षण को बहुअर्थी परिघटना माना जाता था। इसे एकाथर्क बनाने का काम क़ानूनी और सामाजिक हस्तक्षेप की उस बहुरंगी प्रक्रिया के ज़रिये किया गया जिसके अन्तर्गत यौनिकता के ग़ैर-प्रतिष्ठित रूपों और परिवार के ढाँचे को अनुशासित करना शामिल था। रूथ वनिता और सलीम क़िदवई ने अपने विलक्षण संकलन—*सेम-सेक्स लव इन इंडिया* में भारतीय भाषाओं के 1500 ईसा पूर्व से लेकर मौजूदा काल तक उपलब्ध लेखन को संकलित करते हुए स्त्री और पुरुष-युगलों के प्रेम के आख्यान दर्ज किए हैं। उल्लेखनीय है कि इन स्त्री या पुरुष-युगलों के बीच कोई जैविक सम्बन्ध नहीं था। वनिता और क़िदवई का कहना है कि विषमलिंगी यौनिकता का आदर्श उन्नीसवीं शताब्दी में जाकर रूढ़ हुआ, इससे पहले 'पूर्व-औपनिवेशिक भारत में मुख्यधारा का समाज...मनुष्य से बैर रखनेवाली इस बेमानी आवाज़ पर कोई ख़ास ध्यान नहीं देता था।'

‘क्वीयर’ राजनीति...

क्या क्वीयर होने के पीछे किसी जीन का हाथ होता है? क्या हमें यह दलील देने के बजाय कि विषमलैंगिकता में प्राकृतिकता जैसी कोई बात नहीं होती, यह स्थापित करने की कोशिश करनी चाहिए कि समलैंगिकता भी प्राकृतिक होती है? कुछ लोग इसी रणनीति पर अमल करते हैं : अगर समलैंगिकता आनुवंशिक होती है तो समलैंगिक व्यक्ति इसमें कुछ नहीं कर सकता क्योंकि भगवान ने उन्हें इसी ढंग से बनाया है। इससे समलैंगिकता का ख़तरा भी कम होता नज़र आता है : समलैंगिकता दूसरों को अपने जैसा नहीं बनाती, वह बीमारी की तरह नहीं फैलती—मतलब या तो कोई जन्मजात समलैंगिक होता है अथवा फिर उसके ऐसे बनने की सम्भावना नहीं होती।

दरअसल, नामकरण और भाषा की राजनीति इसी नुक़्ते से शुरू होती है। कई राजनीतिक समूहों को ‘एलजीबीटीआइ’ (लेस्बियन, गे, बाइ-सेक्सुअल, ट्रांसजेंडर, इंटरसेक्स) के बजाय ‘क्वीयर’* का इस्तेमाल करना ज़्यादा अच्छा लगता है। ‘एलजीबीटीआइ’ में पहचान को स्थिर और स्थायी बना देने की प्रवृत्ति देखी जा सकती है क्योंकि इस मूल पद में ‘इंटरसेक्स’ (उभयलिंगी) एक पृथक् पहचान को समाहित करने के लिए जोड़ा गया है। *हिजड़े* के लिए ‘एच’ तथा *कोठी* के लिए ‘के’ आदि जैसे अक्षर भी इसी क्रम में रखे जा सकते हैं। इसमें हर नया आद्याक्षर उस ‘पहचान’ को यौन-इच्छा या व्यवहार की तरह स्थिर कर देता है। सामान्यतया ‘ट्रांसजेंडर’ का प्रयोग ऐसे स्त्री या पुरुष के लिए किया जाता है जो हॉर्मोनल उपचार अथवा सर्जरी के ज़रिये अपने पैदाइशी लिंग के ‘विपरीत’ लिंग का चुनाव कर लेते हैं; लेकिन बहुत से लोग इसका प्रयोग अपने बारे में यह बताने के लिए भी करते हैं कि उन्होंने अपने निर्धारित जेंडर के स्थान पर विपरीत जेंडर का चुनाव किया है। एक अर्थ में *हिजड़ों* को भी ट्रांसजेंडर की श्रेणी में रखा जा सकता है, परन्तु इस शब्द का प्रयोग ख़ास तौर पर लोगों के ऐसे पारम्परिक समुदाय के लिए किया

---

* ‘क्वीयर’ का शाब्दिक अर्थ ‘अजीब’ या ‘विचित्र’ होता है। यहाँ हम ‘क्वीयर’ का इस्तेमाल इसलिए करेंगे क्योंकि इस आन्दोलन में अंग्रेज़ी के इसी शब्द का प्रयोग किया जाता है। इसकी शायद एक वजह यह है कि इसका सन्दर्भ अंग्रेज़ी में ही अन्तस्थ है। उल्लेखनीय है कि ग़ैर-विषमलिंगी लोगों का उपहास करने या उन्हें गाली देने के लिए उन्हें क्वीयर अर्थात विचित्र कहा जाता था। आन्दोलन ने इस शब्द को ख़ारिज न करके उसका अर्थ ही उलट दिया और उसे आत्म-विवरण के लिए इस्तेमाल करने लगे। अंग्रेज़ी में अब यह प्रयोग रूढ़ हो चला है। इस मायने में ‘क्वीयर’ किसी एक ख़ास चलन का नाम नहीं है, बल्कि वह एक राजनीतिक पहचान की ओर इंगित करता है।

जाता है, जिन्होंने वंध्यकरण का वरण कर लिया है। वंध्यकरण को *निर्वाण* की संज्ञा—कम-से-कम उस अवस्था तक पहुँचने की संज्ञा भी दी जाती है। *हिजड़े* के दायरे में अब उन पुरुषों को शामिल किया जाता है जो इस समुदाय में वंध्यकरण के साथ या उसके बग़ैर औरतों के रूप में जीवन जीते हैं। जैसा कि हमने पीछे उल्लेख किया था, उभयलिंगी (इंटरसेक्स) एक ऐसी स्थिति की ओर इंगित करता है जिसमें व्यक्ति के यौनांग पूरी तरह विकसित नहीं होते।

कहने का आशय यह है कि अगर हम एक बार इस विचार से पल्ला झाड़ लेते हैं कि विषमलैंगिक यौनिकता ही सामान्य यौनिकता होती है तथा मनुष्य की देह के समस्त रूप या तो पुरुष होते हैं अथवा स्त्री, तो हमारे सामने देह और कामना के नित नये रूप उभरने लगते हैं। शायद यह बात भी सच है कि एक ही जीवन में देह कई पहचानों से गुज़रती है और कई तरह की कामनाओं से टकराती है। इसलिए, 'क्वीयर' जैसे पद का प्रयोग करना राजनीतिक दृष्टि से समझ-बूझकर उठाया गया क़दम है, जो यौनिक पहचान तथा यौन-कामना में निहित परिवर्तनीयता (सम्भावित अथवा वास्तविक) पर अलग से ज़ोर देने का काम करता है। इस पद से यह इंगित होता है कि यौन-कामनाओं के तमाम प्रकार और उनका दैहिक तादात्म्य एक खुली सम्भावना होती है तथा इन सबके पीछे सामाजिक-सांस्कृतिक और ऐतिहासिक निर्देश-बिन्दु मौजूद रहते हैं। वस्तुत: एन फ़ॉस्टो-स्टर्लिंग देह की विविधताओं के आधार पर यह दलील तक देती हैं कि लैंगिक दृष्टि से प्रकृति में कम-से-कम पाँच प्रकार की देहें पाई जाती हैं (2002)।

भारत में नवें दशक के बाद विषमलिंगी यौनिकता के आदर्श तथा पितृसत्ता पर आधारित एक-पत्नी विवाह की संस्था को परोक्ष या प्रत्यक्ष रूप से चुनौती देनेवाले राजनीतिक वक्तव्यों की गूँज सुनाई पड़ने लगी है। विरोध की ये भंगिमाएँ, जिन्हें हम 'स्थापित यौनिकता का प्रतिरूप' कह सकते हैं, भारतीय दंड संहिता से धारा 377 को निरस्त किए जाने की माँग और *हिजड़ों*, समलैंगिक पुरुषों (गे), समलैंगिक स्त्रियों (लेस्बियन), उभयलिंगी तथा ट्रांसजेंडर के जीवन तथा नागरिक स्वतंत्रताओं के इर्द-गिर्द मुखर होती हैं। निस्सन्देह, जैसा कि वनिता और क़िदवई ने दर्शाया है, भारत में यौनिकता की स्थापित पहचानों और समुदायों के प्रतिरोधी रूपों का इतिहास और भी पुराना है, लेकिन हमें यह स्वीकार करने में उज्र नहीं करना चाहिए कि सार्वजनिक जीवन में उनकी उपस्थिति नवें दशक में जाकर ही मुखर हो पाई।

आख़िर यह सब नवें दशक में ही क्यों हुआ? दरअसल, आठवें दशक के आख़िरी सालों में एड्स एक ऐसी महामारी के रूप में उभरा कि लोगबाग यौन-सम्बन्धों पर क़ानून, जनसांख्यिकी और चिकित्सा के दायरों से बाहर निकलकर

खुले ढंग से बात करने लगे। यह पहली बार हुआ कि लोग सेक्स पर बात कर रहे थे और उनका सन्दर्भ सिर्फ़ महिलाओं के साथ होनेवाली हिंसा या 'जनसंख्या-नियंत्रण' तक सीमित नहीं था। हालाँकि एड्स एक ऐसा रोग है जो चिकित्सा के विमर्श में आसानी से फ़िट हो जाता है, लेकिन एड्स का स्रोत कुछ ऐसा था कि उसने सेक्स को वार्तालाप का विषय बना दिया। मसलन, 1992 में एक राजनीतिक रूप से बेहद प्रतिबद्ध, वामपंथी और ग़ैर-सहायता प्राप्त संगठन—एड्स भेदभाव विरोधी आन्दोलन सामने आया। संगठन ने धारा 377 के ख़िलाफ़ एक याचिका दायर की थी। इस आन्दोलन में एड्स शब्द का इस्तेमाल दरअसल समलैंगिकता के लिए किया गया था। कलकत्ता में दुरबार महिला समन्वय कमेटी तथा सांगली (महाराष्ट्र) में सम्पदा ग्रामीण महिला परिषद् ने एचआइवी-नियंत्रण परियोजना के अन्तर्गत लोगों के बीच निरोध वितरित करने का काम शुरू किया। आज ये संगठन अपने सदस्यों के हितों के लिए ट्रेड यूनियन के तौर पर काम कर रहे हैं और धरना-प्रदर्शन, पुलिसिया दमन के विरुद्ध क़ानूनी कार्रवाई शुरू करने तथा स्थानीय अपराधियों से निपटने जैसे कार्यों को अंजाम दे रहे हैं। यौनिकता के क्षेत्र में काम करनेवाले नए ग़ैर-सरकारी संगठनों की स्थापना या पुराने संगठनों में यौनिकता सम्बन्धी कार्यक्रमों को शामिल करने के पीछे एचआइवी/एड्स के नियंत्रण हेतु जारी की गई अन्तर्राष्ट्रीय फंडिंग की महत्त्वपूर्ण भूमिका रही। टेलिफ़ोन हेल्पलाइन और बातचीत के सुरक्षित माहौल जैसी चीज़ों की शुरुआत होते ही लोगबाग यौनिकता के विभिन्न रूपों के बारे में खुलकर राजनीतिक चर्चा करने लगे। हालाँकि महिलाओं के कुछ स्वायत्त समूह सत्तर के दशक से ही यौनिकता और स्त्री-समलैंगिकता पर चर्चा करते आ रहे थे। ये स्वायत्त समूह महिलाओं के अन्तर्राष्ट्रीय समूहों के सम्पर्क में भी थे, लेकिन भारत में, यौनिकता की चर्चा एड्स के प्रति जागरूकता बढ़ने के बाद ही मुखर हो पाई। इससे यौनिकता से जुड़े मुद्दों को सार्वजनिक स्तर पर उठाने; कार्यशालाओं और बैठकों में नए व धारदार विचारों को अभिव्यक्त करने; देश और विदेश के प्रतिभागियों को एक मंच पर लाने तथा इस राजनीति को देशव्यापी स्तर पर लामबंद करने में ज़रूरी मदद मिली।

इसका नकारात्मक पक्ष यह है कि एचआइवी/एड्स के नियंत्रण का आधिकारिक विमर्श और उसके वित्तीय स्रोत पूरी तरह राज्य पर निर्भर करते हैं। और एक सीमा के बाद वह यौनिकता तथा जनसंख्या को नियंत्रित करने का साधन बन जाता है। फिर भी, इस विमर्श के प्रभावस्वरूप कई ऐसे रैडिकल आन्दोलन सामने आए जिनके बारे में राज्य कभी अन्दाज़ा भी नहीं लगा सकता था। इस नाते, इसके प्रभावों को पूरी तरह नियंत्रित करना सम्भव नहीं है। फिर भी, इस तथ्य को देखते

हुए कि एड्स सम्बन्धी कार्यों के लिए बहुत से ग़ैर-सरकारी संगठनों को राज्य से सीधे पैसा मिलता है, हमें वर्चस्व के प्रति आत्म-सजग राजनीति तथा समलैंगिकता के उस विमर्श के बीच अन्तर करके चलना चाहिए जो केवल एड्स के नियंत्रण तक सीमित है और जिसकी स्वीकार्यता तेज़ी से बढ़ रही है।

लेकिन राजनीति की सबसे अप्रत्याशित बात यह होती है कि उसमें अलग-अलग विचारों और परिस्थितियों से पैदा होनेवाली वर्चस्व-विरोधी आवाज़ें अक्सर पूरे परिदृश्य को ही बदल डालती हैं। मसलन, 1998 में जब दीपा मेहता की फ़िल्म *फायर* में पारम्परिक हिन्दू परिवार की ननद-भाभी के समलैंगिक सम्बन्धों के चित्रण पर हिन्दू दक्षिणपंथी जमात ने बवाल मचाया तो मुम्बई और दिल्ली के अलावा अन्य कई शहरों में पहली बार एक ऐसा सजग समुदाय उभरकर सामने आया जिसने अभिव्यक्ति की आज़ादी के पक्ष और समलैंगिकता के समर्थन में उभरे सार्वजनिक प्रदर्शनों में बड़े पैमाने पर शिरकत की। इन प्रदर्शनों में हिन्दू दक्षिणपंथियों के विरोधियों, अभिव्यक्ति की स्वतंत्रता के पैरोकारों, मानवाधिकार से जुड़े कार्यकर्ताओं और पुरुष तथा स्त्री समलैंगिकता के समर्थकों को एक साथ आने का अवसर मिला। यह अलग से कहने की ज़रूरत नहीं है कि इनमें बहुत से लोग या समूह परस्पर-व्यापी भी थे।

सार्वजनिक स्पेस के इलीट और ग़ैर-इलीट दायरों में यौनिकता की इस दृश्य-मानता के पीछे दूसरा कारक मीडिया का प्रसार भी था। नवें दशक में उभरी यह परिघटना भारतीय अर्थव्यवस्था के संरचनात्मक समायोजन से जुड़ी थी। इसके चलते निजी केबल टेलीविज़न के चैनलों से लोगों के घरों में पश्चिम की खुली और भड़काऊ यौनिक छवियाँ दस्तक देने लगीं। और इसका परिणाम यह हुआ कि समाज में बहुत-सी ऐसी छवियाँ और आचार-व्यवहार स्वीकार्य होने लगे जिनके बारे में लोगबाग पहले बात करते हुए भी संकोच करते थे।

भारत में विषमलिंगी यौनिकता की मुख़ालफ़त करनेवाले आन्दोलनों का नारीवादी आन्दोलन के प्रति दोस्ताना रवैया एक दिलचस्प तथ्य है। आठवें दशक में समलैंगिकता के प्रति नारीवादी आन्दोलन के स्थापित नेतृत्व की शुरुआती प्रतिक्रिया भर्त्सना से भरी थी। उस समय इस नेतृत्व ने समलैंगिकता को आप्राकृतिक, पश्चिम से आई अपसंस्कृति और इलीट जमात का मर्ज़ बताया था। हालाँकि इस बीच कई उल्लेखनीय बदलाव हो चुके हैं, परन्तु समलैंगिकता विरोधी मोर्चे और नारीवादी आन्दोलन के इस गठजोड़ की राय आज भी दिक़्क़ततलब है। इस सिलसिले में स्वायत्त महिला आन्दोलन का 1991 में तिरुपति में आयोजित राष्ट्रीय सम्मेलन एक उल्लेखनीय घटना है। सम्मेलन में स्त्री-समलैंगिकता को लेकर बेहद कटु

और अप्रिय विवाद हुआ था, जिसमें वामपंथी समूहों का रवैया सबसे शत्रुतापूर्ण रहा था। उनका कहना था कि स्त्री-समलैंगिकता का मुद्दा एक इलीट शगल है जो राजनीति के वास्तविक मुद्दों से ध्यान भटकाना चाहता है। नारीवादी आन्दोलन में इस मुद्दे को लेकर तब से लेकर आज तक जबर्दस्त विचार-विमर्श चलता रहा है, और इस प्रक्रिया में, ख़ास तौर पर, वामपंथ के रवैये में उल्लेखनीय बदलाव आया है। अब नारीवादी आन्दोलन में समलैंगिकता विरोधी दलीलें भी उतने मुखर भाव से पेश नहीं की जातीं।

लेकिन, यह दलील कहीं-न-कहीं आज तक चली आ रही है कि नारीवादी आन्दोलन को यौनिकता जैसे सवाल के बजाय ज़्यादा अहम मुद्दों पर ध्यान देना चाहिए। नारीवाद का प्रतिरोध करने के लिए वामपंथी आन्दोलन उस पर प्राथमिकता के अभाव और अभिजनवादी प्रवृत्ति का आरोप मढ़ता रहा है। ऐसे में अगर नारीवाद क्वीयर राजनीति के प्रति यही रवैया अपनाता है तो यह एक शर्म की बात होगी। लेकिन, यह बात पूरी तरह स्पष्ट हो चुकी है कि विषमलिंगी यौनिकता के स्थापित ढाँचे के विषय में सतह के नीच चाहे जो कहा जाता रहे, परन्तु उसका प्रतिवाद करनेवाली आवाज़ें आज भारत की नारीवादी राजनीति का अविभाज्य एजेंडा बन चुकी हैं।

भारत में 'क्वीयर' शब्द अपनी शुरुआत से ही यौनिकता के अर्थ का दायरा लाँघ चुका है। 'क्वीयर पॉलिटिक्स इन इंडिया' के सम्पादकों के अनुसार :

> क्वीयर नाम का यह शब्द उन समुदायों की ओर इंगित करता है जो स्वयं को समलैंगिक (स्त्री और पुरुष दोनों) कहते हैं अथवा ख़ुद के लिए इस शब्द का इस्तेमाल न करते हुए भी यह मानते हैं कि सम-लिंगी कामनाओं तथा यौनिकता पर केवल पहचान का ठप्पा नहीं लगाया जा सकता..।
>
> क्वीयर राजनीति इन समुदायों के मुद्दों को 'अल्पसंख्यकों के मुद्दों' के तौर पर न उठाकर, हमारे समाज में पसरी जेंडर और यौनिकता की उस बृहत्तर समझ को सम्बोधित करते हुए है जिससे हम सब प्रभावित होते हैं, चाहे यौनिकता को लेकर हमारा रुझान कैसा भी हो! वह यौनिकता को एक ऐसी राजनीति की तरह देखती है जो वर्ग, जेंडर, जाति और धर्म आदि की राजनीति के साथ अनिवार्य रूप से नाभिनाल-बद्ध है। इसीलिए वह अन्य आन्दोलनों का भी संज्ञान लेती है और ख़ुद को उनमें शामिल करने की भी माँग करती है।' (नारायण तथा भान 2005 : 3-4)

धारा 377 को ख़त्म करने की माँग करनेवाले संगठन 'वॉयसेस अगेंस्ट 377' तो सम-लिंगी कामना को महिलाओं व बच्चों के अधिकारों तथा साम्प्रदायिकता और

युद्ध-विरोधी राजनीति से भी जोड़कर देखता है।[2] 'प्रिज्म' जैसा 'ग़ैर-सहायता प्राप्त, ग़ैर-पंजीकृत नारीवादी फोरम जो जेंडर और यौनिक रुझान तथा अस्मिताओं के समस्त प्रकारों को एक साथ लेकर चलता है', वह भी 'यौनिकता को नियंत्रित करनेवाली निर्मितियों जैसे जेंडर, जाति तथा धर्म आदि से जोड़कर देखते हुए' प्रगतिशील आन्दोलनों से यह माँग करता चलता है कि उन्हें 'हाशिये पर धकेली गई यौनिकताओं को अपने कार्यक्रम का अभिन्न अंग बनाना चाहिए।' (शर्मा एवं नाथ 2005 : 82-3)

विरोधाभास यह है कि यौनिकता को वामपंथ की बृहत्तर राजनीति से गूँथने का यह उपक्रम यौनिकता की क्वीयर राजनीति के लिए एक फाँस भी बन सकता है। आलोक गुप्ता के अनुसार मुम्बई के समलैंगिक पुरुष 'क्वीयर बृहत्तर समुदाय' (हिजड़ों, कोथी, स्त्री-समलैंगिक तथा महिला कार्यकर्ताओं के अलावा बहुत से पुरुष समलैंगिक) के साथ राजनीतिक प्रतिबद्धता क़ायम करने से कतराते हैं। आलोक का कहना है कि जहाँ मुम्बई में पुरुष-समलैंगिकों की पार्टी में आनेवाले लोगों की संख्या चार सौ तक पहुँच जाती है, वहीं किसी राजनीतिक कार्रवाई में उनकी संख्या मुट्ठी-भर रहती है। इस उदासीनता का एक कारण यह हो सकता है कि लोग-बाग सार्वजनिक-राजनीतिक कार्रवाई में खुल कर भागीदारी नहीं करना चाहते, लेकिन गुप्ता के मुताबिक़ इसकी ज़्यादा बड़ी वजह यह है कि क्वीयर आन्दोलन वामपंथी प्रभाव से ग्रस्त है, 'जो अपने आप में कोई बुरी बात नहीं है, किन्तु इसके चलते बहुत से लोग आन्दोलन से छिटक जाते हैं।' जैसा कि एक क्वीयर युवा आलोक गुप्ता को बताता है, 'मैं क्वीयर हूँ और आन्दोलन का समर्थन भी करता हूँ, पर इसका मतलब यह नहीं है कि मैं विशालकाय बाँधों से विस्थापित होनेवाले लोगों या अमेरिका की भर्त्सना के प्रति भी उतनी ही प्रतिबद्धता रखता हूँ।' (गुप्ता 2005 : 138-9) ज़ाहिर है कि नारीवाद की भाँति, क्वीयरपन की राजनीति के चेहरे भी अलग-अलग और एक दूसरे से विमुख हो सकते हैं।

अपने अध्ययन में गुप्ता हमारा ध्यान क्वीयर राजनीति के वर्गीय चरित्र की ओर भी खींचते हैं। इस विश्लेषण के लिए गुप्ता वर्ग को धन की उपलब्धता और अंग्रेज़ी बोलने की योग्यता के रूप में परिभाषित करते हैं। इस अर्थ में हिजड़ों या कोथी (राजनीति की सार्वजनिक कार्रवाई में सबसे ज़्यादा दिखाई देनेवाले) को शहर के उन इलीटों के वर्ग में नहीं रखा जा सकता जो ख़ुद को गे (पुरुष समलैंगिक), लेस्बियन (स्त्री-समलैंगिक), ट्रांसजेंडर या क्वीयर के रूप में देखते हैं। लेखक के अनुसार, यह एक महत्त्वपूर्ण बात है कि जहाँ क्वीयर आन्दोलन के उच्च और मध्यवर्गीय कार्यकर्ताओं को वर्ग कोई समस्या नहीं लगती, वहीं आन्दोलन के 'लगभग प्रत्येक निम्नवर्गीय कार्यकर्ताओं को समुदाय के संघर्ष में वर्ग सबसे बड़ा

अवरोध नज़र आता है।' एक ऐसे समाज में जिसमें वर्गीय असमानता शीशे की तरह साफ़ दिखाई देती हो, उसमें ऐसे किसी उद्गार पर कोई ख़ास आश्चर्य नहीं किया जाना चाहिए। लेखक अपनी गहरी अन्तर्दृष्टि से इस किंचित असहज लगते समाधान की ओर इशारा करते हैं कि इन परिस्थितियों में एक अस्थायी हल ही निकाला जा सकता है जो सामाजिक और राजनीतिक टकराव की सम्भावना से दूर पड़ता हो। पार्टी का आयोजन करना या 'अपने जैसे लोगों' से अनौपचारिक मुलाक़ात के ज़रिये राजनीतिक मंचों पर समाज के अलग-अलग समूहों को जगह देना एक ऐसी ही सम्भावना की ओर इशारा करता है।

...और नारीवाद

क्वीयर राजनीति तथा विषमलिंगी यौनिकता के स्थापित ढाँचे के प्रतिवाद से स्त्री और जेंडर की धारणाएँ और पेचीदा हो जाती हैं। उनसे इन सवालों के जवाब भी जटिल हो जाते हैं : नारीवादी राजनीति का सुपात्र कौन होगा? क्या पुरुष-समलैंगिकों को नारीवादी राजनीति में शामिल किया जा सकता है? क्या इसमें दोनों प्रकार के—स्त्री और पुरुष ट्रांस-जेंडर लोगों की जगह भी हो सकती है?

इस प्रसंग में एक जटिल उदाहरण पर ग़ौर करना उचित होगा। हिजड़ा समुदाय के कुछ लोग यह दावा करते हैं कि उन्हें 'स्त्रियों' में शामिल किया जाना चाहिए। 2004 में मुम्बई में आयोजित वर्ल्ड सोशल फ़ोरम में एक बैनर जगह-जगह दिखाई पड़ता था जिस पर लिखा था : *हिजड़े भी स्त्रियाँ* हैं। हालाँकि अपने बारे में बात करते हुए हिजड़े स्त्री-जेंडर का इस्तेमाल करते हैं, परन्तु चूँकि हिजड़े स्वयं को न स्त्री मानते हैं, न पुरुष, इसलिए उक्त बैनर पर थोड़ा ठहरकर विचार किया जाना चाहिए। दरअसल, यह माँग उच्च न्यायालय के 2002 में आए दो फ़ैसलों से उभरी थी। इन फ़ैसलों के अन्तर्गत महिलाओं के लिए आरक्षित पदों पर जीतनेवाले दो हिजड़ों का चुनाव निरस्त कर दिया गया था। असल में, वह बैनर इन्हीं फ़ैसलों का विरोध कर रहा था। कर्नाटक में नागरिक अधिकारों के संगठन (पीयूसीएल-के) ने बेंगलुरु में हिजड़ों के मानवाधिकारों के उल्लंघन से सम्बन्धित अपनी रिपोर्ट में इन फ़ैसलों की आलोचना करते हुए कहा था कि उनका 'मूल आशय यह है कि व्यक्ति अपनी लैंगिक पहचान का चुनाव नहीं कर सकता और व्यक्ति को अपनी उसी पहचान पर क़ायम रहना चाहिए जो उसे जन्मजात मिलती है।' (पीयूसीएल-के 2003 : 51)

लेकिन इससे उठनेवाले सवाल कहीं ज़्यादा जटिल हैं। उच्च न्यायालय के इन फ़ैसलों में पहचान की बजाय पहचानों के राजनीतिक प्रतिनिधित्व जैसे कहीं

ज़्यादा दुरूह मुद्दे पर विचार किया गया था। यहाँ मूल प्रश्न यह है कि किसी पहचान-विशेष का प्रतिनिधित्व करने का दावा कौन कर सकता है? हिजड़े सामान्य (अनारक्षित) पदों पर निर्वाचित होते रहे हैं। लिहाज़ा, न्यायालय के निर्णय उनसे सम्बन्धित नहीं थे। यहाँ हिजड़ों की पहचान सवाल के केन्द्र में नहीं है। और न ही इस तथ्य से नज़र बचायी जा सकती है कि भारत में आज हिजड़े सबसे वंचित समुदाय में आते हैं। आज उनकी हालत यह हो गई है कि अपना जीवन-यापन करने के लिए शादी-ब्याह या बच्चे के जन्म पर पारम्परिक भेंट-उपहार माँगने के नाम पर वे लगभग झपटमार बनकर रह गए हैं। पुलिस न केवल उन्हें आए दिन तंग करती है बल्कि धारा 377 के तहत उन्हें शारीरिक रूप से भी प्रताड़ित किया जाता है। एक गरिमापूर्ण जीवन जीने के लिए उन्हें जिन चीज़ों की दरकार है, उन पर न कोई राजनीतिक दल ध्यान देता है, और न ही नारीवादी आन्दोलन उनका ख़याल करता है। बहुत से हिजड़े यौन कर्मी के तौर पर काम करने लगे हैं। सच यह है कि उनकी राजनीतिक पहचान इसी यौन कर्म पर आधारित हो गई है। अपनी कतिपय माँगों को वे यौन कर्मियों के संगठन में ही उठा पाते हैं। पीछे हमने पीयूसीएल नामक जिस संगठन का उल्लेख किया था, उसकी रिपोर्ट दरअसल बेंगलुरु के ऐसे ही ट्रांसजेंडर यौन कर्मियों पर केन्द्रित है।

लेकिन, यहाँ सवाल यह है—क्या हिजड़ों को महिलाओं के लिए आरक्षित निर्वाचन-क्षेत्रों में महिलाओं का प्रतिनिधि बनाया जा सकता है? ज़ाहिर है कि असल मुद्दा 'महिला' की जैविक श्रेणी को आरक्षण के दायरे में लाने का नहीं है। इसके बजाय मुद्दा यह है कि महिलाओं के *अनुभव* जिस भौतिक यथार्थ से प्रतिकृत होते हैं, उन्हें प्रतिनिधि संस्थाओं में जगह मिलनी चाहिए। लिहाज़ा, मूल बात यह नहीं है कि कोई व्यक्ति अपने जीवन के किसी बिन्दु पर जैविक रूप से 'महिला' बन सकता है या नहीं, इसके उलट, महत्त्वपूर्ण बात यह है कि क्या अलग-अलग वर्गों और जातियों की महिलाओं के अनुभवों को किसी तरह संसदीय विमर्श में पिरोया जा सकता है या नहीं! इस तरह, अगर हम यह सोच रहे हैं कि बाक़ी अन्य अस्मिताओं की तरह हिजड़ों के अनुभवों को भी इस विमर्श में इसी तरह शामिल किया जाना चाहिए तो फिर हमें प्रतिनिधित्व की व्यवस्था को 'पुरुष' तथा 'अन्यों' में बाँटने की बजाय ज़्यादा रैडिकल विकल्पों पर विचार करना चाहिए। हिजड़े जिस तरह के दमन से गुज़रते हैं, उसे 'महिलाओं' के अनुभव के समकक्ष नहीं रखा जा सकता। इसलिए मुझे हिजड़ों की यह माँग ज़्यादा सही लगती है कि उन्हें तीसरे जेंडर के तौर पर स्वीकार किया जाए। कुछ साल पहले यौनिकता और मानवाधिकारों पर काम करनेवाले ग़ैर-सरकारी

संगठनों की तरफ़ से यह माँग उठाई गई थी कि हिजड़ों को भारतीय पासपोर्ट पर पुरुष या महिला वाले ख़ाने के बजाय 'ई' लिखने का तीसरा विकल्प दिया जाना चाहिए।[3] लोकतंत्र में एकाधिक जेंडरों को चुनने का विकल्प तथा एक राजनीतिक समूह के तौर पर ख़ुद को विभिन्न और परिवर्तनशील तरीक़ों से संगठित करने की आज़ादी प्रतिनिधि संस्थाओं को ज़्यादा खुला रूप प्रदान कर सकती है। प्रतिनिधि संस्थाओं में महिलाओं के लिए अलग से स्थान आरिक्षत करने के सवाल पर हम बाद में लौटेंगे।

फ़िलहाल हिजड़ों या ट्रांस-जेंडर समुदाय तथा नारीवादी आन्दोलन के बीच ऐसी कोई साझा ज़मीन नज़र नहीं आती जिस पर साफ़ ढंग से बात की जा सके। उर्वशी बुटालिया ने दिल्ली के अपने एक हिजड़े दोस्त, मोना, के बारे में लिखते हुए इन सवालों पर गहरी सहृदयता से विचार किया है। मोना पुरुष के रूप में जन्मी थी, लेकिन जिस क्षण उसे अपनी अस्मिता का एहसास हुआ तो उसे साफ़ लगने लगा कि उसका जन्म किसी ग़लत शरीर में हो गया है। उसने बुटालिया से कहा था : 'मैं वास्तव में लड़की बनना चाहती थी।' अपने बचपन के दौरान वह इस 'लड़कीपन' पर हमेशा शर्मिंदा रही। अठारह बरस की होने पर हिजड़ों के सम्पर्क में आई और उसका जीवन सदा के लिए बदल गया। हिजड़ों के साथ जाकर जब उसने अपना वंध्याकरण कराया तो उसे जैसे एक 'असीम मुक्ति' का एहसास हुआ। हिजड़ा-समुदाय में इस क्रिया को *निर्वाण* कहा जाता है।

बुटालिया को, जो ख़ुद नारीवादी हैं और 'स्त्रैणता' जैसी किसी धारणा में यक़ीन नहीं करतीं, इस बात पर अचरज होता है कि आख़िर इस 'स्त्रैणता' में वह कौन-सा आकर्षण था जिसने मोना को अपनी ओर खींच लिया था। बुटालिया बताती हैं कि जब उनके पिता की मृत्यु हुई तो मोना शोक-संवेदना जताने के लिए आपकी माँ से मिलने गई और उसने दुख प्रकट करते हुए कहा कि वह जानती है कि पुरुष के न रहने पर कैसा खाली-खाली महसूस होता है। मोना के इस व्यवहार ने बुटालिया को असमंजस में डाल दिया क्योंकि यह बात एक ऐसा व्यक्ति कह रहा था जो जीवन-भर अपने पुरुषत्व से लड़ता आया था। लेकिन जैसा कि बुटालिया कहती हैं, मोना ने अपने पुरुषत्व को पूरी तरह ख़ारिज नहीं किया था। उसे जब सम्बल की ज़रूरत पड़ती थी तो वह अपने इस 'पुरुषत्व' की शरण में चली जाती थी। और यह एक ऐसी शक्ति थी जो बुटालिया को कभी उपलब्ध नहीं हो सकती थी (2011)। इसलिए यहाँ सवाल उठता है : क्या हिजड़ों को नारीवादी आन्दोलन का अंग माना जा सकता है? दरअसल, यह एक ऐसा सवाल है जिसे आसानी से हल नहीं किया जा सकता। लिहाज़ा इस पर हमें लगातार तर्क-वितर्क और चिन्तन करते

रहना होगा। फ़िलहाल, आइये एक हिजड़े ए. रेवती की मर्मस्पर्शी आपबीती—*'द ट्रुथ अबाउट मी'* (2010) सुनिये।

धारा 377 पर दिल्ली उच्च न्यायालय का फ़ैसला

दिल्ली उच्च न्यायालय ने 2009 में एक ऐतिहासिक फ़ैसला देते हुए भारतीय दंड संहिता की धारा 377 को निरस्त घोषित कर दिया था। निर्णय का आशय यह था कि अगर समलैंगिक वयस्क परस्पर सहमति से यौन-सम्बन्ध स्थापित करते हैं तो उन्हें अपराधी नहीं माना जाएगा।[4] हालाँकि इस मामले में न्यायालय की सक्रियता के पीछे मुख्यत: एक ऐसे एनजीओ की भूमिका थी जो एड्स की रोकथाम जैसे अराजनीतिक दृष्टिकोण के तहत काम कर रहा था, परन्तु एक बार जब यह मसला अदालत तक पहुँच गया तो उससे विभिन्न नारीवादी समूहों का प्रतिनिधित्व करनेवाले मंच 'वॉयसेस अगेंस्ट 377,' तथा मानवाधिकार तथा क्वीयर आन्दोलन के ऐसे समर्थक भी जुड़ने लगे जो राजनीतिक तौर पर ज़्यादा सक्रिय थे। इसलिए, एक अर्थ में यह निर्णय लोगों की आम धारणा में आए उस व्यापक बदलाव को प्रतिबिम्बित करता था जिसके लिए क्वीयर राजनीति पिछले दशक-भर से संघर्ष करती आ रही थी। न्यायाधीशों ने अपने निर्णय को संविधान द्वारा प्रदत्त जीवन, समानता तथा स्वतंत्रता के मौलिक अधिकार की पृष्ठभूमि में स्थापित करते हुए तथा उसमें कल्पित समावेशन की नीति का उल्लेख करते हुए कहा था :

> हमारे विचार में भारत का संवैधानिक क़ानून विधि द्वारा स्थापित आपराधिक क़ानून को विभिन्न प्रकार के समलैंगिक समूहों के प्रति न्यस्त भ्रांतियों के हवाले नहीं कर सकता। इस तथ्य को विस्मृत नहीं किया जा सकता कि कोई भी भेदभाव समानता का प्रतिवाद करता है तथा व्यक्ति की गरिमा को पुष्ट करने के लिए समानता की भावना को महत्ता देनी होगी।
>
> हम यह घोषणा करते हैं कि वयस्क व्यक्तियों द्वारा अपने निजी जीवन में आपसी सहमति पर आधारित यौन-सम्बन्धों को दंडनीय अपराध घोषित करनेवाली भारतीय दंड संहिता की धारा 377 संविधान के 21, 14 तथा 15वें अनुच्छेदों का उल्लंघन करती है।

उच्च न्यायालय के इस निर्णय को कई दक्षिणपंथी समूहों ने सर्वोच्च न्यायालय में चुनौती दी थी। इस निर्णय से क्वीयर अस्मिता को एक अभूतपूर्व वैधता मिली है। समलैंगिक लोगों के लिए यह पहले से प्राप्त नागरिक अधिकारों की सीमित धारणा

से ज़्यादा आगे की उपलब्धि है। इस सम्बन्ध में क़ानून के कतिपय जानकारों और टिप्पणीकारों ने इस ओर ध्यान दिलाया है कि दिल्ली उच्च न्यायालय द्वारा पंद्रहवें अनुच्छेद के प्रावधानों की यह व्याख्या शारीरिक रूप से अक्षम व्यक्तियों तथा धार्मिक अल्पसंख्यकों जैसे अन्य समुदायों आदि के लिए भी लाभकारी हो सकती है।

यहाँ महत्त्वपूर्ण बात यह है कि इस निर्णय का जनता के एक व्यापक हिस्से में स्वागत हुआ है, जिससे यह संकेत मिलता है कि क्वीयर समुदाय के निरन्तर संघर्ष का लोगों की आम धारणा पर सकारात्मक असर हुआ है। हाल में सुप्रीम कोर्ट ने धारा 377 को सिरे से ख़ारिज कर दिया है। ज़ाहिर है कि अब जब धारा 377 का वुजूद ख़त्म हो चुका है तो आन्दोलन की अन्दरूनी दरारें और मतभेद ज़्यादा प्रबल रूप में सामने आएँगे। आन्दोलन में तमाम तरह के लोग सक्रिय हैं : एक वे जो सामाजिक अपमान का डर दूर होते ही राजनीति से दूरी बनाकर अपनी पुरुष-समलैंगिक अथवा स्त्री-समलैंगिक पहचान के साथ सन्तुष्ट रहेंगे; दो, राजनीतिक-रूप से सजग क्वीयर समुदाय का हिस्सा जो हिन्दूवादी दक्षिणपंथ और पूँजीवाद का समर्थन करता है या आरक्षण के विरोध में खड़ा है तथा इसी समुदाय का एक अन्य हिस्सा जो इन सारी बातों का विरोध करता है। क्वीयर राजनीति के लिए यह एक उत्कर्ष का क्षण है—एक ऐसा क्षण जिसमें वह इस असहज मान्यता से भिड़ने की तैयारी कर रहा है कि जैसे सभी महिलाएँ नारीवादी नहीं होतीं, वैसे ही सभी ग़ैर-विषमलिंगी लोग क्वीयर नहीं होते; या जैसे सभी क्वीयर (अथवा राजनीतिक रूप से सक्रिय महिलाएँ) वामपंथी या सेकुलर नहीं होतीं। यह देखना दिलचस्प है कि नारीवाद भी इस निष्पत्ति के साथ हाल-फ़िलहाल ही सहज हो पाया है।

जैसा कि मेरा एक प्रतिभा-सम्पन्न मित्र जो बाक़ी काम करते हुए क्वीयर कार्यकर्ता भी है, कहता है, 'चूँकि अब पुरुष समलैंगिकों पर बात करना फ़ैशनेबल हो गया है तो मीडिया मुझसे इसी 'जीवन-शैली' के बारे में बात करना चाहता है। लेकिन जब मैं उनसे कहता हूँ कि मैं तो नगरीय-अध्ययन (अर्बन स्टडीज़) का अध्येता हूँ और मैं झुग्गी-झोंपड़ियों के सफ़ाये पर बात करना चाहता हूँ तो उनकी दिलचस्पी वहीं ख़त्म हो जाती है।'

दरअसल, यौनिकता के मसलों को अल्पसंख्यकों/निजता/नागरिक अधिकारों के मुहावरे में अभिव्यक्त करना लगभग एक अन्तहीन दायित्व है। विषम-लिंगी यौनिकता के दायरे से *बाहर* एलजीबीटीएचके...जैसे संकेताक्षरों में नित नई वृद्धि इसी तथ्य की ओर संकेत करती हैं कि यह कार्यभार अभी तक पूरा नहीं हुआ है।

आलोक गुप्ता और अरविन्द नारायण के शब्दों में :

> क्वीयर संघर्ष अन्तर-जाति तथा अन्तर-समुदायगत सम्बन्धों के अतिक्रमण से भी जुड़ा है। समाज इन सम्बन्धों को तरह-तरह से ख़त्म करने की कोशिश करता रहता है। क्वीयर लोगों तथा जाति और समुदाय के प्रतिबन्धों को धता बताकर एक दूसरे से प्रेम करनेवाले प्रेमी-युगलों के बीच एक साझी बात यह है कि प्रेम के अधिकार का प्रयोग करते हुए दोनों की जान दाँव पर लगी रहती है और इस प्रक्रिया में दोनों ही सामाजिक सत्ता के स्थापित ढाँचे को चुनौती दे रहे होते हैं।

क्वीयर होना अतिक्रमणकारी कामनाओं की ओर संकेत करता है। वह विषम-लिंगी अस्मिता की कथित प्राकृतिकता को प्रश्नांकित करने की सलाहियत भी देती है। ग़ौर कीजिये कि हम जिस विषम-लैंगिकता को 'सामान्य' समझते हैं, वह असल में एक ऐसी निर्मिति है जिसे क़ायम रखने के लिए कई प्रकार के सांस्कृतिक, जैव-चिकित्सकीय और आर्थिक नियंत्रण काम में लगे रहते हैं; और अगर हम यह समझने की कोशिश करें कि वर्ग, जाति तथा जेंडर के पादानुक्रम के पीछे नियंत्रण की यही बहुमुखी व्यवस्था सक्रिय रहती है तो फिर यह स्वीकार करना पड़ेगा कि हम सभी क्वीयर होते हैं या हम सभी में क्वीयर होने का बीज पड़ा रहता है।

यौन हिंसा

मन्नै न्याय चाहिए

सबसे पहले भारत में प्रचलित कुछ ऐसे क़ानूनी प्रावधानों के बारे में बुनियादी बात कर लें जिनके आधार पर बलात्कार, यौन-हिंसा, समलैंगिकता तथा यौन-उत्पीड़न जैसे मसलों का निपटारा किया जाता है। इनमें पहले तीन प्रकार के मामलों में जो क़ानून लागू किया जाता है, वह मूलत: उन्नीसवीं शताब्दी के दौरान औपनिवेशिक शासन द्वारा तैयार की गई दंड-संहिता का ही अनुगामी है। इस क़ानून में अभी तक दो बार संशोधन किया जा चुका है। ब्रिटेन की औपनिवेशिक सरकार द्वारा स्थापित भारतीय दंड संहिता (1860) की धारा 375 तथा 376 बलात्कार और यौन हिंसा से सम्बन्धित है। इन धाराओं में पहला संशोधन लगभग डेढ़ सौ वर्ष बाद (आज़ादी के 36 वर्ष बाद) 1983 में और दूसरा संशोधन इसके तीस वर्ष बाद 2013 में किया गया। भारतीय दंड संहिता की धारा 377 के तहत समलैंगिकता—'किसी पुरुष, स्त्री या पशु के साथ अप्राकृतिक मैथुन करने' को अपराध घोषित किया गया था। सर्वोच्च न्यायालय ने 2018 के अपने एक ऐतिहासिक निर्णय में इस धारा को निरस्त कर दिया है। हाल में यौन हिंसा के सम्बन्ध में दो और नये क़ानून—यौन अपराध अधिनियम-बाल संरक्षण (प्रोटेक्शन ऑफ़ चिल्ड्रन फ्रॉम सेक्सुअल ऑफ़ेंसेज़ एक्ट, 2012) तथा घरेलू हिंसा अधिनियम-महिला संरक्षण (प्रोटेक्शन ऑफ़ वीमेन फ्रॉम डोमेस्टिक वायलेंस एक्ट, 2005) पारित किए गए हैं।

इनमें दूसरे अधिनियम के अन्तर्गत यौन हिंसा की परिघटना में वैवाहिक सम्बन्धों को भी शामिल किया गया है, जबकि पहला अधिनियम अठारह वर्ष से कम उम्र के बच्चों के साथ होनेवाले यौन अपराधों से ताल्लुक़ रखता है।

ऊपर हमने महिलाओं के साथ कार्य-स्थल पर होनेवाले यौन-उत्पीड़न जैसे जिस चौथे मुद्दे का ज़िक्र किया था, उसके सम्बन्ध में सर्वोच्च न्यायालय ने 1997 में नियोक्ताओं को महिलाओं की सुरक्षा हेतु उचित प्रबन्ध करने के निर्देश दिए थे। 2013 के महिला यौन उत्पीड़न (रोकथाम, निषेध एवं निवारण) अधिनियम के पारित होने से पहले यौन उत्पीड़न के मामलों पर सर्वोच्च न्यायालय के इन्हीं निर्देशों के तहत विचार किया जाता था। अधिनियम पारित होने के बाद विश्वविद्यालयों में गठित की गई विशाखा समितियाँ भंग कर दी गई थीं।

इन मुद्दों पर आगे हम और चर्चा करेंगे।

मृत्यु से भी भयावह?

आइये, ज़रा 'बलात्कार' शब्द और उसमें निहित अर्थों पर गहराई से ग़ौर करें। क्या कोई भी व्यक्ति बलात्कार को जायज़ ठहरा सकता है? पितृसत्ता का आत्म-मुग्ध चौधरी हो या शब्दों में आग उगलनेवाली कोई नारीवादी—हर कोई बलात्कार को एक जघन्य अपराध मानता है। लेकिन बाहर से दिखाई देनेवाली यह व्यापक सहमति दरअसल एक मिथक है क्योंकि इस राय पर पहुँचने के लिए जिन कारणों का हवाला दिया जाता है, वे अपनी बनावट में घनघोर ढंग से अन्तर्विरोधी हैं। पितृसत्ता की शक्तियों को बलात्कार इसलिए बुरा लगता है क्योंकि यह एक ऐसा अपराध है जिससे परिवार की इज़्ज़त को बट्टा लगता है; जबकि नारीवादी खेमा इसकी निन्दा इसलिए करता है क्योंकि उसे यह स्त्री की स्वायत्तता और उसकी दैहिक अखंडता के प्रति अपराध लगता है। ज़ाहिर है कि बलात्कार की समझ से सम्बन्धित यह भिन्नता बलात्कार की लड़ाई को दो विरोधी ध्रुवों की ओर ले जाती है।

पितृसत्ता के नज़रिये में बलात्कार का मतलब मृत्यु से भी भयावह होता है। बलाकार के बाद पीड़ित महिला के लिए सामान्य जीवन जी पाना असम्भव हो जाता है। इसलिए बलात्कार से बचने का उपाय यह है कि महिलाओं को घर-परिवार की चौहद्दी और पितृसत्ता के नियंत्रण में धकेल दिया जाए। बलात्कार की इस समझ में इस अपराध के लिए बलात्कृत महिला ही ज़िम्मेदार होती है क्योंकि या तो उसने समय की लक्ष्मण-रेखा (अँधेरा होने के बाद बाहर जाने की हिमाक़त) का उल्लंघन किया होगा या फिर शालीनता की लक्ष्मण-रेखा (स्वीकृत परिपाटी के ख़िलाफ़ जाकर अलग तरह के कपड़े पहने होंगे या फिर घर की चारदीवारी से बाहर जाने का दुस्साहस किया होगा) भंग की होगी।

पितृसत्ता का यह नज़रिया न्यायपालिका पर भी हावी है। मसलन, कर्नाटक के मुख्य न्यायाधीश सिराक जोसेफ़ ने 2008 में कहा था कि महिलाओं के ख़िलाफ़ बढ़ते अपराधों की वजह यह है कि वे अशोभनीय कपड़े पहनती हैं : 'आजकल महिलाएँ मन्दिर और चर्च जाते समय भी ऐसे कपड़े पहनती हैं कि लोगों का ध्यान ईश्वर में लगने के बजाय सामने खड़ी महिलाओं पर अटक जाता है।'[1]

कर्नाटक राज्य मानवाधिकार आयोग के अध्यक्ष ने तो एक सार्वजनिक सभा में यह तक कह दिया था : 'हाँ, पुरुष बुरे होते हैं...लेकिन महिलाओं से रात के समय बाहर निकलने के लिए किसने कहा है...महिलाओं को रात में कहीं बाहर नहीं निकलना चाहिए और अगर वे ऐसा करती हैं तो फिर उनकी इस शिकायत का कोई मतलब नहीं है कि पुरुषों ने उनके साथ छेड़छाड़ की।'[2]

बलात्कार के प्रति यह पितृसत्तावादी नज़रिया कई दफ़ा अदालतों को इस हद तक ले जाता है कि वे बलात्कारी व्यक्ति और पीड़ित महिला का विवाह कराने की राय दे डालते हैं। ऐसे में विवाह का उद्देश्य सामाजिक व्यवस्था को पुनर्स्थापित करना हो जाता है। जैसे ही कोई बलात्कारी व्यक्ति पीड़ित महिला का पति बन जाता है, वैसे ही उसके यौन-कृत्य पर वैधता की मुहर लग जाती है। और इसकी वजह यह है कि विवाह या उसके बाहर महिला से यह पूछने की ज़रूरत नहीं समझी जाती कि वह यौन-सम्बन्ध के लिए सहमत भी है या नहीं। दूसरे शब्दों में, भारतीय समाज की नैतिकता वैवाहिक सम्बन्ध के बग़ैर सहमति पर आधारित यौन-सम्बन्ध को मान्यता नहीं देती, लेकिन अगर कोई व्यक्ति किसी महिला के साथ बलात्कार कर देता है तो उसे पीड़ित महिला से विवाह करने की अनुमति है! बलात्कार से सम्बन्धित क़ानूनों में 2013 में संशोधन किया गया। इससे पहले भारतीय दंड संहिता की धारा 375 के तहत केवल योनि में लिंग के प्रवेश को ही बलात्कार माना जाता था। ऐसे में यौन-हमले के अन्य रूपों को कमतर अपराध मानकर छोटा-मोटा दंड दे दिया जाता था और मामला ख़त्म हो जाता था। इस प्रकार योनि में अन्य चीज़ों के प्रवेश या बच्चियों के मामले में योनि के भीतर उँगली का प्रवेश कराने को बलात्कार नहीं माना जाता था। उससे पहले ऐसे मसलों को 'स्त्री के शील भंग' से सम्बन्धित धाराओं के तहत निपटा दिया जाता था। ऐसे मामलों में सज़ा का स्तर काफ़ी कम रहता था। बच्चियों के ऊपर होनेवाले यौन-हमलों से सम्बन्धित फ़ैसलों में ज़्यादा ध्यान इस बात पर दिया जाता था कि अमुक मामले में उपरोक्त धाराओं का इस्तेमाल किस सीमा तक किया जा सकता है। तब फ़ैसला इस नुक्ते पर उलझ जाता था कि इतनी कम उम्र की बच्ची को 'शील'[13] जैसी किसी चीज़ का एहसास भी होता है या नहीं।

आख़िर हिंसा के इन दूसरे कृत्यों के लिए इतनी कम सज़ा का प्रावधान क्यों किया गया था?

फ़्लेविया एग्नेस कहती हैं कि यह स्थिति इसलिए पैदा हुई क्योंकि बलात्कार सम्बन्धी क़ानून 'पवित्रता, कौमार्य, विवाह के लाभों तथा स्त्री-यौनिकता के भय पर आधारित हैं।' योनि में लिंग के प्रवेश को इस अर्थ में लिया जाता है कि इससे महिला अन्य पुरुष द्वारा गर्भवती हो सकती है। लिहाज़ा, स्त्रियों पर होनेवाले यौन या ग़ैर-यौनिक हमलों के मुक़ाबले यह पितृवंशीय सम्पत्ति से सम्बन्धित अधिकारों तथा पितृसत्ता की सत्ता-संरचना के लिए ज़्यादा बड़ा ख़तरा पेश करता है। एग्नेस का मानना है

कि बलात्कार की यह समझ इसी सत्ता-संरचना पर आधारित है। वे खुलासा करते हुए कहती हैं कि जहाँ अन्य आपराधिक कृत्यों में शारीरिक अंगों द्वारा पहुँचाई जानेवाले चोट की तुलना में हथियारों द्वारा चोट पहुँचाना ज़्यादा संगीन जुर्म माना जाता है और इसके लिए ज़्यादा गम्भीर सज़ा का प्रावधान किया जाता है, वहीं यौन-हमले के मामले में लोहे की छड़ों, बोतल या डंडों से पहुँचायी गई चोट को कमतर अपराध माना जाता है। (एग्नेस 1992)

इस प्रसंग में यह तथ्य अचरज में डाल देता है कि सज़ा की कठोरता के मामले में गुदा-मैथुन को बलात्कार के समकक्ष रखा जाता है। इसमें दोनों पक्षों की आपसी सहमति कोई मायने नहीं रखती। जैसा कि हम देख चुके हैं, धारा 377 के अन्तर्गत आपसी सहमति पर आधारित, यहाँ तक कि विषमलिंगी सम्बन्धों में भी गुदा-मैथुन एक अपराध की श्रेणी में आता है। वह कौन-सी बात है जो इन दोनों को आपस में जोड़ती है? इसका उत्तर उसी 'वैधतापूर्ण प्रजननकारी यौनिकता' में निहित है जिसका हमने पीछे उल्लेख किया था। जहाँ धारा 375 प्रजनन के पितृवंशीय स्वरूप तथा सम्पत्ति के तंत्र की रक्षा करने का काम करती है, वहीं धारा 377 सामाजिक व्यवस्था के लिए एक ज़्यादा बड़े ख़तरे—विषमलिंगी यौनिकता के अनिवार्य ढाँचे का उल्लंघन करनेवालों को दंडित करती है।

नारीवादी नज़र बलात्कार को नितान्त अलग आधारों पर समझने का प्रयत्न करती है। वह भी बलात्कार को एक जघन्य अपराध मानती है, परन्तु उसका जोर इस बात पर है कि बलात्कार का स्त्री की स्वायत्तता और उसकी दैहिक अखंडता पर क्या असर पड़ता है। नारीवादी इस विचार को स्वीकार नहीं करते हैं कि बलात्कार के बाद पीड़ित महिला का जीवन मौत से भी बदतर हो जाता है। अगर यौन-प्रताड़ना और यौन-हमले के सम्बन्ध में नारीवादी अभियान को एक नारे में व्यक्त करना हो तो इसे यूँ कहा जाएगा : ***पीड़ित पर दोष लगाना बन्द करो!***

नारीवादियों की निगाह में बलात्कार से पीड़िता की नहीं, बल्कि बलात्कारी की इज़्ज़त को बट्टा लगता है। मसलन, भँवरी देवी के बलात्कारियों के ख़िलाफ़ अभियान चलानेवाले समूहों ने एक नारा गढ़ा था : *इज़्ज़त गई किसकी, भतेरी भतेरी की।* जिसका मतलब था कि इज़्ज़त भँवरी देवी की नहीं गई, बल्कि बलात्कारियों के पक्ष में खड़े होनेवाले गाँव की गई। भँवरी देवी नारीवादी आन्दोलन की नायिका है। इस दलित महिला ने अपने गाँव में बाल-विवाह का निषेध करनेवाले सरकारी क़ानून को लागू करवाने की कोशिश की थी। उसकी इस हरकत पर गाँव की ऊँची जाति के पुरुषों ने उसके साथ बलात्कार किया। आज भँवरी देवी स्त्रियों के साथ होनेवाली यौन हिंसा के प्रतिकार का सार्वजनिक प्रतीक बन चुकी है।

नारीवादियों का मानना है कि यौन-हिंसा के अन्यान्य रूपों पर नियंत्रण लगाने के लिए क़ानूनी उपचार की व्यवस्था को चुस्त बनाना बेहद ज़रूरी है। और यही वह चीज़ है जो भारतीय न्याय-व्यवस्था में दूर तक दिखाई नहीं देती।

अदालतें : लैंगिक भेदभाव के कटघरे

बलात्कार के कथित आरोपियों को 'साक्ष्य के अभाव' में छोड़ दिया जाता है और दोषियों की जवानी तथा आगे की ज़िन्दगी का हवाला देकर उनकी सज़ा कम कर दी जाती है। स्थिति यह है कि बलात्कार से सम्बन्धित औपचारिक फ़ैसलों और वक्तव्यों में अदालतों और आधिकारिक लोगों को 'पश्चिम की स्त्री' के सेक्स के प्रति कथित खुले रवैये जैसे ग़ैर-ज़रूरी उल्लेख करते देखा जा सकता है।

गुजरात उच्च न्यायालय के 1983 के एक निर्णय में जहाँ यह सकारात्मक तर्क दिया गया था कि बलात्कार के आरोप के मामले में महिला द्वारा प्रस्तुत प्रतिवाद को सामान्यत: किसी अन्य साक्ष्य से पुष्ट करने की आवश्यकता नहीं होनी चाहिए, वहीं इस निर्णय के अन्तर्गत जब यह कहा गया कि पश्चिम के यौन-उन्मुक्त समाज के उलट भारत का समाज एक ऐसा परम्पराबद्ध समाज है जिसमें कोई महिला बलात्कार का झूठा आरोप इसलिए नहीं लगाना चाहती क्योंकि इससे उसकी 'पवित्रता सन्दिग्ध हो सकती है' तो इसके पीछे यह पितृसत्तावादी सोच साफ़ झलकती है। इस निर्णय में यह मान लिया गया था कि पश्चिम की महिलाएँ ऐसी हरकतें कर सकती हैं।*

लेकिन गुजरात उच्च न्यायालय के इस निर्णय में इस बात पर विस्तार से विचार किया गया था कि बलात्कार के आरोप की पुष्टि के लिए और किन परिस्थितियों पर ध्यान दिया जाना चाहिए। अर्थात, इसमें कहा गया था कि जब किसी वयस्क महिला को 'आपत्तिजनक स्थिति में पाया जाता है' तो वह 'ख़ुद को बचाने के लिए झूठे आरोप का सहारा ले सकती है।' दूसरे शब्दों में कहा जाए तो जहाँ भारत जैसे परम्पराबद्ध समाज में कोई 'निर्दोष' स्त्री बलात्कार का झूठा आरोप लगाने से गुरेज़ करना चाहेगी, वहीं एक 'स्वछंद' स्त्री अपने दुर्गुण को छिपाने के लिए झूठे आरोप का सहारा लेगी।

सवाल यह है कि यहाँ किसको 'निर्दोष' और किसको अपराधी ठहराने की कोशिश की जा रही है? ग़ौर कीजिये कि बलात्कार के मामले में हमेशा स्त्री ही दाँव पर लगी होती है, न कि बलात्कार का आरोपी!

---

* जैसा कि केरल के एक मुख्यमंत्री ने एक महिला पर्यटक के साथ बलात्कार की घटना पर विवाद उठने के बाद कहा था, 'इस मामले को ज़्यादा तूल देने की ज़रूरत नहीं है क्योंकि अमेरिका में बलात्कार होना इतना ही आम है जैसे एक प्याली चाय पी लेना।'

गुजरात के ही एक और प्रसंग में (2009) ब्रिटेन की एक महिला ने एक भारतीय नागरिक पर बलात्कार का आरोप लगाया था। मामले की सुनवाई के दौरान महिला को इस कदर अपमानित किया गया कि वह फूट-फूटकर रोने लगी। अन्तत: महिला को आरोपी के वकील द्वारा 'उसके चरित्र पर अप्रासंगिक सवाल पूछे जाने' के ख़िलाफ़ गुजरात उच्च न्यायालय के मुख्य न्यायाधीश के यहाँ औपचारिक शिकायत दर्ज करानी पड़ी। अदालत में सुनवाई के दौरान मज़ाक उड़ाते पुरुषों की भीड़ के सामने इस तेईस वर्षीय युवती से ऐसे सवाल पूछे गए कि क्या वह शराब पीती है, पुरुषों के साथ मेल-जोल रखती है और कितनी बार नहाती है। सुनवाई के दौरान आरोपी व्यक्ति चन्द क़दमों की दूरी पर बैठा रहता था।[4]

इसी तरह 2005 तथा 2009 में जब भारतीय सशस्त्र बलों की दो महिला अफ़सरों ने अपने वरिष्ठ अफ़सरों के ख़िलाफ़ क्रमश: 'शारीरिक व मानसिक प्रताड़ना' और 'यौन-प्रताड़ना' की शिकायत दर्ज कराई तो उनका कोट मार्शल किया गया और उन्हें बड़े अपमानजनक ढंग से नौकरी से निकाल दिया गया। उनका दावा था कि उनके आरोपों की जाँच न करके पूरा मामला रफा-दफ़ा कर दिया गया।[5] छह साल बाद उनमें से एक महिला ने आत्महत्या कर ली।[6]

जेल में बलात्कार की सज़ा काट रहे एक व्यक्ति ने जब 2010 में सिविल सर्विस की परीक्षा उत्तीर्ण कर ली तो दिल्ली उच्च न्यायालय ने मान लिया कि उसने 'जेल में ख़ुद को सुधार' लिया है। अदालत का मानना था कि पाँच वर्ष का कारावास काट कर उसने 'न्याय का तकाज़ा' पूरा कर दिया है। बलात्कार की पीड़िता ने आत्महत्या कर ली थी। उसकी मुक्ति के सारे रास्ते बन्द हो चुके थे और अदालत की इसमें कोई रुचि नहीं थी। पीड़िता आरोपी के यहाँ कैमिस्ट्री पढ़ा करती थी। उसने अपने सुसाइड नोट में लिखा था कि आरोपी ने उसे नशीली दवा देकर न केवल उसके साथ बलात्कार किया, बल्कि वह उसे विवाह का झाँसा देकर बाद में भी उसका यौन-शोषण करता रहा। आरोपी अपना काम निकालने के लिए उसे तीसरे व्यक्ति के साथ यौन-सम्बन्ध बनाने पर मजबूर कर रहा था। इस मुकाम पर आकर उक्त महिला ने आत्महत्या कर ली। लेकिन अख़बार की रिपोर्ट के अनुसार, 'उच्च न्यायालय को इस आरोप (मृतका के आख़िरी बयान) की पुष्टि के लिए कोई साक्ष्य हाथ नहीं लगा कि पीड़िता को तीसरे व्यक्ति के साथ हमबिस्तर होना पड़ा था।' इसलिए आरोपी के ख़िलाफ़ धारा 306 (आत्महत्या के लिए उकसाने) नहीं लगाई जा सकती, और उसके विषय में यह माना जा सकता है कि आरोपी ने 'विवाह के झूठे वायदे के बदले यौन-सम्बन्ध बनाने के लिए' (जिसे हमारी

क़ानून-व्यवस्था में बलात्कार के समकक्ष माना जाता है)[7*] निर्धारित सज़ा की अवधि पूरी कर ली है।

लिहाज़ा, अशोक राय 'उर्फ़ अमित' नामक इस युवा और प्रतिभाशाली नौकरशाह से सावधान रहें—उसने एक नौजवान ट्यूटर के तौर पर जैसी योग्यता का प्रदर्शन किया है, वह *सरकारी अफ़सरी* हासिल करने के बाद और परवान चढ़ेगी! तथ्य यह है कि 'सिविल सेवा जैसी कठिन' परीक्षा 'पास' करनेवाले इस आरोपी पर हमारी न्यायपालिका को बड़ा लाड़ आया और उसने जनाब की हरकतों—नशीली दवाई देकर बलात्कार करने और बाद में दलाली पर उतर आने को लड़कपन की हरकतें मानकर माफ़ कर दिया! अब वह देश का प्रशासन सँभालने के लिए पूरी तरह दक्ष हो चुका है!

राजस्थान उच्च न्यायालय ने भँवरी देवी के ऊँची जाति से सम्बन्ध रखनेवाले बलात्कारियों को दोष-मुक्त कर दिया था। घटना के बाईस साल बाद भँवरी देवी आज भी अदालत के इस फ़ैसले के विरुद्ध दायर की गई अपनी याचिका पर सुनवाई का इन्तज़ार कर रही है।

दिल्ली में जब भँवरी देवी को एक समारोह के दौरान सम्मानित किया जा रहा था तो उन्होंने तालियों से स्वागत करती भीड़ के सामने बड़ी सादगी से कहा था : *'मन्नै न्याय चाहिए'*।

इस प्रकार, नारीवादी दृष्टिकोण के अनुसार बलात्कार से सम्बन्धित पुराने क़ानून बेहद समस्यापूर्ण थे। नारीवादियों के साथ लोकतांत्रिक अधिकारों की पैरवी करनेवाले समूह इस बिन्दु से अक्सर बहसतलब रहे हैं कि इन क़ानूनों में किस प्रकार के संशोधन होने चाहिए। इस सम्बन्ध में एक महत्त्वपूर्ण सुझाव यह आया है कि 'बलात्कार' की संकुचित परिभाषा का दायरा बढ़ा कर उसे 'यौन-हमले' के प्रकारों की एक श्रृंखला के रूप में परिभाषित किया जाना चाहिए तथा इसके अन्तर्गत सज़ा का प्रावधान शारीरिक क्षति की गम्भीरता के अनुसार निर्धारित किया जाना चाहिए। धारा 377 की समाप्ति के बाद यह आवश्यक हो गया है कि बलात्कार के मामले में अब पीड़ित पक्ष के जेंडर से आगे बढ़कर पुरुषों, लड़कों तथा हिजड़ों के

* *संशोधन*—यह न्यायाधीश की व्याख्या पर निर्भर करता है कि इसे बलात्कार माना जाए या नहीं। कई ऐसे मामले भी सामने आए हैं जिनमें न्यायाधीशों ने इसके उलट भी निर्णय दिए हैं। कलकत्ता उच्च न्यायालय ने 1984 के एक फ़ैसले में स्पष्ट कहा था कि, 'अगर कोई पूर्णतया विकसित लड़की शादी के वायदे के बदले यौन-सम्बन्ध बनाने के लिए सहमत हो जाती है और यह सम्बन्ध उसके गर्भवती होने तक जारी रहता है तो इसे यौन-स्वच्छंदता का उदाहरण माना जाएगा।' और जैसा कि हम भली-भाँति जानते हैं, हमारे यहाँ यौन-स्वच्छंदता को पश्चिम से आया एक ऐसा गम्भीर रोग माना जाता है जिसके सामने बलात्कार जैसा अपराध कम संगीन होता है।

साथ होनेवाले बलात्कार पर समग्रता से विचार किया जाए। बलात्कार के मामले में सामान्यत: पुरुष ही उत्पीड़क होता है, लेकिन संरक्षण की स्थिति में या उत्पीड़क की ताक़तवर स्थिति के कारण घटित होनेवाले बलात्कार के सम्बन्ध में उत्पीड़क की जेंडर-निरपेक्षता पर भी ध्यान दिए जाने की माँग उठ रही है। लेकिन, नारीवादी परिप्रेक्ष्य में यह सुझाव एक बेहद विवादास्पद मुद्दा बन गया है क्योंकि नारीवादियों का मानना है कि संरक्षण/प्राधिकार जैसी स्पष्ट स्थितियों को छोड़कर उत्पीड़क के सम्बन्ध में जेंडर-निरपेक्षता बरतने का आग्रह महिलाओं को क़ानूनी सुरक्षा मुहैया कराने के बजाय उन्हें क़ानून के निशाने पर भी ला सकता है। कहना न होगा कि हमारे क़ानूनी तंत्र का पितृसत्तावादी ढाँचा जेंडर-निरपेक्षता के तर्क पर भारी पड़ सकता है।

आपराधिक क़ानून संशोधन अधिनियम 2013

आठवें दशक के आरम्भ में उभरी बहसें सेमिनार हॉल तक सीमित नहीं रहीं, न ही उसे इन बहसों की जन्मस्थली माना जा सकता है। सिद्धांत, व्यवहार और दैनिक जीवन के क्षेत्रों में आवाजाही करते हुए पितृसत्ता, स्त्री-विद्वेष तथा विषमलिंगी यौनिकता को चुनौती देनेवाली यह बहस आज सामान्य-बोध का अंग बन चुकी है। आठवें दशक से शुरू होकर हमारे समय तक आते-आते यह बहस कई अहम पड़ावों से गुज़री है और इसमें कई तरह के हस्तक्षेप हुए हैं। अगर आज यह बहस धीरे-धीरे सामान्य-बोध का हिस्सा बन चुकी है तो इसमें ग्रामीण इलाक़ों में आयोजित की जानेवाली कार्यशालाओं, विभिन्न मुद्दों के इर्द-गिर्द संगठित किए गये राजनीतिक संघर्षों, शहर की शिक्षण-संस्थाओं में होनेवाली चर्चाओं तथा भारत की अधिकांश भाषाओं में सृजित विपुल नारीवादी लेखन का योगदान रहा है। इन विचारों को जनता के स्तर पर ले जाने में कार्यकर्ताओं, वित्तीय मदद या स्वतंत्र रूप से काम करनेवाले ग़ैर-सरकारी संगठनों के राजनीतिक कार्यकर्ताओं, विद्यार्थियों और अध्यापकों, लेखकों, अभिभावकों एवं अनेकानेक युवक-युवतियों की अहम भूमिका रही है।

दिसम्बर, 2012 में जब दिल्ली में फ़िज़ियोथेरेपी की पढ़ाई कर रही एक युवती के साथ सामूहिक बलात्कार हुआ तो इस पर देश के छोटे-बड़े शहरों में जबर्दस्त विरोध-प्रदर्शन हुए। जन-भावनाओं का यह ज्वार दरअसल इस सामान्य-बोध के ज़मीनी रूपान्तरण का ही उदाहरण था। प्रदर्शन के दौरान अंग्रेज़ी और स्थानीय भाषाओं में जिस तरह के नारे और वक्तव्य रचे गए उनमें महिलाओं की स्वायत्तता और गतिशीलता की एक नारीवादी समझ प्रकट होती थी। युवतियों ने इन प्रदर्शनों

में जबर्दस्त जुझारूपन और निडरता का परिचय दिया। इन प्रदर्शनों में न केवल निम्न-मध्यवर्ग और मध्यवर्गीय पुरुषों ने पूरी सक्रियता से भाग लिया, बल्कि उनकी संख्या भी महिलाओं से कम नहीं थी। इस स्व:स्फूर्त आन्दोलन की विशेषता यह थी कि इसमें प्रदर्शनकारी और उनके समर्थक उच्च या इलीट वर्ग तक सीमित नहीं थे।

आपराधिक क़ानून संशोधन अधिनियम, 2013 इसी आन्दोलन का परिणाम था। लेकिन इसे यौन हिंसा की नारीवादी समझ का आईना नहीं माना जा सकता। इस अधिनियम के कई पहलू निस्सन्देह सकारात्मक हैं, लेकिन उसमें कई ख़ामियाँ भी हैं।

हालाँकि इस अधिनियम में बलात्कार की परिभाषा का विस्तार किया गया है, लेकिन इसमें पीड़ित पक्ष (जिसे आमतौर पर महिला मान लिया जाता है) या अपराधकर्ता (आमतौर पर पुरुष) की जेंडर-निरपेक्षता का ध्यान नहीं रखा गया है। इसमें सशस्त्र बलों के सदस्यों को यौन हमले के परिणामस्वरूप मिलनेवाले दंड से सुरक्षित रखा गया है। पोकसो के अन्तर्गत इस अधिनियम में सहमति की उम्र सोलह से बढ़ाकर अठारह वर्ष कर दी गई है। अधिनियम का एक उल्लेखनीय पहलू यह है कि उसमें बलात्कार के लिए सात वर्षों के न्यूनतम कारावास तथा मृत्युदंड का प्रावधान भी किया गया है। आइये, अब सिलसिलेवार ढंग से देखें कि अधिनियम में बलात्कार के सम्बन्ध में कौन से प्रावधान किए गए हैं।

वैवाहिक बलात्कार

नारीवादी दायरों में वैवाहिक बलात्कार से सम्बन्धित बहस कभी अन्तिम निष्कर्ष पर नहीं पहुँची। पिछले और असंशोधित क़ानून में वैवाहिक बलात्कार के लिए अधिकतम दो वर्षों के कारावास का प्रावधान किया गया था। और यह उसी स्थिति में लागू किया जा सकता था कि पति-पत्नी क़ानूनी तौर पर एक दूसरे से अलग रहते हों। नये अधिनियम में वैवाहिक बलात्कार की परिभाषा और विस्तृत कर दी गई है। अब यह क़ानून ऐसे दम्पति पर भी लागू होगा जो न्यायिक आदेश के तहत या किसी अन्य रूप में एक दूसरे से अलग रह रहे हैं। इसमें अब सज़ा की अवधि दो वर्ष की न्यूनतम अनिवार्य अवधि से बढ़ा कर सात वर्ष तक कर दी गई है। इसके बावजूद बहुत से नारीवादी चिन्तकों को यह देखकर निराशा हुई कि अधिनियम में वैवाहिक सम्बन्ध की सक्रियता के दौरान होनेवाले बलात्कार को अपराध घोषित नहीं किया गया, जबकि अन्य लोग इस बात को लेकर सन्देह व्यक्त कर रहे थे कि हर बात को अपराध घोषित कर देने की इस प्रवृत्ति के निहितार्थ क्या हैं।

नारीवाद के बहुत से पैरोकारों को यह भी लगा कि वैवाहिक बलात्कार को अपराध घोषित करने का यह अभियान जेंडर, यौनिकता तथा विवाह की संस्थाओं के रूपान्तरण को महज़ न्यायिक दंड-विधान तक सीमित कर देता है। ऐसे लोगों का मानना है कि वैवाहिक बलात्कार को एक क़िस्म का अपराध घोषित करने और उसके विरुद्ध वैवाहिक जीवन में रोज़-ब-रोज़ घटनेवाली ग़ैर-यौनिक शारीरिक और मानसिक हिंसा के मुक़ाबले ज़्यादा सज़ा का प्रावधान करने के बजाय उसे तलाक़ के आधार के रूप में देखा जाना चाहिए। यौन हिंसा को रहस्यपूर्ण बना देना या उसे ज़्यादा मारक हिंसा साबित करना एक सन्दिग्ध सोच है। इस बिन्दु पर हम पुस्तक के निष्कर्ष में फिर लौटेंगे।

राज्य सुरक्षा बलों द्वारा किया जानेवाला बलात्कार

ग़ौरतलब है कि अधिनियम में यह प्रावधान यथावत रखा गया है कि अगर सुरक्षा बलों के सदस्यों पर यौन हमले का आरोप लगता है तो उनके विरुद्ध दंडात्मक कार्रवाई नहीं की जाएगी। बलात्कार का आशय स्त्री-विद्वेषी हिंसा के वैयक्तिक या निजी प्रदर्शन से नहीं है। यौन हिंसा को नारीवादी लम्बे समय से युद्ध के हथियार तथा नस्ल, साम्प्रदायिकता और जातिगत हिंसा के रूप में देखते रहे हैं। नारीवादी समूह भारत में पुलिस या फ़ौज की हिरासत में होनेवाली यौन हिंसा तथा उसमें राज्य की संलिप्तता या बेरुखी का गहराई से प्रतिवाद करते रहे हैं। देश के बड़े हिस्से, विशेषकर उत्तर-पूर्व तथा कश्मीर जैसे क्षेत्र लम्बे समय से सशस्त्र बलों के नियंत्रण में रहे हैं। इन क्षेत्रों में भारतीय सशस्त्र बलों के लोग महिला कार्यकर्ताओं तथा कथित उग्रवादियों के सम्बन्धियों के साथ यौन हिंसा करते रहे हैं। इस मामले में समय-समय पर तथ्यात्मक दस्तावेज़ भी सामने आते रहे हैं।

इतना ही नहीं, मध्य भारत के उन आदिवासी इलाक़ों में जिन्हें माओवादियों का गढ़ माना जाता है, राज्य की शक्तियाँ स्थानीय लोगों को माओवादियों के साथ हमदर्दी रखने के नाम पर प्रताड़ित और आदिवासी महिलाओं के साथ बलात्कार करती रही हैं। लोकतांत्रिक अधिकारों के लिए काम करनेवाले समूहों के सामने ऐसे कई मामले आ चुके हैं। इन समूहों ने न केवल ऐसे मामलों की पड़ताल की है, बल्कि हर सम्भव तरीक़े से उनका विरोध भी किया है। कई घटनाएँ ऐसी भी रही हैं जिनके बारे में कभी कुछ पता ही नहीं चल पाया। इसलिए भारत में नारीवादी आन्दोलन के लिए यह ज़रूरी हो गया है कि वह अपनी राजनीति में बलात्कार को राजनीति के एक हथियार के रूप में देखना शुरू करे। लेकिन, समस्या यह है कि

नये संशोधन में भी ऐसे मामलों पर घरेलू आपराधिक क़ानून के तहत विचार करने के प्रति एक गतिरोध दिखाई देता है। इससे यह पूर्व-धारणा लगभग स्पष्ट हो जाती है कि बलात्कार वस्तुत: युद्ध का एक हथियार है और राज्य का दमनकारी तंत्र इसे उन लोगों के ख़िलाफ़ लगातार इस्तेमाल करता रहेगा जिन्हें वह राष्ट्र-विरोधी मानता है।

न्यूनतम वैधानिक सज़ा

क़ानूनी क्षेत्र में काम करनेवाले नारीवादी कार्यकर्ताओं ने न्यूनतम सज़ा की माँग इसलिए की क्योंकि उन्हें लगता था कि न्यायाधीश अपने विवेकाधिकार का बेजा इस्तेमाल करते हैं। कई न्यायाधीश अक्सर बलात्कारी के 'सुसंस्कृत परिवार', उसकी ऊँची शिक्षा अथवा महिला के पिछले यौन-व्यवहार का उदाहरण देकर सज़ा में ढील कर देते थे। अगर बलात्कार की पीड़िता विवाहित होती थी या यौनिक दृष्टि से सक्रिय जीवन जीती थी अथवा सुनवाई के दौरान उसका किसी के साथ विवाह हो जाता था तो ऐस मामलों में बलात्कार के आरोपी की सज़ा कम कर दी जाती थी। कई बार न्यायाधीश आरोप-सिद्धि की प्रक्रिया पूरी करने के बजाय पीड़ित महिला को यह सलाह भी दे डालते थे कि वह बलात्कारी से विवाह कर ले। इस तरह, बलात्कार की सज़ा तय करने की प्रक्रिया में न्यायधीश अक्सर पितृसत्तात्मक सोच के पैरोकार बनकर बलात्कार की घटना को महज़ स्त्री के शील, कौमार्य और उसकी वैवाहिक सम्भावना तक सीमित कर देते थे।

इसके बावजूद, नये क़ानून में न्यूनतम सात वर्षों का कारावास तथा बलात्कार की परिभाषा का विस्तार करना एक दिक़्क़त की बात है। नारीवादियों ने कभी यह नहीं सोचा था कि इतने लम्बे कारावास को न्यूनतम सज़ा की संज्ञा दी जाएगी। अब लोगबाग इस बात को बड़े पैमाने पर स्वीकार करने लगे हैं कि दंड के कठोर प्रावधानों का परिणाम अन्तत: यह होता है कि आरोपी को दोष-मुक्त घोषित करने की दर बढ़ जाती है।

इसके अलावा, भारत में नारीवाद के समथर्क मृत्युदंड का सिद्धांतत: विरोध करते हैं। वे जीवन के अधिकार को महत्त्व देते हैं और इस बात के ख़िलाफ़ हैं कि महिलाओं की सुरक्षा के नाम पर यह अधिकार राज्य के हाथों में चला जाए। नारीवादी इस बात पर ज़ोर देते हैं कि बलात्कार की संस्कृति को बहुत ध्यानपूर्वक और संरचनात्मक ढंग से समझा जाना चाहिए ताकि उससे मुक्ति पाई जा सके। नारीवादी इस बात को भली-भाँति समझते हैं कि मृत्युदंड जैसे प्रावधान के चलते बहुत कम मामले ही दोष-सिद्धि तक पहुँच पाते हैं। बलात्कार के लिए ऐसे पाशविक दंड की

व्यवस्था इसी पितृसत्तात्मक मानसिकता को मज़बूत करती है कि बलात्कार मौत से भी ज़्यादा भयावह होता है। इसके अलावा, विभिन्न अध्ययनों से यह तथ्य भी उजागर हुआ है कि भारत में जिन पुरुष अपराधियों (इनमें कुछ महिलाएँ भी शामिल हैं) को मृत्युदंड मिला है, उनमें अधिकांश वंचित समुदायों और जातियों से सम्बन्ध रखते थे।

जेंडर निरपेक्षता

भारतीय नारीवाद में जेंडर निरपेक्षता की बहस एक ऐसे समय में उभरी है जब एक पक्ष स्त्री को अपनी राजनीति का अवलम्ब बनाना चाहता है तो समलैंगिकता के आग्रह से प्रभावित नारीवाद व्यक्तिपरकता या आत्म के प्रश्न को पुरानी लीक से हट कर उठाना चाहता है। पहले नज़रिये के तहत जहाँ नारीवाद पितृसत्ता को एक ऐसे तंत्र के रूप में लक्षित करता है जो स्त्रियों को बड़े ही व्यवस्थित ढंग से उनके अधिकारों से वंचित करता जाता है, वहीं दूसरा नज़रिया यह सवाल उठा कर कि 'पुरुष' और 'स्त्री' का विचार कैसे गढ़ा जाता है, नारीवादी राजनीति में बहु-जेंडरीय आत्म का पहलू खड़ा कर देता है। नारीवादी कार्यकर्ताओं ने पीड़ित पक्ष के सम्बन्ध में जेंडर निरपेक्षता का प्रस्ताव तुरन्त लाने की बात कही थी ताकि पुरुषों, लड़कों तथा हिजड़ों के साथ होनेवाली बलात्कार की घटनाओं पर एक साथ विचार किया जा सके। हालाँकि बलात्कार के मामले में आमतौर पर पुरुष ही उत्पीड़क होता है, लेकिन अगर कोई बलात्कार हिरासत में हुआ है या उसे ऐसे व्यक्ति ने अंजाम दिया है जो पीड़ित के मुक़ाबले ज़्यादा ताक़तवर है तो ऐसे में महिला भी उत्पीड़क की भूमिका में हो सकती है। उत्पीड़क के मामले में जेंडर निरपेक्षता का प्रस्ताव यही सोच कर लाया गया था। लेकिन 2013 के इस क़ानून में उत्पीड़क (पुरुष) तथा पीड़ित (स्त्री) का वर्गीकरण लैंगिक आधार पर ही किया गया है। बलात्कार को समलैंगिकता के दृष्टिकोण से देखनेवाले नारीवादियों का प्रश्न यह है कि बलात्कार के विचार में केवल स्त्री की देह प्रमुख है, जबकि सामान्यत: हिजड़े भी इसका शिकार होते हैं। लेकिन क़ानून की नज़र में वह बलात्कार नहीं है क्योंकि वह यह मानकर चलता है कि बलात्कार केवल स्त्री के साथ किया जाता है।

बलात्कार की विस्तृत परिभाषा

नये क़ानून में बलात्कार की परिभाषा का तो विस्तार किया गया है परन्तु उसमें अपराध के भिन्न-भिन्न रूपों में निहित हिंसा की प्रचंडता या उसकी प्रकृति की

ओर ध्यान नहीं दिया गया है। यौन हमले के विभिन्न रूपों—'महिला की सहमति के बिना उसकी योनि, लिंग, गुदा अथवा वक्ष को छूने' सहित जबरन सम्भोग करने आदि को एक ही वाक्य में समेट देने से यह अर्थ ध्वनित होता है कि इनमें किसी भी अपराध के लिए अधिकतम सज़ा हो सकती है। यह बात कई तरह से दिक़्क़ततलब है। यह एक ऐसी व्यवस्था है जिसमें किसी व्यक्ति को या तो बलात्कार का दोषी मानकर उसके लिए भारी सज़ा का प्रावधान किया जाता है अथवा उसे पूरी तरह निर्दोष मान लिया जाता है। ऐसी व्यवस्था में दोष सिद्ध कर पाने की सम्भावना इतनी कम होती है कि अधिकांश आरोपी स्वयं को निरपराध ही बताते हैं। और अगर एक बार आरोपी की यह याचिका स्वीकार हो जाती है कि वह दोषी नहीं है तो फिर शिकायतकर्ता का बड़े पैमाने पर चरित्र-हनन शुरू हो जाता है। सबसे अहम बात यह है कि 'बलात्कार' नामक यह शब्द इतना अस्पष्ट है कि ख़ुद पीड़ित पक्ष ही साफ़-साफ़ नहीं बता पाता कि उसके साथ हुआ क्या है।

इसलिए बहुत से नारीवादियों ने यह माँग की है कि यौन हमले की इस परिभाषा को विस्तृत करने के साथ इसमें दो संशोधन और किए जाने चाहिए : एक तो क़ानून की शब्दावली से 'बलात्कार' नामक शब्द हटाकर उसकी जगह 'यौन आपराधिक आचरण' जैसे शब्द का प्रयोग किया जाना चाहिए ताकि उसमें अलग-अलग स्तर के यौन हमले तथा इन हमलों की गम्भीरता के अनुरूप सज़ा का प्रावधान किया जा सके। दुनिया के कई हिस्सों में (कनाडा, ऑस्ट्रेलिया तथा अमेरिका के कुछ राज्यों सहित) ऐसी ही व्यवस्था है जिसमें अभियुक्त को इस बात के लिए प्रोत्साहित किया जाता है कि अगर उसने थोड़ा कम गम्भीर क़िस्म का यौन अपराध किया है तो वह अपना अपराध स्वीकार कर ले। वहाँ ऐसे अभियुक्तों को यह एहसास रहता है कि अगर वे स्वयं को 'निरपराध' सिद्ध करने के बजाय दोषी मान लेंगे तो उन्हें कम कड़ी सज़ा मिलेगी। इससे न्यायाधीश भी किसी व्यक्ति को बलात्कार का दोषी सिद्ध करने के बजाय उसे 'तीसरे दर्जे के आपराधिक यौन आचरण' के अन्तर्गत दंडित कर सकेंगे। लेकिन नये क़ानून ने इससे कोई प्रेरणा नहीं ली।

बाल यौन-शोषण क़ानून (पोक्सो), 2012 में भी यौन हमले के विभिन्न रूपों—बच्चों के साथ दुष्कर्म करने, उनके यौन-उत्पीड़न से लेकर उनकी अश्लील फ़िल्में बनाने आदि से सम्बन्धित प्रावधानों का विस्तार किया गया है। इस क़ानून में यौन-हमले के कुछ निश्चित रूपों जैसे मानसिक तौर पर अस्वस्थ बच्चे के साथ किए जानेवाले यौन-दुष्कर्म अथवा विश्वस्त या प्रभावशाली पद पर स्थापित व्यक्ति द्वारा किए जानेवाले यौन-हमले को 'गम्भीर' हमलों की श्रेणी में रखा गया है। इस

प्रकार पोक्सो जैसे क़ानून की एक बड़ी ख़ामी यह है कि उसमें भी यौन-हिंसा के विभिन्न रूपों को एक ही प्रकार के अपराध का नाम दे दिया गया है।

यौन-हमले से सम्बन्धित नये क़ानूनों की एक सामान्य प्रवृत्ति यह है कि उनमें अपराध की परिभाषा का तो विस्तार कर दिया गया है, लेकिन इस बात का ध्यान नहीं रखा गया कि सज़ा का स्तर अपराध की गम्भीरता के अनुरूप होना चाहिए।

यौन-संसर्ग की न्यूनतम आयु में वृद्धि

नारीवादियों की यह माँग कभी नहीं रही कि अल्पवयस्कता की उम्र अठारह वर्ष होनी चाहिए। इसकी यह कहकर आलोचना की जाती रही है कि उम्र का यह मानक यौवन की तरफ़ बढ़ते किशोर-किशोरियों के आपसी सहमति पर आधारित यौन-संसर्ग पर बेवजह क़ानून की चाबुक फटकारता रहा है। किशोर वय की यौनिकता को अपराध की श्रेणी में डालने की यह प्रवृत्ति पितृसत्ता के मूल्यों को प्रतिबिंबित करने के साथ केवल वैवाहिक यौन-सम्बन्ध को वैधता देती है।

कार्य-स्थल पर यौन-उत्पीड़न

महिलाओं के साथ कार्य-स्थल पर होनेवाले यौन-उत्पीड़न को रोकने के लिए सर्वोच्च न्यायालय का ऐतिहासिक फ़ैसला (विशाखा बनाम राजस्थान राज्य) 1997 में आया था। फ़ैसले के तहत नियोक्ताओं को महिला कर्मचारियों की सुरक्षा हेतु व्यापक दिशा-निर्देश दिए गए थे। फ़ैसले में कार्य-स्थल पर होनेवाले यौन-उत्पीड़न को संविधान में निर्दिष्ट जीवन, समानता तथा कार्य के मूलभूत अधिकार का उल्लंघन घोषित किया गया था। इन दिशा-निर्देशों में यौन-उत्पीड़न को एक ऐसी हरकत के तौर पर परिभाषित किया गया था जिसे सम्बन्धित महिला अस्वीकार्य और अपनी सहमति के विरुद्ध मानती हो। न्यायालय के निर्णय में शिकायत समिति गठित करने के विषय में भी निर्देश दिए गये थे। इन निर्देशों को पीछे मुख्यत: उन नारीवादी संगठनों और समूहों की भूमिका प्रमुख रही थी जिन्होंने भँवरी देवी बलात्कार कांड के दोषियों के ख़िलाफ़ व्यापक मोर्चा तैयार किया था। इन वर्षों के दौरान अनेक विश्वविद्यालयों, ग़ैर-सरकारी संगठनों तथा निजी क्षेत्र के कुछ नियोक्ताओं ने भी अपने यहाँ ऐसी समितियों का गठन किया है। जहाँ तक ग़ैर-सरकारी संगठनों तथा निजी क्षेत्र का प्रश्न है तो उनके यहाँ यौन-उत्पीड़न की शिकायतों से सम्बन्धित आचार-संहिता का कोई रूप निश्चित नहीं है। ऐसी जगहों पर इस आचार-संहिता का

स्वरूप इस बात पर निर्भर करता है कि वहाँ ऐसे कितने नारीवादी काम करते हैं जो यौन-उत्पीड़न के मसले को गहराई से समझते हैं। जहाँ इस मुद्दे की संवेदनशीलता को समझनेवाले लोग नहीं होते वहाँ ऐसी समितियाँ और नीतियाँ नियोक्ताओं के हाथ की कठपुतली बन कर रह जाती हैं जिनका मज़दूर संगठनों की अनुपस्थिति के कारण अक्सर कर्मचारियों के विरुद्ध ही इस्तेमाल किया जाने लगता है।

विश्वविद्यालय के अनुभव

उल्लेखनीय है कि विश्वविद्यालयों में (दिल्ली विश्वविद्यालय, दिल्ली; जवाहरलाल नेहरू विश्वविद्यालय, दिल्ली; तथा नेहू, शिलाँग आदि) यौन-उत्पीड़न विरोधी आचार-संहिता विश्वविद्यालय समुदाय में मौजूद लोकतांत्रिक राजनीति से प्रतिकृत हुई है। सर्वोच्च न्यायालय के दिशा-निर्देशों का इन परिसरों के प्रगतिशील राजनीतिक समूहों तथा व्यक्तिगत हैसियत में अनेकानेक प्राध्यापकों एवं छात्रों पर एक सकारात्मक प्रभाव यह पड़ा कि वे अपने यहाँ न केवल एक कारगर संहिता विकसित करने में सफल रहे, बल्कि उन्होंने इन निर्देशों का क्रियान्वयन भी सुचारू ढंग से किया। ज़ाहिर है कि अकादमिक माहौल में यौन-उत्पीड़न की परिभाषा सामान्य कार्य-स्थलों जैसी नहीं हो सकती थी। विश्वविद्यालय एक ऐसा स्थान होता है जहाँ नौजवान लोग अपने जीवन के सबसे रचनात्मक दौर से गुज़र रहे होते हैं, इसलिए हमें इस बारे में गम्भीरता से विचार करना चाहिए कि जब वे अपने अध्यापकों को लड़कियों के बारे में उपहासपूर्ण बात करते देखते हैं (आख़िर अच्छे अंक मिलने से भी तुम्हारा क्या भला हो जाएगा! अन्तत: तो तुम्हें किसी का घर ही सँभालना है, महिलाएँ आमतौर पर तार्किक नहीं होती हैं!—ये दोनों वक्तव्य वास्तविक हैं और इस बात के साक्ष्य हैं कि पुरुष प्रोफ़ेसरों ने अपनी कक्षाओं में बाक़ायदा ऐसी अभद्र टिप्पणियाँ की हैं) तो उन पर इसका क्या असर होता है? इस मामले में छात्राओं को प्रशंसा स्वरूप कही जानेवाली बातें और उनकी यौनिकता की ओर इशारा करनेवाली टिप्पणियाँ भी इतनी ही दिक़्क़ततलब हैं। जब अध्यापकों और छात्राओं के बीच बातचीत का यह ढर्रा आम हो जाता है तो इसका सबसे बड़ा ख़तरा यह होता है कि यौन-उत्पीड़न का माहौल तथा यौनिक शब्दावली में लिपटा यह संवाद सामान्य लगने लगता है। इस तथ्य को देखते हुए कि परीक्षा के प्राप्तांक, नौकरी तथा प्रोन्नति जैसी चीज़ें प्रोफ़ेसर के हाथों में होती हैं, इसलिए विद्यार्थी और कनिष्ठ सहकर्मी उनकी हरकतों का विरोध नहीं कर पाते।

यह ज़रूरी नहीं है कि ऐसी हरेक हरकत का औपचारिक ढंग से ही विरोध किया जाए। हम एक ऐसा माहौल बना सकते हैं कि विद्यार्थी इस प्रकार के व्यवहार

को स्वीकार ही न करें तथा बाहरी समाज में वह एक निन्दनीय कृत्य दिखाई दे। लेकिन कई दफ़ा ऐसी स्थितियाँ सामने आती हैं जिन्हें अनौपचारिक ढंग से नहीं निपटाया जा सकता। कई मामलों में नौकरी या अच्छा ग्रेड पाने की चाहत में यौन-दुर्व्यवहार की घटना आपसी चुप्पी का नतीजा भी हो सकती है।

कम-से-कम ऊपर मैंने जिन विश्वविद्यालयों का ज़िक्र किया है, उनमें यौन-उत्पीड़न से सम्बन्धित आचार-संहिता लामबन्दी की एक लम्बी प्रक्रिया और बहुस्तरीय चर्चा का परिणाम थी। यह प्रक्रिया विभिन्न अभियानों और उनमें भाग लेनेवालों लोगों के आपसी सामंजस्य से उपजी थी। विश्वविद्यालय-प्रशासन इसके लिए क़तई तैयार नहीं था, लेकिन अन्ततः संघर्षों की संयुक्त शक्ति के सामने उसे झुकना पड़ा। भारत के विश्वविद्यालयी परिसरों में विभिन्न राजनीतिक समूहों के ऐसे साझे आन्दोलन एक आम बात है। ऐसे आन्दोलनों का कोई नेता नहीं होता। मोटे तौर पर उन्हें प्रत्यक्ष लोकतंत्र की एक ऐसी अभिव्यक्ति माना जा सकता है जिसमें राजनीतिक नज़रिये की भिन्नता मुद्दे की तात्कालिकता के सामने कोई ख़ास मायने नहीं रखती। इस तरह की कोई भी लामबन्दी अनिवार्यतः सामयिक होती है—जैसे ही लम्बित मुद्दे का कोई हल निकलता है, वैसे ही यह लामबन्दी ख़त्म हो जाती है।

इस मामले में दिल्ली विश्वविद्यालय और जवाहरलाल नेहरू विश्वविद्यालय की नीतियाँ ख़ासी लचीली हैं। उनमें स्थानीय कारकों और ज़रूरतों का ध्यान रखा गया है। उदाहरण के लिए, दिल्ली विश्वविद्यालय की नीति में यौन-उत्पीड़न से सम्बन्धित शिकायत-समितियों में लोकतांत्रिक तकाज़ों को पूरा करने के लिए निर्वाचित सदस्यों के साथ नामित सदस्यों का प्रावधान किया गया। इसके पीछे समझ यह थी कि चूँकि यौन-उत्पीड़न की परिघटना समाज में जड़ जमाए स्त्री-विद्वेष तथा पितृसत्तात्मक प्रवृत्तियों से पैदा होती है, इसलिए चुनाव में इस मूल्य-व्यवस्था का समर्थन करनेवाले तत्त्व भी विजयी हो सकते हैं। यहाँ यौन-उत्पीड़न की परिभाषा तथा समितियों का गठन अकादमिक सन्दर्भ में किया गया है, लिहाज़ा इसके तहत दोषी को दंडित करने का मतलब उससे बदला लेना नहीं होता बल्कि इसके पीछे यह विचार प्रमुख होता है कि सज़ा का स्तर क्या होना चाहिए। यह इसलिए ज़रूरी है क्योंकि यौन-उत्पीड़न को उजागर करने का मतलब स्वीकार्य व्यवहार के नये मानक तैयार करना भी होता है। इसमें सज़ा का प्रावधान स्थानीय सन्दर्भ से बेख़बर किसी दूरस्थ निकाय के हाथों में न होकर विश्वविद्यालय के हाथ में होता है। यहाँ विशाखा दिशा-निर्देशों का पालन करते हुए विश्वविद्यालयी समुदाय के प्रतिनिधियों के अलावा एक 'बाहरी' नामित सदस्य भी शामिल किया गया है।

हमारा अनुभव यह रहा है कि विश्वविद्यालय-प्रशासन यौन-उत्पीड़न को गम्भीर मुद्दा मानने में हमेशा आना-कानी करता है। ऐसा ख़ास तौर पर तब ज़्यादा होता है जब पीड़ित छात्र या कोई कनिष्ठ सहयोगी हो तथा उत्पीड़क वरिष्ठ प्रोफ़ेसर! यौन-उत्पीड़न के मामले में शिकायत दर्ज करने से लेकर सज़ा तय करने तक की प्रक्रिया कभी भी निर्दिष्ट मापदंडों के अनुसार नहीं चलती। अक्सर यह भी देखने में आया है कि विश्वविद्यालय का प्रशासनिक तंत्र सज़ा के मसले को अनिश्चित काल तक टालता रहता है और इस दौरान यौन-उत्पीड़क अपने पद पर बरक़रार रहता है और इस नाते शिकायतकर्ता अथवा उसके समर्थकों पर दबाव बनाने की स्थिति में बना रहता है।

एक ख़ास घटना

यहाँ हम एक ऐसी घटना का ज़िक्र करेंगे जिसे एक तरह से ऐसी तमाम घटनाओं का प्रतिनिधि उदाहरण माना जा सकता है। 2006 में प्रशासनिक पद पर काम कर रही एक महिला ने दिल्ली विश्वविद्यालय में कार्यरत एक पुरुष प्रोफ़ेसर के विरुद्ध शिकायत दर्ज कराई थी। विश्वविद्यालय के विभिन्न पदों पर आरूढ़ वह प्रोफ़ेसर बेहद ताक़तवर था। शिकायत दर्ज किए जाने के बाद प्रोफ़ेसर के अनेक छात्रों और सहकर्मियों ने भी इस बात की तसदीक़ की कि वह लोगों के साथ हमेशा दुर्व्यवहार किया करता था और महिलाओं के साथ अभद्रता से पेश आता था। यह मामला बहुत कुछ डॉमिनिक-स्त्रॉस काह्न वाली घटना से मिलता-जुलता था। लेकिन उस घटना पर हम बाद में बात करेंगे। विधिवत रूप से गठित की गई समिति ने अपनी जाँच में प्रोफ़ेसर को दोषी तो क़रार दिया लेकिन सज़ा के नाम पर हल्की-फुल्की अनुशंसा करके मामला निपटा दिया। दंड के तौर पर प्रोफ़ेसर की विश्वविद्यालय के किसी भी महत्त्वपूर्ण पद से अगले तीन वर्षों के लिए छुट्टी कर दी गई। रिपोर्ट को क्रियान्वित करने के लिए उसे सही ढंग से पेश नहीं किया गया और वह उप-कुलपति के दफ़्तर में धूल खाती रही। जब शिकायतकर्ता ने इस मामले में आरटीआइ[8] दाख़िल की तो उसकी अर्जी को सेक्शन 8 (जी) के तहत ख़ारिज करते हुए जवाब दिया गया कि सूचना उजागर करने पर आरोपी की 'जान को ख़तरा हो सकता है।' लेकिन, अन्ततः विश्वविद्यालय समुदाय के दबावों, प्रशासनिक स्तर पर जबरदस्त लामबन्दी, मीडिया में प्रचार तथा व्यापक धरने-प्रदर्शन के बाद रिपोर्ट को पटल पर रखा गया तथा आरोपी को सज़ा दी गई।

इस कार्रवाई के फ़ौरन बाद प्रोफ़ेसर ने विश्वविद्यालय के ख़िलाफ़ अदालत में मुक़दमा ठोक दिया। चूँकि विश्वविद्यालय प्रशासन की इस मुक़दमे को जीतने

में कोई दिलचस्पी नहीं थी,* इसलिए वह मामले की सुनवाई के दौरान अक्सर नदारद रहा। और अन्ततः प्रोफ़ेसर का वकील सर्वोच्च न्यायालय से यह आदेश हासिल करने में सफल रहा जिसमें जाँच की प्रक्रिया को 'प्राकृतिक न्याय' के विरुद्ध बताया गया था क्योंकि उसमें आरोपी को गवाहों से सवाल करने का अवसर नहीं दिया गया था। अगर विश्वविद्यालय इस मामले में वाक़ई गम्भीर रहा होता तो वह अपने वकीलों के ज़रिये यह दलील पेश कर सकता था कि यौन-उत्पीड़न के मामले में आरोपी द्वारा गवाहों से पूछताछ करना अनिवार्य नहीं होता—ख़ास तौर पर अगर आरोपी किसी ताक़तवर पद पर आसीन हो। यौन-उत्पीड़न के मामले में एहतियात के तौर पर यह नज़ीर पहले से मौजूद है कि गवाहों से बात करने के दौरान आरोपी उन्हें डरा-धमका सकता है। बहरहाल, न्यायालय के निर्देशानुसार जाँच दुबारा शुरू की गई और इस बार आरोपी को यह अनुमति दी गई कि वह मुख्य शिकायतकर्ता सहित सभी गवाहों को अपने सवालों की सूची भेज सकता है। लेकिन इस समय तक मुख्य शिकायतकर्ता ने विश्वविद्यालय को ही नहीं देश को भी अलविदा कह दिया, जबकि प्रोफ़ेसर साहब विश्वविद्यालय के गलियारों में पूरी अकड़ के साथ चहलकदमी कर रहे थे।**

इस मामले में प्राफ़ेसर और उसके वकील ने जिस तरह के सवाल तैयार किए थे, उन्हें यौन-उत्पीड़न के समूचे अनुभव की एक बानगी माना जा सकता है। विभाग के ऐसे किसी भी सदस्य से, जिसने आरोपी के ख़िलाफ़ गवाही दी थी, उसके निजी जीवन और सम्बन्धों के बारे में दर्जनों वाहियात सवाल पूछे गए। मुख्य शिकायतकर्ता को भी ऐसे ही सवालों का सामना करना पड़ा। ऐसी सूचनाओं का प्रोफ़ेसर पर लगे आरोप से दूर-दूर तक ताल्लुक़ नहीं था। इसके बावजूद इस प्रश्नावली को विधिवत् रूप से पूरा किया गया और जैसा कि अदालत ने ताकीद की थी, प्रश्नावली को विश्वविद्यालय की समिति को सौंप दिया गया। समिति ने यह रिपोर्ट 2009 में दाख़िल की थी। लेकिन उप-कुलपति ने उस पर आज तक कोई औपचारिक कार्रवाई नहीं की। ऐसा लगता है कि अगर प्रोफ़ेसर अपने ख़िलाफ़ लगे आरोपों से बरी हो जाता तो यह रिपोर्ट दुबारा दबा ली जाती। इस दौरान प्रोफ़ेसर ने मीडिया में इस आशय की ढेरों कहानियाँ छपवा डाली हैं कि अदालत ने उसे बेगुनाह साबित किया है। और हैरत की बात है कि जिस रिपोर्टर ने प्रोफ़ेसर के लिए यह काम किया था, उसने इस मामले में न अदालत

* दरअसल प्रशासन यह मुक़दमा हार जाना चाहता था।

** इतना ही नहीं इस दौरान उसे सरकार की एक प्रतिष्ठित फ़ैलोशिप पर विदेश यात्रा का तोहफ़ा भी दिया गया।

से कोई स्पष्टीकरण माँगने पर विचार किया और न ही सम्बन्धित पक्षों से ही कोई सम्पर्क किया।

प्रक्रिया और संघर्ष के लिहाज़ से अक्सर यही होता है, लेकिन इस बात के भी कई उदाहरण मौजूद हैं जिनमें यौन-उत्पीड़न से सम्बन्धित नीतियाँ शिकायतकर्ता को न्याय दिलाने में सफल रही हैं। ऊपर हमने जिस मामले का इतने विस्तार से वर्णन किया है, उसमें भी यौन-उत्पीड़न की सच्चाई और उसके विभिन्न आयामों की निशानदेही की जा सकती है।

केन्द्रीय क़ानून 2013 के ख़तरे

विश्वविद्यालयों में यौन-उत्पीड़न और जेंडर-संवेदीकरण से सम्बन्धित ऐसी तमाम समितियों को 2013 में पारित किए गये क़ानून के तहत भंग कर दिया गया है। जहाँ तक अपराध की निशानदेही, जागरूकता पैदा करने तथा सामूहिक परामर्श के ज़रिये सज़ा सुनिश्चित करने का प्रश्न है, तो इनमें कम-से-कम कुछ समितियों का काम तो निस्सन्देह प्रशंसनीय था। हालाँकि इस क़ानून के तहत यौन-उत्पीड़न को दीवानी अपराध की श्रेणी में ही रखा गया है, परन्तु पहले जहाँ कुछ स्थितियों को 'यौन-उत्पीड़न' के एक अंग के रूप में देखा जाता था, वहीं 2013 में भारतीय दंड संहिता में किए गये संशोधन के अन्तर्गत उन स्थितियों को हिंसा के रूप में वर्णित किया गया है। उक्त संशोधन के बाद कार्य-स्थल (विश्वविद्यालय सहित) पर होनेवाले यौन-उत्पीड़न को फ़ौजदारी का मामला माना जाएगा। इस परिस्थिति में महिलाएँ अपनी शिकायतों को लेकर और भी उदासीन हो जाएँगी। अगर हरेक शिकायत में अनिवार्य रूप से क़ानून का पेंच फँसा होगा तो फिर यह पुलिसिया जाँच और अदालतों के चक्कर काटने का चिर-परिचित खेल बन कर रह जाएगा। इस सम्बन्ध में दीवानी और फ़ौजदारी के मामलों में निहित अन्तर पर ग़ौर करना ज़रूरी है। उल्लेखनीय है कि दीवानी मामलों में अपराध की सम्भाव्यता के आधार पर ही शिकायत दर्ज कर ली जाती है, जबकि फ़ौजदारी के मामलों में एक सीमा के बाद सुबूत पेश करना अनिवार्य हो जाता है। यौन-उत्पीड़न की घटना में सुबूत पेश करना लगभग असम्भव होता है।

मुम्बई की वकील मोनिका सखरानी ने यौन-उत्पीड़न से सम्बन्धित क़ानून के उन पहलुओं की ओर ध्यान खींचा है जिनके चलते यह क़ानून कई तरह की समस्याओं का शिकार हो कर रह गया। ग़ौरतलब है कि मोनिका सखरानी उस विधेयक के मसौदे की प्रक्रिया के शुरुआती दौर से जुड़ी थीं जिसमें महिलाओं के

साथ कार्य-स्थल पर होनेवाले यौन-उत्पीड़न के सम्बन्ध में क़ानून बनाने पर विचार किया जा रहा था। हालाँकि नया क़ानून मुख्यत: विशाखा निर्देशों पर ही आधारित था, लेकिन उसमें अदालत के फ़ैसले तथा महिला-समूहों द्वारा तैयार किए गये विधेयक से गहरी भिन्नताएँ थीं। संक्षेप में कहा जाए तो सखरानी के अनुसार, 'वह महिलाओं के अधिकारों को संकुचित करता है, अधिकारों की सम्यक विधि के प्रावधानों को कमज़ोर करता है तथा नियोक्ताओं को उनकी जवाबदेही से बचने का रास्ता मुहैया कराता है।'[9] क़ानून में कहा गया है कि यौन-उत्पीड़न की कोई भी शिकायत छह महीने की अधिकतम अवधि के भीतर दर्ज हो जानी चाहिए। उसमें शिकायतकर्ता से शिकायत की छह लिखित प्रतियाँ जमा करने की ताकीद की गई है। जहाँ तक जाँच के तरीक़ों का सवाल है तो उसमें इक्का-दुक्का निर्देश देकर केवल इतना कहा गया है कि 'शिकायत-समिति शिकायत पर प्राकृतिक न्याय के सिद्धांतों के अनुरूप जाँच करेगी।' इसमें यह भी कहा गया है कि जाँच की प्रक्रिया में वकील भाग नहीं लेंगे।[10] क़ानून में आगे 'झूठी' और 'दुर्भावना' के तहत दर्ज की जानेवाली शिकायत पर महिला को दंडित करने का प्रावधान भी किया गया है, जिसका मतलब यह है कि अगर आंतरिक शिकायत समिति सम्बन्धित महिला की शिकायत को जायज़ नहीं मानती तो उसे दंड का भागीदार भी होना पड़ सकता है। नियोक्ता की जवाबदेही के मामले में यह क़ानून उससे केवल समिति गठित करने और जाँच की प्रक्रिया में सहायता प्रदान करने के अलावा और कोई उम्मीद नहीं करता। क़ानून बनने के बाद ऐसे तमाम मामले सामने आए हैं जिनमें समिति गठित न करने पर लोगों के ख़िलाफ़ कार्रवाई की गई हैं, लेकिन कार्य-स्थल पर सुरक्षित माहौल सुनिश्चित न कर पाने के बदले कोई कार्रवाई नहीं की गई। इस तरह, इस क़ानून के प्रावधान समग्र रूप में क्रियान्वित करने के बजाय घटना दर घटना लागू किए जाते हैं।

ज़ाहिर है कि जहाँ विशाखा के निर्देशों में समितियों को कार्य-स्थलों की भिन्नताओं और ज़रूरतों के अनुसार काम करने का अधिकार दिया गया है, वहीं—जैसा कि हर क़ानून में होता है, नया क़ानून एक ऐसा भोंथरा औजार बन कर रह गया है जो नारीवादी राजनीति के दूरदर्शी नज़रिये से कोसों दूर है। सखरानी नये क़ानून के तहत गठित की जानेवाली आंतरिक शिकायत समितियों में काम करने के अनुभव को साझा करते हुए कहती हैं : 'उनके पास जाँच करने का कोई स्पष्ट दिशा-निर्देश नहीं होता। अधिकांश समितियों को इस बात का इल्म ही नहीं होता कि जिरह क्यों ज़रूरी होती है और इसके लिए क़ानूनी तौर पर क्या करना ज़रूरी होता है। ज़्यादातर नियोक्ता इस मामले में कोई भूमिका

नहीं निभाना चाहते कि जाँच समिति को क़ानूनी प्रक्रियाओं का सामना करने के लिए कैसे तैयार किया जाए। ऐसा तभी होता है जब नियोक्ता की साख़ दाँव पर लगी हो या वह जाँच के परिणाम में इस विश्वास के साथ व्यक्तिगत रूप से दिलचस्पी ले रहा हो कि वह अदालत में उक्त जाँच के पक्ष में दलील रख सकता है। अधिकांश मामलों में शिकायत समिति तथा संस्था के कार्मिक/अनुशासन से सम्बन्धित प्राधिकार के बीच कोई तालमेल नहीं रहता। कई समितियों में काम करने के बाद मेरा अनुभव यह रहा है कि सुनी-सुनाई बातों या कुछेक मामलों में कर्मचारी को बर्ख़ास्त कर दिए जाने (जो मेरे अनुभव में एक विरल बात है) जैसे कठोर क़दम को छोड़कर किसी को भी यह पता नहीं रहता कि उसके द्वारा दर्ज की गई रिपोर्ट का हश्र क्या होगा।'[11]

केरल के पंद्रह सरकारी दफ़्तरों में 2013 के इस क़ानून के तहत गठित की गई आंतरिक शिकायत समितियों से सम्बन्धित एक अध्ययन से पता चलता है कि, 'समितियों का गठन भी किया जाता है और समय-समय पर उनकी बैठकें भी होती रहती हैं, परन्तु समितियों के सदस्यों तथा महिला कर्मचारियों को अधिनियम के प्रावधानों के विषय में कोई जानकारी नहीं होती। वे शिकायत दर्ज करने अथवा कार्य-स्थल के माहौल को महिलाओं के अनुकूल बनाने जैसी कोशिशों में उत्साह से भाग नहीं लेतीं।'[12]

जवाहरलाल नेहरू विश्वविद्यालय में यौन-उत्पीड़न के ख़िलाफ़ 1999 से निरन्तर सक्रिय रहनेवाली समिति—जेंडर सेंसिटाइज़ेशन कमेटी अगेंस्ट सेक्सुअल हैरेसमेंट (जीएससीएएसएच) में काम कर चुकीं आयेशा क़िदवई विधेयक में निहित समस्याओं, ख़ास तौर पर पूरी तरह मनोनीत की गई आंतरिक शिकायत समिति, जिसे बाद में पारित किए जानेवाले क़ानून में एक प्रावधान के रूप में स्वीकार कर लिया गया था, से जुड़ी दिक़्क़तों के बारे में बताती हैं : 'कार्य-स्थल पर आदेश और आज्ञा का जैसा माहौल आपसी सम्बन्धों पर हावी रहता है, उसमें यौन-उत्पीड़न की जाँच करनेवाली समिति को कार्य-स्थल पर मौजूद दर्जाबन्दी के उलट जाकर न्याय करना चाहिए। यौन-उत्पीड़न की जिन घटनाओं में वरिष्ठ कर्मचारी या नियोक्ता आदि लिप्त पाए जाते हैं उनमें मनोनीत या मनमर्ज़ी से गठित की जानेवाली समिति पर जोड़-तोड़ का दबाव बनाया जा सकता है।'[13]

क़िदवई ने विधेयक में निहित ऐसी कई अन्य समस्याओं की ओर भी इशारा किया था जिन्हें नये क़ानून में ज्यों-का-त्यों रख लिया गया। क़ानून में इस आशय का प्रावधान है कि जाँच की ज़िम्मेदारी ऐसे अधिकारी को सौंपी जानी चाहिए जो आरोपित व्यक्ति से यथोचित रूप से वरिष्ठ हो। 'कार्य-स्थल की दर्जाबन्दी पर

आधारित सांस्थानिक ढाँचे के सिद्धांतानुसार' काम करने की बाध्यता के अलावा व्यावहारिक तौर पर वरिष्ठ व्यक्ति के विरुद्ध शिकायत दर्ज करना सम्भव नहीं होता। इस क़ानून के साथ एक समस्या यह भी जुड़ी है कि जाँच शुरू करने से पहले यह प्रयास करना ज़रूरी होता है कि मामला आपसी बातचीत से सुलझ जाए और अन्ततः किसी समाधान पर पहुँचने के बाद जाँच को बन्द करना भी अनिवार्य होता है। क़िदवई के अनुसार आपसी सुलह को 'क़ानून का आदर्श और अपेक्षा' बनाने का मतलब कार्य-स्थल के माहौल को महिला शिकायतकर्ताओं के ख़िलाफ़ मोड़ना था।

विश्वविद्यालय प्रशासन द्वारा यौन-उत्पीड़न से सम्बन्धित पिछली नीतियों की जगह एक नामित आंतरिक शिकायत समिति के गठन को अदालत में इस आधार पर चुनौती दी गई है (जनेवि में इस क़दम के ख़िलाफ़ अध्यापकों ने मुहिम शुरू की थी) कि विशाखा के दिशा-निर्देशों के अन्तर्गत यौन-उत्पीड़न के सम्बन्ध में जिस तरह की नीति तैयार की गई थी, वह नये क़ानून के पूरी तरह अनुरूप थी अथवा उसमें नाम मात्र का बदलाव करने की ज़रूरत थी।

हमारा मानना है कि अखिल भारतीय स्तर पर बनाया जानेवाला कोई भी क़ानून, यहाँ तक कि नारीवादियों द्वारा तैयार किया गया कोई भी वैकल्पिक मसौदा यौन-उत्पीड़न के अन्यान्य रूपों के प्रति संवेदनशील नहीं हो सकता क्योंकि विश्वविद्यालय हो या कारख़ाना, दफ़्तर हो या कंस्ट्रक्शन (विनिर्माण) स्थल—इनमें काम का सन्दर्भ हर जगह अलग-अलग होता है। हम यह भली-भाँति देख चुके हैं कि विश्वविद्यालय जैसी जगह में भी, जिसे कार्य-स्थल के तौर पर आपेक्षिक रूप से एक ज़्यादा एकसार स्थान माना जा सकता है, यौन-उत्पीड़न की घटना को सिद्ध करना कितना मुश्किल काम होता है। तमाम कार्य-स्थलों को एक सर्वव्यापी परिभाषा में ठूँसने का मतलब यौन-उत्पीड़न के रपटीले, सन्दिग्ध और स्थानीय तौर-तरीक़ों पर पर्दा डालना है। न्याय की सम्भावना उन छोटे-छोटे स्थलों पर ज़्यादा होती है जहाँ काम करनेवाले लोग सही व्यवहार और दंड की रीति-नीति अपनी स्थितियों के अनुसार गढ़ते हैं। इससे भी महत्त्वपूर्ण बात यह है कि ऐसे किसी भी स्वगठित समुदाय के सक्रिय होने की ज़्यादा उम्मीद रहती है। ऐसा समुदाय ख़ुद को नये सिरे से लगातार गठित करता रहता है। इसका परिणाम यह होता है कि वह अपनी नीतियों में समय के अनुसार संशोधन करता रहता है।

दूसरी तरफ़, क़ानून के साथ एक पेंच यह रहता है कि अगर उसका दायरा बहुत व्यापक न हो तो उसमें बचाव के असंख्य रास्ते निकल आते हैं। लेकिन साथ ही जब क़ानून का यह दायरा अत्यन्त विशाल हो जाता है तो वह निष्प्रभावी या आततायी हो जाता है अथवा कई तरह की सन्दिग्ध गतिविधियों को शरण देने लगता है। इस तरह, आज यौन-उत्पीड़न की रोक-थाम के लिए हमारे पास जो नया क़ानून आया है वह एक ऐसा निष्प्रभावी और आततायी क़ानून है जिसने विश्वविद्यालय तथा कार्य-स्थलों की स्थानीय ज़रूरतों और विशेषताओं से उभरी नीतियों को निगल लिया है।

'झूठी शिकायतें'

यहाँ एक बार 'झूठी शिकायत' के हंगामेदार मंज़र पर नज़र डालना ज़रूरी होगा। विकीलीक्स के संस्थापक जूलियन असांजे और अन्तर्राष्ट्रीय मुद्रा कोश (आइएमएफ़) के प्रमुख डॉमिनिक स्त्रास-काह्न जैसी बहु-चर्चित हस्तियों पर यौन-उत्पीड़न के आरोप लगाए जाने के बाद यह मुद्दा और अहम हो गया है। इन दोनों मामलों में कथित तौर पर यह कहा गया कि उन पर उनकी सत्ता-प्रतिष्ठान विरोधी राजनीति के कारण शिकंजा कसा गया है। साथ ही, दोनों मामलों में महिला शिकायतकर्ताओं के ऊपर यह सन्देह किया गया कि वे उनकी प्रगतिशील राजनीति को बदनाम करना चाहती हैं।

असांजे के मामले में उनके समर्थकों का कहना है कि दोनों महिला शिकायतकर्ताओं के साथ उनके यौन-सम्बन्ध आपसी सहमति पर आधारित थे, जिसे विकीलीक्स खुलासे के बाद विभिन्न सरकारों के दबाव में यौन-उत्पीड़न का मामला बना दिया गया। लेकिन, स्वीडन की सरकार द्वारा जारी किए गये गिरफ़्तारी वारंट में उस पर आरोप लगानेवाली महिलाओं ने स्वीकार किया कि शुरू में यह सम्बन्ध सहमति पर आधारित था परन्तु जब असांजे ने निरोध का इस्तेमाल करने से इनकार किया या ख़राब निरोध को बदलने की बात नहीं मानी तो यह सहमति के बजाय ज़बरदस्ती का मामला बन गया। स्वीडन के क़ानून में ऐसी हरकत को यौन-उत्पीड़न के समकक्ष माना जाता है। मतलब यह कि यौन सम्बन्ध में सहमति कुछ निश्चित प्रकार की यौन-क्रियाओं के लिए दी जाती है जिसका यह अर्थ नहीं होता कि पुरुष को सब कुछ करने या उस सहमति को हमेशा के लिए मानने की छूट मिल जाती है। इस तरह स्वीडन के क़ानून के तहत असांजे को सज़ा मिलनी चाहिए क्योंकि उसने एक ऐसे क़ानून का उल्लंघन किया है जो शुरुआत में सहमति

पर आधारित यौन सम्बन्ध के दौरान कतिपय असहमतिपूर्ण हरकत करने पर सज़ा का प्रावधान करता है।*

लिहाज़ा, असांजे को निर्दोष न मानने के बावजूद, नारीवादी दायरे में यह सवाल उठ रहा है : क्या उसके ख़िलाफ़ अन्तर्राष्ट्रीय स्तर पर चलाए जा रहे क़ानूनी अभियान और असांजे के सम्भावित अपराध में कोई संगति बैठती है? असांजे पर बलात्कार का आरोप जड़ने की इस 'असामान्य तत्परता' को प्रश्नांकित करते हुए वीमेन अगेंस्ट रेप[14] की प्रवक्ता ने खुलासा किया है कि स्वीडन में बलात्कार के नब्बे प्रतिशत मामले अदालत तक पहुँचते ही नहीं। संगठन के वक्तव्य में बलात्कार-पीड़ितों की पहचान गोपनीय रखने तथा आरोपी को दोष सिद्ध होने से पहले उसे निर्दोष माने जाने के अधिकार पर ज़ोर देते हुए इस बात की निन्दा की गई कि असांजे के पहले कभी किसी अपराध में लिप्त न होने के बावजूद उसे इंग्लैंड में जमानत नहीं दी गई जबकि बलात्कार के दूसरे मामलों में आरोपी को जमानत मिल जाना एक आम बात होती है। यह वक्तव्य इस निष्कर्ष पर ख़त्म होता है :

> 'बलात्कार और यौन-हमले के नाम पर राजनीतिक एजेंडा सैट करने की एक लम्बी परम्परा रही है जिसका महिलाओं की सुरक्षा से कुछ लेना-देना नहीं है...महिलाएँ इस बात का विरोध करती हैं कि एक तरफ़ उनकी सुरक्षा की माँग का ग़लत फ़ायदा उठाया जाए और दूसरी तरफ़ बलात्कार की घटनाओं की अनदेखी होती रहे या ऐसी घटनाओं को किसी भी क़ीमत पर सामने ही न आने दिया जाए।'[15]

हमारा नारीवाद इस बात का पक्षधर है कि हमें अपने मुद्दे हर स्पेस में उठाने चाहिए, लेकिन इसी के साथ हम में यह समझदारी भी होनी चाहिए कि किस बिन्दु पर हमारे संघर्षों को पितृसत्ता की सबसे हमलावर ताक़तें हथिया ले जाती हैं। हमें इस बात पर ज़ोर देना चाहिए कि नारीवादी संघर्ष की कमान नारीवादियों के हाथ में रहे, न कि उन लोगों के हाथों में जो कि नारीवाद का इस्तेमाल नारीवादी विरोधी मंसूबों के लिए करना चाहते हैं।

---

* जिसे अमेरिका में क़ानून माना ही नहीं जाता और जहाँ असांजे को सज़ा देने के लिए सबसे ज़्यादा शोर मचाया जा रहा है—सारा पालिन कह चुकी हैं कि 'अमेरिकी प्रशासन को विकीलीक्स के मुखिया के ख़िलाफ़ तालिबान जैसा व्यवहार करना चाहिए।' इस मामले में अमेरिका के एक अन्य राजनीतिज्ञ माइक हुकाबी फ़ॉक्स न्यूज़ के अपने एक कार्यक्रम में असांजे को फाँसी देने की अपील कर चुके हैं और इसी चैनल के टिप्पणीकार बॉब बेकेल असांजे के बारे में सार्वजनिक तौर पर कह चुके हैं कि उस 'कुतिया के पिल्ले को गोली से उड़ा देना चाहिए।'

अगर मुक़दमे की सुनवाई के बाद असांजे दोषी पाया जाता है तो उसे स्वीडन के यौन-उत्पीड़न से सम्बन्धित क़ानून के तहत सज़ा मिलनी चाहिए, लेकिन नारीवादियों को यह सुनिश्चित करने की ज़िम्मेदारी भी निभानी चाहिए कि स्वीडन की सरकार असांजे को अमेरिका के हाथों में न सौंपे तथा उसे अपने अपराध से ज़्यादा सज़ा न मिले।

'सहमति' एक शब्द है जिसे आसानी से परिभाषित नहीं किया जा सकता। साथ ही, इसका अर्थ हमेशा के लिए निर्धारित नहीं किया जा सकता। यौन-क्रियाओं के सम्बन्ध में कोई महिला कुछ निश्चित क्रियाओं पर सहमति दे सकती है, लेकिन यह ज़रूरी नहीं है कि वह बाक़ी सभी क्रियाओं के लिए भी रज़ामन्द हो; वह एक समय यौन-सम्बन्ध के लिए सहमत हो सकती है, परन्तु अपने सम्बन्ध के दौरान बाद में सम्भोग करने से इनकार कर सकती है; यौन-सम्बन्ध के लिए कोई निरोध के इस्तेमाल की शर्त रख सकती है और उसके बिना सम्बन्ध बनाने से मना कर सकती है; कोई इस बात का आग्रह भी कर सकती है कि अगर यौन-सम्बन्ध के दौरान निरोध फट जाता है तो दोनों पार्टनर सुरक्षा की दृष्टि से एचआइवी परीक्षण कराने से इनकार नहीं करेंगे। सहमति की ऐसी धारणाएँ हर जगह 'क़ानूनी' हैसियत नहीं रखतीं। ख़ास तौर पर भारत में पुरुष सहमति के ऐसे प्रावधानों से साफ़ बच निकलते हैं। जबकि स्वीडन में उपरोक्त सभी बातें यौन-उत्पीड़न की क़ानूनी परिभाषाओं का अनिवार्य अंग मानी जाती हैं।

डॉमिनिक स्त्रास-काह्न के ख़िलाफ़ लगे आरोप को कथित रूप से कमज़ोर किए जाने की बात भी कुछ इसी तरह अस्पष्ट है। एक होटल में काम करनेवाली आप्रवासी परिचारिका के, जिसने काह्न पर जबरदस्ती मुख-मैथुन करवाने का आरोप लगाया है, हर झूठ पर कड़ी नज़र रखी जा रही है। पता चला है कि वह परिचारिका आवास की सुविधा हासिल करने के लिए अपनी आय के बारे में ग़लत सूचनाएँ देती रही है। अपना टैक्स रिफंड बढ़वाने के लिए उसने अपने मित्र के बच्चे को अपना बच्चा घोषित किया और राजनीतिक शरण पाने के लिए यह झूठा बयान दिया कि अपने गृह-देश गुयाना में वह दयनीय स्थिति में जीवन जी रही थी। इनमें से किसी भी बात का यौन-उत्पीड़न के आरोप से सम्बन्ध नहीं बैठता। इसके अलावा, उसके बयान पर यह सन्देह भी प्रकट किया गया है कि उसने इस मामले में तुरन्त शिकायत दर्ज कराने के बजाय इतना समय क्यों लगाया; उसने अपनी शुरुआती शिकायत में घटनाओं के क्रम को जिस तरह पेश किया है उसमें कई छोटी-छोटी असंगतियाँ देखी जा सकती हैं—कि जब तक स्त्रास-काह्न कमरे से बाहर नहीं चला गया वह हॉल के रास्ते में खड़ी रही और उसने इसके तुरन्त बाद शिकायत की कार्रवाई को अंजाम दिया; जबकि इसके बाद के बयान में उसने

यह कहा कि घटना के बाद वह किसी दूसरे कमरे में गई और वहाँ सफ़ाई करने के बाद लौटकर स्त्रास-काह्न का कमरा साफ़ किया तथा यह सब करने के बाद शिकायत दर्ज कराई। मीडिया में ऐसे ब्योरे तफ़सील से खँगाले जा चुके हैं, लेकिन अब समय आ चुका है कि स्त्रास-काह्न से सम्बन्धित ऐसी सूचनाओं का विस्तार से उल्लेख किया जाए क्योंकि इस दौरान बहुत-सी अन्य महिलाएँ भी सामने आईं हैं जिन्होंने उसके हिंसक यौन-व्यवहार की तसदीक़ की है।

जैसा कि हम पहले उल्लेख कर चुके हैं, यौन-उत्पीड़न, हत्या अथवा वित्तीय अनियमितता से जुड़े किसी भी क़ानून या नीति का एक अन्तर्निहित तत्त्व यह होता है कि उसका 'दुरुपयोग' किया जा सकता है। लिहाज़ा, यह बात पूरी तरह सम्भव है कि यौन-उत्पीड़न की कुछ शिकायतें जाँच के बाद झूठी साबित हो जाएँ अथवा उनके बारे में देर-सबेर पता चले कि इन शिकायतों के पीछे कोई बाहरी राजनीतिक स्वार्थ काम कर रहा था। लेकिन, अगर एक ईमानदार व्यक्ति के विरुद्ध पूरी तरह झूठी शिकायत दर्ज की जाती है, तब भी हमें एक त्वरित और समयबद्ध जाँच पर ज़ोर देना चाहिए।

केवल नेक महिलाएँ ही सुरक्षा की हक़दार होती हैं

यौन हिंसा महिलाओं के प्रति व्याप्त सामान्य द्वेष का महज़ एक ऐसा पहलू है जो अन्य चीज़ों की तुलना में कुछ ज़्यादा दिखाई देता है, वर्ना सच यह है कि महिलाएँ कभी भी उस निगरानी-तंत्र की नज़र से बाहर नहीं होतीं जो हमेशा उनके अनैतिक व्यवहार को पकड़ने की फ़िराक़ में रहता है।

हर महिला जानती है कि *सुशील औरत* और *बाज़ारू औरत* जैसे फिकरे स्थिर या अटल नहीं होते। यह एक ऐसी समझ है जिसे प्रत्येक महिला गाँठ में बाँधकर रखती है कि अच्छी स्त्री से बुरी स्त्री बन जाने का खेल कितना आसान होता है और वे यह भी जानती हैं कि एक बार बुरी साबित होने के बाद उनके लिए अच्छी होने का तमग़ा हासिल करना किस तरह असम्भव हो जाता है। बेख़याली में की गई कोई हरकत, देह की कोई असावधान मुद्रा अथवा सार्वजनिक स्थान या घर में ग़लत तरह के कपड़ों में दिखते ही उसका काम तमाम हो जाता है। ऐसा कुछ देखते ही लोगबाग उसे वेश्या मान बैठते हैं।

जैसा कि मलेशिया की एक नारीवादी लेखिका अपने ब्लॉग पर लिखती है :

> जब यौन कर्मियों के साथ बलात्कार होता है तो उसमें इशारतन बाक़ी *सभी* महिलाओं और लड़कियों को भी लपेट लिया जाता है। यह कैसे

> होता है? यौन कर्मियों के साथ यह यौन-हिंसा इसलिए होती है क्योंकि उन्हें एक ऐसी 'टूटी-फूटी चीज़' या भोग की वस्तु मान लिया जाता है जिसकी समाज में कोई इज्ज़त नहीं होती। इसका अभिप्राय यह है कि महिलाओं तथा लड़कियों को इस बात के प्रति सचेत रहना चाहिए कि वे किस तरह का व्यवहार करती हैं या किस प्रकार के कपड़े पहनती हैं क्योंकि 'सात्त्विक' और 'बाज़ारू' के बीच की विभाजक रेखा न केवल धुँधली होती है बल्कि वह हमारे नियंत्रण में भी नहीं होती और वह हमें उस व्यवहार की जद में खींच ले जाती है जो यौन कर्मियों के साथ किया जाता है।[16]

इसलिए 'वेश्या' शब्द महिलाओं को बेइज़्ज़त करने की एक ऐसी आसान गाली बन जाता है जो यह इंगित करने के लिए होता है कि अमुक महिला बिकने को तैयार है या अमुक व्यक्ति अनैतिक है। यही वजह है कि विभिन्न राजनीतिक गुट संसद और राजनीति की वेश्यावृत्ति से तुलना करते रहते हैं। लेकिन इस गाली का सबसे ज़्यादा असर उन महिलाओं पर होता है जो सार्वजनिक जीवन में सक्रिय रहती हैं क्योंकि पितृसत्ता के ढाँचे में पलीता लगाने का दोषी उन्हीं को माना जाता है। दोनों स्थितियों में बेइज़्ज़ती का ख़याल एक ऐसे तुलनात्मक सन्दर्भ से पैदा होता है जिसमें एक महिला तमाम सामाजिक नियमों को धता बताते हुए अपनी मर्ज़ी से बहुत सारे पुरुषों के साथ यौन-सम्बन्ध क़ायम कर सकती है तो दूसरी तरफ़ एक ऐसी महिला होती है जो केवल पितृसत्ता द्वारा तय की गई स्थितियों में यौन-सम्बन्ध बना सकती है।

आइये, इस तरह के चार हालिया उदाहरणों तथा उनके सम्बन्ध में आईं नारीवादी प्रतिक्रियाओं पर नज़र डालें।

अविवाहित स्त्री/विधवा/वेश्या

बंगाल के 2011 विधान सभा चुनावों में जब ममता बनर्जी की पार्टी ने सीपीआई(एम) को पटकनी दी तो सीपीएम के वरिष्ठ नेता अनिल बसु ने उन पर 'विदेशी धन' के इस्तेमाल का ज़िक्र करते हुए कहा था कि ममता बनर्जी सोनागाछी (कोलकाता का 'रेड लाइट इलाक़ा') की किसी आम औरत की तरह किसी छोटे-मोटे ग्राहक की तरफ़ आँख उठाकर भी नहीं देखेंगी क्योंकि अब उनके चुनावी अभियान को वित्तीय मदद देने के लिए अमेरिका जैसा मालदार ग्राहक

है।[17] इसी तरह, सीपीआई (एम) के ही एक अन्य नेता ने ममता बनर्जी की खाली माँग की ओर इशारा करते हुए कहा था कि उनकी माँग कभी सिंदूर के दर्शन नहीं कर सकी (भारत के अनेक क्षेत्रों में *सिंदूर* को स्त्री के विवाहित होने का प्रमाण माना जाता है) इसलिए वे साम्यवाद के लाल रंग से नफ़रत करती हैं।[18] यहाँ इन शब्दों—'अविवाहित स्त्री', 'विधवा' तथा 'वेश्या' के बीच एक झीना सीमांत है, जो यह संकेत करता है कि ऐसी तमाम महिलाएँ वैवाहिक बन्धन से मुक्त हैं। असल में यह सीमांत पितृसत्ता की उस विकट चिन्ता की ओर इशारा करता है जो महिलाओं की यौनिकता को नियंत्रित करना चाहता है। यह एक व्यापक परिघटना है—कन्नड, तमिल तथा तेलुगु में 'विधवा' शब्द का प्रयोग गाली की तरह किया जाता है (इस शब्द का पुरुष पर्याय इसी अर्थ में इस्तेमाल किया जाता है)? उत्तर भारत की कतिपय भाषाओं में 'विधवा' और 'वेश्या' से सम्बन्धित शब्दों में ख़ासी नज़दीकी देखी जा सकती है। उदाहरण के लिए हिन्दी में *राँड* का प्रयोग विधवा और वेश्या, दोनों के लिए किया जाता है। विधवाओं की यौन-इच्छाओं का मसला लोगों को इतना डरावना लगता था कि उन्नीसवीं सदी के अधिकांश बंगाली हिन्दुओं को इसमें ग्लानि या अनैतिक आचरण की बू आती थी। इतिहासकार तनिका सरकार ने इस विषय से सम्बन्धित अपने एक लेख का शीर्षक ही 'विकिड विडोव्ज' (2009) रखा है। विधवाओं से यौन शुचिता की उम्मीद और साथ ही उनके यौन-व्यवहार के बारे में फैलाई जानेवाली शंकाओं के साये में हमें यह नहीं भूलना चाहिए कि विधवाएँ अक्सर परिवार के पुरुषों द्वारा ही यौन-शोषण का शिकार बनाई जाती हैं। यह एक ऐसा तथ्य है जिसे सामाजिक स्तर पर कभी स्वीकार नहीं किया जाता और इसके दोषियों को कभी सज़ा नहीं दी जाती।

अनिल बसु के बयान पर उभरे व्यापक रोष के बाद पार्टी ने इस मामले में हस्तक्षेप करते हुए कहा कि राजनीतिक मुहिम के दौरान किसी स्त्री के चरित्र पर छींटाकशी करना निन्दनीय बात है। दूसरे शब्दों में कहा जाए तो अनिल बसु ने महिला को अपवित्र कहकर दरअसल पितृसत्ता की आचार-संहिता का उल्लंघन किया था क्योंकि पितृसत्ता की शब्दावली में अपवित्र शब्द एक गाली की तरह इस्तेमाल किया जाता है। लेकिन एक बार कल्पना करके देखिए कि अगर इस चुनाव में सोनागाछी की कोई यौन कर्मी उम्मीदवार होती तो क्या उसे अपवित्र कहना औचित्यपूर्ण होता? हक़ीक़त यह है कि 'वेश्या' उसी स्थिति में गाली की शक़्ल अख़्तियार करती है जब महिला की कुल भूमिका माँ, बेटी या बहू के वर्गीकरण में सिमटकर रह जाती है।

मुख्यमंत्री बनने के बाद ख़ुद ममता बनर्जी ने भी बलात्कार और महिलाओं से जुड़े मामलों में पितृसत्तात्मक और स्त्री-विरोधी नज़रिये का परिचय दिया है, जिससे यही बात पुख़्ता होती है कि दुनिया को देखने का यह नज़रिया उन लोगों को भी नहीं बख़्शता जो स्वयं इसके भुक्त-भोगी रहे होते हैं। ऐसे में, यह जानना ज़रूरी हो जाता है कि *नारीवादी* इस वेश्या नामक शब्द को किस तरह देखते-समझते हैं।

अगर इस प्रसंग में एक दूसरे विवाद पर नज़र डालें तो शायद हम जवाब के ज़्यादा नज़दीक पहुँच सकते हैं।

छिनाल

हिन्दी के प्रमुख लेखक विभूति नारायण राय ने एक पत्रिका को दिए अपने इंटरव्यू में कहा था कि हिन्दी की लेखिकाओं द्वारा हाल में लिखी गई बेबाक आत्मकथाएँ बेवफ़ाई का महिमा-मंडन करती हैं। उनका कहना था हिन्दी की लेखिकाओं में जैसे इस बात की होड़ लग गई है कि उनमें सबसे बड़ी *छिनाल* कौन है। छिनाल शब्द एक ऐसी स्त्री के लिए प्रयोग किया जाता है जो कई पुरुषों के साथ यौन-सम्बन्ध रखती है। हालाँकि इसे सीधे वेश्या का पर्याय नहीं माना जाता, किन्तु इसे अंग्रेज़ी के 'स्लट' शब्द के अर्थ में लिया जा सकता है। *बेवफ़ाई* का शाब्दिक अर्थ विश्वासघात होता है, लेकिन इस सन्दर्भ में वह एक ऐसी स्त्री की ओर इशारा करता है जो वैवाहिक सम्बन्ध का उल्लंघन करके बाहरी पुरुषों से यौन-सम्बन्ध क़ायम करती है। इस प्रकरण से उभरी प्रतिक्रियाओं का ज़ोर राय के इस कथन पर था कि महिला लेखिकाएँ वेश्या होती हैं। इस विवाद में यह सवाल भी गूँजा कि क्या *छिनाल* का अर्थ वेश्या हो सकता है। (विजय 2010)

लेकिन हिन्दी की नारीवादी लेखिका अर्चना वर्मा ने इस प्रकरण में एक मार्के की बात कही—और मेरे लिए वही सबसे महत्त्वपूर्ण मुद्दा है। अर्चना का कहना था कि स्त्री-पुरुष सम्बन्धों में यौन निष्ठा का मूल विचार ही एक सन्दिग्ध मसला है क्योंकि इसमें निष्ठा की अपेक्षा केवल एक पक्ष से की जाती है :

> बेवफ़ाई का जन्म उसी दिन हो गया था जिस दिन यौन कामनाओं के प्राकृतिक प्रवाह को विवाह के क़ानूनी और औपचारिक स्थायित्व से बाँध दिया गया था; और संतति तथा सम्पत्ति पर पुरुषों का नियंत्रण सुनिश्चित करने के लिए स्त्रियों को एकनिष्ठता की जंज़ीर में जकड़ दिया गया था।[19] (2010)

अर्चना के मुताबिक़ अब जो हुआ दिखता है वह केवल इतना है कि महिला लेखिका ने ख़ुद को शर्म और इज्ज़त के नाम पर चुप रह जाने की उस साज़िश से आज़ाद कर लिया है जिसमें वह स्वयं आगे बढ़ कर हिस्सा लिया करती थी और इस तरह स्वयं अपनी शत्रु बन जाती थी। अर्चना कहती हैं कि घर के आँगन में स्त्रियाँ हमेशा परकीया कामनाओं के गीत गाती रही हैं; अपनी देह के अन्तरंग अंगों और देह में बहती इच्छाओं का नाम लेती रही हैं और उस हिंसा व धोखेबाज़ी के ख़िलाफ़ रोष प्रकट करती रही हैं जो उनकी नियति के साथ चिपकी रहती हैं। लेकिन, आत्मकथा की साहित्यिक विधा ने आँगन की चौहद्दी लाँघ कर मध्यवर्ग की मर्दवादी सोच पर खुले में हमला बोल दिया है।

दूसरे शब्दों में, अर्चना वर्मा बेवफ़ा जैसे शब्द को सम्मान के एक तमग़े—पितृसत्ता की विचारधारा के प्रतिकार के तौर पर देखती हैं। उनके मुताबिक़ इस *बेवफ़ाई* का मतलब किसी दूसरी चीज़ के प्रति—अपने स्वत्व के प्रति *बावफ़ा* होना है।

महिलाएँ यह कहते-कहते थक गई हैं कि 'मेरे बाहर काम करने/सिगरेट या शराब पीने या नये फ़ैशन के कपड़े पहनने या पुरुषों से बोलने-बतियाने का मतलब यह नहीं है कि मैं वेश्या हो गई हूँ। क्या इस सन्दर्भ में पुरुष की अच्छी/बुरी छवि की कोई ऐसी ही मिसाल दी जा सकती है? ज़ाहिर है कि नहीं। *छिनाल* कहे जाने पर नारीवादियों की प्रतिक्रिया इस व्यर्थ के प्रतिवाद में नहीं उलझनी चाहिए कि हम छिनाल नहीं हैं, इसके उलट उन्हें इस गाली का दूसरा सिरा पकड़ कर यह पूछना चाहिए कि आपको यह अपमान की बात क्यों लगती है? हम इस अपमान की शर्तों को स्वीकार ही नहीं करतीं। कैसा रहे अगर तमाम महिलाएँ यह कहने लगें कि हाँ, हम 'उन्मुक्त' हैं—कि हम पर किसी की चाबुक नहीं तनी है--और अगर यह कहने पर हमें वेश्या कहा जाता है तो फिर हम सब वेश्या ही ठहरीं। अगर हम सब बुरी औरतें हैं तो पितृसत्ता को अपने क़िले की हिफ़ाजत में जुट जाना चाहिए।

अथवा जैसा कि अर्चना वर्मा कहती हैं : 'किसी दिन जब कोई मुझे चरित्रहीन, *छिनाल* या वेश्या...कहेगा तो मैं पलट कर जवाब दूँगी, 'इस तारीफ़ के लिए शुक्रिया।' वह दिन ज़रूर आएगा। और यह नारीवाद के जश्न का दिन होगा।'

चड्डियों का रंग गुलाबी है

उकसावे और अपमान के ऐसे वाक़यों के ख़िलाफ़ नारीवादियों ने और कई तरह के अभियान भी चलाए हैं। यह घटना 2009 की है जब श्रीराम सेने नामक एक

अल्पज्ञात दक्षिणपंथी संगठन के लोगों ने मंगलौर शहर के पबों में जाकर युवतियों के साथ हाथापाई की। भारतीय संस्कृति को पश्चिम के तथाकथित प्रदूषण से बचाने के नाम पर किए गए इन हमलों का देश-भर में कड़ा प्रतिरोध किया गया और जगह-जगह एकजुटता अभियान चलाए गए। इन अभियानों में सबसे कल्पनाशील अभियान दिल्ली की पत्रकार निशा सूज़न ने चलाया था। उन्होंने फ़ेसबुक पर 'पब में जानेवाली सन्दिग्ध और प्रगतिशील महिलाओं का एक समूह' बनाया तथा अपनी महिला मित्रों के साथ राम सेने के कर्ताधर्ता प्रमोद मुथालिक को आगामी वैलेंटाइन डे को उपहार के तौर पर गुलाबी *चड्डी* भेजने की योजना बनाई। स्पष्ट है कि यह संगठन को उसकी औक़ात बताने और उसका प्रतिवाद करने का एक अहिंसक तरीक़ा था। प्रतिरोध के इस अनूठे कार्यक्रम के तहत राम सेने के ऑफ़िस में दो हज़ार से ज़्यादा चड्डियाँ रवाना कर दी गईं। और इस तरह वह संगठन पूरी दुनिया में उपहास का पात्र बनकर रह गया। ग़ौर करने की बात यह है कि इस अभियान में 'पैंटी' के बजाय '*चड्डी*' शब्द का इस्तेमाल किया गया जो एक तरह से एक पंथ दो काज की कहावत को चरितार्थ कर रहा था। इसमें एक तरफ़ वस्त्र को उसकी यौनिक जकड़बन्दी से अलग कर दिया गया था (*चड्डी* एक ऐसा शब्द है जो सामान्यतया अन्त:वस्त्र के लिए इस्तेमाल किया जाता है। यह केवल महिलाओं के अन्त:वस्त्र पैंटी की ओर संकेत नहीं करता) तो इसके तहत दूसरी ओर हिन्दू दक्षिणपंथियों—राष्ट्रीय स्वयं सेवक संघ के ख़ाकी निक्कर पहननेवाले कार्यकर्ताओं पर भी निशाना साधा गया था। ज़ाहिर था कि इस मुहिम को रूढ़िवादी जमात की आलोचना तो झेलनी ही थी, लेकिन कई वामपंथी समूह भी इस अभियान की निन्दा करने में पीछे नहीं रहे।

इन वामपंथी समूहों का कहना था कि यह अभियान समाज की उच्चवर्गीय महिलाओं का चोंचला है ('आख़िर शहराती और पश्चिमी संस्कृति में पली-बढ़ी महिलाएँ ही तो पब में जाती हैं')। उनका यह भी कहना था कि भारत जैसे देश में जहाँ औरतों की ज़िन्दगी ही दाँव पर लगी रहती हैं, वहाँ ऐसे फ़ालतू मुद्दे पर प्रतिरोध करना एक बेतुकी बात है। अभियान के निन्दकों का यह भी पूछना था कि क्या नारीवाद का मतलब केवल पब में जाना होता है! एकदम दुरुस्त बात है कि नारीवाद का यह मतलब क़तई नहीं होता, लेकिन अभियान के संयोजक ने ख़ुद भी नारीवाद की ध्वजवाहक होने का दावा नहीं किया था। कुल मिलाकर यह एक ख़ास तरह के हमले के जवाब में उठाया गया क़दम था। जैसा कि निशा सूज़न स्वयं कहती हैं, 'अभियान में भाग लेनेवाली बहुत-सी महिलाओं को न वैलेंटाइन डे से सरोकार था न पब जाने से।' (सूज़न 2009) इस अभियान का मन्तव्य हिन्दू

दक्षिणपंथियों द्वारा पब जानेवाली महिलाओं को 'चरित्रहीन और चालू' बताने का प्रतिकार करते हुए इन अपमानजनक शब्दों को गर्व और गौरव के रूप में प्रतिष्ठित करना था। ज़ाहिर था कि इस अभियान का देश में व्यापक असर हुआ क्योंकि अधिकांश लोग यह बात बख़ूबी समझ रहे थे कि इसका मक़सद महिलाओं के पब में जाकर शराब पीने की हिमायत करना नहीं, बल्कि हिन्दू दक्षिणपंथी जमात की नैतिक ठेकेदारी का प्रतिरोध करना है।

बेशरम!

महिलाओं के साथ होनेवाले लैंगिक अपमान का सबसे हालिया जवाब दिल्ली और भोपाल में आयोजित स्लट वॉक था। यूरोप तथा अमेरिकी शहरों के अलावा एक सीमा तक भारत के कुछ शहरों में शुरू हुई स्लट वॉक की इस मुहिम को उस संस्कृति की भर्त्सना के तौर पर समझा जाना चाहिए जो बलात्कार की पीड़ित महिला को ही इस दुष्कर्म के लिए ज़िम्मेदार ठहराती है। स्लट वॉक की शुरुआत कनाडा के एक पुलिस अफ़सर के उस बयान की प्रतिक्रिया में हुई थी जिसने यह कहा था कि अगर महिलाएँ 'वेश्याओं के कपड़े' पहनेंगी तो उन्हें बलात्कार के लिए भी तैयार रहना चाहिए। लेकिन, स्लट वॉक की इस मुहिम का पूरी दुनिया में जिस तरह व्यापक स्तर पर स्वागत किया गया उससे ज़ाहिर होता है कि बलात्कार की पीड़िता को दोषी ठहराने का रवैया सिर्फ़ पश्चिम तक सीमित नहीं है।

भारत के नारीवादी खेमे को शुरू में लग रहा था कि भारत में अंग्रेज़ी के इस शब्द—'स्लट' को लोग शायद समझ नहीं पाएँगे। लिहाज़ा इस मुहिम के आयोजनकर्ताओं ने इसमें हिन्दी का यह वाक्यांश भी जोड़ दिया : स्लट वॉक : *अर्थात बेशरमी मोर्चा*। महिलाओं के सन्दर्भ में *बेशरम* शब्द का प्रयोग ऐसी महिलाओं के लिए किया जाता है जो पितृसत्ता के नियम-क़ायदों को स्वीकार नहीं करतीं। भारत में आयोजित इस मुहिम (दिल्ली और भोपाल में इसका आयोजन जुलाई 2011 में किया गया) का सबसे उल्लेखनीय पहलू यह था कि यहाँ इसके आयोजन में नारीवादी आन्दोलन के जाने-पहचाने चेहरों के बजाय राजनीतिक दृष्टि से कम अनुभवी और नई पीढ़ी की महिलाओं की भूमिका ज़्यादा अग्रणी रही। लेकिन ग़ौरतलब है कि महिलाओं की यह युवतर पीढ़ी सार्वजनिक स्थलों पर सुरक्षा के जिस अधिकार की माँग कर रही थी वह नारीवादी खेमे की एक पुरानी और प्रमुख माँग रही है।

जैसा कि प्रतीक्षा बख़्शी (2011) कहती हैं :

> यह वाक़ई बहुत आम बात है। भारत में अगर कोई महिला अपना अधिकार माँगने के लिए आगे आती है तो उसकी जाति, वर्ग या समुदाय चाहे जो हो, उस पर *बेशर्म* होने का आरोप तुरन्त जड़ दिया जाता है। ज़ाहिर है कि अपनी ज़िन्दगी के एक बड़े हिस्से में हम *बेशर्म* ही रही हैं और हमारी यह बेशर्मी तब तक जारी रहेगी जब तक हमारी संस्कृति में खुद्दार होने का मतलब *बेशर्म* होना माना जाता रहेगा।

भारत में औरतों के जुझारूपन के लम्बे इतिहास में स्लट वॉक *अर्थात बेशरमी* मोर्चा महज़ एक नया एपिसोड है वर्ना सातवें दशक में आदिवासी लड़की मथुरा के साथ बलात्कार करनेवाले पुलिसकर्मियों को सुप्रीम कोर्ट द्वारा रिहा किए जाने तथा 1978 में हैदराबाद में पुलिस द्वारा रमीज़ा बी के साथ किए सामूहिक बलात्कार के ख़िलाफ़; नवें दशक में भँवरी देवी को न्याय दिलाने जैसे मुद्दों और देश के विभिन्न शहरों, कस्बों तथा विश्वविद्यालयों में छेड़छाड़, उत्पीड़न तथा बलात्कार के विरुद्ध आए दिन उभरनेवाले प्रतिरोध आन्दोलनों में महिलाओं के संघर्ष का यह इतिहास बहुत लम्बा और प्रेरणादायक रहा है।

हमें सबसे ज़्यादा डर बलात्कार से ही क्यों लगता है?

बलात्कार के सवाल पर हम नारीवादियों को एक तनी हुई रस्सी पर चलना पड़ता है। एक तरफ़ हम बलात्कार को हिंसा के बहुविध रूपों में महज़ एक और ऐसी कड़ी की तरह देखना चाहती हैं जिसके दूसरे सिरे पर पुरुषों के निकृष्ट व्यवहार को बड़े प्यार से 'छेड़छाड़' कहकर छोड़ दिया जाता है, तो दूसरी ओर उसे एक ऐसे चिह्न के रूप में देखने की कोशिश की जाती है कि अमुक स्त्री यौन सम्बन्ध के लिए उपलब्ध है। हम इस तथ्य को व्यापक मान्यता दिलाना चाहते हैं कि यह स्त्री-द्वेषी संस्कृति महिलाओं के लिए सार्वजनिक जगहों के रास्ते बन्द कर देती है। हम इस बात को भी मनवाना चाहते हैं कि अपनी आवाजाही पर बन्दिश लगाने के लिए स्त्री को बलात्कार की जघन्यता से गुज़रना ज़रूरी नहीं है क्योंकि बलात्कार का अन्देशा हर जगह मौजूद है, कि वह कहीं भी हो सकता है, और यह भी कि वह महिलाओं के साथ घटित होनेवाला सबसे भयावह क्षण होता है जो उन्हें पहले ही इस बात के लिए तैयार कर देता है कि महिलाएँ अपने अस्तित्व पर ही पुलिसिया नज़र रखने लगें और अपनी गतिशीलता पर नकेल कस दें।

लेकिन दूसरी तरफ़, बलात्कार के इर्द-गिर्द जमे जघन्यता के आवरण को भेदकर नारीवादी यह भी देखना चाहते हैं कि वह कोई ऐसी अनोखी घटना नहीं होती जिससे पीड़ित व्यक्ति जीवन-भर उबर ही न पाता हो। इसके उलट, नारीवादी उसे लोगों के साथ की जानेवाली एक हिंसा के रूप में देखना चाहते हैं जिसमें कई दफ़ा पुरुष भी भुक्तभोगी होते हैं। इस तथ्य को लोग आसानी से स्वीकार नहीं करते कि कई बार पुरुष भी बलात्कार के शिकार होते हैं क्योंकि प्रचलित धारणा में केवल स्त्री की इज़्जत ही दाँव पर लगी होती है और बलात्कार का ख़तरा केवल उसी के ऊपर मँडरा रहा होता है। पुरुषों के साथ किए जानेवाले बलात्कार को लेकर बुनी हुई यह चुप्पी बलात्कृत पुरुष की शर्मिंदगी और हादसे को कई गुणा बढ़ा देती है। यह एक तरह से उसे स्त्री की नियति में ठेल देती है; और इसके समानांतर यह सिद्ध करने में भी सफल हो जाती है कि बलात्कार केवल महिला के साथ ही किया जा सकता है। (मुखर्जी 2011; स्टेम्पल 2009)

यही वजह है कि हम यह न कह कर कि अमुक व्यक्ति बलात्कार का *शिकार* हुआ है, केवल यह कहना ज़्यादा उचित मानते हैं कि अमुक व्यक्ति के साथ बलात्कार हुआ है। 'बलात्कार' का आघात उसके इर्द-गिर्द खड़े किए गए शब्दों के जाल में निहित होता है या इसकी क्रिया में? 'यौन' हिंसा की मारकता वास्तविक हिंसा अथवा शारीरिक आघात से ज़्यादा गहन होती है। लोगबाग क़ातिलाना हमले से भी उबर जाते हैं, लेकिन अगर किसी पर एक बार 'यौन' हिंसा का ठप्पा लग जाता है तो शारीरिक दृष्टि से कमतर आघात भी एक गहरे विद्रूप में बदल जाता है; इस हिंसा का सामना करनेवाले व्यक्ति को इससे उपजी शर्म, आतंक और पीड़ा अनंत लगने लगती है। यौन हमले की धारणा को कुछ इस तरह गढ़ा गया है कि वह हमले के बाक़ी किसी भी रूप से कहीं ज़्यादा भयावह, आतंककारी और अपमानजनक बन गया है। एक नारीवादी कार्यकर्ता ने अपनी पुस्तिका में उल्लेख किया है कि 'खड़े लिंग को देखकर एक युवा लड़की के मन पर कैसा सन्निपात' होता है। यौन हमले की स्थिति में दहशत और सन्निपात का यह भाव केवल स्त्रियों तक सीमित नहीं माना जा सकता। ब्रिटेन में बलात्कार का सामना करनेवाले पुरुषों को मानसिक परामर्श प्रदान करनेवाली एक प्रमुख एजेंसी के परामर्शदाता ने ज़िक्र किया है कि यौन हमले की स्थिति में 'कद्दावर पुरुष' भी 'भयाक्रांत' हो जाते हैं। यौन हमले का सामना कर चुके कुछ पुरुषों का कहना है कि ऐसे हमले की स्थिति में वे जड़ होकर रह जाते हैं और हमलावर का किसी भी तरह प्रतिरोध नहीं कर पाते।

कभी-कभी ऐसा भी होता है कि व्यक्ति के साथ कोई शारीरिक हिंसा नहीं की जाती—यहाँ तक कि उसका शरीर भी उत्पीड़क के सम्पर्क में नहीं आता, लेकिन फिर भी सार्वजनिक स्थान पर उत्पीड़क की लंपट नज़र और हरकतें पीड़ित व्यक्ति के मन पर ऐसी ही अन्य अप्रिय स्थितियों के मुक़ाबले ज़्यादा गहरा आघात छोड़ जाती हैं। क्या यौन हिंसा के भुक्तभोगियों पर पड़नेवाले इस भयंकर प्रभाव की व्याख्या केवल हिंसा में निहित शारीरिक क्रियाओं के आधार पर की जा सकती है? या यह प्रभाव अथवा स्वयं यौन हिंसा ही उस विमर्श से पैदा होते हैं जिसके तहत 'सेक्स', 'यौन हिंसा' तथा 'यौनिकता' जैसी निर्मितियों को किसी व्यक्ति के एक ऐसे 'वास्तविक' और 'निजी' आत्म की तरह देखा जाता है जिसकी पूर्णता में कोई भी विचलन पीड़ित व्यक्ति के आत्म को दहला देता है?

दरअसल, यौनिकता को आत्म की सर्वाधिक गहन और अन्तर्तम अभिव्यक्ति बताना एक प्रकार का हड़बोंग है, जिसका प्रतिवाद किया जाना चाहिए। जैसा कि हम देख चुके हैं, बलात्कार का यह विचार मात्र कि वह व्यक्ति के शील को खंडित कर देता है, अन्ततः पितृसत्ता और पितृवंशीयता के विमर्श में अवस्थित है। *बलात्कार की आशंका* के वायरस से लड़ने के लिए हमें दरअसल, बलात्कार के इस अर्थ से मुक्त होने की ज़रूरत है कि वह हिंसा का सबसे भयावह रूप होता है।

यही वजह है कि हम इस बात पर ज़ोर देते हैं कि महिलाएँ रात के समय और अलग-थलग जगहों पर जितना ज़्यादा बाहर निकलेंगी, रात और ऐसे स्थान उनके लिए उतने ही सुरक्षित होते जाएँगे। इस सम्बन्ध में मुझे एक कार्यशाला का प्रसंग याद आ रहा है। उस कार्यशाला में अध्यापिका कह रही थी कि लड़कियों के साथ यौन-उत्पीड़न की घटनाएँ इसलिए होती हैं क्योंकि वे जींस* पहनती हैं। इस पर उस लड़की ने, जो ज़ाहिर तौर पर उच्चवर्ग से सम्बन्ध नहीं रखती थी, हिन्दी में जवाब देते हुए कहा था कि उसके साथ यौन-उत्पीड़न की घटना तब ज़्यादा घटित होती है, जब वह जींस के बजाय *सलवार-कमीज* में होती है। उसका आकलन क्या कहता है? यही कि जब वह सलवार-कमीज में होती थी तो लोग उसे *सीधी-सादी* और दब्बू मान बैठते थे, लेकिन जब वह जींस पहनकर निकलती थी तो आत्मविश्वास से लबरेज़ और दबंग नज़र आती थी, लिहाज़ा उस पर हाथ छोड़ने से पहले किसी को भी दो बार ठहरकर सोचना पड़ता था!

* पश्चिमी महिलाओं की वेशभूषा अर्थात ढीले चरित्र का प्रतीक।

जोख़िम में निहित है सशक्तीकरण

आँकड़ों से पता चलता है कि महिलाओं पर हिंसा का साया बाहर के मुक़ाबले घर में ज़्यादा मँडराता है, जबकि सार्वजनिक स्थानों पर पुरुषों के साथ (अन्य पुरुषों के द्वारा) ज़्यादा हिंसक व्यवहार किया जाता है। लेकिन इसके बावजूद, यह सलाह महिलाओं को ही दी जाती है कि उन्हें घर में रहना चाहिए जबकि पुरुषों के बाहर घूमने-फिरने पर कोई रोक नहीं लगाई जाती। ऐसा दो सम्बन्धित पूर्व-धारणाओं के कारण होता है : एक तो यह कि घर से बाहर जाने पर महिलाओं को यौन-हिंसा का ख़तरा केवल अजनबी लोगों से होता है; और दूसरे, यौन-हिंसा एक विरल और अपूरणीय हिंसा होती है। नारीवादी इस नज़रिये को क़तई स्वीकार नहीं करते। इस नज़रिये के प्रतिकार में नारीवादी चिन्तन में दो ऐसे वैचारिक सूत्र उभरे हैं जिन्हें एक दूसरे का विरोधी कहा जा सकता है। इनमें एक सूत्र ऐसे व्यक्ति की ओर इंगित करता है जो *जोख़िम* उठाने से नहीं डरता और दूसरा सूत्र उस व्यक्ति की ओर इशारा करता है जो ख़ुद को *ख़तरे* की जद में डाल देता है। (एग्नेस 2006, फड़के 2007)

फ़्लेविया एग्नेस अपनी दलील महिलाओं के प्रवासन सम्बन्धी अधिकार के सन्दर्भ में प्रस्तुत करती हैं। इस पर हम पुस्तक के अन्तिम अध्याय में चर्चा करेंगे। नारीवादियों की एक माँग यह भी रही है कि महिलाओं को सार्वजनिक स्पेस में समान पहुँच का अधिकार मिलना चाहिए, लेकिन यहाँ यौन हिंसा के सन्दर्भ में शिल्पा फड़के इस माँग में यह संशोधन प्रस्तुत करती हैं कि समान पहुँच का यह अधिकार हिफ़ाज़त और सुरक्षा की माँग पर आधारित नहीं होना चाहिए। उनके अनुसार, यह अधिकार 'जोख़िम की समानता' पर टिका होना चाहिए। इसका आशय यह है कि पुरुष और महिलाओं को विभिन्न प्रकार के ख़तरों का जोख़िम उठाना चाहिए। इस तरह नारीवादियों की योजना यह नहीं होनी चाहिए कि वे महिलाओं की हमले से हिफ़ाज़त करें क्योंकि ऐसा करने से तो महिलाएँ बार-बार उसी मानसिकता के दुष्चक्र की ओर लौटती रहेंगी कि उन्हें 'सँभल' कर व्यवहार करना चाहिए। इसके उलट, नारीवादियों को यह लक्ष्य निर्धारित करना चाहिए कि अगर महिलाओं पर कहीं भी यौन-हमला होता है तो उन्हें तुरन्त सहायता प्राप्त होगी और उन्हें यह भरोसा दिलाना होगा कि सार्वजनिक जगहों पर दिन या रात के किसी भी समय उनका असीमित अधिकार होगा। नारीवादियों की समझ में 'जोख़िम' उठाने का यह विचार दरअसल भय की सर्वव्यापक संस्कृति को चुनौती देते हुए इस बात पर भी ज़ोर देता है कि अपने रोज़मर्रा के जीवन में महिलाएँ भय से निरन्तर दो-दो

हाथ करती हैं। ज़्यादा ग़रीब और वंचित महिलाएँ तो जोख़िमों से बच ही नहीं सकतीं। उन्हें इन जोख़िमों के बारे में सोचने की मोहलत तक नहीं मिलती। चीज़ों को इस परिप्रेक्ष्य में रखकर देखें तो नारीवादी राजनीति को महिलाओं की ख़ुद्दारी पर ज़ोर देना चाहिए और यौन-हिंसा को हौवे की तरह पेश न करके उसे एक ऐसे आमफ़हम जोख़िम के रूप में प्रस्तुत करना चाहिए जिससे लोगों का आए दिन साबिक़ा पड़ता है। फड़के अपनी दलील में इस तथ्य को दरकिनार नहीं करतीं कि जोख़िम का मुक़ाबला करनेवाली इस पहल को सफल बनाने के लिए राज्य पर आधारभूत सुविधाओं का ढाँचा—सुरक्षा उपायों से लैस सार्वजनिक परिवहन व्यवस्था एवं रोशनी की सुविधाओं से युक्त टॉयलेट इत्यादि, क़ायम करने का दबाव बनाया जाना चाहिए ताकि महिलाएँ हर क़दम पर जोख़िम का शिकार होने की बजाय सचेत रूप से जोख़िम लेने का रास्ता अख़्तियार कर सकें। आख़िर जब एक औरत किसी सार्वजनिक स्थान पर उन्मुक्त होकर ठहाका लगाती है अथवा कहीं यूँ ही चहलकदमी करते हुए आसपास की दुनिया पर नज़र डाल रही होती है तो क्या वह वाक़ई एक जोख़िम-भरे व्यवहार की बानगी पेश नहीं कर रही होती? यहाँ हम कुछ ऐसे ही जोख़िम उठाने की बात कर रहे हैं।

बलात्कार : एक राजनीतिक हथियार

स्त्री-द्वेषी हिंसा के वैयक्तिक या निजी रूपों के अलावा नारीवादियों का इस तथ्य से भी गहरा सरोकार रहा है कि यौन-हिंसा को किस प्रकार युद्ध, नस्ली पूर्वग्रहों के व्यापक कुचक्रों तथा साम्प्रदायिक-जातिवादी हिंसा का औज़ार बना दिया गया है। भारत में पुलिस और सेना की हिरासत में होनेवाली यौन-हिंसा और उसमें राज्य की संलिप्तता या इसके प्रति राज्य की जघन्य उदासीनता के सम्बन्ध में महत्त्वपूर्ण काम हो चुका है।

जुलाई, 2004 में भारत के उत्तर-पूर्वी राज्य मणिपुर की राजधानी में महिलाओं के एक समूह ने भारतीय सेना के कांगला फोर्ट बेस के सामने नग्न अवस्था में प्रदर्शन किया था। उनके हाथों में एक बैनर था जिस पर यह घृणास्पद नारा लिखा था : 'भारतीय सेना हमारे साथ बलात्कार करो।' ग़ौरतलब है कि असम राइफल्स की रेजिमेंट ने थांगजाम मनोरमा नाम की एक महिला को बीच रात में उसके घर से उठा लिया था। बाद में उसका बलात्कार, यंत्रणा और गोलियों से क्षत-विक्षत शव मिला था। महिलाओं का यह समूह इसी घटना का विरोध कर रहा था। देश का एक बड़ा भाग—ख़ास तौर पर उत्तर-पूर्वी राज्य और कश्मीर

आदि—सेना के साये में साँस लेता है। इन राज्यों में शासन के नाम पर सशस्त्र सेना विशेषाधिकार शक्ति अधिनियम (अफ़्स्पा) लागू है।[20] इसके चलते यहाँ समय-समय पर (एक्टिविस्ट तथा कथित तौर पर उग्रवादी माने जानेवाले पुरुषों से सम्बन्धित) महिलाओं को भारतीय सशस्त्र सेना के सदस्य यौन-हिंसा का शिकार बनाते रहते हैं।

आदिवासियों, किसानों, कामगारों तथा राजनीतिक तौर पर भिन्न विचारधारा वाले लोगों का आन्दोलन कुचलने के लिए राज्य अक्सर सामूहिक बलात्कार का सहारा लेता रहा है। ग्रामीण क्षेत्रों में बड़े काश्तकारों के खेतों में बटाई पर खेती करनेवाले ग़रीब किसान जब अपनी दबाई गई ज़मीन पर दावा करने या न्यूनतम मज़दूरी (चक्रवर्ती 1982) आदि अधिकारों की माँग करते हैं तो बड़े काश्तकार उनकी आवाज़ दबाने के लिए अक्सर बलात्कार को एक तरकीब की तरह इस्तेमाल करते हैं। इस सन्दर्भ में यह स्मरण करना अनुचित न होगा कि भँवरी देवी के साथ राजनीतिक प्रतिशोध के चलते ही बलात्कार किया गया था। ऊँची जातियाँ दलितों और हिन्दू दक्षिणपंथी ताक़तें अल्पसंख्यकों के ख़िलाफ़ अपनी लड़ाई में अक्सर इन समुदायों की महिलाओं को यौन-हिंसा का निशाना बनाती हैं। हाल के वर्षों में 2002 का गुजरात नरसंहार इस बात की जीती-जागती मिसाल है।

लोकतांत्रिक अधिकारों के लिए संघर्ष करनेवाले विभिन्न लोग तथा नारीवादी समूह ऐसी तमाम घटनाओं को दर्ज करते हुए उनकी जाँच-पड़ताल करते हैं और उनके ख़िलाफ़ अपना विरोध भी प्रकट करते रहते हैं। हम जानते हैं कि ऐसी बहुत-सी घटनाएँ संज्ञान से छूट जाती हैं। लेकिन, जहाँ तक भारत के नारीवादी आन्दोलन की समझ का प्रश्न है, वह अपनी राजनीति में बलात्कार को एक राजनीतिक औज़ार के तौर पर देखता है।

'नारीवादी अभिशासन'

लेकिन अगर अन्तर्राष्ट्रीय फलक पर नज़र डालें तो बलात्कार को एक राजनीतिक अस्त्र मानने का रवैया थोड़ा संकट में पड़ता दिखाई देता है। युद्ध के दौरान बलात्कार—विशेषकर यूगोस्लाविया तथा रवांडा की घटनाओं के प्रति पश्चिम (मुख्यत: अमेरिका) के हस्तक्षेप से सम्बन्धित अपने अध्ययन में जैनेट हैली ने इस ओर ध्यान दिलाया है कि युद्ध के दौरान बलात्कार रोकने और इस सम्बन्ध में सज़ा का प्रावधान करने के लिए एक कारगर क़ानूनी एजेंडे की बुनियाद रखी गई।

लेकिन इस काम को करते हुए नारीवादियों ने धीरे-धीरे यह महसूस करना शुरू किया कि बलात्कार केवल समूहों के आन्तरिक विवादों को सुलझाने का औज़ार नहीं, बल्कि 'महिलाओं के विरुद्ध एक वैश्विक युद्ध' की शक़्ल अख़्तियार कर चुका है। हैली इस परिघटना के लिए 'नारीवादी सार्वभौमवाद' जैसे पद का प्रयोग करती हैं जिससे यह इंगित होता है कि :

> महिलाएँ मनुष्य जाति का विशिष्ट समूह न होकर एक अलग ब्रह्मांड का निर्माण करती हैं। नारीवाद के इस नये सार्वभौम दृष्टिकोण में सशस्त्र संघर्ष के दौरान किए जानेवाले बलात्कार को राजनीतिक, नस्ली अथवा धार्मिक उत्पीड़न कहना ग़लत होगा—भले ही ऐसे किसी सशस्त्र संघर्ष का मूल कारण राजनीतिक, नस्ली अथवा धार्मिक विभाजन में निहित हो... इस विचार को रोम संविदा के नाम से जाना जाता है जिससे मनुष्यता के प्रति एक नये अपराध अर्थात जेंडर-आधारित उत्पीड़न की ज़मीन तैयार होती है। (हैली 2011)

उदाहरण के लिए, इस प्रकार बाल्कन क्षेत्र का जातीय-राष्ट्रवादी टकराव एक 'स्त्री-विरोधी युद्ध' बन जाता है जिसमें यह तथ्य दरकिनार हो जाता है कि उक्त संघर्ष में पुरुषों का भी उत्पीड़न हुआ था और उन्हें भी मौत का सामना करना पड़ा था। इस तरह, अमेरिका के श्वेत नारीवादियों का यह दृष्टिकोण अलग-अलग जगहों की राजनीतिक विशिष्टताओं पर स्याही पोतकर किसी भी स्थान पर जारी टकराव या संघर्ष को 'स्त्री के विरुद्ध' एक वैश्विक 'युद्ध' बना डालता है। यह नज़रिया इस पूर्व-धारणा पर आधारित है कि महिलाओं के हित बाक़ी तमाम अस्मिताओं में एक समान होते हैं।

हैली और उनके सहयोगी इस प्रकार के हस्क्षेप को 'अभिशासकीय नारीवाद' कहते हैं। (हैली व अन्य 2006) यह एक नई तरह की परिघटना है जिसमें नारीवाद का एक निश्चित संस्करण अन्तर्राष्ट्रीय सत्ता के गलियारे में प्रवेश कर गया है। यह एक ऐसा श्वेत सार्वभौमवादी और राज्य-केन्द्रित नारीवाद है जिसे ऊपर से थोपा गया है। दुनिया के ग़ैर-पश्चिमी क्षेत्र में रहनेवाले हम जैसे लोग इस नारीवाद की हिमायत नहीं कर सकते क्योंकि दरअसल वह नई विश्व-व्यवस्था तथा नव-साम्राज्यवाद का समर्थक है जो अपने रणनीतिक हितों के लिए महिला-अधिकारों की भाषा बोलता है। नारीवाद की ऐसी पहलक़दमियाँ उन ताक़तवर ग़ैर-सरकारी संगठनों की सरपरस्ती में परवान चढ़ती हैं जो पश्चिमी देशों के

सत्ता-तंत्र में ख़ासा प्रभाव रखती हैं। इन संगठनों का अपने या ऐसे किसी भी देश के ज़मीनी सामाजिक आन्दोलनों से कोई सरोकार नहीं होता जहाँ वे अपने हितों की राजनीति करना चाहते हैं।

हम अन्तर्राष्ट्रीय (पश्चिमी) नारीवाद के इस आयाम पर कुछ अन्य सन्दर्भों में बाद में चर्चा करेंगे। फ़िलहाल, अगले अध्याय में हम इस दलील पर विस्तार से विचार करेंगे कि 'जेंडर' हमेशा और हर परिस्थिति में बाक़ी अन्य अस्मिताओं से ऊपर नहीं होता। नारीवाद को यह तथ्य गहराई से आत्मसात कर लेना चाहिए। इस दलील की एक बानगी हम इस पुस्तक में पहले ही देख चुके हैं।

नारीवादी तथा 'महिलाएँ'

हमारे अनुभव में नारीवाद जिस भाषा में बात करता है,
वह एक वर्चस्व की भाषा है और हमारी लड़ाई
इसी वर्चस्व के ख़िलाफ़ है।

क्या नारीवाद केवल 'महिलाओं' से ही वाबस्ता है?

हम देख चुके हैं कि नारीवाद वस्तुत: 'स्त्रियों' तक सीमित न होकर इस स्वीकारोक्ति का नाम है कि *जेंडर* के आधुनिक विमर्शों में मनुष्य जाति को किस तरह 'पुरुष' और 'स्त्री' के खाँचें में बदल दिया जाता है। हम यह भी देख आए हैं कि नारीवाद सिर्फ़ जेंडर से सरोकार नहीं रखता बल्कि उसका वास्ता इस समझ से भी है कि वर्ग (घरेलू नौकरों के मामले में), जाति तथा समलैंगिक राजनीति (समलैंगिक पुरुषों, हिजड़ों तथा उभयलिंगी अस्मिताओं के मामले में) ने जेंडर के विचार को किस तरह जटिल बना दिया है। दूसरे शब्दों में, नारीवाद हमसे यह समझने का आग्रह करता है कि 'स्त्री' कोई स्थिर या समरूपी श्रेणी नहीं होती। 'जेंडर' का अन्य अस्मिताओं के साथ यह फसाँव वैश्विक स्तर पर अलग-अलग रूपों में प्रकट होता है। प्रस्तुत अध्याय में हम कुछ ऐसे ही सन्दर्भों की पड़ताल करेंगे।

आइये देखें कि धार्मिक अस्मिता का जेंडर की बनावट पर क्या असर पड़ता है।

भारत : 'समान' संहिता से 'जेंडर-संवेदी' संहिता तक

भारत में 1985 एक ऐसा साल था जिसमें दक्षिणपंथी हिन्दू संगठनों (ख़ास तौर पर भाजपा) को शाहबानो के रूप में एक ऐसा स्थायी प्रतीक हाथ लग गया जिसे लोगों को बार-बार दिखाकर वे अपने 'सच्चे' सेकुलर मूल्यों और महिला अधिकारों के प्रति अपनी वचनबद्धता का दावा करते हुए 'छद्म-सेकुलरवादियों' से दो-दो हाथ कर सकते थे। शाहबानो ने अपने पति से तलाक़ के बाद सुप्रीम कोर्ट में यह अर्जी दी थी कि उसे भारतीय दंड संहिता की धारा 125 के अन्तर्गत पूर्व पति से गुज़ारा-भत्ता मिलना चाहिए। इस पर शाहबानो के पूर्व पति का कहना था कि *शरीयत* में यह प्रावधान है कि तलाक़ के बाद पति पूर्व-पत्नी को केवल तीन महीने तक ही गुज़ारा भत्ता दे सकता है, इसके बाद उसे गुज़ारा-भत्ता देने

के लिए बाध्य नहीं किया जा सकता। इस पर सुप्रीम कोर्ट ने अपने फ़ैसले में यह कहते हुए कि धारा 125 तथा शरीयत के प्रावधान में कोई विसंगति नहीं है, शाहबानो को गुज़ारे भत्ते का हक़दार घोषित कर दिया। मुस्लिम समुदाय के कुछ नेताओं ने इस फ़ैसले की कड़ी निन्दा करते हुए इसे मुसलमानों के निजी क़ानून में दखलन्दाज़ी बताया। लेकिन, ग़ौरतलब है कि मुस्लिम समुदाय के एक बड़े हिस्से ने इस फ़ैसले का स्वागत किया था और मुस्लिम महिलाओं ने इसके पक्ष में जबर्दस्त जन-प्रदर्शन भी किया था। लेकिन फ़ैसले का समर्थन करनेवाले समूह की आवाज़ को अनसुना करते हुए राजीव गांधी की सरकार इसके ख़िलाफ़ एक अध्यादेश लाई जिसमें न केवल तात्कालिक निर्णय को निरस्त कर दिया गया बल्कि बाद में उसे मुस्लिम महिला (तलाक़ सम्बन्धी अधिकारों की रक्षा) विधेयक, 1986 का जामा भी पहना दिया। इस विधेयक के ज़रिये मुस्लिम महिलाओं को धारा 125 के तहत मिलनेवाले गुज़ारे भत्ते से वंचित कर दिया गया।

हमें यह बात ध्यान में रखनी चाहिए कि कांग्रेस ने अपने राजनीतिक लाभ के लिए साम्प्रदायिक भावनाओं को शह देने का खेल आठवें दशक के आरम्भ में ही शुरू कर दिया था। इसके बाद आठवें दशक के अन्त और नवें दशक की शुरुआत में उसे एक या दूसरे समुदाय की विभाजनकारी माँगों के सामने घुटने टेकने पड़े। मुस्लिम महिला विधेयक कांग्रेस की इस समझौतापरस्ती का ऐसा ही उदाहरण था।

शाहबानो प्रकरण से भाजपा को अपनी 'अल्पसंख्यकों के तुष्टिकरण' जैसी दलील के प्रचार-प्रसार और समान नागरिक संहिता की माँग को आगे बढ़ाने का मौक़ा मिला। लेकिन, यहाँ हमें इस बात को भी समझने की ज़रूरत है कि मुस्लिम समुदाय के कुछ तबक़ों ने शाहबानो फ़ैसले पर ही इतना रोष क्यों प्रकट किया, जबकि इससे पहले के दो फ़ैसलों (1979 तथा 1980) में जब सुप्रीम कोर्ट ने धारा 125 के अन्तर्गत मुस्लिम महिलाओं को गुज़ारे भत्ते का अधिकार प्रदान किया था तो उस समय ऐसी कोई प्रतिक्रिया सामने नहीं आई थी।

समान नागरिक संहिता की समूची बहस दरअसल इस तनाव से पैदा होती है कि संविधान में महिलाओं को नागरिक के तौर पर दिए गए अधिकारों तथा समुदायों के निजी क़ानून एक दूसरे के विपरीत खड़े हैं। चूँकि विवाह, उत्तराधिकार तथा बच्चों के अभिभावकत्व से जुड़े तमाम मसले समुदाय के निजी क़ानूनों के दायरे में आते हैं और इन क़ानूनों की नज़र महिलाओं के प्रति हमेशा टेढ़ी रही है, इसलिए महिला आन्दोलन ने समान नागरिक संहिता की माँग आज़ादी से

बहुत पहले—1937 में ही कर दी थी। लेकिन, यह उल्लेखनीय है कि सार्वजनिक विमर्श में समान नागरिक संहिता का मुद्दा कभी महिलाओं के मुद्दे के रूप में नहीं उठाया गया। उसे हमेशा 'राष्ट्रीय अखंडता' बनाम 'समुदाय के सांस्कृतिक अधिकारों' के फ्रेम में रखकर पेश किया जाता है। इस तरह, जब समान नागरिक संहिता के पक्ष में दलील देनी होती है तो कहा जाता है कि देश में क़ानूनी बहुलता इतनी अधिक है कि उसके कारण राष्ट्र की अखंडता पर ख़तरा मँडराता रहता है, इसलिए इस ख़तरे को दूर करने के लिए समान नागरिक संहिता आवश्यक है। इस सम्बन्ध में निजी क़ानून के हिन्दू/भारतीय परिपाटी से भिन्न होने का तर्क भी दिया जाता है। इसके विपरीत, समान नागरिक संहिता का विरोध इस आधार पर किया जाता है कि वह समुदायों को उनके सांस्कृतिक अधिकारों से वंचित कर देती है।

इस तरह सार्वजनिक दायरे में इस दलील का कोई-न-कोई संस्करण हमेशा घूमता रहता है कि भारत में सच्चा सेकुलरवाद स्थापित करने के लिए समान नागरिक संहिता एक आवश्यक शर्त है। लेकिन हमें यह सवाल ज़रूर पूछना चाहिए कि समान नागरिक संहिता को किस सीमा तक सेकुलरवाद का पर्याय माना जा सकता है? क्या इससे धार्मिक समुदायों और राज्य के आपसी सम्बन्ध के बारे में पता चलता है? क्या इसका सम्बन्ध वास्तव में जेंडरगत अन्याय—पुरुषों और महिलाओं के बीच संविधान द्वारा अनुमोदित असमानता—से नहीं है? उदाहरण के लिए, केरल की इसाई महिलाओं पर 1916 का त्रावणकोर-कोचीन इसाई उत्तराधिकार अधिनियम लागू होता था, जिसके तहत परिवार की बेटी पिता की सम्पत्ति में बेटों को मिलनेवाले हिस्से के केवल एक चौथाई भाग पर ही दावा कर सकती थी। बाद में मेरी रॉय नामक एक इसाई महिला ने इस क़ानून के ख़िलाफ़ ऐतिहासिक संघर्ष किया और 1986 में सुप्रीम कोर्ट से यह आदेश हासिल करने में सफल रही कि उसके समुदाय की इसाई महिलाओं को पिता की सम्पत्ति में बराबर का हिस्सा मिलना चाहिए। यह अलग बात है कि इस अधिकार को पाने के लिए महिलाओं को अपने भाइयों के विरुद्ध एक लम्बी क़ानूनी लड़ाई की तैयारी करनी पड़ती है। और अधिकांश महिलाएँ ऐसा करने से गुरेज़ करती हैं।

तथ्य यह है कि विवाह, उत्तराधिकार तथा बच्चों के संरक्षण से सम्बन्धित तमाम सामुदायिक क़ानून महिलाओं के साथ किसी न किसी रूप में पक्षपातपूर्ण व्यवहार करते हैं; क्या इससे यह साबित नहीं होता कि समान नागरिक संहिता के मुद्दे को एक दूसरे कोण से देखा जाना चाहिए? क्या फिर इस बहस का

शीर्षक बदल कर यह नहीं कर देना चाहिए कि 'भेदभाव पर आधारित निजी क़ानूनों की निरन्तरता के चलते भारत वास्तविक अर्थों में *जेंडर-न्याय* का दावा नहीं कर सकता?'

लेकिन दिक़्क़त यह है कि नारीवादियों को छोड़कर कोई भी इस सवाल को इस तरह नहीं पूछता। ऐसे में, समान नागरिक संहिता पर केवल हिन्दू दक्षिणपंथी पार्टी भाजपा ही निर्द्वन्द्व ढंग से बात करती है और जिसके पीछे राष्ट्रीय अखंडता की यह दलील काम कर रही होती है कि हिन्दुओं ने सुधार का रास्ता स्वीकार कर लिया है, जबकि 'अन्य' समुदाय अपने भिन्न और प्रतिगामी क़ानूनों में जकड़े रहने के कारण राष्ट्रीय मुख्यधारा में शामिल होने से इनकार करते रहे हैं। जैसा कि हमने पीछे दर्ज किया है, यह आधुनिक भारत का सबसे बड़ा मिथक है क्योंकि हिन्दू कोड का मक़सद 'सुधार' करने के बजाय विभिन्न प्रकार की प्रथाओं को संहिताबद्ध करना था। उल्लेखनीय है कि 'हिन्दू' नाम से वर्गीकृत की जानेवाली अधिकांश महिलाओं के लिए हिन्दू कोड नुक़सानदेह साबित हुआ था। इसके बावजूद हिन्दू कोड के सम्बन्ध में विकसित हुई इस समझ ने न केवल हिन्दू दक्षिणपंथियों को ख़ुराक पहुँचाई है, बल्कि वह न्यायापालिका के सामान्य-बोध का भी अंग बन चुकी है। उदाहरण के लिए, शाहबानो से सम्बन्धित फ़ैसले में यह कहने के बावजूद कि शरीयत और धारा 125 *एक दूसरे से पूरी तरह सम्मत* हैं तथा उनमें कोई अन्तर्विरोध नहीं है, अन्ततः समान नागरिक संहिता को इस आधार पर वांछनीय बताया गया कि 'परस्पर विरोधी विचारधाराओं पर आधारित क़ानूनी *निष्ठाओं के उन्मूलन* से राष्ट्रीय एकता के लक्ष्य को बल मिलेगा।' (कुमार 1993 : 163; ज़ोर हमारा)

बाद में इलाहाबाद उच्च न्यायालय द्वारा 1994 में तीन तलाक़[1] के मुद्दे पर अपने न्यायिक अवलोकन तथा 1995 के सरला मुद्गल मामले में सुप्रीम कोर्ट ने भी इसी दलील को बढ़-चढ़कर पेश किया। मसलन, सुप्रीम कोर्ट ने अपने निर्णय में कहा था : 'भारतीय गणतंत्र में केवल एक ही राष्ट्र—भारतीय राष्ट्र—का अस्तित्व हो सकता है और इसमें कोई भी समुदाय अपने धर्म के आधार पर पृथक् अस्तित्व की माँग नहीं कर सकता।'[2] (एग्नेस 1994)

आठवें दशक के मध्य तक हिन्दुत्ववादी राजनीति का उभार होने लगा था और आम जनता के बीच उसे एक प्रकार की वैधता भी मिलने लगी थी। मीडिया में शाहबानो के पक्ष में आए निर्णय को इस्लामिक कठमुल्लापन के विरुद्ध जीत बताया जा रहा था। इस फ़ैसले के विरुद्ध मुस्लिम समुदाय के स्वयंभू नेताओं की भावनात्मक प्रतिक्रिया को इसी सन्दर्भ में देखा जाना चाहिए। शाहबानो ख़ुद अपने

समुदाय के इतने दबाव में आ चुकी थी कि उसने सुप्रीम कोर्ट से अपनी याचिका निरस्त करने की अर्जी दे डाली। उसने अदालत द्वारा पारित गुज़ारा भत्ता लेने से भी इनकार कर दिया था।

शाहबानो के बदलते बयान, सुप्रीम कोर्ट के निर्णय और फिर इस निर्णय को निरस्त करने के लिए लाए गए अधिनियम के बाद समान नागरिक संहिता के मुद्दे पर नारीवादी आन्दोलन की समझ बदलती चली गई। उसके सामने यह तथ्य पूरी तरह स्पष्ट हो गया कि नागरिक संहिता का मूल तर्क अल्पसंख्यक-द्वेष और राष्ट्रीय एकता के साँचे में धँसा है। नारीवादी आन्दोलन के समक्ष यह बात तेज़ी से साफ़ होती जा रही थी कि 'राष्ट्रीय एकता' का यह तर्क असल में तमाम ग़ैर-वर्चस्वी अस्मिताओं और हितों को हाशिये पर ठेलने का हथियार बन गया है।

नवें दशक में नारीवादी आन्दोलन द्वारा एकरूपता के विचार का खंडन उसकी यात्रा का एक अहम मुक़ाम है। इस बिन्दु पर आन्दोलन ने यह समझने की ज़रूरत महसूस की कि राष्ट्र और धार्मिक समुदायों को समरूपी इकाई नहीं माना जा सकता। तथ्य यह है कि प्रत्येक धार्मिक समुदाय की आंतरिक संरचना विषमतापूर्ण होती है, और जिन प्रक्रियाओं को 'हिन्दू', 'मुस्लिम' या 'इसाई' कहकर इंगित किया जाता है उनमें भारत के एक क्षेत्र से दूसरे क्षेत्र या एक समुदाय से दूसरे समुदाय में व्यापक अन्तर पाया जाता है। महिलाओं की दृष्टि से इनमें कुछ प्रथाएँ अन्य प्रथाओं से अपेक्षाकृत बेहतर होती हैं, लेकिन उनमें एकरूपता पैदा करने को जेंडरगत अन्याय का समाधान *नहीं* माना जा सकता। यह व्यावहारिक तौर पर भी सम्भव नहीं है—एकरूपता के नाम पर कौन-सा मानक स्वीकार किया जाएगा? महिलाओं के लिहाज़ से एकरूपता लाने की यह कोशिश कभी कारगर नहीं रही। प्रथाओं की भिन्नता का अनिवार्य अर्थ यह नहीं है कि वे मूलत: ही असमानतावादी होती हैं। इसी तरह, समान क़ानून थोपने का मतलब भी यह नहीं होता कि इससे सब कुछ समानतापूर्ण हो जाएगा।

लिहाज़ा, आज का नारीवादी आन्दोलन जेंडर-संवेदी क़ानूनों पर ज़ोर देता है। नवें दशक के बाद आन्दोलन ने दो प्रकार की रणनीतियाँ हाथ में ली हैं : (क) निजी क़ानूनों से पूरी तरह छूट गये पहलुओं—घरेलू हिंसा अधिनियम (2005) जैसे क़ानून पारित करवाने के लिए प्रयास करना जो महिलाओं को उनकी ससुराल में हिंसा से निपटने का अधिकार प्रदान करता है; अथवा किशोर न्याय अधिनियम (2006) जैसे क़ानून में कुछ निश्चित प्रकार के बदलाव करने की पैरवी करना जिससे बच्चा गोद लेने की प्रक्रिया आसान हुई है और यह

सभी समुदायों के लिए लाभकारी सिद्ध हुई है; तथा (ख) समुदायों के *भीतर* काम करते हुए आंतरिक सुधारों की पहलक़दमियों का समर्थन करना, आदि।

जब सुधार की यह प्रक्रिया राज्य द्वारा 'ऊपर से थोपी' जाती है और उसका एक तार सीधे अल्पसंख्यक विरोधी राजनीति से जुड़ा होता है तो अल्पसंख्यक समुदायों में यह भय घर कर जाता है कि निजी क़ानूनों में सुधार करने के बहाने राज्य उनकी पहचान ख़त्म करना चाहता है। बहरहाल, सच यह है कि समुदाय के भीतर चलनेवाली सुधार-प्रक्रिया ज़्यादा कारगर हो सकती है। इस तथ्य को किसी विरोधाभास की तरह नहीं देखा जाना चाहिए कि कई इस्लामिक राज्यों (जैसे बांग्लादेश) ने महिलाओं की बेहतरी के लिए अपने क़ानूनों में आवश्यक बदलाव किए हैं। जब एक अल्पसंख्यक समुदाय को यह लगता है कि बहुसंख्यकतावादी राजनीति उसे नष्ट करने पर तुली है तो उसमें सुधार की सम्भावनाएँ दम तोड़ने लगती हैं। हमें समझना चाहिए कि ख़ुद पर भरोसा रखनेवाला समुदाय ही अपने अन्दर झाँक सकता है। इसलिए बांग्लादेश में हिन्दू अल्पसंख्यक समुदाय की वही स्थिति है जो भारत में सेकुलरवाद के औपचारिक ढाँचे के बावजूद मुस्लिम समुदाय की है। जब नरेंद्र मोदी जैसे लोग समान नागरिक संहिता की पैरोकारी करने लगें, जो ख़ुद ही गुजरात में मुसलमानों के संहार में लिप्त रहे हैं तो यह समझने के लिए किसी गहरी राजनीतिक समझ की ज़रूरत नहीं है कि दरअसल उनके एजेंडे में महिलाओं के अधिकार की बात दूर-दूर तक नहीं है।

समान नागरिक संहिता की बहस इस तथ्य को समझने के लिए भी एक उदाहरण का काम करती है कि भारत जैसी लोकतांत्रिक व्यवस्था में 'एकरूपता' किस तरह काम कर सकती है। सभी समुदायों के प्रति 'समान' और 'एक जैसा' व्यवहार करने का शिगूफ़ा उछालकर भाजपा उदार लोकतंत्र के कुछ पहलुओं को हथिया लेती है और इसके बल पर यह कहने में सफल रहती है कि किसी भी तरह की भिन्नता को मान्यता देना सेकुलरवाद के सिद्धांतों के साथ समझौता करना होता है। चूँकि 'हिन्दू' को पहले ही 'भारतीय' होने का पर्याय मान लिया गया है इसलिए पारिभाषिक तौर पर हिन्दू प्रथाओं को भिन्नता के रूप में नहीं देखा जाता। इस प्रकार जब 'भिन्नता' को ख़त्म करने की बात की जाती है तो उसका ताल्लुक़ अनिवार्य तौर पर हिन्दू धर्म के 'अन्य' से होता है।

नारीवादियों ने इस तरफ़ सही इशारा किया है कि जनमानस में 'समान नागरिक संहिता' इस्लाम की बर्बर प्रथाओं में सुधार करने का पर्याय बन गई है। इसी तरह, न्यायपालिका भी कभी नागरिक संहिता को हिन्दू विधि में निहित जेंडरगत भेदभाव

को दूर करने का उपाय न मानकर उस पर हमेशा मुसलमानों के निजी क़ानून के सन्दर्भ में ही बात करती है।

मिसाल के तौर पर, जब भारतीय दंड संहिता की धारा 125 के तहत कोई निराश्रित हिन्दू महिला गुज़ारे भत्ते की माँग लेकर अदालत की शरण में जाती है तो उसका पति एक छद्म दलील का सहारा लेता है कि उक्त महिला के साथ उसका कभी विवाह हुआ ही नहीं था। वह कहता है कि वह पहले से ही विवाहित है इसलिए सम्बन्धित महिला उसकी पत्नी न होने के कारण गुज़ारे भत्ते की माँग नहीं कर सकती। जैसा कि हमने पीछे देखा, यह दलील देना इसलिए आसान होता है क्योंकि हिन्दू विवाह क़ानून में विवाह के केवल एक प्रकार को ही वैध माना गया है। इस तरह, कोई महिला इस भ्रम का शिकार बनी रह सकती है कि वह भी किसी पूर्व-विवाहित पुरुष की वैध पत्नी है परन्तु अगर पुरुष ने विवाह के समय सम्बन्धित महिला के साथ *सप्तपदी* की रस्म का निर्वाह नहीं किया है तो वह अदालत में आसानी से दावा कर सकता है कि अमुक महिला उसकी पत्नी नहीं है। हिन्दू विवाह अधिनियम के अनुसार पुरुष एक समय में एक ही स्त्री से विवाह कर सकता है, ऐसे में होता यह है कि पीड़ित स्त्री गुज़ारे भत्ते के बुनियादी और ज़रूरी अधिकार से वंचित हो जाती है।

अतीत के कई फ़ैसले ऐसे भी हैं जिनमें स्त्री को ऐसे संकट से बचाने की कोशिश की गई है; उदाहरण के लिए, 1976 में बम्बई हाई कोर्ट के न्यायाधीश कनिया (जो बाद में भारत के मुख्य न्यायाधीश भी बने) ने अपने एक निर्णय में यह व्यवस्था की थी कि अगर किसी व्यक्ति ने दो विवाह किए हैं तो किसी भी परित्यक्त पत्नी को गुज़ारा भत्ता मिलना चाहिए। लेकिन, सुप्रीम कोर्ट के एक हालिया आदेश के बाद पिछले निर्णय का सकारात्मक प्रभाव ख़त्म हो गया है। 2010 के डी. वेलुसामी बनाम डी. पटचाइम्मल मामले में अदालत ने यह आदेश दिया था कि पूर्व-विवाहित पुरुषों के साथ लगभग वैवाहिक सम्बन्ध रखनेवाली महिलाओं को गुज़ारा भत्ता नहीं दिया जा सकता। इस मामले में न्यायाधीश मार्कण्डेय काटजू ने अपने आदेश में पत्नी और दूसरी महिला को धोखा देनेवाले पुरुषों की निन्दा में एक भी शब्द न कहकर उल्टे उन महिलाओं को ही 'रखैल' क़रार दिया था।[3] परन्तु अगले ही वर्ष सुप्रीम कोर्ट अपने एक अन्य निर्णय में (निर्णय की पीठ में न्यायाधीश एच.एस. बेदी और ज्ञान सुधा मिश्रा शामिल थे) यह प्रावधान किया कि किसी पुरुष की दूसरी और परित्यक्त पत्नी भी गुज़ारे भत्ते की हक़दार होती है, भले ही उनका वैवाहिक सम्बन्ध वैध न माना जाता हो। ऐसा माना जा सकता है कि यह निर्णय सम्भवत: पिछले बरसों के दौरान उभरे

नारीवादी आन्दोलन से प्रभावित था। प्रगतिशील आन्दोलनों के ज़रिये होनेवाले सामाजिक बदलावों का न्यायपालिका द्वारा इस तरह नोटिस लिया जाना एक तरह से अच्छी बात है।

नारीवादी आन्दोलन में समान नागरिक संहिता पर केन्द्रित इस बहस से पता चलता है कि नारीवाद के नज़रिये में 'स्त्री' का मतलब कोई समरूपी श्रेणी नहीं है। शाहबानो 'स्त्री' थी या 'मुसलमान'? ज़ाहिर है कि निजी क़ानूनों में जेंडरगत भेदभाव जैसे प्रत्यक्ष मसले की जटिलता को समझने के लिए भी उसे अन्य सन्दर्भों पर रखकर देखा जाना चाहिए।

पर्दा और मिनीस्कर्ट

महिलाओं के मामले में इस्लाम को एक प्रतिगामी धर्म साबित करने की प्रवृत्ति केवल भारत तक सीमित नहीं है। पिछले कुछ वर्षों के दौरान यूरोप में मुस्लिम महिलाओं द्वारा सिर पर बाँधा जानेवाला गुलूबंद या चेहरा ढँकने के लिए इस्तेमाल किया जानेवाला पर्दा एक भावनात्मक मुद्दा बन गया है। पश्चिम इसे आधुनिकता, अपने नागरिकों की आज़ादी और जेंडरगत समानता के मुद्दे के रूप में पेश करता है। हाल के समय में विभिन्न यूरोपीय देशों में चेहरे पर डाले जानेवाले पर्दे पर जिस तरह प्रतिबन्ध लगाया गया है, उसके पीछे सुरक्षा सम्बन्धी कारण गिनाए जाते हैं। कहा जाता है कि यह क़दम उन्हीं पुराने क़ानूनों का विस्तार है जिनके तहत सार्वजनिक स्थल पर मुखौटा या मास्क लगा कर चलने पर मनाही की जाती है। लेकिन, अलग से कहने की ज़रूरत नहीं है कि इन चीज़ों का लक्ष्य इस्लाम है जिसे 'आतंकवाद' और 'महिलाओं के दमन' से नत्थी कर दिया गया है।

स्विटरज़रलैंड में बास्केट बॉल की एक युवा खिलाड़ी को क्षेत्रीय खेल संघ ने फ़रमान जारी किया कि या तो वह गुलूबंद बाँधना छोड़ दे अथवा खेल में भाग लेना छोड़ दे। खेल संघ ने इस मामले में बास्केट बॉल के अन्तर्राष्ट्रीय संगठन (फीबा) के नियमों का हवाला दिया जिसके तहत खेल के आधिकारिक आयोजन के समय धार्मिक प्रतीकों का प्रयोग करना वर्जित है। लेकिन इस पर महिला खिलाड़ी सुरा अल-शॉक का कहना था कि बहुत से अन्य खिलाड़ी अपने शरीर पर इसाइयत से सम्बन्धित टैटू गुदवाए रखते हैं या सलीब पहने होते हैं। फीबा ने अपने स्पष्टीकरण में इसके अलावा यह दावा भी किया कि कि गुलूबंद एक 'अतिरिक्त' चीज़ है जिससे खेल के दौरान चोट लगने का ख़तरा

बढ़ जाता है।[4] स्विटज़रलैंड में यह विवाद दरअसल नवम्बर, 2009 में मीनारों के निर्माण पर प्रतिबन्ध लगाने के लिए आयोजित देशव्यापी मतदान से कुछ ही महीने पहले उभरा था। इस तरह यह अलोकतांत्रिक और मुस्लिम-विरोधी क़दम जनता के सामान्य रुझान की ओर इशारा करता था।

अगर यूरोपीय देशों को यह लगता है कि इस मामले में किसी की व्यक्तिगत स्वतंत्रता दाँव पर लगी है तो उन्हें फिर यह सुनिश्चित करना चाहिए कि परिवार के दबाव में मजबूरन पर्दे का इस्तेमाल कर रही मुस्लिम औरतों को इन देशों के सेकुलर क़ानून की पनाह मिले। लेकिन गुलूबंद या पर्दे को प्रतिबन्धित करनेवाले क़ानून मुस्लिम महिलाओं को सशक्त बनाने के बजाय उनकी धार्मिक मान्यताओं की आज़ादी पर आक्रमण करते हैं। मैं यूरोपीय देशों द्वारा *धार्मिक मान्यताओं को प्रतिबन्धित* करने की इन हरकतों को उसी संकीर्णता का हिस्सा मानती हूँ जिसके तहत इस्लामी समूहों ने कश्मीर या फ़िलिस्तीन जैसे उन मुस्लिम समुदायों पर *पर्दा-प्रथा थोपने* का काम किया है जहाँ पहले पर्दे का वुजूद ही नहीं था। दोनों उदाहरणों में, पितृसत्ता की शक्ति महिलाओं की अस्मिता और व्यवहार को अपने निहित उद्देश्य के लिए इस्तेमाल करके उन्हें हाशिये पर धकेलना चाहती है।

ग़ौरतलब है कि इस्लामी शक्तियों द्वारा इस्लाम और क़ुरआन की मनमानी व्याख्या के ख़िलाफ़ मुस्लिम पुरुष और महिलाएँ अपने समुदाय के भीतर सतत संघर्ष कर रहे हैं, परन्तु जब पश्चिमी देशों की सरकारें मुसलमानों की धार्मिक आज़ादी पर पाबन्दी लगाती हैं तो इससे यह संघर्ष मज़बूत होने के बजाय कमज़ोर पड़ने लगता है। मसलन, अफ़गानिस्तान में महिलाओं का क्रांतिकारी संगठन (रावा) दशकों तक तालिबान के ख़िलाफ़ संघर्ष करता रहा, लेकिन उसे कहीं से भी कोई सहयोग या मान्यता नहीं मिली। लेकिन जैसे ही अमेरिका ने 'आतंक के विरुद्ध जंग' का ऐलान किया तो सीएनएन के तमाम प्रसारण कार्यक्रमों में रावा का नाम आने लगा। रावा के प्रतिनिधि उस समय भी अफ़ग़ानिस्तान पर अमेरिकी बमबारी का बार-बार विरोध कर रहे थे। उनका कहना था कि यह बमबारी रावा के दशकों लम्बे संघर्ष का समर्थन करने के बजाय कि अमेरिकी सरकार का रणनीतिक एजेंडा है। उन्होंने यह भी स्पष्ट किया था अमेरिका जिस उत्तरी मोर्चे को मदद कर रहा था वह ख़ुद भी तालिबान से कम पितृसत्तावादी या दमनकारी नहीं था। लेकिन इसके बावजूद अमेरिका ने आतंकवाद के ख़िलाफ़ इस कथित जंग में रावा को एक सहयोगी के तौर पर घसीटकर उसे अपनी राज्य नीति को जायज़ ठहराने का हथियार बना लिया।

भारत के मुस्लिम समुदाय में भी ऐसी तमाम आवाज़ें हैं जो इस धार्मिक पितृसत्ता के विरुद्ध अपना प्रतिरोध बुलन्द करती रहती हैं। मसलन, ज़किया सोमन जैसे लोग महिलाओं की आज़ादी के विरुद्ध फ़तवे जारी करनेवाले देवबंद स्थित दारुल उलूम और इसी प्रकार की अन्य पितृसत्तावादी संस्थाओं की सार्वजनिक भर्त्सना करने की हिम्मत रखते हैं। ज़किया खम ठोककर कहती हैं कि वह मुसलमान भी हैं और नारीवादी भी। भारतीय मुस्लिम महिला आन्दोलन की संस्थापक सदस्य ज़किया सोमन कहती हैं कि, 'हम इस्लामी सिद्धान्तों तथा भारतीय संविधान की रूपरेखा के अन्तर्गत काम करते हैं।' (वजीहुद्दीन 2011)

लेकिन अल्पसंख्यकों पर हिन्दू दक्षिण पंथ का हरेक हमला और समान नागरिक संहिता को जबरन थोपने की कोशिशें सोमन जैसे लोगों के काम को और मुश्किल बना देती हैं।

चलिये, पर्दे की बात तो पूरी हुई। अब ज़रा मुक्ति की निशानी मिनीस्कर्ट पर भी बात कर ली जाए। प्रतिबन्धों से त्रस्त बहुत से नारीवादियों ने—जिनमें पश्चिम के नारीवादी भी शामिल हैं, यह बात दर्ज की है कि झीने या देह-दिखाऊ कपड़े पहने की 'आज़ादी' भी उस लैंगिक संस्कृति का ही अंग है जो बाज़ार की सदारत में परवान चढ़ती है क्योंकि इसमें देह के एक ख़ास हिस्से—जवान, तराशे हुए और रंग-रोगन से दमकते हिस्से का ही प्रदर्शन किया जाता है।

नाओमी वॉल्फ़ (2008) लिखती हैं :

> पश्चिमी संस्कृति में—जहाँ स्त्रियों को बूढ़ा होने की उतनी मोहलत नहीं मिलती, उनका अपनी मिनी स्कर्ट और हाल्टर टॉप का चुनाव करना, माँ, कामगार या आध्यात्मिक व्यक्ति के रूप में सम्मान अर्जित करना और मैडिसन एवेन्यू की अवहेलना करना—इन चीज़ों पर शिद्दत से विचार किया जाए तो पता चलता है कि औरत के पास वाक़ई कितनी आज़ादी होती है।

इस सम्बन्ध में यह ध्यान रखना ज़रूरी है कि नारीवाद उस सांस्कृतिक दबाव की विवेचना करता है जो स्त्रियों को एक ख़ास तरह के कपड़े पहनने के लिए मजबूर करता है—यह दबाव उन्हें चाहे अपनी देह को ज़्यादा दिखाने के लिए विवश करता हो या छुपाने के लिए। दोनों ही मामलों में हमारा सरोकार वेशभूषा से नहीं बल्कि उस ताक़त से है जो उन्हें ऐसा या वैसा करने के लिए मजबूर करती है। मसलन, 2011 में बैडमिंटन वर्ल्ड फ़ेडरेशन (बीडब्ल्यूएफ़) ने महिला खिलाड़ियों के लिए नये ड्रेस कोड की घोषणा करते हुए कहा था कि उन्हें ऐसी

स्कर्ट पहननी चाहिए जो 'बैडमिंटन को आकर्षक रूप में पेश करती हो।' यह सच है कि हर कार्य-स्थल का अपना एक ख़ास ड्रेस कोड होता है। लेकिन यहाँ समस्या माँग की निरी लैंगिकता में निहित है क्योंकि बैडमिंटन फ़ेडरेशन इस बात को खुल्लम खुल्ला तरीक़े से कह रहा था कि महिला खिलाड़ियों द्वारा फ़्लाइंग स्कर्ट पहनने से खेल के दर्शकों में इज़ाफ़ा होगा। भारत की सभी शीर्ष महिला खिलाड़ियों ने खेल के दौरान सहज महसूस करने और निजी पसन्द का हवाला देते हुए इस कोड का कड़ा प्रतिवाद किया था। इस पर चीन की खिलाड़ियों ने भी आपत्ति उठाई थी (बीजिंग ओलम्पिक खेलों में युगल विजेता यू यांग का कहना था : मुझे स्कर्ट पहनना अच्छा नहीं लगता। मुझे इसकी आदत नहीं है। स्कर्ट पहनकर मैं यह भूल जाती हूँ कि मुझे कैसे खेलना है')। इसी तरह, मिश्रित युगल श्रेणी में दो बार विश्व चैंपियन रह चुकी इंडोनेशियाई खिलाड़ी लिलयाना नतसिर का मानना था : 'स्कर्ट पहनने से मेरी रफ़्तार बाधित होती है।' (मेनन 2011) जैसा कि एलिज़ा ट्विट ने टेनिस की वेशभूषा पर अपने एक लेख में लिखा था, अगर स्कर्ट ज़्यादा आरामदेह होती या खेल में बेहतर प्रदर्शन करने में सहायक होती तो जिस तरह तैराकी की प्रतिस्पर्धा में पुरुष एथलीट अपनी टाँगों के बाल साफ़ करके पूरे शरीर को एक बारीक-सी वेशभूषा से ढक लेते हैं, उसी तरह टेनिस के पुरुष खिलाड़ी भी अपने प्रतिद्वन्द्वी खिलाड़ियों को छकाने के लिए बहुत पहले ही स्कर्ट अपना लेते। (ट्विट 2001)

इस मामले में देर-सबेर धार्मिक आपत्ति उठनी ही थी। बैडमिंटन एशिया कनफ़ेडरेशन के उपाध्यक्ष सैय्यद नक़ी मोहसिन का कहना था कि यह क़ानून 'मुसलमानों' के साथ भेदभाव करता है। नारीवादियों को लग रहा होगा कि वे 'महिलाओं' का ज़िक्र करेंगे लेकिन मोहसिन का महिलाओं के बजाय धर्म से ज़्यादा सरोकार था। उपाध्यक्ष के अनुसार, 'बीडब्ल्यूएफ़ ने अपने वक्तव्य में कहा है कि नये क़ानून में किसी भी धर्म या विश्वास के साथ भेदभाव नहीं किया जाएगा। लेकिन क्या स्कर्ट पहनने की बाध्यता मुस्लिम महिला खिलाड़ियों के धार्मिक विश्वासों के साथ भेदभावपूर्ण हरकत नहीं होगी?' (मेनन 2010)

अन्ततः बीडब्ल्यूएफ़ ने अपना नया नियम तो ख़ारिज कर दिया परन्तु इसकी दिलचस्प बात यह रही कि मीडिया ने इसके 'धार्मिक' और 'मुस्लिम' पहलू को प्रमुख मुद्दा बना दिया, जबकि महिला खिलाड़ियों ने नये नियम की आलोचना विशुद्ध ग़ैर-धार्मिक और पेशेवर आधार पर की थी। ज़रा सोच कर देखिए कि अगर इस मामले में 'मुसलमानों' की आपत्तियों को न घसीटा जाता तो महिला खिलाड़ियों का मत ज़्यादा सबल ढंग से मुखर हो पाता!

आइये अब देखें कि भारतीय समाज का एक अन्तर्निहित घटक—जाति जेंडर के प्रश्न को किस तरह और जटिल बना देता है।

जाति और महिलाएँ

नवें दशक में जातिगत राजनीति के उभार और उसके लड़ाकू तेवरों को देखते हुए लोगबाग यह मानने को मजबूर हो गए हैं कि 'महिला' अब कोई ऐसी पूर्व-प्रदत्त शै नहीं रह गई है जिसे नारीवादी आन्दोलन अपनी राजनीति के लिए आसानी से गोलबंद कर सके। यह तथ्य महिलाओं को संसद में आरक्षण प्रदान करने सम्बन्धी बहस में सबसे प्रखर रूप में प्रकट हुआ है। महिला आरक्षण विधेयक—जिसके अन्तर्गत महिलाओं के लिए संसद में 33 प्रतिशत स्थान आरक्षित करने की बात की गई है, लगभग एक दशक से लम्बित पड़ा है। समर्थकों की धारणा है कि यह मसला पितृसत्तावादी ताक़तों के कारण अटका हुआ है।

लेकिन तथ्य यह है कि विधेयक का समर्थन करनेवाले लोगों द्वारा जेंडरगत न्याय के तमाम दावों के बावजूद प्रस्तावित विधेयक के विरोध को केवल पितृसत्तावाद की श्रेणी में नहीं डाला जा सकता। इसकी वजह यह है कि विधेयक के विरोध के पीछे जाति का एक विशेष प्रश्न खड़ा है जो महिलाओं से भी सम्बन्धित है और इस जायज़ आशंका पर आधारित है कि महिलाओं को 33 प्रतिशत का एकमुश्त आरक्षण प्रदान करने (मौजूदा मसौदे के मुताबिक़) का मतलब केवल यह होगा कि संसद में 'निम्न' जातियों के पुरुषों की जगह पर 'ऊँची' जाति की महिलाएँ क़ाबिज़ हो जाएँगी। आठवें दशक में उभरी लोकतांत्रिक लहर से पहले संसद में मुख्यत: उच्च वर्ग, ऊँची जातियों और अंग्रेज़ीदाँ वर्ग का वर्चस्व था। जन-प्रतिनिधियों के वर्ग, जाति और शैक्षिक पृष्ठभूमि में आया यह रूपान्तरण इस लोकतांत्रिक लहर के बिना सम्भव नहीं था। आज संसद की एक तिहाई सीटों को यकायक आरक्षित सीटों में बदल दिया जाए तो इन सीटों पर उन्हीं महिलाओं का दबदबा होगा जिनके पास पहले से ही चुनाव लड़ने की सांस्कृतिक और राजनीतिक पूँजी मौजूद है। ज़ाहिर है कि भारत जैसे असमतापूर्ण समाज में ऐसी सीटों पर इलीट महिलाओं का ही क़ब्ज़ा होगा।

इस प्रकार, विधेयक के मौजूदा मसौदे के ख़िलाफ़ यह तर्क दिया जाता है कि इसमें महिलाओं के अन्य वंचित तबक़ों का प्रतिनिधित्व भी होना चाहिए। इसका मतलब है कि महिलाओं के लिए निर्धारित इस 33 प्रतिशत आरक्षण में अन्य पिछड़े वर्ग[5] तथा मुस्लिम समुदाय की महिलाओं को अलग से आरक्षण

मिलना चाहिए। (अनुसूचित जाति/जनजाति को मिलनेवाला 22.5 प्रतिशत आरक्षण एक संवैधानिक तकाज़ा है जो विधेयक पारित होने के बाद ख़ुद-ब-ख़ुद लागू हो जाएगा।)

दूसरे शब्दों में कहा जाए तो विधेयक के विरोध को केवल महिला-विरोधी कहकर ख़ारिज नहीं किया जा सकता। उदाहरण के लिए, जनता दल (युनाइटिड) के ओबीसी नेता शरद यादव की उस कुख्यात टिप्पणी पर ग़ौर करें जिसमें उन्होंने कहा था कि अगर इस विधेयक में संशोधन नहीं किया गया तो संसद *'पर-कटी महिलाओं'* से भर जाएगी। इस वक्तव्य से स्त्री-विरोध की बू आती है और इस आधार पर इसकी कड़ी भर्त्सना भी की गई है। लेकिन, अगर ग़ौर से देखें तो इस वक्तव्य में यह जायज़ डर झलकता है कि विधेयक पारित होने की स्थिति में संसद उच्च वर्गों और ऊँची जातियों के हाथों में चली जाएगी और उसका आकार-प्रकार रातोंरात बदल जाएगा। स्त्री की छोटे और सलीकेदार बालों वाली यह छवि दरअसल पश्चिमी रंग-ढंग में ढली और इलीट कही जानेवाली महिला की एक रूढ़ छवि की ओर इशारा करती है। निस्सन्देह यह एक रूढ़ छवि का ही मामला है, परन्तु इसमें एक सामाजिक यथार्थ भी प्रतिबिम्बित होता है। हमें यह ग़लतफ़हमी नहीं है कि महिला-आरक्षण का समर्थन करनेवाले सभी लोग पितृसत्ता के कट्टर विरोधी हैं। यही राजनीतिक दल महिलाओं को टिकट देने में आनाकानी करते हैं, और अगर किसी ताक़तवर ख़ानदान से ताल्लुक़ रखनेवाली महिला की बात छोड़ दें तो किसी भी महिला को निर्णायक पद पर नियुक्त नहीं होने देते। पिछले पैंसठ वर्षों के दौरान पितृसत्ता की कारगुजारियों का यह जाल—जिसमें सीपीआई (एम) से लेकर भाजपा (और इनके दरमियान पड़नेवाले तमाम दल) आदि सभी शामिल हैं, इतना व्यापक होता गया है कि अब महिला-आरक्षण प्राथमिक आवश्यकता बन गया है।

तब, क्या यह आशंका करना जायज़ है कि महिला आरक्षण विधेयक ऊँची जाति के लोगों की एक ऐसी छलपूर्ण युक्ति है जिसके ज़रिये वे संसद में नीची जाति के पुरुष सदस्यों की संख्या पर लगाम कसना चाहते हैं? आइये, देखें कि 1992 के बाद पंचायतों के स्थानीय चुनावों में महिला-आरक्षण का अनुभव कैसा रहा है। गुजरात, कर्नाटक तथा पश्चिम बंगाल जैसे अनेक राज्यों से सम्बन्धित अध्ययनों से इस तथ्य की पुष्टि होती है कि एक ओर जहाँ इन चुनावों का निर्वाचित महिलाओं के जीवन पर सकारात्मक प्रभाव पड़ा है, वहीं इससे इलाक़े की वर्चस्वशाली जातियों की सत्ता और मज़बूत हुई है। दूसरे शब्दों में, पंचायती राज संस्थाओं के चुनावों में अपेक्षाकृत कम वर्चस्वशाली जातियों के पुरुषों

की जगह दबंग जातियों की महिलाओं ने घेर ली है। (मेनन 2004) इसलिए, यह हैरानी की बात नहीं है कि महिलाओं को दिए गये एकमुश्त आरक्षण से दबंग जातियों की महिलाओं और दबंग जाति-समूहों का ही भला हुआ है। अगर इन 33 प्रतिशत सीटों को 'महिलाओं' की अविभाजित श्रेणी के आधार पर तत्काल भर दिया जाए तो इससे कम-से-कम संसद का जातिगत चरित्र थोड़े समय के लिए तो बदल ही जाएगा। और बहुत से लोग इस बदलाव पर प्रसन्नता भी महसूस करेंगे। अगर वाक़ई ऐसा नहीं है तो फिर भाजपा के उस रवैये को कैसे समझा जाए जो एक ओर मंडल आयोग की अनुशंसाओं के तहत अन्य पिछड़े वर्ग को आरक्षण दिए जाने का कड़ा विरोध करती है तो दूसरी ओर महिला-आरक्षण का प्राणपण से समर्थन करती है? दरअसल, वह अपनी जीत का फ़ार्मूला यह बनाना चाहती है कि ऊँची जाति की महिलाओं को अन्य पिछड़े वर्ग के पुरुषों से भिड़ा दिया जाए।

मुझे यह बात समझ नहीं आती कि 'आरक्षण के भीतर आरक्षण' देने का यह विचार महिला-आरक्षण विधेयक के समर्थकों को क्यों स्वीकार्य नहीं है। यह तो एक खुला रहस्य है कि महिलाओं को संसद में आरक्षण देने का विचार इस समझ पर तो क़तई आधारित नहीं है कि चूँकि महिलाएँ एक जैविक श्रेणी में आती हैं इसलिए उन्हें प्रतिनिधित्व मिलना चाहिए? अगर हम यह दलील दे रहे हैं कि मौजूदा आर्थिक, सांस्कृतिक और राजनीतिक व्यवस्था में महिलाओं की सामाजिक स्थिति पुरुषों की तुलना में कमतर है और इस नाते उन्हें संसद में प्रतिनिधित्व मिलना चाहिए तो फिर हमें यह तथ्य भी स्वीकार करना पड़ेगा कि महिलाओं की यह स्थिति या उनका सामाजिक अनुभव जाति और समुदाय—ऊँची जाति और शहरी हिन्दू स्त्री होने के आधार पर भी तय होता है। यह सही है कि ऊँची जाति से सम्बन्ध रखनेवाली या शहर में रहनेवाली हिन्दू महिलाओं का जीवन भी पितृसत्ता के एक ख़ास रूप से निर्धारित होता है, परन्तु उनका सामाजिक अनुभव अन्य पिछड़े वर्ग या मुस्लिम समुदाय की महिलाओं से अलग होता है। तो फिर उनका प्रतिनिधित्व संसद में भी क्यों नहीं होना चाहिए? लिहाज़ा, मौजूदा विधेयक (जिसे स्वीकार करने से दशक-भर लम्बा गतिरोध ख़त्म हो सकता है) के विरोध को ऐसे जाति-समूहों का विरोध ही माना जा सकता है।

इस सम्बन्ध में यह बात भी दर्ज की जानी चाहिए कि भारत में क़ानून का विरोध इस आधार पर नहीं किया जाता कि नागरिक की श्रेणी सार्वभौम होती है इसलिए उस पर कोई अन्य अस्मिता 'चस्पाँ' नहीं की जानी चाहिए अथवा इस श्रेणी की सार्वभौमिकता में जेंडर की अस्मिता का चीरा नहीं लगाया जाना

चाहिए। इसके बजाय, विधेयक के विरोध के पीछे आग्रह यह है कि इसमें और ज़्यादा अस्मिताओं तथा भिन्नताओं (जाति/समुदाय) का समावेश होना चाहिए। 'आरक्षण के भीतर आरक्षण' की व्यवस्था करने का अभिप्राय भी यही है। यहाँ, इस विषय की फ्रांस में उठाए गए एक ऐसे ही क़दम से तुलना करना लाभकारी होगा।

फ्रांस में समतुल्यता का यह आन्दोलन नवें दशक में उभरा था। इस आन्दोलन की केन्द्रीय माँग यह थी कि निर्णयकारी संस्थाओं, ख़ास तौर पर निर्वाचित सदनों में स्त्रियों और पुरुषों को उनकी संख्या के आधार पर पूर्णत: समान प्रतिनिधित्व मिलना चाहिए। लेकिन, फ्रांस में इस मुद्दे से जुड़ी बहसों का तेवर भारत से नितान्त भिन्न दिशा में विकसित हुआ। फ्रांस में चलनेवाली बहस का तर्क यह था कि नागरिकता की अवधारणा में जेंडर का समावेश करने से लोकतंत्र और सार्वभौम नागरिकता का अहित होगा क्योंकि इन दोनों पदों में भिन्नता की जगह नहीं हो सकती। इसके बरक्स समतुल्यता के पैरोकार भी सार्वभौमिकता का ही तर्क पेश कर रहे थे। उनका कहना था कि नागरिकता जेंडर को उसका उचित स्थान देने के बाद ही वास्तविक अर्थों में सार्वभौम बन सकेगी। इस प्रकार, समतुल्यता की इस बहस के पक्ष-विपक्ष में दिए जानेवाले नारीवादी और समतुल्यता के प्रतिवाद में दिए गये नारीवाद-विरोधी जैसे तमाम तर्क सार्वभौम के भिन्न-भिन्न रूपों पर ही एकाग्र थे।

ज़ाहिर है कि नागरिकता तथा प्रतिनिधित्व के सन्दर्भ में सरोकारों की यह भिन्नता दोनों देशों में लोकतंत्र के ऐतिहासिक विकास-क्रम की भिन्नता का परिणाम है। फ्रांस अठारहवीं सदी में बुर्जुआ लोकतंत्र की 'क्लासिक' क्रांति से दो-चार हो चुका था, जबकि भारत में लोकतंत्र का आगमन औपनिवेशिक शासन की समाप्ति के बाद हुआ और उसमें भी यूरोप की तरह अमूर्त या व्यक्तिनिष्ठ नागरिक को लोकतंत्र का आधार बनाने की स्पष्ट कोशिश नहीं की गई। इसलिए, नारीवादी राजनीति को इस मुद्दे पर बात करते हुए दोनों देशों के ऐतिहासिक समय और उनकी भौगोलिक भिन्नताओं के प्रति संवेदनशील रहना चाहिए। (मेनन 2004)

जातिगत राजनीति नारीवादी राजनीति के समक्ष कई तरह की चुनौतियाँ पेश करती है। हमें इन चुनौतियों को इस रूप में देखना चाहिए कि 'ऊँची' जाति के नारीवादी दलित समुदायों में प्रचलित पितृसत्ता के प्रति क्या रुख रखते हैं। मसलन, एस. आनन्दी ने तमिलनाडु के एक गाँव पर केन्द्रित अपने अध्ययन में इंगित किया है कि सामाजिक-आर्थिक रूपान्तरण की तेज़ प्रक्रिया के परिणामस्वरूप

दलित तथा ऊँची जातियों के पुरुषों में अपनी-अपनी मर्दानगी दिखाने की प्रतिस्पर्धा महिलाओं के लिए एक बोझ साबित हो रही है। आनन्दी बताती हैं कि ग़ैर-खेतिहर आय में वृद्धि होने के कारण दलित युवक हायपर-मर्दानगी के शिकार होने लगे हैं। और उनकी यह मर्दानगी अक्सर उनकी 'अपनी' या 'दूसरों' की महिलाओं पर नाज़िल होती है। सी. लक्ष्मणन ने उपरोक्त अध्ययन की पड़ताल करते हुए लिखा है कि यह अध्ययन और इसमें मर्दानगी जैसी 'आयातित' श्रेणी के प्रयोग से 'हाल में सशक्त हुए जुझारू और दबंग विषमलिंगी पुरुष की यह रूढ़ छवि मज़बूत' होती है कि वह केवल 'स्त्री के स्व को ही चोट पहुँचा सकता है।' उनके अनुसार यह अध्ययन पुरुषों और स्त्रियों को एक दूसरे के सनातन विरोध में खड़ा करने की कोशिश करता है। लक्ष्मणन के मुताबिक़ उक्त अध्ययन से यह उजागर होता है कि ब्राह्मण और ग़ैर-ब्राह्मण/द्रविड़ नारीवादी दलितों की बढ़ती मुखरता से बैर रखते हैं।[6] (आनन्दी और अन्य; लक्ष्मणन 2004)

तनाव का एक ऐसा ही क्षण कोलकाता में आयोजित (2006) स्वायत्त महिलाओं के सातवें राष्ट्रीय सम्मेलन के दौरान दिखाई दिया था जिसमें दलित नारीवादी समूहों ने मुम्बई की बार-बालाओं (इसके बारे में हम बाद में विस्तार से बात करेंगे) के काम को व्यवसाय मानने से इनकार कर दिया था। इसके पीछे दलित नारीवादियों का तर्क यह था कि 'मनोरंजन' का यह रूप केवल पितृसत्ता का वाहक नहीं है बल्कि जातिवाद से भी जुड़ा है क्योंकि इसमें बहुत-सी दलित महिलाएँ ऐसी जातियों से ताल्लुक़ रखती हैं जिन्हें परम्परागत तौर पर इसी तरह के पेशों में धकेला जाता रहा है। इस प्रकार, यौन कर्म और कुछ ऐसे व्यवसायों (पुरुष दर्शकों के सामने नृत्य करने जैसे व्यवसाय), जिन्हें वेश्यावृत्ति के साथ जोड़कर देखा जाता है, को लेकर दलित नारीवादियों की इस आपत्ति को केवल पारम्परिक नैतिकता के मुहावरे में नहीं देखा जा सकता। इस प्रसंग में दोनों पक्षों के पास अपने-अपने राजनीतिक और नारीवादी सूत्र हैं। और दोनों के इस परस्पर-विरोधी रवैये को अभिजन (इलीट)/मातहत (सबाल्टर्न) के साँचे में आसानी से नहीं रखा जा सकता क्योंकि, जैसा कि इस मामले से ज़ाहिर है (दलित और बार-बाला), दोनों ही अस्मिताएँ समान रूप से मातहत हैं।

दलित महिलाएँ मुख्यधारा के नारीवाद पर शक करती हैं : उन्हें यह नारीवाद विशेषाधिकारों से लैस, दबंग जातियों और उच्च-वर्ग से ताल्लुक़ रखनेवाली शहराती नारीवादियों तथा उनके अपनी तरह के मुद्दों से लदा-फँदा दिखाई देता है। दलित बुद्धिजीवी सिंथिया स्टेफ़न ने दूसरी तरह की राजनीति को इंगित करने के लिए 'दलित महिलावाद' जैसा पद सुझाया है। इस पद के पीछे उन अश्वेत अमेरिकी

स्त्रियों की प्रेरणा काम करती दिखाई पड़ती है जिन्होंने एक नया शब्द 'महिलावाद' (वूमैनिज़म) चलाया था। उल्लेखनीय है कि ये अश्वेत महिलाएँ अपने समुदाय के पुरुषों को पितृसत्ता का दमनकारी चेहरा न मानकर नस्लवाद की उस लड़ाई में अपने एक सहयोगी के रूप में देखती थीं, जिसमें श्वेत पुरुषों की तरह श्वेत नारीवादी भी बराबर की ज़िम्मेदार थीं।

स्टेफ़न (2009) लिखती हैं :

> दलित नारीवाद जैसे विरोधाभासी पद से मुझे उबकाई आती है इसलिए अपने संघर्ष के लिए मुझे दलित महिलावाद ज़्यादा उपयुक्त पद लगता है। हम अपने अनुभव से जानते हैं कि नारीवाद वर्चस्व की भाषा में बात करता है और हम इसी वर्चस्व के ख़िलाफ़ संघर्ष कर रहे हैं।

इस सन्दर्भ में यह दर्ज करना ज़रूरी है कि आज नारीवादी बौद्धिकता और राजनीति जाति के बहिष्कार की विरासत से जूझ रही है। 'दलित' और 'सवर्ण' नारीवादियों में जिस तरह का झन्नाटेदार संवाद चल रहा है उससे उम्मीद बँधती है कि वह दोनों पक्षों के लिए उपयोगी होगा।[7]

'महिलाएँ और शान्ति'

फ्रांस के नोबेल पुरस्कार विजेता लेखक रोम्यां रोलां ने कहा था कि 'जहाँ व्यवस्था ही अन्याय बन जाती है, वहाँ अव्यवस्था ही न्याय की शुरुआत होती है।'

शान्ति और सुव्यवस्था अनिवार्यत: न्यायपूर्ण नहीं होती। आमतौर पर शान्ति एवं व्यवस्था एक ऐसे वर्चस्वी तंत्र पर टिकी होती हैं जो ख़ुद को ताक़त और वर्चस्व के ज़रिये क़ायम रखता है।* दमन के प्रयोग और वर्चस्व के उत्पादन में सेना, पुलिस और स्कूल, परिवार तथा धार्मिक सत्ता जैसी तमाम संस्थाओं की सहयोगी भूमिका होती है। दमन और वर्चस्व का ढाँचा उस क़ानूनी तंत्र से जुड़ा होता है जिसका मुख्य काम सम्पत्तिशाली तथा वर्चस्वी समूहों के हितों की रक्षा करना होता है।

राष्ट्रीय आत्म-निर्णय के आन्दोलन हों, राज्य द्वारा भूमि-अधिग्रहण के विरुद्ध चलनेवाली लड़ाई हो या मूल निवासी अथवा देशज समुदायों की बेदख़ली का प्रश्न हो—अव्यवस्था और टकराव दुनिया के हर हिस्से की सच्चाई है। एक ऐसे

---

* दिमाग़ में बैठा वह पुलिसिया पहरेदार जो हमें यह बताता है कि कैसे व्यवहार किया जाए।

परिदृश्य में जहाँ राष्ट्र-राज्य की परियोजना, पूँजीवाद और अन्यायपूर्ण सामाजिक व्यवस्था के विरुद्ध बहुमुखी संघर्ष चल रहा हो, वहाँ 'तनाव दूर करने' और 'शान्ति' स्थापित करने का क्या मतलब हो सकता है? हरेक टकराव के पीछे असमानता और अन्याय का हाथ होता है। इनसे निजात पाए बिना किसी भी टकराव का समाधान नहीं किया जा सकता। यह विरोधी पक्षों को आमने-सामने बिठाकर बात कराने का मामला नहीं है—अगर एक पक्ष बहुत ताक़तवर है और दूसरा पूरी तरह शक्तिहीन तो तनाव का समाधान ताक़तवर के पक्ष में ही होगा। इसलिए, कई दफ़ा टकरावों का समाधान न करके उन्हें पुरानी व्यवस्था के संहार का माध्यम बनने देना चाहिए ताकि उस व्यवस्था की जगह एक नई और अपेक्षाकृत ज़्यादा न्यायपूर्ण सामाजिक व्यवस्था अस्तित्व में आ सके।

शान्ति की स्थापना तथा टकराव के समाधान में महिलाओं की विशेष भूमिका हो सकती है—यह विचार इस धारणा पर टिका है कि बाक़ी तमाम अस्मिताओं के आर-पार 'महिलाओं' में एक सामूहिक जुड़ाव होता है क्योंकि वे माँ होती हैं पालनहार होती हैं और शान्ति चाहती हैं। लेकिन महिलाएँ लड़ाकू भी हो सकती हैं; वे हिंसक भी हो सकती है; वे शान्ति की तलबगार भी हो सकती हैं, संघर्ष का हल ढूँढ़ने में दिलचस्पी भी ले सकती हैं; और पुरुषों की तरह उनकी न्यस्त प्रेरणाएँ भी अलग-अलग हो सकती हैं।

यह बेशक एक ठीक बात है कि कुछ ख़ास सन्दर्भों में महिलाएँ अपनी पारम्परिक अस्मिता का उपयोग करके शान्ति की सृजनशील कार्यकर्ता बन सकती हैं। मिसाल के तौर पर, श्रीलंका में 1990 से 1993 के दौरान मदर्स फ्रंट नामक एक राजनीतिक दल ने व्यापक सदस्यता हासिल की थी। इस दल की कार्यकर्ताओं में उन माँओं की भूमिका प्रमुख थी जिनके बेटे या पुरुष नातेदार ग़ायब हो गए थे। भारत के पूर्वोत्तर और कश्मीर तथा श्रीलंका के अशान्त क्षेत्रों में 'लापता' एक ख़ास अर्थ रखता है। ऐसे क्षेत्रों में युवा अचानक ग़ायब हो जाते हैं। उन्हें अक्सर राज्य अगुआ कर लेता है या कभी-कभी उग्रवादी उठाकर ले जाते हैं। मदर्स फ्रंट ने कोई तीन वर्षों तक माँओं के एक मोर्चे के तौर पर काम किया: इस मोर्चे की सदस्य एक ओर पारम्परिक माँओं की पीड़ा और दुख की नुमाइन्दगी करती थी तो दूसरी ओर इन भावनाओं को सार्वजनिक स्पेस में राजनीतिक ढंग से प्रस्तुत करती थीं। मालती डी अलविस बताती हैं कि यह एक ऐसा तरीक़ा था जो मातृत्व के विचार को अन्दर से अपदस्थ करता था क्योंकि मातृत्व का विचार एक निजी और व्यक्तिगत अस्मिता के दायरे में आता है। और वे माँ के दुखों पर घर में बैठकर विलाप नहीं कर रही थीं, बल्कि सड़कों पर उतरकर श्रीलंकाई राज्य से

मोर्चा ले रही थीं। (अलविस 1997) ऐसी 'शोकाकुल' महिलाओं ने मातृत्व की इस अस्मिता का लैटिन अमेरिका सहित अन्य देशों की राजनीति में ख़ासा सृजनात्मक उपयोग किया है।

आज अमेरिका में एक ऐसी ही मातृत्ववादी राजनीति सक्रिय है जिसमें लड़ाकू नारीवादी स्त्रियाँ महिलाओं के लिए काम की बेहतर स्थितियाँ सुनिश्चित करने, बच्चों को बेहतर सुविधाएँ उपलब्ध कराने तथा मातृत्व या पितृत्व अवकाश आदि के लिए संघर्ष कर रही हैं। लेकिन इस मातृत्ववादी राजनीति का एक रूढ़िवादी चेहरा भी है जो मातृत्व और माँओं की विशेष नैतिक ज़िम्मेदारियों की बात करते हुए वर्चस्वी तदर्थवाद और इससे जुड़ी तमाम सामाजिक असमानताओं की रक्षा में लगा रहता है। इस प्रकार, मातृत्ववाद हमेशा रैडिकल या प्रगतिशील नहीं होता—वह एक बेहद रूढ़िवादी राजनीति का वाहक भी हो सकता है।

यही वजह है कि दुनिया के उन सभी अशान्त क्षेत्रों में जहाँ उग्रवादी आन्दोलनों तथा राज्य के सशस्त्र बलों के बीच आमने-सामने का टकराव चल रहा है, वहाँ 'महिलाएँ एवं शान्ति' जैसे प्रयासों को आन्दोलन में सक्रिय इन महिलाओं की आलोचना झेलनी पड़ती है। इन आलोचकों की दलील है कि 'महिलाओं' के बारे में यह धारणा बना लेना कि औरत होने के नाते वे 'टकराव' के बजाय 'शान्ति' का आह्वान करेंगी, एक ऐसी कोशिश है जो 'महिलाओं' की कल्पित एकता के नाम पर युद्ध में फँसे समुदाय की एकजुटता तोड़ना चाहती है। उनके अनुसार सशस्त्र संगठनों में महिलाओं की मौजूदगी तथा संघर्षों के उद्देश्य के प्रति उनके समर्पण से यह प्रदर्शित होता है कि वे उत्पीड़क समुदाय की महिलाओं के बजाय अपने समुदाय के पुरुषों के साथ ज़्यादा एकजुटता रखती हैं।

*

इस तरह 'स्त्री', नारीवादी राजनीति का एक सुस्पष्ट विषय या कोई प्राकृतिक और स्व-प्रत्यक्ष अस्मिता नहीं है। नारीवादी राजनीति का अपना सम्बोध्य राजनीति के व्यवहार से जन्म लेता है। कोई भी 'महिला' पहले से हिन्दू या मुसलमान, ऊँची जाति की या दलित, श्वेत या अश्वेत नहीं होती; इसके उलट, असल चीज़ वह राजनीतिक चुनौती होती है जिससे मुक़ाबला करनेवाले 'लोग' कभी 'दलित', कभी 'मुसलमान' और कभी 'स्त्रियों' की संज्ञा से जाने जाते हैं। नारीवाद की सफलता उसकी इसी क्षमता में निहित है कि वह 'लोगों' को अलग-अलग सन्दर्भों में नारीवादी होने के लिए प्रेरित कर सके।

लेकिन कई दफ़ा नारीवादी व्यक्ति के लिए यह देखना भी इतना ही महत्त्वपूर्ण हो जाता है कि किसी ख़ास स्थिति में जेंडर के बजाय नस्ल या जाति ज़्यादा निर्णायक कारक हो सकता है। इसका उलट भी इतना ही ठीक है कि एक दलित कार्यकर्ता या मार्क्सवादी को यह समझने की ज़रूरत होती है कि किसी स्थिति विशेष में जाति या वर्ग के बजाय जेंडर ज़्यादा प्रमुख कारण हो सकता है। इसलिए यह कहना ग़लत न होगा कि राजनीति के तमाम रैडिकल कार्यकर्ताओं और सिद्धांतकारों के लिए नारीवादी होना एक अनिवार्य स्थिति है।

पीड़ित या एजेंट?

इस तथ्य से ज़्यादा सार्वभौम या बुनियादी कुछ भी नहीं है कि हर क्षेत्र में जो भी वांछनीय है उसकी सीमाएँ पहले से तय रहती हैं।

अब तक यह स्पष्ट हो चुका होगा कि नारीवादियों के बीच जितनी असहमतियाँ दिखाई देती हैं, उतनी ही एकजुटता भी देखी जा सकती है। यही वजह है कि नारीवाद अब एक बहुलतावादी पद बन गया है। नारीवादी इस बिन्दु पर तो एकमत हैं ही कि सत्ता के जेंडरकृत सम्बन्धों के कारण महिलाएँ न केवल दमन का शिकार होती हैं बल्कि उनकी क्षमताओं का पूरा विकास भी नहीं हो पाता। लेकिन इस बात को लेकर उनके बीच गहरे मतभेद हैं कि ये सत्ता-सम्बन्ध कुछ ख़ास सन्दर्भों में किस तरह काम करते हैं तथा सत्ता के अन्य सम्बन्धों के साथ वे किस तरह की अनुक्रिया करते हैं। ऐसी कई असहमतियों को हम पिछले पृष्ठों पर दर्ज कर चुके हैं।

इस अध्याय में हमने कुछ बुनियादी बहसों की पड़ताल करने की कोशिश की है : महिलाओं को कब **पीड़ित** और सुरक्षा का हक़दार माना जाए और कब उन्हें सत्ता में सक्रिय ढंग से भागीदारी करते हुए अपना अलग मुक़ाम हासिल करनेवाले **घटक** के रूप में देखा जाए? इसका उत्तर देने के लिए 'चयन' की यह धारणा पर्याप्त नहीं है कि अगर लोग कुछ करना 'तय' करते हैं तो इससे उनके कर्ता (एजेंट) होने का तथ्य पुष्ट हो जाता है। यह इसलिए नाकाफ़ी है क्योंकि 'चुनाव करने की आज़ादी' हमेशा एक ऐसी चौहद्दी में सीमित रहती है जिसमें कोई हस्तक्षेप नहीं किया जा सकता—यह चौहद्दी आर्थिक वर्ग, नस्ल, जाति तथा ज़ाहिरा तौर पर जेंडर द्वारा निर्धारित होती है। चुनाव करने की आज़ादी कभी निरपेक्ष नहीं होती—घरेलू नौकर का बच्चा कभी यह तय नहीं कर सकता कि वह तो डॉक्टर ही बनकर रहेगा। इसी तरह कोई महिला भी अपनी मर्ज़ी से अपने भविष्य का फ़ैसला नहीं कर सकती। लेकिन, यह भी सच है कि लोगबाग इन्हीं सीमाओं के बीच चुनाव करने का ज़ज़्बा दिखाते हैं। अब सवाल यह है कि बतौर नारीवादी हम चयन के इस मसले को कैसे देखते हैं?

अमर्त्य सेन (2006) लिखते हैं :

> इस तथ्य से ज़्यादा सार्वभौम या बुनियादी कुछ भी नहीं है कि हर क्षेत्र में जो भी वांछनीय है उसकी सीमाएँ पहले से तय रहती हैं। मसलन, जब हम बाज़ार में कोई चीज़ खरीदने जाते हैं तो हम इस सच्चाई को दरकिनार

> नहीं कर सकते कि हम उन चीज़ों पर कितना ख़र्च कर सकते हैं। जिसे अर्थशास्त्री 'बजट की बाध्यता' कहते हैं, वह एक सर्वव्यापी तथ्य है। हरेक ख़रीदार को अन्तत: कुछ चुनाव करना होता है—इस तथ्य से यह संकेत नहीं मिलता कि बजट की बाध्यता अर्थहीन होती है, बल्कि इससे यह पता चलता है कि व्यक्ति को चीज़ों का चुनाव अपने बजट के अनुसार करना पड़ता है। प्राथमिक अर्थशास्त्र की यह बात राजनीति और समाज के जटिल निर्णयों पर भी लागू होती है।

यहाँ हम एजेंसी/उत्पीड़ित की इस दुविधा पर केन्द्रित पाँच ऐसे अलग-अलग मुद्दों पर बात करेंगे जिन्हें लेकर नारीवादी ख़ासी माथापच्ची करते हैं। इनमें तीन मुद्दों—*यौन कर्म, बार-नृत्य* तथा *कोख के व्यावसायिक इस्तेमाल* को यौन-श्रम का रूप माना जा सकता है। इनके अलावा बाक़ी दो मुद्दे *पोर्नोग्राफ़ी* और *गर्भपात* से वास्ता रखते हैं। इन तमाम मुद्दों से जुड़ी बहस अब एक ऐसी दिशा में बढ़ चुकी है कि नारीवादियों का हिंसा, यौनिकता तथा सबसे ऊपर, 'चुनाव' से सम्बन्धित आलोचना-शास्त्र लड़खड़ाता नज़र आता है।

लेकिन, सबसे पहले उस पद—'वस्तुकरण'—की चर्चा कर लें जिसे नारीवादी बहुतायत से इस्तेमाल करते हैं और जो इन बहसों में एक स्थायी सूत्र की तरह मौजूद रहता है।

वस्तुकरण

'स्त्री-देह का वस्तुकरण' नामक यह पद स्त्री-देह के प्रस्तुतीकरण—उसे पुरुष की यौनेच्छा की पूर्ति का साधन या बाज़ार में ख़रीद-फ़रोख़्त की वस्तु बनाने की ओर संकेत करता है। नारीवादियों ने इस प्रवृत्ति की गहन प्रत्यालोचना की है। महँगे उपभोक्ता सामानों के विज्ञापनों में स्त्री की देह-दिखाऊ छवियों से लेकर सौन्दर्य-प्रतियोगिताओं के बाज़ारवादी आयोजन और पैसों के बदले 'जिस्मफ़रोशी' करनेवाली तमाम महिलाएँ इसी वस्तुकरण के उदाहरण हैं। मूलत: मार्क्स के कृतित्व से लिया गया यह पद अपने स्थूल अर्थ में बाज़ारी-मूल्यों द्वारा पैदा किए गए उस प्रदूषण की ओर इंगित करता है जिसने उन वस्तुओं और सम्बन्धों को भी अपनी ज़द में ले लिया है, जिन्हें क़ायदे से ख़रीद-फ़रोख़्त के दायरे से बाहर होना चाहिए।

लेकिन एक ऐसी दुनिया में जहाँ हर व्यक्ति जीविका के लिए अपना कोई गुण या कौशल (बौद्धिक, संगीत की योग्यता, विभिन्न प्रकार के प्रशिक्षण और

शारीरिक श्रम) अथवा कोई न कोई वस्तु (खेतिहर उत्पाद, मोबाइल फ़ोन या लाल बत्ती पर बिकनेवाली सस्ती और चमकीली चीज़ें) बेचने के लिए बाध्य है, वहाँ इस तरह की प्रत्यालोचना अपनी धार खो देती है। अगर कोई प्रोफ़ेसर अध्यापन के बदले वेतन स्वीकार करती है तो क्या इसे दिमाग़ के वस्तुकरण का उदाहरण माना जा सकता है? अगर नारीवादियों को यह स्वीकार्य है तो फिर उन्हें विज्ञापन-निर्माताओं के लिए अपनी देह के अंगों का वस्तुकरण करने अथवा किसी ग्राहक के साथ सम्भोग करने पर आपत्ति क्यों होती है? इसका एक उत्तर यह होगा कि इनमें सबसे पहला उदाहरण सामाजिक तौर पर ज़्यादा प्रतिष्ठित और गरिमापूर्ण माना जाता है, लेकिन नारीवाद का पैरोकार होने के नाते हमारा सवाल यह होना चाहिए कि 'गरिमा' और 'सामाजिक प्रतिष्ठा' जैसे शब्द कुछ ख़ास तरह के कार्यों के लिए ही क्यों सीमित कर दिए गए हैं और बाक़ी के काम इस दायरे में क्यों नहीं आते? बौद्धिक श्रम प्रतिष्ठा का काम माना जाता है तो शारीरिक श्रम क्यों नहीं? प्रश्न यह है कि नारीवादी इन मूल्यों को सिर के बल खड़ा करना चाहते हैं; दुनिया को देखने के नज़रिये में बदलाव करना चाहते हैं या उसके बने-बनाए ढर्रे को पुष्ट करना चाहते हैं?

शायद हमें एक बार मार्क्स के पास लौटकर यह देखना चाहिए कि वस्तुकरण के बारे में वह क्या कहते हैं और इन विरोधाभासों पर पुनर्विचार करने में उनकी समझ कितनी मदद पहुँचाती है। मार्क्स ने 'वस्तु' का प्रयोग एक ऐसी चीज़ को इंगित करने के लिए किया था जिसका कोई विनिमय मूल्य होता हो तथा जिसे बाज़ार में ख़रीदा या बेचा जा सकता हो। मार्क्स का कहना था कि वस्तु एक 'रहस्यमय' चीज़ प्रतीत होती है क्योंकि इसके उत्पादन में लगा मानवीय श्रम ओझल हो जाता है तथा यह वस्तु विशुद्ध रूप से एक ऐसी भौतिक चीज़ में परिवर्तित हो जाती है जिसका मूल्य उसी में *अन्तर्निहित* रहता है। वस्तु के उत्पादन में लगा यह मानवीय श्रम सामाजिक सम्बन्धों के नेटवर्क में फलीभूत होता है, लेकिन यह तथ्य छिपा रह जाता है और वस्तुओं के बीच एक प्रत्यक्ष सम्बन्ध ज़्यादा प्रमुखता से दिखने लगता है। उदाहरण के लिए, लोहे या सोने का तुलनात्मक मूल्य इन धातुओं के अन्तर्निहित गुणों का परिणाम नज़र आता है, लेकिन सच्चाई यह है कि उनका मूल्य इस तथ्य से निर्धारित होता है कि विनिमय की समाज द्वारा स्थापित रीतियों में सोने को लोहे के मुक़ाबले 'ज़्यादा क़ीमती' माना गया है। यहाँ यह बात भी ग़ौरतलब है कि इन धातुओं के तयशुदा मूल्यों में उस मानवीय श्रम को पूरी तरह भुला दिया जाता है जिसके ज़रिये प्राकृतिक रूप से प्राप्त खनिज पदार्थों को लोहे और सोने की वस्तुओं में बदला जाता है।[1]

नारीवादियों ने वस्तु के इसी पूँजीवादी रूप की आलोचना को स्त्री-देह के वस्तुकरण की अवधारणा पर चस्पा कर दिया है। लेकिन, जैसा कि उपरोक्त चर्चा से ज़ाहिर होता है, इस आलोचना को मानव देह पर ज्यों-का-त्यों लागू करने का मतलब यह है कि हमने मनुष्य के कर्ता भाव, उसकी इच्छा, अन्त:प्रेरणा, चीज़ों के प्रति उसकी पसन्द-नापसन्द को मनुष्य द्वारा निर्मित वस्तुओं के समकक्ष रख दिया है, जबकि हम जानते हैं कि वस्तुएँ मनुष्य की तरह चिन्तन नहीं कर सकतीं।

मार्क्स वस्तु के बारे में यह भी कहते हैं :

> यह साफ़ है कि वस्तुएँ ख़ुद बाज़ार में जाकर लेन-देन नहीं कर सकतीं इसलिए हमें वस्तुओं के उन अभिभावकों की बात करनी चाहिए जो उनके मालिक भी होते हैं... अगर ये पदार्थ एक दूसरे के साथ वस्तुओं के रूप में जुड़ना चाहते हैं तो उनके मालिकों को भी एक दूसरे के साथ इसी प्रकार के सम्बन्ध स्थापित करने होंगे।[2]

पूँजीवादी समाज इन अभिभावकों के बीच वस्तुओं के मालिक होने के तथ्य को संविदा (कॉन्ट्रैक्ट) के ज़रिये स्थापित करता है। संविदा के इस विचार में दो ऐसे समान पक्षों का मिथक शामिल है जो आपसी सहमति के आधार पर श्रम अथवा वस्तुओं तथा धन के बीच विनिमय की कुछ निश्चित शर्तें और नियम निर्धारित करते हैं। मार्क्स स्वयं भी इस मिथक की विसंगति दर्ज करते हैं कि अपना श्रम बेचनेवाला/वाली कभी अपने नियोक्ता के समकक्ष नहीं हो सकता। यह समानता पूरी तरह औपचारिक और महज़ क़ानूनी होती है। लेकिन जब तक और जिस सीमा तक यह काम पूँजीवादी परिस्थितियों की देन होता है, वहाँ तक संविदा का विचार समानतावादी परिस्थितियों के संघर्ष का स्रोत बन सकता है। इस सम्बन्ध में यह पूछना ग़लत न होगा कि बंधुआ मज़दूर की तुलना में दिहाड़ी मज़दूर होना क्यों बेहतर होता है? इसकी साफ़ वजह यह है कि कम-से-कम सैद्धान्तिक स्तर पर संविदा आपसी सहमति और काम की पारस्परिक रूप से स्वीकार्य शर्तों का प्रतीक होती है। और सैद्धान्तिक स्तर पर ही सही, क़ानून इस सहमति और शर्तों की रक्षा करने की बात करता है। ग़ौर कीजिये कि काम का अधिकार अन्तत: क्या होता है? वह इस बात को इंगित करता है कि काम को पूँजीवादी संविदा के अन्तर्गत लाया जाए।

दरअसल, यही वह बिन्दु है जहाँ स्त्री की देह को वस्तुकरण की आलोचना का अंग बनाकर देखना समस्यापूर्ण हो जाता है। विज्ञापन, पोर्नोग्राफ़ी या यौन कर्म को वस्तुकरण मान लेने का मतलब है कि स्त्रियाँ इस काम में ऐसी 'वस्तुओं' के रूप

में शामिल होती हैं जिनका स्वामित्व संविदा के वास्तविक सूत्रधारों—पुरुषों के पास रहता है। लेकिन अन्तत: देखा जाए तो स्त्रियाँ स्वयं ही इस संविदा में शामिल होती हैं। क्या उनका शोषण किया जाता है? बिलकुल किया जाता है। लेकिन पूँजीवाद में पूरा काम ही 'शोषण' होता है क्योंकि वह श्रम के अधिशेष मूल्य का अधिकतम दोहन करना चाहता है। पूँजीवाद में श्रम का बाज़ार जिस तरह के 'चुनाव' की मोहलत देता है, वह काम के मामले में कम या ज़्यादा कठिन अथवा ठीक-ठाक या बुरी दिहाड़ी के बीच स्थित होता है।

अब अगर ऐसे में महिलाएँ मॉडलिंग, या यौन-कार्य अथवा किसी ऐसे व्यवसाय में उतरने का निर्णय लेती हैं जिसमें उन्हें अपने शरीर के कुछ ख़ास हिस्सों का वस्तुकरण करना पड़ता है तो क्या नारीवादियों को कुछ ख़ास तरह के कार्यों का अवमूल्यन करनेवाले स्त्री-विरोधी मूल्यों का साथ देने के बजाय, इस माँग का समर्थन नहीं करना चाहिए कि इन कार्यों में लगी महिलाओं को काम करने का बेहतर माहौल व उचित वेतन मिलना चाहिए और उनके साथ गरिमापूर्ण व्यवहार किया जाना चाहिए?

इस खंड में हम जैसे-जैसे आगे बढ़ेंगे वैसे-वैसे यह साफ़ होता जाएगा कि नारीवाद की ये अन्दरूनी बहसें किस क़दर जटिल हैं।

यौन कर्म

एक लम्बे समय से नारीवाद वेश्यावृत्ति को स्त्रियों के ख़िलाफ़ चलनेवाली हिंसा के रूप में देखता रहा है। बहुत से नारीवादी आज भी इसी बात में यक़ीन करते हैं। लेकिन जब से वेश्यावृत्ति में लिप्त महिलाओं में धीरे-धीरे राजनीतिक चेतना का विकास हुआ है और उनकी आवाज़ सुनी जाने लगी है, तब से इस कर्म को लेकर एक नई समझ सामने आई है। इस बदलाव का सबसे महत्त्वपूर्ण संकेतक यह है कि अब 'वेश्यावृत्ति' की जगह 'यौन कर्म' जैसा शब्द ज़्यादा प्रचलित हो गया है।

इस बदलाव के पीछे यह समझ काम कर रही है कि 'सेक्स' के इर्द-गिर्द रहस्य का एक ग़ैर-ज़रूरी आवरण खड़ा कर दिया गया है—यह सेक्स को रहस्यपूर्ण बनाने का ही नतीजा है कि पितृसत्तावादी और नारीवादी, दोनों ही प्रकार के विमर्शों में इसे 'मौत से भी बदतर' स्थिति बना कर रख दिया गया है। इस सम्बन्ध में ज़रा यौन कर्मियों के एक अखिल भारतीय सर्वेक्षण के बुनियादी संकेतों पर ध्यान दें। हमने इस सर्वेक्षण का पहले भी ज़िक्र किया है। देश के 14 राज्यों और एक संघशासित प्रदेश की 3000 महिलाओं पर किए गए इस सर्वेक्षण की एक ख़ासियत यह थी

कि इसमें सामूहिक या संगठित तौर पर यौन कर्म करनेवाली महिलाओं के बजाय स्वतंत्र रूप से काम करनेवाली महिलाओं को शामिल किया गया था। इस नाते इन महिलाओं को राजनीतिक तौर पर सक्रिय माना जा सकता था। इस तरह, सर्वेक्षण का मक़सद 'यौन कर्मियों की अब तक अनसुनी' रह गई आवाज़ों को दर्ज करना था। सर्वेक्षण से एक महत्त्वपूर्ण निष्कर्ष यह निकलता है : 71 प्रतिशत महिलाओं ने बताया कि वे यौन कर्म के इस व्यवसाय में अपनी मर्जी से दाख़िल हुईं। इस अध्ययन से नारीवादियों का यौन कर्म पर केन्द्रित यह शोध-निष्कर्ष पुष्ट होता है कि यौन कर्म करनेवाली महिलाओं की परिस्थितियों को समझने के लिए चुनाव बनाम मजबूरी का मॉडल बेहद नाकाफ़ी हो चुका है। (शाह 2003) सच्चाई यह है कि यौन कर्म करनेवाली अधिकांश महिलाएँ 'और भी कई तरह के काम' करती हैं। अध्ययन से पता चलता है कि, 'महिलाओं की एक बड़ी संख्या जीविका के अन्य रूपों तथा यौन कर्म के बीच सहज ढंग से आवाजाही करती हैं। मसलन, सड़क पर सब्ज़ी बेचनेवाली कोई महिला या शादी-ब्याह में डांस करनेवाली महिला यह काम करते हुए अपने ग्राहकों की तलाश में भी रहती है। महिलाओं द्वारा किए जा रहे काम को किसी एक ख़ाने में नहीं ठूँसा जा सकता। यौन कर्म या दूसरे क़िस्म का कोई काम कुछ इस तरह साथ-साथ चलता है कि यौन कर्म को सीधे-सीधे एक असामान्य और अलग तरह की गतिविधि नहीं कहा जा सकता।

ग़रीबी और अल्प-शिक्षा के कारण बहुत-सी महिलाओं को बहुत कम उम्र में ही कामकाजी हो जाना पड़ता है। और श्रम के बाज़ार में उन्हें काम के जितने भी विकल्प मिलते हैं उनमें यौन कर्म भी एक विकल्प होता है। इसका मतलब यह है कि यौन कर्म का चुनाव करने से पहले अन्य विकल्प आज़मा कर देख लिए जाते हैं। मेहनत-मज़दूरी के अन्य कार्यों में यौन कर्म अतिरिक्त आय का एक महत्त्वपूर्ण साधन बन कर उभरता है। सर्वेक्षण में शामिल बहुत-सी महिलाएँ विनिर्माण और सेवा क्षेत्रों में अकुशल मज़दूर के तौर पर विभिन्न प्रकार के काम कर चुकी थीं। इन तमाम कार्यों के बदले उन्हें बहुत कम मज़दूरी मिलती थी। इन महिलाओं को इस तरह का काम क्यों छोड़ना पड़ा या उन्हें अपनी कमाई बढ़ाने के लिए यौन कर्म की ओर क्यों जाना पड़ा? इसका जवाब कुछ इस प्रकार था :

- अल्प वेतन
- अपर्याप्त वेतन
- व्यवसाय का अलाभकारी होना
- नियमित काम की कमी
- मौसमी काम की अनुपलब्धता

- काम के बाद मज़दूरी न मिलना
- प्राप्त आय से घरेलू ख़र्चों का पूरा न हो पाना

इससे साफ़ पता चलता है कि आर्थिक दृष्टि से यौन कर्म एक आकर्षक विकल्प प्रदान करता है।

संक्षेप में :

> यौन कर्म केवल काम की शोचनीय परिस्थितियों से ही तय नहीं होता, न ही इसे नाबालिग लड़कियों के मामले में अन्य क्षेत्रों के मुक़ाबले विशेष रूप से उल्लेखनीय माना जा सकता है। श्रम के अन्य क्षेत्रों से यौन कर्म में दाख़िल होनेवाली महिलाएँ हाड़तोड़ मेहनत के बदले बहुत कम दिहाड़ी का यथार्थ झेल कर आई होती हैं। यही वह पृष्ठभूमि है जिसमें यौन कर्म बेहतर आय या जीविका के एक विकल्प के रूप में उभरता है। (साहनी एवं शंकर 2011)

इस अध्ययन की सबसे महत्त्वपूर्ण सीख यह है कि 'चुनाव' करने की सम्भावना श्रम के समूचे बाज़ार में ही बहुत-सीमत है। अगर लोगों को कोई कम थकाऊ और बेहतर मज़दूरी देनेवाला काम मिलता है तो वे उसी का चुनाव करने लगते हैं। कई सारे घरों में बहुत मामूली वेतन के बदले एक गरिमाहीन काम करने अथवा किसी ठेकेदार के यहाँ हाड़तोड़ काम में खटना 'पसन्द' करने या मुख्यत: अथवा किसी दूसरे काम के साथ यौन कर्म का 'चुनाव' करने में सचेत निर्णय की मौजूदगी या ग़ैर-मौजूदगी बहुत मायने नहीं रखती। हमें यह समझने की कोशिश करनी चाहिए कि ख़ास तौर पर पूँजीवादी बाज़ार में जनता के एक बृहत्तर हिस्से के लिए 'चुनाव' करने की आज़ादी नहीं होती। हमें यह बात घरेलू श्रम और फ़ैक्टरियों में काम की शोचनीय और शोषणपूर्ण परिस्थितियाँ देखने के बाद ही समझ आती है कि लोगबाग ऐसे घटिया काम इसीलिए करते हैं क्योंकि उनके पास इसके अलावा कोई चारा नहीं होता। अब ग़ौर करें कि यह सब देखकर हमारी प्रतिक्रिया यह नहीं होती कि ऐसे तमाम कार्यों को बन्द कर दिया जाना चाहिए, बल्कि हम यह चाहते हैं कि सभी जगह काम करने की स्थितियाँ गरिमापूर्ण होनी चाहिए; लोगों को मज़दूरी के स्थापित नियमों के अनुसार वेतन मिलना चाहिए और उन्हें आराम करने या फ़ुर्सत का समय दिया जाना चाहिए, आदि, आदि।

मौजूदा परिस्थितयाँ ऐसी हैं कि अगर कामगार को थोड़ा-सी ज़्यादा मज़दूरी का प्रलोभन दे दिया जाए तो वे ज़्यादा घंटों तक काम करने के लिए भी तैयार हो जाते हैं। मसलन, कर्नाटक सरकार ने जुलाई 2011 में उत्पादकता बढ़ाने के

उद्देश्य से फ़ैक्टरी अधिनियम, 1948 में संशोधन करते हुए काम के घंटे नौ से बढ़ाकर दस कर दिये। सरकार का दावा था कि इस क़दम से वस्त्र-उद्योग में काम करनेवाली महिलाओं को लाभ मिलेगा। सरकार का यह तक कहना था कि काम के घंटे बढ़ाने की माँग ख़ुद महिलाओं की तरफ़ से उठी थी। सच बात यह है कि कामगार अपनी मज़दूरी में इज़ाफ़ा चाहते थे, लेकिन वे यह भी जानते थे कि यह एक ऐसी माँग है जो बिना शर्त पूरी नहीं होगी। कामगारों की यह 'माँग' इस तथ्य की परिचायक थी कि उन्हें बहुत कम मज़दूरी मिल रही थी और अपनी मज़दूरी बढ़वाने के लिए वे कुछ ज़्यादा समय तक काम करने के लिए भी तैयार थे। (हुनासावदी 2011)

यहाँ भली-भाँति देखा जा सकता है कि चुनाव की प्रक्रिया किस तरह काम करती है—चुनाव करने का विकल्प सीमित होता है, लेकिन कुछ निश्चित सीमाओं के भीतर उसकी कोई न कोई सम्भावना मौजूद रहती है। पूँजीवाद में यौन कर्म करने का 'चुनाव' किसी भी अन्य काम की तरह होता है—वह न उससे ज़्यादा विवशतापूर्ण होता है, न कम। जहाँ तक मजबूरी में किए जानेवाले यौन कर्म का प्रश्न है तो वह बंधुआ मज़दूरी की तरह होता है और हम नारीवादियों को ऐसी सभी नीतियों और संस्थाओं का समर्थन करना चाहिए जो इस व्यवसाय को स्वेच्छा से छोड़नेवाली महिलाओं की मदद करती हों। इस सम्बन्ध में यह तथ्य भी दर्ज किया जाना चाहिए कि यौन कर्मी महिलाएँ अपने ग्राहकों के हाथों बलात्कार और शारीरिक शोषण आदि का भी शिकार होती हैं। यौन कर्म को अपराध के दायरे से बाहर लाने का फ़ायदा यह होगा कि इस पेशे में बलात्कार और शारीरिक हिंसा का सामना करनेवाली महिलाएँ बलात्कार से पीड़ित किसी भी अन्य महिला (अथवा किसी भी जेंडर के व्यक्ति) की तरह अदालत का दरवाज़ा खटखटा सकेंगी।

क्या अधिकांश महिलाओं के लिए विवाह किसी दूसरे काम के मुक़ाबले ज़्यादा बाध्यकारी संस्था (और विवशता से भरा काम) नहीं है? बहुत-सी महिलाओं के लिए यह यौन कर्म जितना ही कठिन, गरिमाहीन, अपरिहार्य और अवैतनिक क़िस्म का काम नहीं होता? लेकिन, क्या इसके बावजूद हम विवाह का उन्मूलन करने के बजाय यह नहीं कहते कि महिलाओं को विवाह की संस्था के भीतर रखकर भी सशक्त बनाया जा सकता है। *

* अगर विवाह जैसी संस्था सचमुच ख़त्म हो जाए तो यह सोचना दिलचस्प होगा कि इसकी जगह किस प्रकार के काल्पनिक क्षितिज उभरेंगे। क्या एक अपरिहार्य भविष्य और वैसी ही अपरिहार्य भूमिकाओं की बाध्यता से मुक्त होने पर बच्चों का नितान्त अलग तरीक़े से लालन-पालन करना सम्भव हो पाएगा?

इस तरह, भारत में यौन कर्मियों का दिनोंदिन मज़बूत होता आन्दोलन हमें इस धारणा पर सवाल उठाने के लिए उकसाता है कि किसी मर्द की पत्नी बनकर सत्ता के सामन्ती सम्बन्धों की चाकरी करना अच्छा है या यौन कर्मी बनकर पूँजीवादी संविदा की अधीनस्थता स्वीकार करना इसका एक वैकल्पिक रास्ता यौन कर्मियों की सांगठनिक अवधारणा में दिखाई देता है जिसमें 'कामगार' यानी पूँजीवाद तंत्र में दिहाड़ी पर मज़दूरी करती महिला अपना स्वतंत्र काम शुरू कर सकती है। भारत के कई भागों में वेश्यावृत्ति को *धंधा* कहा जाता है और इस काम में लगी महिलाओं को *धंधेवाली*—एक ऐसी महिला जो स्वतंत्र रूप से काम करती हो। महाराष्ट्र के यौन कर्मी संगठन—संग्राम और वाम्प, इसी शब्द का प्रयोग करते हैं, जबकि पश्चिम बंगाल में यौन कर्मियों का संगठन—दुरबार महिला समन्वय कमेटी—जौनकर्मी शब्द का इस्तेमाल करता है। उपरोक्त मराठी संगठन इस कर्म में लगे समूहों जैसे देवदासियों, गृहणियों, वेश्यालय में काम करनेवाली महिलाओं, निजी प्रयासों से ग्राहक ढूँढ़नेवाली महिलाओं तथा पुरुष यौन कर्मियों की पृष्ठभूमि और भिन्नता दर्शाने के लिए वेश्यावृत्ति और यौन कर्म से जुड़े समुदाय—'पीपुल इन प्रोस्टीट्यूशन एंड सेक्स वर्क' (पीपीएस) जैसे पद का प्रयोग करते हैं। 'इसके अलावा, पीपीएस जैसा शब्द व्यक्ति की विभिन्न पहचानों को सम्मान देता है। वह वेश्यावृत्ति और यौन कर्म करनेवाले लोगों को पहले मनुष्य घोषित करता है : जब वह अपने ग्राहक के साथ होती है तो *धंधेवाली* होती है; जब वह अपने बच्चों के साथ होती है तो *माँ* की भूमिका में होती है; और जब वह अपने समुदाय को शिक्षित कर रही होती है तो एक *शिक्षक* के किरदार में होती है।' (पिल्लई एवं अन्य, 2008)

मोटे तौर पर यौन कर्म के नियमन से सम्बन्धित इस बहस के तीन पहलू हैं :

बहस का एक पहलू वेश्यावृत्ति को सामाजिक बुराई के रूप में देखता है। वह इसे *आपराधिक कृत्य* की श्रेणी में रखकर चलता है। इससे या तो एक उन्मूलनवादी नज़रिया पैदा होता है अथवा एक भर्त्सनावादी रवैया सामने आता है जो इसके क़ानून-सम्मत होने या न होने के प्रति चुप्पी साधे रहता है, लेकिन 'यौन कर्म के बाहरी प्रदर्शन' जैसे ग्राहक ढूँढ़ने, वेश्यालय के अस्तित्व और देह-व्यापार आदि को अपराध घोषित करना चाहता है। भारत में इसका मौजूदा क़ानून—देह-व्यापार नियंत्रण (निवारण) अधिनियम, 1986 (आइटीपीए अथवा पीआइटीए) इसी नज़रिये का उदाहण कहा जा सकता है।

दूसरा पहलू यौन कर्म के नियमन के लिए उसे ज़ोन और लाइसेंस के दायरे में लाकर *क़ानूनी* आधार देना चाहता है। कोलकाता के यौन कर्मियों के संगठन दुरबार महिला समन्वय कमेटी ने अपने एक प्रकाशन में औपनिवेशिक शासन का

उदाहरण देते हुए स्पष्ट किया है कि यौन कर्म को क़ानूनी आधार प्रदान करने से उस पर राज्य का नियंत्रण बढ़ जाता है और वह एक दड़बे में बदलने लगता है। इस नज़रिये की यह कहकर आलोचना की जाती है कि वह यौन व्यापार के एक बहुत बड़े हिस्से को अदृश्य बनाने की वकालत करता है।

बहस का तीसरा पहलू यौन कर्म को जीविका के दृष्टिकोण से देखता है और उसे दो वयस्क व्यक्तियों की आपसी सहमति पर आधारित कर्म मानकर चलता है। इसलिए वह इस बात पर ज़ोर देता है कि यौन कर्म और इससे जुड़े तमाम स्वैच्छिक सम्बन्धों को अपराध के दायरे से मुक्त कर देना चाहिए। यह दृष्टिकोण जबरिया और नाबालिग़ों के साथ किए गए यौन कर्म को धोखाधड़ी, दमन तथा बंधुआ मज़दूरी की श्रेणी में रखते हुए यह तजवीज़ करता है कि ऐसे सभी मामलों का निपटारा आम क़ानून के तहत किया जाना चाहिए, जबकि आपसी सहमति पर आधारित यौन कर्म श्रम-क़ानून के दायरे में आना चाहिए। भारत के अलावा दुनिया भर के संगठित यौन कर्मियों का यही आम नज़रिया है। (कोटीश्वरन 2011)

सर्वोच्च न्यायालय ने बाल-व्यापार से सम्बन्धित एक जनहित याचिका पर निर्देश (2009) देते हुए कहा था कि अगर सरकार वेश्यावृत्ति को रोक पाने में अक्षम है तो फिर इसे क़ानूनी वैधता प्रदान कर देनी चाहिए : 'उस स्थिति में आप इस व्यापार पर नज़र रख सकते हैं, इसमें शामिल लोगों का पुनर्वास कर सकते हैं और उन्हें चिकित्सा सुविधा प्रदान कर सकते हैं।' दरअसल, इस तरह की घोषणाएँ इस बहस की जटिलताओं पर पर्दा डालने का काम करती हैं। जैसा कि हमने पीछे देखा, यौन कर्म को क़ानूनी मान्यता देना या इसके उन्मूलन की बात करना ही विकल्प नहीं हैं। यौन कर्मियों के आन्दोलनों को क़ानूनी मान्यता के विकल्प से गम्भीर दिक़्क़तें रही हैं।

बार-डांसर

महिला-समूहों ने इस सम्बन्ध में मुम्बई की बार-डांसरों का मसला भी उठाया है। ये बार-डांसर मुम्बई के लाइसेंसशुदा बारों में फ़्लोर शो और कैबरे पेश किया करती थीं। 1980 के दशक में ऐसे बारों की संख्या में ज़बर्दस्त इज़ाफ़ा हुआ था। बार-डांसर यौन कर्मी नहीं थीं, लेकिन 2005 में जब महाराष्ट्र सरकार ने इस व्यवसाय पर प्रतिबन्ध लगाने का फ़ैसला किया तो इसके कारण 'सार्वजनिक नैतिकता के पतन' और 'युवाओं के पथभ्रष्ट' होने आदि जैसे तर्क दिए गए। ग़ौर करें कि वेश्यावृत्ति के उन्मूलन के पक्ष में कुछ ऐसे ही तर्क दिए जाते हैं। मुम्बई और अन्य शहरों के

महिला-समूहों के साथ डांसरों की यूनियन ने भी इस क़दम का विरोध किया था। उनका कहना था कि इस फ़ैसले से सम्बन्धित महिलाओं की जीविका प्रभावित होगी। प्रतिबन्ध का पाखंड इस तथ्य से साफ़ हो जाता है कि यह पूरी क़वायद 'होटल' के बजाय सस्ते 'बारों' के ख़िलाफ़ ही की गई थी। सरकार ने तीन या इससे ज़्यादा 'स्टारों' वाले होटलों और क्लबों को प्रतिबन्ध के दायरे से बाहर रखा था। इसी प्रकार, दिल्ली उच्च न्यायालय ने 1914 के एक क़ानून को उलटते हुए एक नया निर्देश जारी किया था। उक्त क़ानून में कहा गया था कि महिलाएँ सार्वजनिक स्थानों पर शराब नहीं परोस सकतीं। न्यायाधीशों ने यह निर्णय होटल एसोशिएशन ऑफ़ इंडिया और होटल में काम करनेवाली दो महिलाओं द्वारा दायर की गई याचिका के सम्बन्ध में दिया था। उक्त महिलाओं ने इस याचिका में कहा था कि इस क़ानून के कारण उनका करियर तबाह हो रहा है। न्यायाधीशों ने अपने निर्णय में जिन कारणों का हवाला दिया था उससे समाज में महिलाओं की एक कमनीय छवि ही मज़बूत होती है। निर्णय के अनुसार, '...स्त्री के स्पर्श से होटल उद्योग को एक विशेष प्रकार की सुंदरता और नफ़ासत मिलती है। यह सुंदरता और नफ़ासत पुरुषों के स्वभाव में नहीं पाई जाती।' मुम्बई के उच्च न्यायालय ने बार-डांसरों के मामले में महाराष्ट्र सरकार के प्रतिबन्ध को असंवैधानिक घोषित करते हुए इसे उनकी जीविका के मौलिक अधिकार का उल्लंघन बताया था। फ़िलहाल वह मामला सर्वोच्च न्यायालय में लम्बित है, लेकिन इस दौरान उस मामले से सम्बन्धित तमाम महिलाएँ शुरुआती गहमा-गहमी के बाद फिर एक अदृश्य दुनिया में बिखर गई हैं।

मुम्बई में बार-डांसरों की यूनियन तथा उपरोक्त मामले की अगुआई करनेवाले संगठन, मजलिस, ने अपनी पड़ताल के दौरान पाया कि बार में नाचने का काम करनेवाली अधिकांश महिलाएँ भारत के विभिन्न क्षेत्रों से आई थीं। शुरू में उनसे यह वायदा किया गया था कि उन्हें शहर में घरेलू नौकरानी का काम दिलाया जाएगा, लेकिन बाद में उन्हें बार में नाचने का काम दे दिया गया। हालाँकि शुरू में इस काम को लेकर उनके मन में कई तरह के सन्देह थे लेकिन एक बार जब उन्होंने यह काम शुरू कर दिया तो उनमें ज़्यादातर महिलाओं को यही बेहतर लगने लगा। और इसकी वजह यह थी कि इस काम के ज़रिये वे घरेलू नौकरानी की तुलना में कहीं ज़्यादा कमा रही थीं और ख़ुद को आर्थिक रूप से स्वतंत्र महसूस कर रही थीं। अपनी इस पड़ताल में मजलिस को पता चला कि इन महिलाओं के सामने 'बार-डांसर बनने का कोई दबाव नहीं था, अगर कोई दबाव था भी तो वह उनका अपना आर्थिक दबाव था।' इसके विपरीत प्रतिबन्ध का परिणाम यह हुआ कि उनमें बहुत-सी महिलाओं को जेल भेज दिया गया। इन महिलाओं के पास न

यह जानकारी थी और न साधन कि जमानत पर कैसे छूटा जाता है। इस फ़ैसले से उनके बूढ़े माँ-बाप, बच्चे और कई मामलों में दूध पीते बच्चे एकदम बेसहारा हो गए। इस तरह, बार बन्द करने का यह फ़ैसला बहुत-सी महिलाओं को निराश्रित कर गया। (मजलिस 2005)

इस नैतिक ढाँचे की निर्दयता देखें! वह यौन कर्म और बार में नाचने के काम को तो निषिद्ध घोषित कर देता है लेकिन इस काम से बेदख़ल किए गए लोगों की ग़रीबी और लाचारी से उसे कोई दिक़्क़त नहीं होती।

'मानव-व्यापार' (जबरन) बनाम 'प्रवासन' (स्वैच्छिक)— राष्ट्रीय सीमाओं पर सवालिया निशान

'मानव-व्यापार' की धारणा यौन कर्म के उन्मूलनवादी नज़रिये के साथ बहुत गहराई से नत्थी हो चुकी है। अन्तर्राष्ट्रीय स्तर पर इसका ख़ूब हो-हल्ला मचता है। मानव-व्यापार विरोधी अभियानों में पहली दुनिया के नारीवादी अग्रणी भूमिका में रहते हैं। इन अभियानों में मानव-व्यापार के लिए बहुतायत से इस्तेमाल की जानेवाली परिभाषा 1999 में तय की गई थी। इस परिभाषा को तैयार करने में ग्लोबल एलायंस अगेंस्ट ट्रैफ़िक इन वूमन (जीएएटीडब्ल्यू), फ़ाउंडेशन अगेंस्ट ट्रैफ़िकिंग इन वूमन (एफ़एटीडब्ल्यू) तथा इंटरनेशनल ह्यूमैन राइट्स लॉ ग्रुप (आइएचआरएलजी) की मुख्य भूमिका रही थी। ये तीनों संगठन अमेरिका से ताल्लुक़ रखते हैं। इस परिभाषा में मानव-व्यापार को प्रवासन से जोड़कर देखा जाता है और इसे 'जबरन प्रवासन' का उदाहरण बनाकर पेश किया जाता है।

इन मानव-व्यापार विरोधी अभियानों, ख़ास तौर पर अमेरिका के मानव-व्यापार विरोधी अधिनियम (2000) को नारीवादी टेढ़ी नज़र से देखते हैं। उनका कहना है कि ऐसे अभियान महिलाओं के सरहदों के इधर-उधर जाने की तमाम घटनाओं को जबरिया प्रवासन का उदाहरण बताकर; फिर इस आधार पर महिलाओं से उनकी क़ानूनी पहचान छीनकर व उनके परिवार वालों को अपराधी घोषित करके यौन कर्म (स्वैच्छिक) तथा मानव-व्यापार (ज़बरन) के अन्तर को गड्डमड्ड कर देते हैं। जन-स्वास्थ्य एवं मानवाधिकार के क्षेत्र में काम कर रहे कई अन्तर्राष्ट्रीय समूह इस मामले में अमेरिकी सरकार पर यह दबाव बनाते रहे हैं कि उसे एचआइवी/एड्स की रोकथाम के लिए दी जानेवाली वित्तीय सहायता को वेश्यावृत्ति के विरोध की शर्त से मुक्त कर देना चाहिए। मानव-व्यापार विरोधी अभियानों की आलोचना करनेवाले इन नारीवादियों की दलील यह है कि इस क़ानून के कारण यौन कर्मियों

के बीच चलाए जा रहे स्वास्थ्य कार्यक्रम सफल नहीं हो पाते और इस तरह यौन कर्मियों के सबसे कमज़ोर हिस्से की रक्षा करने का ध्येय विफल हो जाता है। मानव-व्यापार विरोध के नाम पर पश्चिमी और दक्षिण एशियाई देशों द्वारा अपनाई जा रही इन नीतियों की ख़ुद यौन कर्मी भी पुरज़ोर भर्त्सना कर रहे हैं। उनके साथ इस मुहिम में कुछ नारीवादी एवं मानवाधिकार समूह भी शामिल हैं। (कपूर 2005) इस प्रकार, ग़ौर करें कि मानव-व्यापार विरोधी अभियान भी उसी 'अभिशासकीय नारीवाद' के उदाहरण हैं जिसकी हमने पीछे छानबीन की थी।

क़ानून की नारीवादी अध्येता एवं कार्यकर्ता फ़्लेविया एग्नेस इस सम्बन्ध में एक अवधारणागत प्रस्थान की बात करती हैं। उनका कहना है कि हमें स्त्री को कमज़ोर मानने के बजाय एक ऐसी स्त्री के रूप में प्रस्तुत करना चाहिए जो ख़तरे का सामना करने से नहीं हिचकती। उनकी दलील यह है कि प्रवासी, मानव-व्यापार के ज़रिये विस्थापित हुए लोग तथा यौन कर्मी आत्म-चेतना से लैस होते हैं और उनमें निर्णय लेने की क्षमता भी होती है। उनकी इस चेतना और क्षमता का साक्ष्य यह है कि समय पड़ने पर वे अपने और परिवार के लोगों का जीवन बचाने की पुरज़ोर कोशिश करते हैं। उदाहरण के लिए, प्रवास का निर्णय लेते समय बहुत-सी महिलाएँ तकनीकी नेटवर्क का इस्तेमाल करते हुए कई चीज़ें ख़ुद तय करती हैं और अपने मूल देश के लोगों से सम्पर्क बनाए रखती हैं। महिलाएँ स्वयं और अपने 'शोषणकर्ता' को किस तरह देखती हैं—यह एक ऐसा मसला है जो उत्पीड़ित और उत्पीड़क की पारम्परिक व रूढ़ छवि को और सन्दिग्ध बना देता है। मसलन, यौन उद्योग में कार्यरत महिला की मुख्य छवि यह है कि वह उत्पीड़ित, दमित, भोग की वस्तु और शोषित होती है और धूर्त मर्द उसकी मज़बूरियों का फ़ायदा उठाते हैं, जबकि कई देशों में यौन पर्यटन से जुड़ी महिलाओं के अध्ययन से यह उजागर होता है कि यौन कर्म उनके लिए अपनी आर्थिक स्थिति सुधारने का उपाय होता है और इसके लिए वे जमकर सौदेबाजी करती हैं।

इसके अलावा, अन्य नारीवादियों की तरह एग्नेस भी इस बात पर ज़ोर देती हैं कि मानव-व्यापार के विरोध का एजेंडा उन लोगों के हाथों में चला गया है जो यौनिक नैतिकता के प्रति एक रूढ़िवादी नज़रिया रखते हैं। यह नैतिकता 'अच्छी' महिला का मतलब उसके विनम्र, पवित्र और अबोध होने से लगाती है। इस समझ पर सवाल उठानेवाले नज़रिये को एक दोहरा ख़तरा—महिलाओं के साथ समाज की सुरक्षा के लिए भी नुक़सानदेह बताया जाता है। इससे एक ऐसा 'सुरक्षामूलक एजेंडा' पैदा होता है जिसमें प्रवासन के स्वैच्छिक और जबरन रूपों के बीच का अन्तर ग़ायब हो जाता है। इसमें महिलाओं के देशान्तर गमन के प्रत्येक रूप को

विवशता से प्रेरित बताया जाता है जिससे यही धारणा मज़बूत होती है कि तीसरी दुनिया की महिलाएँ उत्पीड़ित, बचकाना दिमाग़ और निर्णय-क्षमता से वंचित होती हैं। (एग्नेस 2006)

इस सम्बन्ध में नन्दिता शर्मा का सुझाव भी ग़ौरतलब है। उनका कहना है कि हमें मानव-व्यापार विरोधी मुहिम के स्थान पर एक ऐसा राजनीतिक कार्यक्रम तैयार करना चाहिए जो राष्ट्रीय सीमाओं की वैधता पर सवाल उठाता हो। उल्लेखनीय है कि पिछली सदी के दौरान राष्ट्रीय सीमाएँ लोगों के लिए एक सहज तथ्य का रूप ले चुकी हैं। उनकी दलील है कि राष्ट्रीय सीमाओं की इस व्यवस्था को भंग करने के साथ श्रम के बाज़ार को नये सिरे से संगठित किया जाना चाहिए। अब राष्ट्रीयता पर आधारित भेदभाव ख़त्म हो जाना चाहिए। आज राष्ट्रीय सीमाओं की मुख़ालिफ़त करनेवाले कार्यकर्ताओं द्वारा इस प्रकार की माँगें पूरी दुनिया में उठाई जा रही हैं। राष्ट्र-राज्यों के आर-पार लगे कँटीले तारों में लिपटी इन सरहदों को चुनौती देने के लिए राजनीति में एक रैडिकल कार्यक्रम की दरकार है। (शर्मा 2003)

इस प्रकार हम देखते हैं कि नारीवादी नज़रिये के विभिन्न कोणों से वेश्यावृत्ति के सवाल को उठाना उन सभी अवधारणाओं के गम्भीर विरोधाभासों को खोल देता है जिन्हें स्थिर और अप्रश्नेय माना जाता है—'राष्ट्र राज्य' से लेकर श्रम की अवधारणाओं तक।

किराये की कोख

परिवार के सन्दर्भ में हमने पीछे किराये की कोख की चर्चा की थी। यह परिघटना स्त्री-देह के वस्तुकरण तथा उसकी एजेंसी और पसन्द आदि जैसे मुद्दों पर गम्भीर प्रश्न खड़े करती है।

किराये की कोख (सरोगेट प्रेग्नेंसी) एक व्यावसायिक-चिकित्सकीय पद है। यह एक ऐसी महिला के लिए प्रयोग किया जाता है जो पात्रे निषेचन (आइवीएफ़—इन विट्रो फ़र्टिलाइज़ेशन) तकनीक के ज़रिये किसी अन्य स्त्री के लिए गर्भ धारण करती है। इसके अन्तर्गत सामान्यत: दो चीज़ें आती हैं—इक़रारनामा करनेवाले पक्ष के शुक्राणु और अंडाणु तथा एक वित्तीय समझौता जिसमें यह दर्ज रहता है कि गर्भ धारण करनेवाली महिला को अनुबंध करनेवाला पक्ष कितनी रक़म अदा करेगा।

नारीवादियों ने पिछले एक दशक के दौरान किराये की कोख से जुड़े कई नैतिक प्रश्नों पर गम्भीरता से विचार किया है। एक चिकित्सकीय हस्तक्षेप के तौर

पर आइवीएफ़ की तकनीक इस प्रक्रिया से गुज़रनेवाली महिला के लिए शारीरिक और भावनात्मक तौर पर बेहद तकलीफ़देह होती है। इसलिए यह तकनीक शुरू से ही नारीवादियों के निशाने पर रही है। व्यावसायिक इस्तेमाल शुरू होने के बाद यह तकनीक दुनिया के ग़रीब इलाक़ों और आपेक्षिक रूप से साधनहीन महिलाओं तथा कृत्रिम गर्भाधान के ज़रिये सन्तान-प्राप्ति की इच्छा रखनेवाले विषमलिंगी और कुछ मामलों में समलैंगिक युगलों के बीच सत्ता-सम्बन्धों का एक नया अखाड़ा बन गई है। नारीवादी इसके विरोध में राष्ट्रीय स्वास्थ्य की प्राथमिकताओं का प्रश्न उठाते हैं : क्या ग़रीब देशों में नपुंसकता को वाक़ई समस्या कहा जा सकता है? उन्होंने किराये की कोख (सरोगेसी) से जुड़ी बहस पर ग़रीब महिलाओं के प्रजनन अधिकारों तथा न्याय के सन्दर्भ में भी विचार किया है। (क़दीर एवं जॉन 2008; वाल्डबाई 2010; सरोजिनी एवं दास 2010)

स्त्री की 'प्राकृतिक देह' को अनुबंध का विषय बनाए जाने पर नारीवादियों का बड़ा समूह ख़ासा रुष्ट दिखाई देता है। देह के वस्तुकरण के प्रति यह जुगुप्सा उनके लेखन में साफ़ देखी जा सकती है। मसलन, अमेरिका की नारीवादी अध्येता और कार्यकर्ता जैनिस रेमॉन्ड ने 1987 में मिशिगन की न्यायिक समिति के सामने सरोगेसी की भर्त्सना करते हुए कहा था कि 'सार्वजनिक नीति के तौर पर इसकी वैधता ख़त्म कर दी जानी चाहिए...इन अनुबंधों से स्त्री की अधीनस्थता मज़बूत होती है। वह प्रजनन की मशीन या वस्तु बनकर रह जाती है।'[3] उन्होंने कहा था कि तकनीक पर आधारित प्रजनन के अनुबंधों में जिस तरह की भाषा इस्तेमाल की जाती है, वह स्त्रियों को 'भौतिक परिवेश' तथा 'समय से पहले जन्मे बच्चे को ज़िन्दा रखने की मशीन' जैसे नाम देकर तथा उपयुक्त कोख की खोज (फ़िशिंग)/भरती (रिक्रूट)/ अंडाणुओं की कटाई (हारवेस्टिंग ऑफ़ एग्स) आदि जैसे शब्दों का प्रयोग करके उनसे मनुष्य होने की गरिमा छीन लेती है। इस भाषा में गर्भपात को 'दोषपूर्ण गर्भाशय' का परिणाम बताया जाता है। (रेमॉन्ड 1993; सरोजिनी एवं दास 2010) इस तरह, सरोगेट महिलाएँ महज प्रजनन की मशीन बन जाती हैं और उनका पूरा वजूद उनके प्रजनन अंगों का एक योगफल बन कर रह जाता है।

लेकिन इसी के समानांतर कुछ नारीवादियों का यह भी कहना है कि जब कोई महिला सरोगेसी के अनुबंध पर हस्ताक्षर करती है तो इसमें उसकी अपनी इच्छा भी काम कर रही होती है। यह लगभग वैसी ही एक दलील है कि यौन कर्म की तरह सरोगेसी को भी श्रम के एक प्रकार यानी एक काम की तरह देखकर उसके सकारात्मक पक्ष पर विचार किया जाना चाहिए। अमृता पाण्डे की राय है कि सरोगेसी को भारत जैसे ग़रीब देश में एक 'अनौपचारिक, जेंडरीकृत और लांछित काम'

की तरह देखा जाना चाहिए। उनकी दृष्टि में व्यावसायिक सरोगेसी 'देखभाल का एक यौनकृत कार्य' है (2009)। इज़रायल और भारत में व्यावसायिक सरोगेसी का काम करनेवाली महिलाओं के अध्ययन से ज़ाहिर होता है कि अपने इस काम को लेकर उनकी समझ बहुत सपाट नहीं है; ऐसी महिलाएँ अपने बच्चों के प्रति माँ की भूमिका में रहती हैं जबकि पैसों के बदले जन्मे बच्चों के प्रति उनका रवैया अलग होता है। ऐसा नहीं है कि इन महिलाओं का दिमाग़ घुमा दिया जाता है या वे अपने साथ होनेवाली इस घटना को असहाय भाव से देखती रहती हैं। इन महिलाओं को बख़ूबी पता रहता है कि उन्होंने सरोगेट बनने का निर्णय स्वयं लिया है और इस तथ्य पर अच्छी तरह विचार किया है कि उन्हें किस प्रकार की परिस्थितियों से गुज़रना पड़ेगा। (पाण्डे 2009; टेमन 2003)

जिस वक़्त महिला संगठन और नारीवादी समूह इस परिघटना को समझने की कोशिश में लगे हैं, उसी समय असिस्टेड रिप्रोडक्टिव टैक्नॉलोजीज़ (नियमन) विधेयक का मसौदा भी परिचर्चा के लिए तैयार है। विधेयक के नारीवादी विश्लेषण से स्पष्ट होता है कि इसमें केवल दो पक्षकार—अनुबंध में शामिल माता-पिता तथा चिकित्सा क्षेत्र से जुड़े पेशेवर लोग ही शामिल हैं। इसमें सरोगेट माँ का उल्लेख केवल अनुबंध पर हस्ताक्षर करनेवाले माता-पिता के हितों के सन्दर्भ में किया गया है। मसलन, सरोगेट महिला गर्भाधान की प्रक्रिया के आरम्भ से लेकर बच्चे के जन्म तक अर्थात् डेढ़ साल की अवधि के दौरान यौन सम्बन्ध नहीं बना सकती; दूसरे, अगर कोई महिला शादी-शुदा है तो सरोगेट माँ बनने के लिए उसे पति से अनुमति लेनी होगी। लेकिन, इसके दूसरी तरफ़ यह स्पष्ट नहीं किया गया है कि मुआवज़े की शर्तें क्या होंगी और उसे यह मुआवज़ा किस एजेंट के मार्फ़त मिलेगा। विधेयक में इस बात पर भी कोई विचार नहीं किया गया है कि अगर इस प्रक्रिया में महिला एचआइवी से ग्रस्त हो जाती है तो इसके लिए क्या उपाय किए जाएँगे। कुल मिलाकर देखें तो यह विधेयक सरोगेट महिला द्वारा किए गए लेन-देन को भविष्य में माता-पिता बननेवाले लोगों के साथ एक निजी उपक्रम में बदल देता है। इसमें सम्बन्धित महिला के हितों की रक्षा के लिए कोई उपाय नहीं किया गया है। (क़दीर एवं जॉन 2008)

इस बहस में सरोगेट महिलाओं की आवाज़ इसलिए नदारद है क्योंकि सामाजिक पूर्वग्रहों के चलते वे अपनी पहचान उजागर नहीं करना चाहतीं। लेकिन फिर भी नारीवादी राजनीति हर हालत में नुमाइन्दगी पर ज़ोर देती है अर्थात् 'नारीवादियों' को लगता है कि उन्हें 'महिलाओं' के हितों का एहसास है। लिहाज़ा, अगर लोकतांत्रिक दबाव बनाया जाए तो महिला संगठन, नारीवादी विद्वान/कार्यकर्ता क़ानून के मसौदे में रचनात्मक भूमिका निभा सकते हैं। लेकिन, जब तक सरोगेट माँओं का कोई

समूह नियम बनाने के लिए स्वयं ही सामने नहीं आता तब तक ऐसा कोई भी क़ानून उनके हितों की रक्षा नहीं कर सकता। यह एक भ्रांत धारणा है कि 'महिला होने के नाते' हम 'सरोगेट माँ बननेवाली महिलाओं' के हितों की नुमाइन्दगी कर सकते हैं या उनके 'हितों को समझ' सकते हैं। इस धारणा के बल पर हम हद से हद एक उपयोगी क़ानून बना सकते हैं, लेकिन सम्बन्धित महिलाओं की आय सुनिश्चित कराने के मामले में ऐसा क़ानून पूरी तरह विफल भी हो सकता है।

मसलन, इस बहस में शामिल एक नारीवादी नज़रिये की माँग है कि सरोगेट माँओं की गुमनामी का प्रावधान ख़त्म किया जाना चाहिए क्योंकि इससे उनकी स्थिति बहुत शोचनीय हो सकती है। हम इसके पीछे काम कर रही नारीवादी भावना को समझ सकते हैं, लेकिन फिर भी सवाल यह है कि इस काम की निहित यौनिकता को देखते हुए कितनी महिलाएँ अपनी पहचान उजागर करने का साहस कर पाएँगी? आख़िर इस मामले में महिलाओं को गुमनाम रहने का अधिकार क्यों नहीं मिलना चाहिए? गुमनामी की शर्त हटाने पर ज़ोर देने का एक परिणाम यह भी हो सकता है कि बहुत-सी महिलाएँ इस काम की तरफ़ जाने का विचार ही त्याग दें।

जब तक सरोगेसी का काम करनेवाली महिलाएँ ख़ुद को संगठित नहीं करतीं और अपने अनुभवों को दुनिया के साथ साझा नहीं करतीं, तब तक हमें इस काम के विभिन्न आयामों के बारे में ख़ास जानकारी नहीं मिल पाएगी। फ़िलहाल तो यही स्थिति है कि इस विषय में हम बहुत कम जानते हैं।

पोर्नोग्राफ़ी

सातवें और आठवें दशकों के दौरान भारतीय नारीवाद का कुछ अन्य कार्यकलापों के साथ एक प्रमुख काम यह हुआ करता था कि आन्दोलन के कार्यकर्ता सेक्सी फ़िल्मों, पोस्टरों और विज्ञापनों का विरोध करने के लिए सिनेमा हॉल के बाहर धरना दिया करते थे। उन दिनों वे आपत्तिजनक विज्ञापनों और पोस्टरों को फाड़ने की हद तक चले जाया करते थे। इस सम्बन्ध में 'सेक्सी' या 'आपत्तिजनक' होने का अर्थ स्त्री-देह के अश्लील चित्रण या बलात्कार के महिमा-मंडन तक सीमित था। अगर सेक्स के प्रदर्शन की उनकी परिभाषा थोड़ी व्यापक होती तो इसके दायरे में मुख्यधारा के फ़िल्म जगत की लगभग हरेक फ़िल्म शामिल करनी पड़ती क्योंकि मुख्यधारा की प्रत्येक फ़िल्म में स्त्री को या तो दब्बू दिखाया जाता है अथवा अपनी मुखरता के कारण दंड भोगते दर्शाया जाता है। इन फ़िल्मों में नायक हीरोइन के पीछे इस तरह पड़ा रहता है कि यह हरकत लगभग यौन-उत्पीड़न की श्रेणी में चली

जाती है। अन्त में हीरोइन थक-हारकर इस बेहूदगी को स्वीकार करते दिखाई जाती है। इस कार्रवाई से उम्मीद की जाती थी कि वह फ़िल्म-उद्योग में स्त्री की देह के इस फूहड़ चित्रण के ज़रिये स्त्री-द्वेष तथा यौन-प्रदर्शन के बृहत्तर वातावरण की पड़ताल करने तक जाएगी। महिला संगठनों के दबाव और प्रभाव के चलते जल्द ही एक क़ानून—महिलाओं का अश्लील चित्रण (रोकथाम) अधिनियम, 1986 पारित किया गया। लेकिन क़ानून के सम्बन्ध में यह बात बाद में महसूस की गई कि इसे बहुत जल्दबाज़ी में और बिना किसी ख़ास बहस के पारित कर दिया गया था।

नारीवादियों ने उस समय भी इस क़ानून का अनमने ढंग से स्वागत किया था। भारतीय महिला आन्दोलन पर केन्द्रित अपनी पुस्तक में नन्दिता गाँधी तथा नन्दिता शाह ने राज्य को दी गईं बेजा शक्तियों की आलोचना करते हुए इस क़ानून को बेहद दोषपूर्ण बताया था। उनके अनुसार इस क़ानून में विज्ञापन, पोस्टर और तस्वीर जैसे माध्यमों का कोई संज्ञान ही नहीं लिया गया था तथा 'अश्लील चित्रण' की परिभाषा भी पर्याप्त ढंग से स्पष्ट नहीं की गई थी। इस तरह, क़ानून में न केवल न्यायिक व्याख्या की गुंजाइश छोड़ दी गई थी बल्कि स्त्रियों व सत्ता सम्बन्धों की जेंडरकृत प्रकृति का भी विशेष उल्लेख नहीं किया गया था। दूसरे शब्दों में, क़ानून को लेकर उनकी मुख्य आपत्ति यह थी कि उसमें राज्य को बहुत ज़्यादा शक्तियाँ प्रदान कर दी गई हैं, जबकि सम्बन्धित क्षेत्रों की दृष्टि से उसका दायरा बहुत छोटा है। (गांधी एवं शाह 1992)

'अश्लीलता' के ख़िलाफ़ छिड़ी इस मुहिम में हिन्दू दक्षिणपंथी तत्त्वों का प्रवेश नवें दशक के दौरान हुआ। हालाँकि उसका स्वर बहुत साफ़ नहीं था लेकिन इस दशक में नारीवादियों का हस्तक्षेप भी चलता रहा। इस पूरे दौर में नारीवादी खेमे से एक नई तरह की आवाज़ उठ रही थी जो सेंशरशिप के मामले में दक्षिणपंथी तथा नारीवादी, दोनों के रवैये को चुनौती दे रही थी। इस बहस में तीन प्रमुख सूत्र थे।

पहला, यौनिकता तथा कामना के प्रश्नों पर हिन्दू दक्षिणपंथी तत्त्वों और नारीवादी सेकुलर समूहों का सेंशरशिप-समर्थक दृष्टिकोण। इनमें हिन्दू दक्षिणपंथी तत्त्व 'अश्लीलता' और 'पश्चिम' की स्वच्छंद संस्कृति का विरोध इसलिए करते हैं क्योंकि उन्हें ये चीज़ें भारत के 'पारम्परिक' मूल्यों के लिए ख़तरा लगती हैं, जबकि नारीवादी दलील भारत के परम्परागत मूल्यों के साथ महिलाओं के सेक्सी चित्रण का भी विरोध करती है। लेकिन, इस मामले में सेंशरशिप का समर्थन करनेवाले नारीवादी समूह भी हिन्दू दक्षिणपंथियों के इस झाँसे में आकर यही राग अलापने लगते हैं, मानो स्त्रियों की अपनी कोई यौनेच्छा नहीं होती और पोर्नोग्राफ़ी उन्हें महज़ अपना शिकार बनाती है। सेंशरशिप का विरोध करनेवाले नारीवादियों का तर्क

है कि हमें स्त्रियों की यौन-अभिव्यक्ति के लिए बेहतर माहौल बनाने और इसकी रक्षा के लिए लगातार कोशिश करनी होगी। हमें सार्वजनिक स्थलों पर यौनिकता का निषेध न करके स्त्री की कामनाओं से सम्बन्धित यौन-छवियों का एक व्यापक संसार रचना चाहिए।

दूसरा सूत्र राज्य से ताल्लुक़ रखता है। स्त्रियों के अश्लील चित्रण (निषेध) अधिनियम के पारित होते समय *मानुषी* जैसे जर्नल ने इस बात पर ख़ास ज़ोर दिया था कि यह अधिनियम राज्य को ऐसी निरंकुश शक्तियाँ प्रदान करता है जिनसे अभिव्यक्ति की आज़ादी का रास्ता बाधित हो सकता है।[4] मीडिया की अध्येता शोहिनी घोष कहती हैं कि नारीवादियों द्वारा इस्तेमाल की जानेवाली 'उपयुक्त नियमन' जैसी शब्दावली अन्त में जाकर उसी राज्य की ताक़त में इज़ाफ़ा करती है जिस पर नारीवादी आम तौर पर यह यक़ीन नहीं करते कि वह लोकतांत्रिक सीमाओं का सम्मान कर सकता है। यही नहीं, 1990 के दशक में मीडिया के अभूतपूर्व विकास के बाद बहुत से नारीवादी यह मर्सिया पढ़ने लगे कि राज्य द्वारा अपने हाथ खींचने के बाद मीडिया का पूरा क्षेत्र कारपोरेट के हाथों में चला गया है। लेकिन घोष इस 'विलाप' को बेतुका क़रार देती हैं क्योंकि :

> राज्य के स्वामित्व वाले मीडिया का इतिहास कई तरह के अन्तरालों और अनुपस्थितियों से भरा है। ऑल इंडिया रेडियो, फ़िल्म्स डिविज़न और दूरदर्शन ने हमेशा असहमति का ख़ात्मा किया है और ऐसे हरेक वक्तव्य या विचार को छाँट कर हाशिये पर डाल दिया है जिससे राज्य के तात्कालिक हितों पर आँच आती हो।

शोहिनी घोष बेबाक़ स्वर में कहती हैं कि सेंशरशिप से 'अन्ततः हाशिये पर रहनेवाले सामाजिक, राजनीतिक और लैंगिक अल्पसंख्यकों का ही मुँह बन्द किया जाएगा।' उनके इस तर्क की बानगी हिन्दी के एक फ़िल्मी गीत, *चोली के पीछे क्या है* पर उपजे विवाद में देखी जा सकती है। हिन्दू दक्षिणपंथी संगठनों ने गीत को अश्लील घोषित करते हुए उस पर कड़ा हमला बोला था। इन संगठनों का मानना था कि गीत महिलाओं के यौन-उत्पीड़न को शह देता है। घोष स्पष्ट करती हैं कि फ़िल्म में गीत के दो संस्करण इस्तेमाल किए गए हैं। एक संस्करण में इस गीत पर दो अभिनेत्रियों ने अभिनय किया है। इस गीत को आवाज़ भी दो महिला-गायकों ने ही दी है। गीत के दूसरे संस्करण में बोल भी वही हैं और संगीत भी वही है लेकिन इस बार वह दो पुरुष चरित्रों पर फ़िल्माया गया है। गीत का दूसरा संस्करण जब अपने उरूज पर पहुँचता है तो ऐसा लगता है कि जैसे पुरुष पात्र नायिका को धमका

रहा है। पुरुष पात्र की यह हरकत शारीरिक उत्पीड़न से किसी तौर पर कम नहीं है। लेकिन अचरज की बात है कि गीत के दूसरे संस्करण पर न याचिका में कुछ कहा गया और न ही उस पर प्रदर्शनकारियों का ध्यान गया :

> 'यौन-उत्पीड़न को बढ़ावा' देने की चिन्ता के बावजूद प्रदर्शनकारी गीत के उस संस्करण पर कोई प्रतिबन्ध लगाने की बात नहीं कर रहे थे जिसमें महिलाओं के साथ वाक़ई हिंसा की बात की जा रही थी। इसके बजाय उनका ध्यान गीत के उस संस्करण पर गया जिसमें महिलाएँ अपने यौनिक आत्म को अभिव्यक्त कर रही थी। (घोष 1999)

यहाँ मूल बात यह है कि सेंसरशिप से राज्य को मज़बूती मिलती है, वह वर्चस्वी और ताक़तवर प्रवृत्तियों पर लगाम नहीं लगाता बल्कि हाशिये के और वर्चस्व का प्रतिरोध करनेवालों को निशाना बनाता है।

तीसरा सूत्र इस तथ्य से सम्बन्ध रखता है कि दर्शक पोर्नोग्राफ़िक छवियों को कैसे ग्रहण करते हैं। यह एक जानी-मानी बात है कि दर्शक प्रत्येक छवि और चित्रण को अलग-अलग सन्दर्भ में *ग्रहण* करते हैं। उदाहरण के लिए, *चोली के पीछे* जैसा गीत, जिसे पर्दे पर दो स्त्रियों ने प्रस्तुत किया है, केवल पुरुषों को ही नहीं बल्कि महिलाओं को भी सेक्सी लग सकता है। छवियों का अर्थ दर्शक की *नज़र से* निर्मित होता है। यह अर्थ हर बार अलग भी हो सकता है।

आज नारीवादी चिंतन लौरा मुलवे (1975) की संकल्पना—मर्दाना नज़र (मेल गेज़) से आगे बढ़ गया है। मुलवे का कहना था कि सिनेमा में स्त्री जिस निष्क्रिय नज़र की पात्र होती है, वह आमतौर पर विषमलिंगी पुरुष दर्शक की नज़र होती है; स्त्री पर कैमरे की नज़र भी मर्दाना नज़र होती है। और ख़ुद को देखते हुए स्त्री की नज़र भी पुरुष की नज़र हो जाती है। नारीवादी सैद्धान्तिकी में मर्दाना नज़र के विचार का अलग-अलग सन्दर्भों में व्यापक इस्तेमाल किया गया है; विज्ञापन के सम्बन्ध में तो यहाँ तक कहा गया है कि स्त्रियाँ केवल मर्दाना नज़र का लक्ष्य नहीं होतीं बल्कि पुरुष दर्शकों को बेचा जानेवाला उत्पाद बन जाती हैं। लेकिन, नवें दशक के बाद नारीवादियों ने यह देखना शुरू कर दिया कि स्त्री दर्शक के पास अपनी स्वतंत्र चेतना (एजेंसी) होती है और वह छवियों को द्वन्द्वात्मक भाव से देखती है जिससे छवि में ऐसे अर्थ का सृजन होता है जिसकी रचनाकार ने कल्पना ही नहीं की थी। इसका आशय यह हुआ कि नज़र सिर्फ़ पुरुषवादी नहीं होती—उसके अलग-अलग प्रकार भी होते हैं।

इसलिए समय और स्थान के साथ यौनिकता, पोर्नोग्राफ़ी तथा यौनेच्छा की निर्मितियाँ रैडिकल ढंग से बदल जाती हैं। यहाँ एक दिलचस्प प्रसंग का ज़िक्र

करना अनुचित न होगा। इसकी चर्चा उदय कुमार (1997) ने की है। यह प्रसंग केरल के ईड़वा समुदाय के नेता सी. केसवन की आत्मकथा में आया है। ईड़वा एक 'पिछड़ी जाति' है जिसने उन्नीसवीं और बीसवीं सदी के दौरान समानता हासिल करने के लिए जबर्दस्त संघर्ष किया था। इस संघर्ष में एक मुद्दा जाति की पहचान करानेवाले चिह्नों के प्रतिकार से सम्बन्धित था। उल्लेखनीय है कि ईड़वा जाति की महिलाओं को वक्ष ढँकने का अधिकार नहीं था। सी. केसवन की आत्मकथा में उनकी सास उन्हें अपने बचपन की एक घटना के बारे में बताती हैं। जिन दिनों केरल में ऐसे आन्दोलनों की लहर चल रही थी, सास की ननद ने उसे कुछ ब्लाउज पहनने को दिये। केसवन के अनुसार जब वे चोरी-छिपे ब्लाउज पहनकर ख़ुद को निहार रही थीं तो उन पर माँ की नज़र पड़ गई। माँ ने उसे झिड़कते हुए कहा कि ब्लाउज में वह 'वेश्या' या 'कमीज पहननेवाली मुसलमानी' लगती है। माँ के तानों से डर कर उसने ब्लाउज छिपा दिये। इसके बाद वह केवल रात के समय ही ब्लाउज पहना करती थी क्योंकि पति को उसका ब्लाउज पहनना 'अच्छा लगता' था। सास ने बताया कि बहुत देर रात घर आनेवाला पति उन्हें कोई दैवीय प्रेमी—गंधर्व, लगा करता था।

ग़ौर करें कि ब्लाउज पहननेवाली महिला और उसे देखनेवाले पुरुष का आनन्द एक जटिल सा रसायन था—यहाँ रात के समय *वक्ष* को चोरी-छिपे ढँकना ही एक 'सेक्सी' भंगिमा बन गई थी क्योंकि यह सब एक ऐसे सांस्कृतिक सन्दर्भ में घटित हो रहा था जिसमें वक्ष को अनावृत्त रखना रोज़मर्रा की बात थी। और इसी में जाति की दर्जाबन्दी का उल्लंघन करने की ख़ुशी से जन्मी वह यौनेच्छा भी घुली हुई थी जो रात के अन्धकार में 'सम्भोग' के दौरान ब्लाउज के पहनने और उतारने में व्यक्त होती थी।

यहाँ इस तथ्य पर ध्यान देना उचित होगा कि माँ के लिए स्त्री देह की नग्नता नहीं बल्कि उसका वक्ष ढँकना अनुचित यौनिकता का चिह्न था क्योंकि इससे दो रूढ़ियों का उल्लंघन होता था : एक तो इसमें वेश्यापन झलकता था और दूसरे वह भिन्नता ख़त्म हो जाती थी जिसे मुसलमान महिलाओं से अलग दिखने के लिए बहुत सावधानी से गढ़ा गया था।

इस प्रसंग से यौनिकता और यौनेच्छा की यह गुत्थी भी खुलती है कि उन्हें अटल और स्थिर पहचान नहीं माना जा सकता। तथ्य यह है कि दोनों चीज़ें 'सार्वजनिक' राजनीति तथा 'अन्तरंग' दांपत्य के संधि-स्थल से पैदा होती हैं।

अब ज़रा यह देखें कि जिसे सेक्सी या सेक्स से हीन कहा जाता है उसकी स्थिर चौहद्दी को ऐसे शीर्षकों से भिन्न देह—अमानकीय देह, किस तरह सांसत

में डाल देती है। मसलन, अनीता घई बताती हैं कि एक विकलांग महिला के शरीर के मामले में 'मर्दाना नज़र' और 'टकटकी' में कितना भेद होता है :

> अगर पुरुष की नज़र सामान्य स्त्री के भीतर निष्क्रिय वस्तु होने का एहसास पैदा करती है तो टकटकी विकलांग देह को एक विचित्र दृश्य में बदल देती है। विकलांग स्त्री को केवल इस बात से ही नहीं टकराना पड़ता कि पुरुष स्त्री को किस नज़र से देखते हैं बल्कि उसे इस विसंगति से भी मुठभेड़ करनी होती है कि विकलांग लोगों को पूरा समाज ही किस दृष्टि से देखता है।

घई बताती हैं कि सेक्स के सन्दर्भ में स्त्री की विकलांग देह को इतना निरापद माना जाता है कि उत्तर भारत के जिन पंजाबी परिवारों में लड़कियों और कुनबे के भाइयों को एक कमरे में नहीं सोने दिया जाता, वहीं विकलांग लड़कियों पर ऐसा कोई प्रतिबन्ध नहीं लगाया जाता। यौनिकता और विकलांगता में छत्तीस का सम्बन्ध होता है—यह धारणा इस सच्चाई को दरकिनार करना चाहती है कि 'असामान्य शरीर वाले लोगों को यौनेच्छा का अनुभव नहीं होता।' (घई 2002)

सच यह है कि यौनिकता का कोई एक अर्थ निर्धारित नहीं किया जा सकता। एक बार ज़रा जीवविज्ञान की उस उबाऊ कक्षा की कल्पना करें जिसमें विद्यार्थियों को समझाने के लिए बोर्ड पर स्त्री और पुरुष के जननांगों का एक रेखा-चित्र बनाया जाता है। यह चित्र न सेक्सी होता है, न पोर्नोग्राफ़िक। विद्यार्थी इस नीरस चित्र को अपनी कॉपी में दर्ज भर करते हैं। अब जैसे ही जीव-विज्ञान की कक्षा ख़त्म होती है और खिलन्दड़ छात्र-छात्राओं की एक नई टोली कक्षा में क़दम रखती है तो बोर्ड पर बना वही रेखा-चित्र जवान होते बच्चों की खी-खी और इशारेबाज़ी का बिन्दु बन जाता है। इस तरह, बोर्ड पर किसी तरह का बदलाव न करने के बावजूद एक नीरस और शैक्षिक रेखा-चित्र अचानक 'पोर्नोग्राफ़िक' बन जाता है।

इसलिए, ऐसा लगता है कि अलग-अलग तरह के विचारों, मूल्यों और चित्रणों की एक मिली-जुली संज्ञा में कुछ हरकतों को 'सेक्स' का नाम दे दिया जाता है। यह मिश्रित संज्ञा ऐतिहासिक और भौगोलिक रूप से तरल रहती आई है। यह एक ऐसी छलनी है जिससे चीज़ें अलग-अलग समय पर भिन्न-भिन्न रूपों में निकलती रहती हैं : 'सेक्स' भी कोई ऐसी स्पष्ट और विशेष भौतिक परिघटना नहीं है जिसकी शक्ल हर जगह और हर समय एक जैसी रहती हो।

नारीवादियों ने पिछले अर्से के दौरान 'अश्लीलता' और 'पोर्नोग्राफ़ी' पर प्रतिबन्ध लगाए जाने के ख़िलाफ़ जिस तरह के तर्क पेश किए हैं, उन्हें इसी सन्दर्भ में देखा जाना चाहिए कि यौनिकता और यौनेच्छा एक ऐसी प्रवहमान भावना है

जिसे किसी खूँटे से बाँधकर नहीं रखा जा सकता और साथ ही उन्हें बहुत सपाट तरीक़े से व्यक्त या चित्रित नहीं किया जा सकता।

भारत में कुछ नारीवादियों ने अमेरिकी नारीवादी कैरॉल वैंस की धारणा—'आनन्द और ख़तरा', पर काफ़ी जम कर काम किया है। वैंस अमेरिकी नारीवाद की इस समझ से इत्तेफ़ाक़ नहीं रखतीं कि पोर्नोग्राफ़ी में स्त्री केवल और हमेशा पुरुष की आक्रामक यौनिकता का निशाना ही बन सकती है, इसलिए वह 'बलात्कार को एक सैद्धान्तिकी' मुहैया कराती हैं। इस विचार की प्रमुख प्रणेता कैथरीन मैककिनॉन और एंड्रिया ड्वोरकिन हैं। अमेरिका के सबसे व्यापक मानव-व्यापार विरोधी मुहिम में इन दोनों की भूमिका अग्रणी रही है। उन्हें उस 'सरकारी नारीवाद' का भी प्रेरणा-स्रोत माना जाता है जिसकी चर्चा हमने पीछे की थी। इसके विपरीत, वैंस की धारणा यह है कि स्त्री जब यौनिकता के एहसास तक पहुँचती हैं तो 'उनमें भय और उत्तेजना की एक मिश्रित भावना' का संचार होता है। वैंस इस भावना को आनन्द और ख़तरे की संज्ञा प्रदान करती हैं। उनके अनुसार, तथ्य यह है कि अपनी निजी जीवन-यात्रा के अलग-अलग चरणों में महिलाएँ कभी सुरक्षा को ज़्यादा अहमियत देती हैं तो कभी उन्हें जोख़िम लेना अच्छा लगता है। इससे यह संकेत मिलता है कि यौनिकता के प्रति महिलाओं का रवैया कभी एक तरह का नहीं रहता। इसलिए महिलाओं की प्रतिक्रियाओं में एकरूपता ढूँढ़ने की कोशिश करता नारीवाद का कोई भी कार्यक्रम 'झूठा और दमनकारी' होता है। (वैंस 1884, 1992)

पोर्नोग्राफ़ी स्त्री को केवल मर्दाना नज़र में एक वस्तु बनाने का काम करती है—अगर हम इस आप्त-वाक्य से आगे सोचने की कोशिश करें तो यह भी सम्भव है कि स्त्रियाँ भी पोर्नोग्राफ़ी का आनन्द लेती हों अथवा यह भी सम्भव है कि वह उनके लिए विषमलिंगी अथवा समलैंगिक यौनेच्छा का उद्रेक होती हो। कुल मिलाकर बात यह है कि पोर्नोग्राफ़ी को एक जड़ और आसानी से पहचान में आ जानेवाली चीज़ के बजाय एक छितरी हुई और जटिल भावना की तरह क्यों न देखा जाए? पोर्नोग्राफ़ी को लेकर यह नज़रिया हमें न केवल स्त्री-यौनिकता पर खुले ढंग से विचार करने को प्रेरित करता है, बल्कि सामान्यत: यौनेच्छा की सही समझ विकसित करने में भी मददगार होता है।

दरअसल, इन अन्तर्दृष्टियों को सामान्य बोध में शामिल करने का मतलब इस तथ्य को स्वीकार करना है कि पोर्नोग्राफ़ी के प्रति नारीवाद का वही नज़रिया स्वीकार्य हो सकता है जो यौनिक आनन्द और यौनेच्छा से सम्बन्धित विमर्शों में बढ़ोतरी का स्वागत करता हो तथा यह भी स्वीकार करके चलता हो कि जिसे 'नारीवादी' कहा जाता है, उसकी तथ्यता पर हमेशा एक अन्दरूनी बहस भी चलनी चाहिए।

गर्भपात

हाल के बरसों में कन्या-भ्रूण का गर्भपात नारीवादियों के लिए पेचीदा मुद्दा रहा है। यह इतना उलझा हुआ मसला है कि इसका समाधान ढूँढ़ पाना लगभग असम्भव लगता है। हालाँकि यह समस्या भारत के अलावा दक्षिण एशियाई समुदायों तक ही सीमित है, लेकिन इसका अस्तित्व नारीवाद के सामने एक बुनियादी संकट खड़ा करता है। इस संकट का कारण यह है कि आमतौर पर नारीवादी सुरक्षित और क़ानून-सम्मत गर्भपात को महिलाओं का सहज और निर्विवाद अधिकार मानकर चलते हैं। वे इस अधिकार का समर्थन इसलिए करते हैं क्योंकि व्यावहारिक तौर पर गर्भ धारण करना और बाद में बच्चे का लालन-पालन करना केवल स्त्री की ज़िम्मेदारी मानी जाती है। चूँकि बच्चे को जन्म देने का सबसे ज़्यादा असर उसी के शरीर और जीवन पर पड़ता है इसलिए उन्हें यह तय करने का अधिकार होना चाहिए कि वे बच्चे का जन्म कब और किस परिस्थिति में चाहती हैं। सुरक्षित और विधि-सम्मत गर्भपात का अधिकार दरअसल आत्म-निर्णय जैसे मूलभूत अधिकार की ओर इंगित करता है।

पश्चिमी देशों में इसाई दक्षिणपंथ इस अधिकार का हमेशा विरोध करता आया है। इस अधिकार को हासिल करने के लिए वहाँ महिलाओं को आज भी संघर्ष करना पड़ता है। गर्भपात-विरोधी अभियान इस बात पर ज़ोर देते हैं कि भ्रूण भी एक व्यक्ति होता है इसलिए उसे जीने का अधिकार मिलना चाहिए। इसलिए यह शिविर ख़ुद को 'जीवन का पैरोकार' घोषित करता है, जबकि नारीवादी इसे 'चयन' का मसला मानकर चलते हैं।

इस सन्दर्भ में अमेरिका का रो बनाम वेड का मामला (1973) एक ऐतिहासिक निर्णय था जिसमें गर्भपात को निजता का अधिकार घोषित किया गया था। लेकिन इस अधिकार की स्थिति अभी तक बहुत पुख़्ता नहीं है क्योंकि यह निर्णय आने के बावजूद अमेरिका के कई राज्यों में गर्भपात को अभी भी अपराध की तरह ही देखा जाता है। ज़ाहिर है कि इन राज्यों के प्रचलित क़ानूनों में अभी तक आवश्यक संशोधन नहीं किया गया है। चूँकि अमेरिका में गर्भपात का विरोध करनेवाली लॉबी ख़ासी ताक़तवर है इसलिए प्रांतीय क़ानूनों के यथावत बने रहने की सम्भावना पूरी तरह ख़ारिज नहीं की जा सकती। अमेरिका में बहुत से नारीवादी गर्भपात को स्त्री का अधिकार मानने के लिए तैयार नहीं हैं। उसे इस अधिकार को निजता के दायरे में रखकर देखना गवारा नहीं हैं क्योंकि इससे यह भाव प्रबल होता है कि गर्भ धारण करना एक व्यक्तिगत और निजी मामला है। उनका ज़ोर इस बात पर है कि कई

दफ़ा लैंगिकता और पितृसत्ता जैसी परिस्थितियों की व्याप्ति के कारण गर्भधारण से सम्बन्धित निर्णय स्त्री के नियंत्रण से बाहर चले जाते हैं। इसके अलावा दूसरी बात यह भी है कि यह लॉबी गर्भ धारण तथा गर्भपात से जुड़े मसलों को 'निजी' अधिकार के दायरे में न रख कर ज़िम्मेदारी के जाल में लपेटना चाहती है। हम इन सवालों पर बाद में लौटेंगे।

इंग्लैंड में गर्भपात को 1967 से ही क़ानूनी मान्यता प्राप्त है, लेकिन एक समूह इस पर लगातार आपत्ति करता रहा है। 1987 में एक सदस्य ने अपने निजी विधेयक के ज़रिये इसे एक बार फिर चुनौती देने की कोशिश की थी। यह अलग बात है कि वह विधेयक पारित नहीं हो सका, लेकिन उस पर बहुत जबर्दस्त बहस हुई थी। बहुत से अन्य देशों में गर्भपात को ग़ैर-क़ानूनी माना जाता है या इसकी अनुमति तभी दी जाती है जब महिला की जान को ख़तरा हो या गर्भावस्था का तीसरा महीना चल रहा हो।

भारत में गर्भपात 1971 से वैध रहा है। यह निर्णय एक अधिनियम—मेडिकल टर्मिनेशन ऑफ़ प्रेग्नेंसी (एमटीपी) एक्ट का परिणाम था। उल्लेखनीय है कि यह निर्णय नारीवादियों की चिन्ताएँ दूर करने या महिलाओं के हित-साधन के बजाय जनसंख्या को नियंत्रित करने के इरादे से लिया गया था। गर्भपात गर्भावस्था की दूसरी तिमाही तक कराना ही क़ानूनी माना जाता है, लेकिन इस मामले में अन्तिम *विवेकाधिकार* चिकित्सकों के हाथों में रहता है। अधिनियम के अध्ययन से ज़ाहिर होता है कि गर्भवती स्त्री केवल यह कहकर गर्भपात नहीं करा सकती कि उसका गर्भ अनचाहा है। उसे कोई ऐसा कारण देना पड़ता है जो एमटीपी अधिनियम में सूचीबद्ध कारणों से मेल खाता हो। अन्ततः यह चिकित्सकों की राय पर निर्भर करता है कि गर्भपात की अनुमति चाहनेवाली महिला की माँग अधिनियम के प्रावधानों पर खरी उतरती है या नहीं। अर्थात् आख़िर में चिकित्सा विशेषज्ञ को इस आशय का प्रमाण पत्र देना होता है कि गर्भ के कारण स्त्री के जीवन पर संकट आ सकता है या इससे उसे गम्भीर शारीरिक और मानसिक चोट पहुँच सकती है अथवा गर्भ के साथ कोई ऐसा गम्भीर जोख़िम जुड़ा है कि गर्भस्थ शिशु संगीन विकलांगता का शिकार हो सकता है। अधिनियम में 'स्वास्थ्य', 'गम्भीर जोख़िम' या 'संगीन विकलांगता' की कोई परिभाषा नहीं दी गई है। यह काम चिकित्सक के हवाले कर दिया गया है कि वह इन शब्दों का क्या अर्थ लगाता है। अधिनियम में दो व्याख्यापरक टिप्पणियाँ ज़रूर दी गई हैं कि बलात्कार (वैवाहिक बलात्कार नहीं) या गर्भ-निरोधक की गड़बड़ी (विवाहित स्त्री के मामले में) के कारण ठहरे गर्भ को मानसिक स्वास्थ्य की हानि का कारक माना जा सकता है। सच तो यह है कि

अधिनियम में 'गर्भपात', 'अकाल प्रसव' तथा 'गर्भ की चिकित्सकीय समाप्ति' जैसे शब्दों को भी परिभाषित नहीं किया गया है जिसके चलते पूरे मामले में डॉक्टरों की राय ही सर्वोपरि हो जाती है।

इस प्रकार, स्थिति यह है कि एमटीपी अधिनियम के उदार दिखते प्रावधानों को अधिनियम के पाठ में एक भी शब्द का बदलाव किए बिना आसानी से दमनकारी बनाया जा सकता है। (जेसानी एवं अय्यर 1993)

लेकिन, सामान्य तौर पर भारत में गर्भपात का संगठित और सतत विरोध कभी नहीं किया गया। गर्भपात के अधिकार की लड़ाई लड़ने के बजाय नारीवादियों को इस मसले पर ज़्यादा सवाल करने पड़े हैं कि जनसंख्या नियंत्रण के उपाय के तौर पर गर्भनिरोधकों, ख़ास कर निरोध का इस्तेमाल व्यापक बनाने के बजाय गर्भपात को इतनी व्यापक अनुमति क्यों दे दी गई? इसका मतलब साफ़ है कि जनसंख्या नियंत्रण की पूरी क़ीमत लगभग महिलाओं को ही अदा करनी पड़ती है। इसके अलावा, नारीवादी सरकार की इस नुक़्ते पर भी ख़बर लेते रहे हैं कि वह सरकारी कर्मचारियों को परिवार का आकार छोटा रखने के लिए तरह-तरह के प्रलोभन देने और निर्देश जारी करने के साथ छोटे परिवार को आदर्श के रूप में प्रचारित करती रही है, जबकि बाल-मृत्यु की ऊँची दर तथा आय की अनिश्चितता जैसे कारकों के चलते बड़े परिवार की ज़रूरत महसूस करना एक आम बात है। राष्ट्रीय जनसंख्या नीति-2000 की घोषणा के बाद ऐसी नीतियाँ लागू की गई हैं जो अपनी प्रकृति में बेहद अलोकतांत्रिक और दमनकारी हैं। इसलिए, यह स्पष्ट है कि गर्भपात की क़ानूनी मान्यता नारीवादी सिद्धांतों से क़तई पैदा नहीं हुई—यह मान्यता इन सिद्धांतों के बग़ैर ही अस्तित्व में रही है। (बहरहाल, मुझे यहाँ एक बात यह भी कह देनी चाहिए कि हाल के दौर में टेलीविज़न पर कुछ ऐसे विज्ञापन आने लगे हैं जिन्हें देख कर कोफ़्त होती है। इन विज्ञापनों में गर्भनिरोधक और मॉर्निंग-आफ़्टर जैसी गोलियों को गर्भपात से बचने का विकल्प बताते हुए उसे एक ऐसी शर्मनाक और डरावनी चीज़ के तौर पर पेश किया जाता है, जिससे हर स्त्री को बचना चाहिए)।

यह एक अलग मसला है कि एमटीपी अधिनियम के बावजूद असुरिक्षत गर्भपातों की संख्या में कोई कमी नहीं आई। स्थिति यह है कि गर्भपात सम्बन्धी गड़बड़ियों के कारण हर साल लगभग बीस हज़ार महिलाएँ मौत के मुँह में चली जाती हैं। इनमें अधिकांश महिलाओं की मौत उन नीम-हकीम डॉक्टरों के कारण होती है जिनके पास गर्भपात कराने का उचित प्रशिक्षण ही नहीं होता। यह स्थिति ग्रामीण इलाक़ों में ज़्यादा भयावह है। ग्रामीण इलाक़ों में यह धारणा घर कर गई है कि गर्भपात कराना ग़ैर-क़ानूनी है। संक्षेप में, गर्भपात को क़ानूनी मान्यता तो प्रदान

कर दी गई है परन्तु इसके समानांतर गर्भपात के लिए सुरक्षित और मानवीय उपायों के विकास पर ध्यान नहीं दिया गया है।

लेकिन आठवें दशक के बाद कन्या-भ्रूण के गर्भपात की बढ़ती घटनाओं के कारण ये तमाम मुद्दे हाशिये पर चले गए हैं। गर्भावस्था के दौरान भ्रूण के लिंग-परीक्षण पर प्रतिबन्ध लगाने के मामले में नारीवादियों का अभियान सफल रहा है। इस सम्बन्ध में 1994 में गर्भ-धारण व और प्रसव-पूर्व जाँच से सम्बन्धित अधिनियम (प्री-कंसेप्शन एंड प्री-नैटल डायग्नॉस्टिक टेक्नीक्स—पीसीपीएनडीटी) पारित किया गया, लेकिन लिंग-अनुपात की निरन्तर गिरती दर से पता चलता है कि कन्या-भ्रूण के गर्भपात का यह गोरखधंधा रुकने का नाम नहीं ले रहा है।

असल में, समस्या गर्भ की जाँच से जुड़े परीक्षणों में छिपी है। मसलन, भ्रूण की जाँच के लिए जिस अल्ट्रासाउंड तकनीक का प्रयोग किया जाता है, उससे भ्रूण के लिंग का पता अपने आप चल जाता है। माता-पिता को यह सूचना देना ग़ैर-क़ानूनी माना जाता है, लेकिन अगर डॉक्टर भ्रूण के लिंग की जानकारी देने से परहेज़ न करे और महिला किसी अन्य क्लिनिक में जाकर गर्भपात करा ले तो इन दोनों घटनाओं के बीच कड़ी ढूँढ़ पाना असम्भव हो जाता है। 'लिंग के विषम अनुपात' की इस परिघटना को नियंत्रित करने के लिए सरकार ने जिस तरह के क़दम उठाए हैं, उनसे ख़ुद गर्भपात के विकल्प पर ही ख़तरा बढ़ गया है। महाराष्ट्र की विधानसभा में 2011 में इस आशय का वक्तव्य दिया गया था कि 'कन्या-भ्रूण हत्या' को हत्या घोषित कर दिया जाना चाहिए। उस समय नारीवादियों ने इस प्रस्ताव का कड़ा प्रतिरोध किया था। विधानसभा अध्यक्ष के नाम प्रेषित इस विरोध पत्र पर सौ लोगों ने, जिनमें एक नाम मेरा भी था, हस्ताक्षर किए थे। पत्र में कहा गया था :

> सबसे पहली बात तो यह है कि गर्भपात को भ्रूण-हत्या नहीं कहा जाना चाहिए क्योंकि इससे गर्भपात पर प्रतिबन्ध लगाने का इरादा ज़ाहिर होता है। हम इसका विरोध करते हैं क्योंकि हमारा मानना है कि महिलाओं को यह निर्णय लेने का अधिकार होना चाहिए कि वे गर्भ कब धारण करना चाहती हैं या शिशु को कब जन्म देना चाहती हैं। लिंग की पहचान के आधार पर गर्भपात कराने (जिसे 'कन्या-भ्रूण हत्या' कहना ग़लत है) की घटना को हत्या घोषित करने से गर्भपात की पूरी प्रक्रिया ही ग़ैर-क़ानूनी बन जाएगी और महिलाओं के लिए सुरक्षित ढंग से गर्भपात कराना मुश्किल हो जाएगा। हम जानते हैं कि महिलाओं के पास प्रजनन सम्बन्धी अधिकारों के नाम पर पहले से ही बहुत-सीमित विकल्प हैं। भारत में गर्भपात एक विधि-सम्मत

उपाय माना जाता है। एमटीपी अधिनियम (1971) में गर्भपात से सम्बन्धित स्थितियों का यथोचित खुलासा किया गया है।'

यह एक तथ्य है कि अधिकांश मामलों में लिंग आधारित गर्भपात लिंग विशेष—स्त्री के साथ ही भेदभाव करता है। लिंग की जाँच का मतलब लड़के की चाहत है। यह एक तरह से स्त्री-जीवन के अवमूल्यन का प्रतीक है।

इस सम्बन्ध में यह याद रखना ज़रूरी है कि जो लोग कन्या-भ्रूण को ख़त्म करने के लिए गर्भपात का सहारा लेते हैं, उन्हें भी पहले शिशु के लिंग का निर्धारण करवाना पड़ता है। यह साफ़ तौर पर लिंग के प्रसव-पूर्व चुनाव का उदाहरण है। और इसे अपराध माना जाता है। पीसीपीएनडीटी अधिनियम इसी जाँच की निगरानी और नियमन के लिए बनाया गया है।

ज़ाहिर है कि बेटे के जन्म की कामना करने और बेटी के जन्म पर शोक मनाने की प्रवृत्ति सामाजिक एवं आर्थिक कारकों में छिपी है। इन कारकों को दूर किए बिना लिंग-अनुपात की गिरती दर पर काबू पाना असम्भव होगा। लेकिन इसका हल यह नहीं है कि गर्भपात को ही ग़ैर-क़ानूनी घोषित कर दिया जाए। इसके उलट ज़रूरत यह है कि पीसीपीएनडीटी अधिनियम को ढंग से लागू किया जाए और प्रसव-पूर्व लिंग की जाँच करनेवाली क्लिनिकों की धरपकड़ की जाए..।

लिंग की प्रसव-पूर्व जाँच पर रोक लगाने के लिए पीसीपीएनडीटी अधिनियम को विधिवत् ढंग से क्रियान्वित करना तथा लिंग-चयन की प्रक्रिया पर निगरानी रखना बेहद आवश्यक है। महिलाओं को सुरक्षित और विधिमान्य गर्भपात का अधिकार है। सरकार ऐसे दमनकारी तरीक़े अपना कर उनका यह अधिकार नहीं छीन सकती।

इस पत्र को एक तरह से इस बात का परिचायक माना जा सकता है कि भारत में लिंग आधारित गर्भपात के प्रति नारीवादियों का दृष्टिकोण क्या रहा है। इसमें विगत दो दशकों के दौरान आए बदलावों का भी अक़्स देखा जा सकता है। मसलन, पहले हम कन्या-भ्रूण हत्या जैसे शब्द का इस्तेमाल करते थे। लेकिन, आंतरिक बहसों के ज़रिये हम धीरे-धीरे इस समझ पर पहुँचे कि 'भ्रूण हत्या' एक भावनात्मक शब्द है जिससे उस भ्रूण की 'हत्या' का भाव पैदा होता है जो पहले ही एक पृथक् व्यक्ति बन चुका है। और अमेरिका में गर्भपात का विरोध करनेवाली दक्षिणपंथी इसाई लॉबी इस संज्ञा का व्यापक स्तर पर इस्तेमाल करती है। 'गर्भावस्था का गर्भपात' जैसे वैकल्पिक शब्द में गर्भवती स्त्री को प्राथमिकता प्रदान करने का भाव ज़्यादा प्रबल

है। लेकिन मीडिया की रपटों तथा सरकारी वक्तव्यों में 'भ्रूण हत्या' (इसमें अक्सर 'कन्या' जैसा प्रत्यय भी छोड़ दिया जाता है) ही 'गर्भपात' का पर्याय बन गया है।

लिंग-निर्धारण के परीक्षण पर निगरानी रखना एक बात है, लेकिन गर्भपात पर नज़र रख पाना एकदम अलग बात है। पहले वाले मामले की चाहे जो सीमाएँ हों किन्तु गर्भपात के साथ जुड़े ख़तरे तो बेहद संगीन हैं। बतौर महिला एवं बाल विकास मंत्री रेणुका चौधरी ने अपने कार्यकाल में गर्भवती स्त्रियों तथा गर्भपात का पंजीकरण कराना अनिवार्य कर दिया था। उस समय देश के दस ब्लॉक-क्षेत्रों में एक पायलेट परियोजना कार्यान्वित की गई थी। यह परियोजना उन क्षेत्रों में शुरू की गई थी जहाँ कुपोषण की दर तथा लिंग-अनुपात की स्थिति बेहद विषम थी। इसके तहत केवल 'जायज़ और स्वीकार्य कारणों' के आधार पर गर्भपात कराने की अनुमति दी गई थी। (चौहान 2007)

लेकिन, ज़रा सोचकर देखें कि गर्भपात कराने का जायज़ कारण क्या होता है और इसे तय कौन करता है? भारत में अधिकांश महिलाओं को जिस तरह की परिस्थितियों में यौन-सम्बन्ध बनाना पड़ता है, वह उनके वश से बाहर की बात होती है। ऐसे में शिशु का जन्म रोकने के लिए उनके पास गर्भपात के अलावा कोई चारा नहीं होता। महिलाओं को नाजायज़ सन्तान के लांछन से बचने; दूसरे बच्चे की परवरिश न कर पाने या करियर के दबाव के कारण एक अन्य जीव की ज़िम्मेदारी न ले पाने की मजबूरी के कारण भी गर्भपात का रास्ता चुनना पड़ता है। क्या गर्भपात के मामलों की निगरानी कर रहे सरकारी कर्मचारियों को यह तय करने का अधिकार है कि गर्भपात के सम्बन्ध में इनमें कौन सा कारण जायज़ है और कौन सा कारण जायज़ नहीं है?

दरअसल, यही वह बिन्दु है जहाँ से हमारा रास्ता बहुत दुर्गम होने लगता है। सबसे पहले, मुझे लगता है कि हम ये दोनों बातें एक साथ नहीं कह सकते कि गर्भपात का अन्तर्निहित तथ्य महिलाओं को अपनी देह पर नियंत्रण का अधिकार देता है लेकिन, जब क़ानून महिलाओं द्वारा ख़ास तौर पर कन्या-भ्रूण का गर्भपात कराने पर प्रतिबन्ध लगाने की चेष्टा करता है तो यह जायज़ क़दम होता है। इस तरह की बात करके हम भविष्य में पैदा होनेवाली महिलाओं के अधिकारों तथा उन्हें अनिच्छा से जन्म देनेवाली आज की महिलाओं के अधिकारों के बीच एक दीवार खड़ी कर रहे हैं। यह सच है कि भारत में बहुत-सी महिलाओं को कन्या-भ्रूण का गर्भपात ससुराल के दबाव में कराना पड़ता है—वे इसका 'चयन' स्वेच्छा से नहीं करतीं। लेकिन, क्या गर्भपात को कभी भी एक सकारात्मक पसन्द कहा जा सकता है? गर्भपात का निर्णय लगभग उन्हीं कारणों—सन्तान के नाजायज़ होने

का प्रश्न, बच्चे की देखभाल के लिए सामाजिक सुविधाओं का अभाव और इसके चलते महिला के ऊपर पड़नेवाले अतिरिक्त बोझ, आर्थिक तंगी आदि के आधार पर लिया जाता है जिनकी चर्चा हम पीछे कर चुके हैं। महिलाएँ न इन कारकों को नियंत्रित कर सकती हैं, न कन्या-भ्रूण के गर्भपात सम्बन्धी निर्णय में अपनी राय दे सकती हैं। इस प्रकार के फ़ैसलों में पितृसत्तात्मक समाज के दबावों तथा श्रम के यौन-विभाजन पर आधारित पारिवारिक संरचना की भी कम भूमिका नहीं होती। इस तरह, सवाल यह उठता है कि अगर बाक़ी दूसरी परिस्थितियों में गर्भपात कराना जायज़ माना जाता है तो उसे कन्या-भ्रूण के मामले में अवैध क्यों ठहराया जाए?

दूसरी बात, प्रसव-पूर्व परीक्षणों के सम्बन्ध में क़ानून हमें 'भ्रूण के विकार' की जाँच करने की अनुमति देता है। इस विकल्प को लेकर हमारा क्या नज़रिया है? अगर हम ऐसी किसी जाँच को जायज़ मानते हैं तो इसका मतलब साफ़ है कि फिर हम मनुष्य के शारीरिक लक्षणों पर आधारित दर्जाबन्दी को स्वीकृति दे रहे हैं। इसका आशय यह होगा कि शारीरिक लक्षणों के मामले में निम्न स्तर या विकारग्रस्त भ्रूणों को पैदा होने का ही अधिकार नहीं होगा। फिर, ऐसे में क्या आश्चर्य कि इस तर्क में अन्य श्रेणियों को लपेटते हुए किसी दिन स्त्रियों को भी शामिल कर लिया जाए! इस संकट के विषय में एक नारीवादी चिन्तक का कहना है कि जब ऐसे बच्चे के लालन-पालन की पूरी ज़िम्मेदारी ही सम्बन्धित महिला पर होगी तो यह मसला भी उसी के हवाले कर देना चाहिए कि वह ऐसी सन्तान को जन्म देना चाहती है या नहीं। लेकिन कन्या-शिशु के विषय में भी ऐसी ही दलील दी जा सकती है—चूँकि लड़का पैदा करने का सामाजिक दबाव भी स्त्री को ही झेलना पड़ता है इसलिए कन्या-भ्रूण का गर्भपात कराने का अधिकार भी उसी को मिलना चाहिए।

दुखदायी सवाल यह है : क्या बतौर नारीवादी हम इस बात की जिद कर सकते हैं कि महिला को हरेक प्रकार के भ्रूण को जन्म देने और इसके परिणाम सहन करने के लिए तैयार रहना चाहिए तथा गर्भपात की अनुमति केवल इस स्थिति में मिलनी चाहिए कि उसे भ्रूण के बारे में कोई भी जानकारी न हो? क्या हम जीवित स्त्रियों के जीवन को इसलिए दाँव पर लगा दें ताकि 'महिला' और 'विकलांग' जैसी अमूर्त श्रेणियों के अधिकारों की रक्षा की जा सके? निश्चय ही, महिलाओं के इस अधिकार की तरफ़दारी करते हुए कि वह बच्चे को कब, कैसे और किस रूप में जन्म देगी, जीवित महिलाओं तथा शारीरिक विकलांगता से ग्रस्त लोगों के अधिकारों का पक्ष-पोषण भी किया जा सकता है।

मैं इस प्रकार के दृष्टान्तों के लिए असमंजस शब्द का इस्तेमाल इसलिए करती हूँ क्योंकि उनमें जिस तरह के नैतिक मुद्दे पैवस्त रहते हैं, उनका आसान हल

ढूँढ़ना असम्भव होता है।[5] सन्दर्भ के बग़ैर किसी नज़रिये को गर्भपात का समर्थक या विरोधी कहकर उसे नारीवादी या नारीवाद विरोधी बता देना एक ग़लत धारणा है। आख़िर एक गर्भवती देह को दो समान अधिकारों वाले व्यक्तियों के रूप में नहीं देखा जा सकता। वह एक अपूर्व अस्तित्व होता है जिसे व्यक्तिवाद की भाषा में सम्बोधित नहीं किया जा सकता। वह एक ऐसा अस्तित्व होता है जिसमें एक जीवन के अन्दर दूसरा जीवन धड़कता है और एक जीवन दूसरे जीवन पर निर्भर होता है। अमूर्त स्तर पर बच्चों को राष्ट्रीय संसाधन की तरह देखा जाता है जबकि हक़ीक़त यह है कि श्रम के मौजूदा यौन-विभाजन में बच्चों की रोज़मर्रा, पल-प्रतिपल की देखभाल का काम माँओं के हिस्से में आता है। मुझे लगता है कि इन परिस्थितियों के मद्देनज़र बच्चे को जन्म देने या न देने का फ़ैसला उसी के पास रहना चाहिए। यही कारण है कि सुरक्षित और विधिसम्मत गर्भपात के अधिकार की वकालत निजता के अधिकार में लपेट कर नहीं की जानी चाहिए। हालाँकि यह फ़ैसला महिला को स्वयं लेना पड़ता है परन्तु इस फ़ैसले के पीछे जनमानस, सामाजिक व्यवस्था और सीमाओं की ताक़त सक्रिय रहती है। एक तरह से कहें तो यह फ़ैसला सामाजिक उत्तरदायित्व की सामूहिक विफलता का सूचक होता है।

कन्या-भ्रूण के गर्भपात का कोई फ़ौरी हल नहीं निकाला जा सकता। यह प्रथा स्त्री के अवमूल्यन को प्रतिबिम्बित करती है। और यह एक ऐसी विकृति है जिसका हल ढूँढ़ने के लिए नारीवादी राजनीति को नित नए रास्तों का संधान करना होगा। ऐसी किसी भी राजनीति को न केवल विवाह की संस्था से मुठभेड़ करनी होगी, बल्कि मातृत्व को विषमलिंगी-पितृसत्तात्मक वैधता के विमर्श में रख कर देखने की प्रवृत्ति पर भी सवाल करना करना होगा।[6]

नारीवाद के आदर्श संसार में गर्भपात मुफ़्त और आम बात नहीं होगी। इसके उलट, यह एक ऐसा संसार होगा जिसमें स्त्रियों का अपने गर्भ पर ज़्यादा नियंत्रण होगा और जिसमें अनचाहे गर्भ की मजबूरी अतीत की बात हो जाएगी। जब तक यह संसार धरातल पर नहीं उतरता तब तक इस बेहद असन्तुलित, अन्यायपूर्ण और लैंगिक रूप से विभाजित संसार में नारीवादियों को महिलाओं के बृहत्तर हित में सुरक्षित और विधिसम्मत गर्भपात के अधिकार की हिमायत करते रहना चाहिए कि वे अनचाहे गर्भ से कब मुक्ति चाहती हैं—इस फ़ैसले के पीछे चाहे जो कारण हो।

इस खंड में हमने नारीवादियों के बीच 'एजेंसी' की जटिल धारणाओं से उभरी चन्द बहसों का जायज़ा लिया है। इन बहसों का लब्बेलुबाब यह है कि महिलाएँ निर्णय तो लेती हैं लेकिन उनका यह निर्णय जिन परिस्थितियों से तय होता है, उन

पर महिलाओं का कोई वश नहीं चलता। महिलाएँ अक्सर वैसा ही कुछ चुनती हैं जो नारीवाद के आदर्शमूलक मूल्यों के ख़िलाफ़ जाता है। यहाँ हमारा सामना नारीवाद के दो बुनियादी प्रत्ययों से होता है। पहला, स्त्रियों की स्वायत्तता और एक इच्छुक अभिकर्ता के तौर पर उनकी क्षमता; दूसरा, वर्चस्वी सत्ता से लैस मूल्यों का वह आधिपत्य जो 'चुनने की आज़ादी' में बाधक बनता है। इसका अर्थ यह है कि समाज उन मूल्यों को बहुत महत्त्व नहीं देता जिन्हें 'हम' वांछनीय समझते हैं। इसीलिए चुनने की आज़ादी अक्सर समाज के उन्हीं मौजूदा वर्चस्वी मूल्यों तक सिमट कर रह जाती है जिन्हें हम दिक़्क़ततलब मानकर चलते हैं। इस तरह, कोई भी स्त्री गर्भपात कराने का निर्णय इसलिए लेती है क्योंकि उसके गर्भ में एक बच्ची पल रही होती है, या वह विवाह के एक ऐसे प्रस्ताव को स्वीकार कर लेती है जिसमें उसका परिवार दहेज का इन्तज़ाम करने के चक्कर में दिवालिया हो जाता है। इसी तरह वह सौन्दर्य प्रतियोगिताओं में भाग लेती है या जीविका के लिए यौन कर्म का विकल्प चुन लेती है। इन उदाहरणों के पीछे जो चीज़ सक्रिय रहती है उसे नारीवाद के मुहावरे में 'स्वतंत्र इच्छा' तो नहीं कहा जा सकता, लेकिन हम उसे सिर्फ़ स्वतंत्र इच्छा की *कमी* भी नहीं कह सकते। हमें यह स्वीकार करना होगा कि हमारी राजनीति के सामने यह एक दुर्धर्ष समस्या है।

इन विकल्पों को सम्मान से देखने, उन्हें गढ़नेवाली परिस्थितियों में बदलाव की कोशिश करने, लगातार संवाद करते रहने और सबसे ऊपर, अपनी मान्यताओं को जाँचते-परखते रहने के अलावा हम नारीवादियों के पास और कौन से विकल्प हैं?

निष्कर्ष

इस किताब में एक ख़ास तरह के नारीवादी परिप्रेक्ष्य की रूपरेखा प्रस्तुत की गयी है। ज़ाहिर है कि इसमें मेरा नज़रिया भी शामिल है। परन्तु इसे केवल एक व्यक्ति की निजी राय नहीं कहा जा सकता। दरअसल, यह एक ऐसा नज़रिया है जो नारीवादी सिद्धान्त तथा व्यवहार के मौजूदा सूत्रों तथा ज्ञान और राजनीति के विशाल क्षेत्र में नारीवादी विद्वानों के योगदान से संवाद करते हुए विकसित हुआ है। लेकिन, इसी के साथ यह कहना भी ज़रूरी है कि यह एक ऐसा परिप्रेक्ष्य है जो नारीवाद की मानक समझ से उल्टी दिशा में गति करता है। लिहाज़ा, *इसे* नारीवाद का आधिकारिक नज़रिया नहीं माना जाना चाहिए।*

इस आख़िरी अध्याय में हम नारीवाद के उन ख़ास पहलुओं पर संक्षेप में बात करेंगे जिन पर अभी तक विचार नहीं किया जा सका।

'महिलाओं का सशक्तीकरण'

नवें दशक के बाद सत्ता के गलियारों में 'जेंडर' नामक शब्द की जबर्दस्त धूम रही है। आज पितृसत्तात्मक समाज में यह शब्द 'महिलाओं' का पर्याय बन गया है। नारीवाद की शब्दावली में 'जेंडर' का प्रयोग 'स्त्री' की धारणा को अस्थिर करने के लिए किया जाता है, जबकि प्रशासन और राज्य की नीतिगत शब्दावली में वह एक दूसरा ही अर्थ ग्रहण कर लेता है। मसलन, विकास के 'जेंडरीकरण' का अर्थ है विकास के नियमन में महिलाओं की सेवाएँ लेना। इस तरह, महिलाओं के सशक्तीकरण की राष्ट्रीय नीति (2001) में कहा गया है कि उसका एक उद्देश्य 'विकास की प्रक्रिया में जेंडर के परिप्रेक्ष्य' को मुख्यधारा की तरह शामिल करना है। इसकी व्याख्या कुछ इस तरह की गयी है कि 'विकास

* इस पुस्तक के पाठक अब तक यह भली-भाँति समझ चुके होंगे कि किसी भी चीज़ के बारे में आधिकारिक 'नारीवादी नज़रिये' की बात करना व्यर्थ है।

की सभी प्रक्रियाओं में महिलाओं को उत्प्रेरक, सहभागी तथा लाभार्थी' के तौर पर शामिल किया जाएगा और 'नीतियों तथा कार्यक्रमों में जहाँ भी कोई खाई है, उसे महिला-केन्द्रित हस्तक्षेप से पाटने' की कोशिश की जाएगी।[1] आश्चर्य है कि यहाँ 'जेंडर' तथा 'महिला' को किस तरह एक दूसरे का पर्यायवाची बना दिया गया है।

भारतीय राज्य ने विकास की जो प्रक्रिया अपनाई है, उसे पारिस्थितिकीय तंत्र की दृष्टि से टिकाऊ नहीं कहा जा सकता; यह एक ऐसी प्रक्रिया है जिसके चलते पहले से ही हाशिये पर पड़े समुदाय और कंगाल होते जा रहे हैं। इसमें नवें दशक के आख़िरी हिस्से में यह पहलू और जुड़ गया है कि राज्य विशेष आर्थिक क्षेत्रों का निर्माण करने के लिए किसानों से सस्ते दामों और अक्सर ताक़त के दम पर ज़मीन ख़रीदकर कारपोरेट घरानों के हवाले करने लगा है। (मेनन एवं निगम 2007) जेंडर को मुख्यधारा में स्थापित करने अथवा विकास कार्यक्रमों के इस एजेंडे में 'जेंडर का टुकड़ा' डाल कर छुट्टी पा लेना नारीवाद का लक्ष्य नहीं हो सकता। इसका मूल उद्देश्य पितृसत्तात्मक समाज में महिलाओं की एक ख़ास स्थिति (अर्थात् श्रम के यौनिक-विभाजन) के कारण उत्पन्न विशेष कौशल और अनुभव का दोहन करके विकास कार्यक्रमों को सफल बनाना है। इस तरह, चूँकि घर चलाने और पैसों के रखरखाव की ज़िम्मेदारी महिलाओं के हिस्से में आती है, इसलिए सूक्ष्म ऋण योजनाओं (माइक्रो क्रेडिट स्कीम्स) में 'जेंडर' का पैबंद लगा दिया गया है; इसी तरह, प्राकृतिक संसाधनों की देखरेख ग्रामीण और आदिवासी महिलाओं के हाथों में रहती है इसलिए संयुक्त वन प्रबन्धन के कार्यक्रमों में उन्हें प्रमुख भूमिकाएँ दे दी गयी हैं। हम आए दिन 'जेंडर समानता' का जाप सुनते हैं लेकिन कोई भी श्रम के यौनिक विभाजन की विकृति दूर करने की बात नहीं करता।

विकास में जेंडर का टुकड़ा जोड़ने का मतलब है नारीवादियों द्वारा पितृसत्ता, 'विकास' तथा कारपोरेट वैश्वीकरण की आलोचना के राजनीतिक पक्ष को भोंथरा कर देना। यह प्रक्रिया नारीवाद को 'महिलाओं के सशक्तीकरण' जैसे एक नख-दंत विहीन कार्यक्रम में बदल कर उसे राज्य की पूँजीवादी परियोजना का सहयोगी तथा महिलाओं को मूलत: राज्य के समग्र विकास एजेंडे का एजेंट बनाना चाहती है। इसलिए यह अचरज की बात नहीं है कि सरकार की सदारत में काम करनेवाले ग़ैर-सरकारी संगठनों के लोगों को सरकारी कर्मचारी पहले ही ताकीद कर देते हैं कि उन्हें *नारीवाद* के बजाय *स्त्री सशक्तीकरण* जैसा शब्द ज़्यादा भाता है।

विकास के विमर्श का अराजनीतिकरण (स्त्रीकरण भी) उसे 'परोपकार' का जामा पहना देता है। केरल से सम्बन्धित एक अध्ययन में इस तथ्य की ओर संकेत किया गया है कि महिलाओं के सशक्तीकरण तथा विकास की प्रक्रिया में महिलाओं की भूमिका पर ज़्यादा ज़ोर देने का मसला दरअसल इस धारणा से जाकर जुड़ता है कि पितृसत्तात्मक परिवार में महिलाएँ परोपकारी और आत्म-बलिदानी होने के अलावा एक अराजनीतिक केन्द्र भी होती हैं। (देविका एवं थम्पी 2010)

यह बात ठीक है सरकारी कार्यक्रमों की इन सीमाओं के बावजूद इनसे महिलाओं में एकजुटता की भावना पैदा होती है और सार्वजनिक गतिविधियों से जुड़कर उनके भीतर एक रैडिकल चेतना का भी विकास होता है। जैसा कि हमने पीछे देखा, यौनिकता के इर्द-गिर्द फलने-फूलनेवाली अधिकांश राजनीति एचआइवी/एड्स के नियंत्रण हेतु सरकारी मदद से चलनेवाली पहलक़दमियों का परिणाम ज़्यादा है। इस सम्भावना का एक दूसरा उल्लेखनीय उदाहरण भँवरी देवी में देखा जा सकता है जो आज बलात्कार के ख़िलाफ़ नारीवादी संघर्षों का सबसे लोकप्रिय प्रतीक बन चुकी है। भँवरी देवी कोई बहुत क्रांतिकारी बात नहीं कर रही थीं। वह बाल-विवाह की रोकथाम के लिए महज़ सरकारी कार्यक्रम में सक्रियता से भाग ले रही थीं। सिर्फ़ इसी बात का प्रतिशोध लेने के लिए गाँव की ऊँची जाति के पुरुषों ने भँवरी के साथ बलात्कार कर दिया। इस घटना के बाद नारीवादी आन्दोलन तथा अन्य लोकतांत्रिक शक्तियों ने भँवरी के पक्ष में संगठित संघर्ष किया। इसी के बाद कार्य-स्थल पर यौन-उत्पीड़न की घटनाओं पर रोक लगाने के लिए सर्वोच्च न्यायालय ने विशाखा निर्देश जारी किए। इस तरह, ज़ाहिर है कि सरकारी कार्यक्रमों के चलते भी एक ऐसा माहौल पैदा होता है जिसमें महिलाएँ सार्वजनिक जीवन की गतिविधियों में क़ानूनी और सक्रिय ढंग से भागीदारी कर सकती हैं। इस भागीदारी के प्रभावों का न तो पूर्व आकलन किया जा सकता है और न ही उन्हें पूरी तरह नियंत्रित किया जा सकता है।

लेकिन, इसके बावजूद नारीवादी राजनीति को इस मामले में भरपूर सन्देह करके चलना चाहिए कि राज्य की नीति जेंडर को एक पालतू चीज़ बनाने पर तुली है तथा 'महिलाओं' और 'महिलाओं के सशक्तीकरण' के सम्बन्ध में सरकार द्वारा दिए जानेवाले स्पष्टीकरण अक्सर एक छद्म का हिस्सा होते हैं। यह छद्म स्पष्टीकरण इसलिए दिया जाता है ताकि पितृसत्ता की मौजूदा संरचनाएँ और संस्कृति का क़िला मज़बूत बना रहे।

भारत में महिला-आन्दोलन

आज भारत में महिला-आन्दोलन कहाँ खड़ा है? आठवें दशक में 'स्वायत्त' महिलाओं का एक स्व-परिभाषित आन्दोलन उभरा था जो स्वयं को वामपंथी दलों के पितृसत्तात्मक नियंत्रण से स्वायत्त रखना चाहता था। लिहाज़ा, स्वायत्त महिलाओं के शुरुआती राष्ट्रीय सम्मेलनों का मिजाज़ ग़ैर-दलीय रहता था। उनका पूरा दारोमदार नारीवादी समूहों के हाथों में रहता था और उनके आयोजन में किसी से आर्थिक मदद नहीं ली जाती थी। लेकिन, नवें दशक तक आते-आते इनमें से बहुत ही कम संगठन अपनी आर्थिक आज़ादी बरक़रार रख पाए। और बाद में तो हालत यह हुई कि 2006 के सातवें राष्ट्रीय सम्मेलन में भाग ले रहा लगभग प्रत्येक ग़ैर सरकारी संगठन (एनजीओ) सरकारी अनुदान पर चल रहा था। यहाँ यह दर्ज करना भी ज़रूरी है कि सरकार से किसी ख़ास परियोजना के लिए मदद लेनेवाले 'ग़ैर-सरकारी संगठनों' के अलावा 'जेंडर' से सम्बन्धित परियोजना पर काम करनेवाला कोई भी संगठन स्वायत्त महिलाओं के सम्मेलन में भाग ले सकता है। इस प्रकार, 'स्वायत्त' महिलाओं के संगठनों की छतरी से केवल वामपंथी दलों की महिला-शाखाएँ ही बाहर रहती हैं। और इन शाखाओं की हालत यह है कि उन्हें बहुत से नारीवादियों के अलावा मैं ख़ुद भी अजीब अन्तर्विरोधों से घिरा पाती हूँ।

फिर भी, अगर वामपंथी दलों की महिलाओं, नारीवादी तथा एचआइवी/एड्स से सम्बन्धित संगठनों, वित्तीय सहायता स्वीकार न करनेवाले नारीवादी तथा समलैंगिक समूहों और व्यक्तियों, लोकतांत्रिक अधिकारों के लिए काम करनेवाले समूहों, महिला अध्ययन के नारीवादी शोध संस्थान तथा विश्वविद्यालयों में चल रहे कार्यक्रमों (हालाँकि महिला अध्ययन से सम्बन्धित सभी कार्यक्रम नारीवादी नहीं होते) की सक्रियता और उनके द्वारा किए गए हस्तक्षेप का अलग-अलग या संयुक्त हिसाब जोड़ा जाए तो इनसे भारतीय लोकवृत्त में नारीवाद का एक स्पष्ट स्पेस निर्मित होता है। अगर मुद्दों की भिन्नता के आधार पर यह स्पेस अन्दरूनी विवादों में उलझा दिखता है तो उसमें सहमति के कई बिन्दु भी देखे जा सकते हैं। इसमें सक्रियता का स्तर, गहराई और प्रभाव 'राष्ट्रीय'-स्तर के अंग्रेज़ीदाँ, हिन्दी और अन्य भाषाओं की दुनिया व क्षेत्रों के अनुसार बदलता रहता है। मेरे ख़याल से इनमें हरेक जन-समूह का अलग से अध्ययन किया जाना चाहिए। हालाँकि मैंने जहाँ-तहाँ हिन्दी के विमर्शों से भी सामग्री जुटाई है परन्तु यहाँ यह बात साफ़ हो जानी चाहिए कि मेरा ज़ोर अंग्रेज़ी की दुनिया पर ज़्यादा रहा है।

दक्षिण एशियाई नारीवाद[2]

दक्षिण एशिया की एक क्षेत्र के रूप में कल्पना करना टेढ़ा काम है। इसलिए, इस तथ्य के बावजूद कि इस भू-भाग की सरहदें अधिकांशत: औपनिवेशिक सत्ता द्वारा खड़ी की गयी थीं, भलाई इसी बात में नज़र आती है कि मैं देश की मौजूदा सीमाओं के ढाँचे में रहकर ही बात करूँ। 'दक्षिण' एशिया का उत्तरी अफ्रीका, पश्चिमी एशिया तथा चीन के साथ व्यापार और सांस्कृतिक आदान-प्रदान के मामले में लम्बा इतिहास रहा है। रोजी-रोटी की तलाश में आए दिन हज़ारों लोग दक्षिण एशियाई राष्ट्र-राज्यों की सीमाएँ पार करते हैं। ज़ाहिर है कि यह आवाजाही अधिकतर ग़ैर-क़ानूनी होती है। सीमाओं के आरपार होनेवाली यह आवाजाही कई दफ़ा किसी सचेत योजना या संकट का परिणाम न होकर सामान्य मानवीय गतिविधियों—पशुओं के झुण्डों का दूसरी तरफ़ निकल जाना या खेती-बाड़ी से जुड़े ऐसे कार्यों का नतीजा होती है जिस पर आधुनिक राष्ट्रों की सीमाओं का कोई ज़ोर नहीं चलता।

'दक्षिण एशिया' का एक दूसरा पहलू यह है कि व्यक्ति की जगह बदलते ही उसका परिप्रेक्ष्य भी बदल जाता है। पाकिस्तान, बांग्लादेश या भारत के लोगों के लिए औपनिवेशिक सत्ता का प्रतिरोध तथा उत्तर-औपनिवेशिक काल में राष्ट्र-निर्माण की मुहिम उनका प्रस्थान-बिन्दु होता है। लेकिन, इतिहास का यह ख़ास खंड नेपाल के उन नारीवादियों के लिए कोई मायने नहीं रखता जो पिछले एक दशक से माओवादी आन्दोलन के साथ अपने सम्बन्धों का मीजान बैठाने में लगे हैं। महाद्वीप के विभाजन का भारत, पाकिस्तान और बांग्लादेश पर बहुत दूरगामी असर पड़ा है, जबकि श्रीलंका और नेपाल जैसे देशों का इतिहास राष्ट्रीय और जातीय विभाजनों से भरा रहा है। उपमहाद्वीप के विभाजन के बाद, ख़ास कर बांग्लादेश के जन्म के साथ जुड़ी हिंसा और कटुता का पाकिस्तान और बांग्लादेश के नारीवादियों पर गंभीर असर पड़ा है।

कहने की ज़रूरत नहीं है कि इन राष्ट्र-राज्यों के आपसी सम्बन्ध ग़ैर-बराबरी और होड़ की भावना से तय होते रहे हैं; भू-राजनीतिक घटनाओं, वैश्वीकरण के असमान प्रभावों और साम्राज्यवादी विस्तार के कारण इन सम्बन्धों में और खटास आई है। यहाँ नारीवादी संघर्षों और अवधारणाओं का विकास इसी ऊबड़-खाबड़ ज़मीन और सत्ता के विभिन्न रूपों से निर्धारित हुआ है। इसलिए, दक्षिण एशिया या दक्षिण एशियाई नारीवाद के विभिन्न रूपों को किसी आसान साँचे या एक फ्रेम में रखकर नहीं देखा जा सकता। फिर भी, उनमें कई साझा सूत्रों की निशानदेही की जा सकती है।

तथ्य यह है कि विगत शताब्दी में यह पूरा क्षेत्र नारीवादी सक्रियता का पालना रहा है। इसके इतिहास की शिनाख़्त करने के लिए हम और पीछे जा सकते हैं, लेकिन अगर हम केवल बीसवीं सदी के उत्तरार्द्ध को ही सामने रख कर बात करें तब भी महिलाओं की ऊर्जा और उनकी उपलब्धियों का इतिहास कम प्रभावित नहीं करता। यहाँ नारीवादियों ने धार्मिक कट्टरता, राजकीय दमन और यौन हिंसा का डट कर मुक़ाबला किया है। उन्होंने जीविका से जुड़े मुद्दे भी शिद्दत से उठाए हैं। समस्त अस्थिरता के बावजूद इस क्षेत्र के राजनीतिक आन्दोलनों में भी महिलाओं की भागीदारी उल्लेखनीय रही है। दक्षिण एशिया में नारीवादी सक्रियता और बौद्धिकता का एक ख़ास पहलू यह है कि वह राष्ट्रवादी राजनीति की तमाम आक्रामक प्रवृत्तियों के बावजूद सरहदों के दोनों तरफ़ एकजुटता और संवाद का माहौल क़ायम रखे हुए हैं। कमला भसीन ने इस जज़्बे को हिन्दुस्तानी में लिखी अपनी एक कविता में इस तरह व्यक्त किया है :

मैं सरहद पर खड़ी दीवार नहीं,
उस दीवार में पड़ी दरार हूँ।

पितृसत्ता का बाहरी लोक

दिल्ली के एक नारीवादी समूह—सहेली, से जुड़े लोग अक्सर एक गीत गाते हैं : *नारीवाद, बहना, धीरे-धीरे आई!* ग़ौरतलब है कि सहेली एक ऐसा संगठन है जिसने अपनी स्थापना (1981) के उस दौर से लेकर जब महिलाओं के स्वायत्त समूहों ने ज़मीन पर क़दम रखने शुरू किए थे, आज तक कोई सरकारी मदद स्वीकार नहीं की। यह एक ऐसा गीत है जो हमारी तमाम चिन्ताओं और विवादों को मज़ाक मज़ाक में दूर कर डालता है। वह उन आरोपों-प्रत्यारोपों से चुटकी लेता है कि फलां नारीवाद सरकारी मदद से चलता है या फलां नारीवाद सरकार की गोद में बैठा है। वह वामपंथ के पुराने नारीवादियों की समलैंगिकता* के प्रति असहजता और हरेक काम को सामूहिक तरीक़े से करने की सनक और इसके नतीजे के तौर पर अन्ततः न किसी का नेतृत्व करने या न किसी के नेतृत्व में काम करने की मानसिकता पर तंज करता है।

अगर सामाजिक व्यवस्था को परस्पर-व्यापी संरचनाओं की एक श्रृंखला के रूप में देखने की कोशिश की जाए तो फिर यह समझना मुश्किल नहीं रह

---

* समलैंगिक

जाता कि ये संरचनाएँ कुछ ख़ास तरह के हस्तक्षेपों के ज़रिये क़ायम की जाती हैं। इस व्यवस्था को बरक़रार रखने के लिए उसके सबसे वंचित या कमज़ोर अंग को भी हर दिन अपने हिस्से का काम करना पड़ता है। व्यवस्था के घटकों को तरतीब देने का यह काम निरन्तर चलता रहता है। इसमें अलग-अलग अंग-उपांग एक ही समय में काम कर रहे होते हैं, इसलिए उनसे जो व्यवस्था बनती है वह अनिवार्य रूप से बहुमुखी और बहुस्तरीय होती है। चूँकि व्यवस्था के निर्माण की इस प्रक्रिया में हम सब शामिल रहते हैं—कभी सचेतन रूप से अपना काम करते हुए तो कभी अलग-अलग संरचनाओं में अपने हिस्से के काम से इंकार करते हुए; कभी हम केवल कुछ इस तरह से ज़िन्दगी जी रहे होते हैं कि इससे इन संरचनाओं को एक व्यवस्था बनने में मदद मिलती है या हमारी इस हरकत के कारण ये संरचनाएँ अपना पूर्ण आकार ग्रहण करने से चूक जाती हैं। इसका समेकित प्रभाव यह होता है कि संरचनाएँ कभी पूरी तरह बन ही नहीं पातीं। इन संरचनाओं की सीमाओं के छिद्र कभी नहीं भरते, सामाजिक व्यवस्था निर्णायक तौर पर पुख़्ता नहीं हो पाती और हर संरचना के बाहर खड़ी एक ऐसी ही और संरचना उसे निरन्तर अस्थिर करती रहती है। इसलिए, सत्ता की किसी भी अन्य संरचना की तरह, पितृसत्ता का भी एक बाहरी परकोटा होता है जिससे इसके पूर्ण विकास में बाधक बननेवाले तत्त्वों को लगातार रसद पहुँचती रहती है।*

नारीवाद अन्तिम विजय का क्षण नहीं है। वह तो समाज के उस क्रमिक रूपांतरण की ओर इंगित करता है जिसमें पुराने चिह्न हमेशा के लिए मिट जाते हैं। यही वह बदलाव है जो आज बहुत-सी नौजवान लड़कियों को कंधा उचकाते हुए यह कहने का हौसला देता है कि, 'मैं इस बात में यक़ीन करती हूँ कि महिलाओं को समान अधिकार मिलने चाहिए, लेकिन मैं नारीवादी नहीं हूँ।' कल नारीवाद जिस स्थिति के लिए संघर्ष कर रहा था, आज वह चुनौती की आरंभिक रेखा है। इसलिए, एक तरह से ऐसी तमाम खाती-पीती नौजवान लड़कियाँ जो नारीवाद के सदी-भर लम्बे संघर्षों के कारण आज सम्मान और गरिमापूर्ण जीवन जी रही हैं, अपनी ही विरासत से मुँह फेर कर खड़ी हैं। पर क्या उनकी वजह से यह कारवाँ रुक जाएगा, कभी नहीं! समाज के इसी विशेषाधिकार सम्पन्न वर्ग से हमने उन जुझारू लड़कियों को भी आते देखा है जिन्होंने बेशर्म मोर्चे (स्लट वॉक) का आयोजन किया था और दिल्ली मेट्रो में

---

* शायद अकादमिक भाषा में *नारीवाद, बहना धीरे-धीरे आई!* इसी को कहते हैं।

हुए यौन-उत्पीड़न के ख़िलाफ़ औचक मोर्चा खोल दिया था।[3] और जैसा कि हमने इस पूरे वृत्तान्त में देखा, आज नारीवाद का क्षेत्र अलग-अलग वर्गों और जाति-समूहों की अनंत और नई ऊर्जा तथा मानक नारीवाद के प्रतिस्पर्धी दावों से खदबदा रहा है।

नारीवाद धीरे-धीरे ही आता है। लेकिन उसका आना कभी रुकता नहीं।

पाद-टिप्पणियाँ

भूमिका

1. एक ऑनलाइन सामग्री *न्यूड मेक-अप ट्यूटोरियल* से।

परिवार

1. हरविन्दर कौर बनाम हरविन्दर सिंह चौधरी, एआइआर 1984, दिल्ली 66। यह विवाद 'दाम्पत्य सम्बन्धों की बहाली' से सम्बन्धित था। पति ने अपनी याचिका में पत्नी के साथ सम्भोग के अधिकार को बहाल करने की माँग की थी जिसके प्रतिवाद में पत्नी का यह कहना था कि इस अधिकार की बहाली से उसके मौलिक अधिकारों—अनुच्छेद 14 (क़ानून के समक्ष समानता तथा क़ानून द्वारा समान संरक्षण) व अनुच्छेद 21 (जीवन की सुरक्षा तथा व्यक्तिगत स्वतंत्रता) का उल्लंघन होता है।
2. अवांछित लोगों से प्रेम करने पर अपने ही बच्चों के साथ विश्वासघात करने और उन्हें शारीरिक यातना देने जैसी घटनाओं के लिए देखें, परवेज़ मोदी (2008)। पुस्तक में वर्णित प्रसंग दिल्ली से सम्बन्धित हैं।
3. भारत में घरेलू नौकरों के नारीवादी अध्ययन में राका रे एवं सीमिन क़य्यूम (2009) का शोध महत्त्वपूर्ण माना जाता है। घरों में काम करनेवाले पुरुष नौकरों के लिए देखें, राधिका चोपड़ा (2006)।
4. कतिपय मातृवंशीय समाजों में यह भी एक प्रथा है कि विवाह के पश्चात लड़की पति के स्थान पर निवास करने चली जाती है। लेकिन इससे महिला की स्थिति पर बुरा असर नहीं पड़ता क्योंकि पति के स्थान पर चले जाने के बावजूद मातृ-परिवार की सम्पत्ति में उसका हिस्सा बरक़रार रहता है। वह भविष्य में कभी भी अपने माता-पिता के नज़दीक़ घर बना सकती है। देखें, जानकी अब्राहम (2011)।
5. ऐसे कुछ अन्य मामलों में पति द्वारा आपत्ति करने पर अदालत ने इस आशय के निर्देश भी दिए हैं कि तलाक़शुदा महिलाएँ अपने पूर्व-पति के उपनाम का इस्तेमाल नहीं कर सकतीं।

6. देखें, 'अपर कास्ट वूमन्स मैरिज टू दलित नो टिकट फ़ॉर पोल कोटा', द *ट्रिब्यून*, 1 फ़रवरी, 2005, चंडीगढ़; तथा 'चाइल्ड विल इनहैरिट ओनली फ़ादर्स कास्ट : कोर्ट', द *हिन्दू*, 29 जनवरी, 2005, नई दिल्ली।
7. खंडपीठ में तीन न्यायाधीश—आर.सी. लोहटी, जी.पी. माथुर तथा पी.के. बालसुब्रह्मणियम शामिल थे। बाद में 2005 के एक निर्णय में सात सदस्यीय खंडपीठ ने यह फ़ैसला सुनाया कि प्राइवेट और स्व:वित्तपोषित व्यावसायिक कॉलेजों में जाति-आधारित आरक्षण लागू नहीं होगा। उल्लेखनीय है कि खंडपीठ में उपरोक्त तीनों न्यायधीश भी शामिल थे।
8. हिन्दू धर्म में *कन्यादान* एक धार्मिक कर्तव्य माना जाता है। अक्सर लोगबाग अपने स्तर पर या कुछ संगठन ग़रीब लड़कियों के विवाह हेतु इस अनुष्ठान का आयोजन करते हैं।
9. लक्ष्मी (1989), बसु द्वारा उद्धृत (2009)।
10. रीता कोठारी को यह जानकारी एक सूचनादाता द्वारा दी गयी थी (रीता कोठारी : 2009 : 166)।
11. विस्तृत विवेचना के लिए देखें, निवेदिता मेनन (आगामी)।

देह

1. ए.के. रामानुजन की पुस्तक में अनूदित अंश (1973 : 29, 110)।
2. वही : 129
3. काफ़िला ब्लॉग पर छपे मेरे लेख के जवाब में बिन्दु मेनन की टिप्पणी। बिन्दु मेनन ने श्रीकुमार (2006) तथा मदातिल (2010) की रचनाओं का उल्लेख किया है। देखें, htpp://kafila.online/2011/02/18/the-disappearing-body-and-feminist-thought/
4. यह पत्र नवें दशक के दौरान कभी *एशियन एज* (दिल्ली) में प्रकाशित हुआ था। अब तो प्लास्टिक सर्जरी के तहत गायनेकोमैस्टिया जैसी पद्धति के ज़रिये महिलाओं के वक्ष का आकार बढ़ाने या घटाने के विज्ञापन आए दिन छपते हैं।
5. इस जीवंत चित्रण के लिए मैं सदानन्द मेनन की शुक्रगुजार हूँ।
6. इस विषय पर विपुल सामग्री उपलब्ध है, किंतु हिन्दू धर्म के लिए मुख्यत: गेटवुड (1985) तथा ह्यूम्स व मैकडरमोट (2009) एवं इसाईयत के लिए देखें, रुथर (1994)।
7. इस प्रसंग पर चर्चा करने के लिए मैं चयनिका शाह का शुक्रिया अदा करती हूँ।

8. यह संयोजक ऊत्तक में आनुवंशिक विकार के कारण उत्पन्न होता है। मारफन से ग्रस्त लोग असामान्य रूप से लम्बे होते हैं। उनके अंग लम्बे और उँगलियाँ बेहद पतली होती हैं।
9. इस कहानी के अंग्रेज़ी अनुवाद के लिए देखें, जे. देविका (2007)।

कामना

1. इस प्रकार की पाठ-सामग्री के एक अद्भुत सिंहावलोकन के लिए देखें, ऐन लौरा स्टोलर (2002)।
2. सार्वजनिक आयोजन में आत्म-परिचय का एक ढंग।
3. कुछ कार्यकर्ताओं ने पत्रकारों को बताया कि उन्हें 'ट्रांसजेंडर' के लिए अंग्रेज़ी के अक्षर 'टी' का प्रयोग ज़्यादा सही लगता है क्योंकि हिजड़े ट्रांसजेंडर आबादी के केवल एक हिस्से का ही प्रतिनिधित्व करते हैं। http://www.infochangeindia.org/HumanItop.jsp?section_idv=13#3801
   पर देखें, 'थर्ड सेक्स फ़ाइंड्स अ प्लेस ऑन इंडियन पासपोर्ट फ़ॉर्म्स।' यह भी देखें, शिबू थॉमस, 'कॉलम फ़ॉर युनच्स इन पासपोर्ट फ़ॉर्म्स', *मिडडे*, 9 मार्च, 2005, पृष्ठ 1।
4. असहमति के बावजूद शिश्न के ज़रिये ग़ैर-यौनिक सम्भोग तथा शिश्न सहित ग़ैर-यौनिक सम्भोग के मामलों में भारतीय दंड संहिता के प्रावधान यथावत लागू रहेंगे।

यौन हिंसा

1. देखें, द *हिन्दू*, 9 फ़रवरी, 2008।
2. देखें, द *इंडियन एक्सप्रेस*, 9 फ़रवरी, 2008। स्त्री-मुक्ति नामक संगठन द्वारा अधिकारियों को प्रेषित सार्वजनिक विरोध-पत्र के लिए देखें, http://www.countercurrents.org/streemukti280208.htm
3. पंजाब राज्य बनाम मेजर सिंह 1967
4. http://www.independent.co.uk/news/world/asia/british-woman-tells-of-humiliation-by-indian-court-1790194.htm
5. http://articles.timesofindia.indiatimes.com/2009-07-12/india/28161957 _1_woman-army-officer-flying-officer-anjali-gupta-general-court
6. http://articles.timesofindia.indiatimes.com/2011-09-11/india/30141416_1- anjali-gupta-bhopal-cashiered

7. 'रेप कंविक्ट क्रैक्स यूपीएससी', *द टाइम्स ऑफ़ इंडिया,* 11 फ़रवरी, 2009। http://articles.timesofindia.indiatimes.com/2011-09-11/india/30141416 1 anjali-gupta-bhopal-cashiered
8. सूचना के अधिकार के अन्तर्गत आनेवाला एक प्रार्थना-पत्र जिसके जवाब में सरकारी तथा उससे सम्बन्धित संस्थाओं को जनता के समक्ष जानकारी रखनी पड़ती है।
9. देखें, मोनिका सखरानी, सेक्सुअल हैरासमेंट : दी काउंटडाउन ऑफ़ लॉ, ड्यू प्रोसेस, एंड जस्टिस, 52 इकॉनोमिक एंड पॉलिटिकल वीकली, एंगेज (16 दिसम्बर, 2017) http://www.epw.in/engage/article/sexual-harassment-conundrum-law-due-process-and-justice
10. वही
11. वही
12. देखें, भविला एल एवं बुशरा बेगम आरके, फंक्शनिंग ऑफ़ इंटरनल कम्प्लेंट कमिटीज़ इन गवर्नमेंट ऑफिसेज़ ऑफ़ केरल, 52 इकॉनोमिक एंड पॉलिटिकल वीकली, एंगेज (2 सितम्बर, 2017) http://www.epw.in/engage/article/functioning-internal-complaint-committees-government-offices-kerala
13. देखें, आयशा किदवई एवं अन्य, सेक्सुअल हैरासमेंट ऐट द वर्कप्लेस : एक्स्पैंडिंग द डिबेट, बरगद : एनलाइटेंड प्रैटल्स (11 सितम्बर, 2012) http://bargad.org/2012/09/11/sexual-harassment-at-the-workplace
14. इंग्लैंड स्थित एक सहायता समूह जो यौन-हमले का शिकार होनेवाली महिलाओं की मदद करता है।
15. http://www.womenagainstrape.net/inthemedia/women-question-unusual-zeal-pursuing-julian-assange
16. नारीवादी वैबजीन *ककाक किलजॉय* में प्रकाशित लेख : 'व्हाट मलेशियंस कैन डू टू ऐंड रेप।' on Kakak Killjoy, feminist webzine.
17. http://www.indianexpress.com/news/to-slam-mamta-cpm-mp-cites-us-prostitutes/780525/
18. http://www.indianexpress.com/news/god-of-garbeta-lands-behind-bars/830898/0
19. अर्चना वर्मा का लेख मूलत: हिन्दी में लिखा गया है। किताब में प्रयुक्त उद्धरणों का अनुवाद मैंने स्वयं किया है। अर्चना वर्मा के इस पूरे लेख का अनुवाद रूथ वनिता और सिमोना साहनी द्वारा किया गया है (2010)।

20. भारतीय लोकतंत्र की 1989 के बाद क्या दशा-दिशा रही है, यह जानने के लिए देखें, निवेदिता मेनन एवं आदित्य निगम (2007)।

नारीवादी तथा 'महिलाएँ'

1. मुस्लिम समुदाय के निजी क़ानून का एक प्रावधान जिसके अन्तर्गत पुरुष के इकतरफ़ा तौर पर तीन बार *तलाक़* कहने से वैवाहिक सम्बन्ध समाप्त हो जाता है।
2. यह मामला एक ऐसे हिन्दू व्यक्ति से सम्बन्धित था जिसने दूसरा विवाह करने के लिए इस्लाम कुबूल कर लिया था। फ़्लेविया एग्नेस बताती हैं कि इस विवाद से सम्बन्धित निर्णय का पूरा ज़ोर मुस्लिम निजी क़ानून पर था जिसके चलते हिन्दू धर्म से जुड़े पुरुषों द्वारा दो विवाह करने का मसला गोलमोल हो गया। उक्त फ़ैसले से इस ग़लत धारणा को बल मिलता है कि हिन्दू पुरुषों के पास एकपत्नीत्व की प्रथा से पलायन करने का एकमात्र रास्ता यह है कि वे इस्लाम धर्म कुबूल कर लें।
3. इस फ़ैसले की तरफ़ नारीवादियों का ध्यान मुम्बई के संगठन 'मजलिस', ने खींचा था। इस संगठन ने कुछ ऐसी महिलाओं के हक़ में अभियान शुरू किया था जो 'विवाहित पुरुषों के साथ पत्नी की तरह' रहती थीं।
4. http//www.swissinfo.ch/eng/Muslim_angered_by_unjust_head-scarf_sport_ban.html?cid=63872
5. अन्य पिछड़ी जातियाँ अर्थात् सरकारी नीति में 'सामाजिक एवं शैक्षिक रूप से पिछड़ी जातियाँ' के रूप में निर्दिष्ट।
6. तमिलनाडु में जाति की आक्रामक राजनीति का इतिहास ख़ासा लम्बा रहा है। ब्राह्मणवादी वर्चस्व के विरुद्ध पहले आन्दोलन की कमान 'ग़ैर-ब्राह्मण' या द्रविड़ों (जाति के पदानुक्रम में चौथे स्तर पर स्थित शूद्रों) के हाथों में थी। आन्दोलन का उद्देश्य ग़ैर-ब्राह्मणों/द्रविड़ों तथा 'पंचम जाति'—दलितों के बीच एक व्यापक एकता स्थापित करना था। मोटे तौर पर यह आन्दोलन बेहद सशक्त और कारगर रहा है परन्तु तमिल समाज में द्रविड़ों के आधिपत्य के कारण दलित समुदाय इस गठजोड़ से दूर होते गए हैं।
7. हाल में यह विचार-विमर्श 'आम्बेडकर के कार्टून' विवाद पर केन्द्रित रहा है। इसे राउंड टेबल इंडिया, काफ़िला तथा सवरी जैसे ब्लॉग्स पर देखा जा सकता है। जाति-व्यवस्था के दमनकारी पहलुओं और जाति से जुड़े विशेषाधिकारों पर नारीवादी समाजशास्त्री शर्मिला रेगे ने पिछले दशकों के दौरान बेहद महत्त्वपूर्ण

काम किया है। दलित महिलाओं के आत्म-कथात्मक वृत्तान्तों पर आधारित उनकी पुस्तक *राइटिंग कास्ट/राइटिंग जेंडर* (2006) एक उल्लेखनीय कृति है।

पीड़ित या एजेंट?

1. *कैपिटल,* भाग 1, अध्याय 1, खंड 4
2. *कैपिटल,* भाग 1, अध्याय 2
3. मैकेलरॉय द्वारा उद्धृत।
4. *मानुषी,* सम्पादकीय, संख्या 37, 1986
5. भ्रूण के गर्भपात में निहित नैतिक असमंजस के प्रति नारीवादियों के दृष्टिकोण को 'निर्योग्य' बताना एक जटिल मसला है। सम्बन्धित चर्चा के लिए देखें, मेनन (2004)।
6. बेटे को तरजीह देनेवाली संस्कृति में बेटी को जन्म देना किसी भी स्त्री के लिए एक भावनात्मक तनाव का सबब होता है। नारीवादी मनोविद रचना जौहरी (2001, 2010) ने अपने लेखन में इस पहलू का बड़ा सृजनात्मक संधान किया है कि बेटी को जन्म देने पर एक स्त्री के रूप में माँ का आत्म किस भावनात्मक स्थिति से गुज़रता है।

निष्कर्ष

1. http://wcd.nic.in/empwomen.htm.
2. यह खंड मुख्यतः *फ़ेमिनिस्ट रिव्यू* ('साउथ एशियन फ़ेमिनिज़्म्स : नेगोशिएटिंग न्यू टरेंस', अंक 91, 2009) के लिए लिखी गयी भूमिका पर आधारित है। मैंने यह भूमिका फ़िरदौस अज़ीम और दीना एम. सिद्दिक़ी के साथ मिलकर लिखी थी। इस अंक में नेपाल, पाकिस्तान, श्रीलंका, बांग्लादेश तथा भारत जैसे विभिन्न देशों के नारीवादी रचनाकारों ने शिरकत की थी और उनके लेखों का दायरा दक्षिण एशियाई क्षेत्र की राजनीति, संस्कृति और अर्थव्यवस्था से लेकर नारीवादी गल्प और कविता तक फैला था।
3. http://www.youtube.com/watch?v= KD3ynd9010

आभार

मैं जानकी अब्राहम, प्रतीक्षा बख्शी, प्रमदा मेनन और आदित्य निगम की शुक्रगुज़ार हूँ कि उन्होंने किताब के मूल अंग्रेजी संस्करण के शुरुआती मसौदे पढ़ने की इनायत की और मुझे अमूल्य सुझाव दिए। हिन्दी पांडुलिपि को ध्यानपूर्वक पढ़ने के लिए आदित्य निगम का एक बार और शुक्रिया। किताब के सुरुचिपूर्ण अनुवाद के लिए नरेश गोस्वामी का धन्यवाद।

एक तरह से यह किताब राजनीति के साथ मेरे बीस बरसों के बौद्धिक संवाद का निचोड़ है। यह संवाद तरह-तरह की बातचीत, मुहिमों, तर्क-वितर्क, विवाद, किताबों, फिल्मों, दोस्ती, लड़ाइयों और एकजुटता के बग़ैर पूरा नहीं हो पाता।

यह किताब जेंडर और देशान्तर के आर-पार सक्रिय नारीवादियों के अलावा भविष्य के नारीवादियों को समर्पित है।

हमारी ज़िन्दगी एक दूसरे की सोहबत में अर्थवान होती है।

ग्रंथ सूची

सामान्य सन्दर्भ

Chaudhuri Maitrayee (2005) Ed. *Feminism In India.* Zed Books, London and Kali for Women, Delhi

Geetha, V (2002) *Gender,* Stree, Kolkata

Geetha, V (2007) *Patriarchy,* Stree, Kolkata

John, Mary (2008) ed. *Women's Studies in India : A Reader*, Penguin Books India, Delhi

Menon, Nivedita (1999) *Gender and politics in India.* Oxford University Press, Delhi

Sangari, Kumkum and Sudesh Vaid (1990) eds. *Recasting women : essays in Indian colonial history.* Rutgers University Press and Kali for Women, Delhi

पाठ में उद्धृत रचनाएँ

Abraham, Janaki (2011). 'Why did you send me like this?' : Marriage, Matriliny and the 'Providing Husband' in North Kerala, India. *Asian Journal of Women's Studies,* Vol. 17, No. 2

Adams, Cecil (2008). "Was pink originally the color for boys and blue for girls?" *The Straight Dope.* http://www.straightdope.com/columns/read/2831/was-pink-originally-the-color-for-boys-and-blue-for-girls

AFP (2011) "Indian brides told to put down their mobile phones" May 9, *Asia One News*

Agnes, Flavia (1992) "Protecting Women Against Violence? Review of a Decade of Legislation 1980-89", *Economic and Political Weekly*, April 25

Agnes, Flavia (1994) "Women's Movement within a secular framework : Redefining the agenda" EPW Vol XXIX No 19 / *Economic & Political Weekly*, 25 April

Agnes, Flavia (1999). *Law and Gender equality. The Politics of Women's Rights in India*, Oxford University Press, Delhi

Agnes, Flavia (2006). 'The Bar Dancer and the Trafficked Migrant Globalisation and Subaltern Existence'. Inaugural Lecture delivered at the Fourth Annual Winter Course on Forced Migration organized by Mahanirban Calcutta Research Group in December, 2006. Available at http://www.majlisbombay.org/pdfs/03.%20%20Link%20to%20bar%20dancers(3).pdf

Amadiume, Ifi (1987). *Male daughters, female husbands : gender and sex in an African society.* Palgrave Macmillan London : Zed books

Ambedkar, B.R. (1936). "Annihilation of Caste" in *B.R. Ambedkar's Writings and Speeches,* Vol. 1. Compiled by Vasant Moon, Education Department, Government of Maharashtra, Bombay, 1979

Anand, Utkarsh (2009). "Bride's father in the dock as city court says giving dowry is also an offence." *The Indian Express,* August 11

Anandhi, S; J. Jeyaranjan and Rajan Krishnan. (2002). "Work, Caste and Competing Masculinities : Notes from a Tamil Village." *Economic and Political Weekly* October 26

Antarjanam, Lalitambika "Ormayude Appuratthu" in Agnipushpangal Sahitya Pravartaka Cooperative Society, Kottayam. (Malayalam)

Arunima, G. (2003). *There Comes Papa : Colonialism and the Transformation of Matriliny in Kerala*, Malabar c.1850-1940. Orient Longman Hyderabad

Azim, Firdous, Nivedita Menon and Dina M. Siddiqui (2009) (eds) 'Introduction'. *Feminist Review,* No. 91

Basu, Srimati (2009). "Legacies of the Dowry Prohibition Act in India." in Tamsin Bradley, Emma Tomalin and Mangala Subramaniam eds *Dowry : Bridging the gap between theory and practice* Women Unlimited, Delhi

Baxi, Pratiksha (2011). "In support of the Besharmi Morcha/'Slutwalk' ". *OneWorld South Asia.* http://southasia.oneworld.net/opinioncomment/supporting-besharmi-morcha-2018slutwalk2019

Belkin, Lisa (2009). "Boycotting Pink Toys for Girls". *The New York Times*, December 22

Bhattacharya, Rimli. "The Nautee in 'the second City of the empire'. " *Indian Economic and Social History Review*, 40 (2) 2003

Bijapurkar, Rama. 2011 "Maid to order. Ladies, some HR management tips for your home." *The Indian Express, The Eye,* March 27-April 2

Boylan, Jennifer Finney (2008). "The XY Games". *The New York Times,* August 3

Butalia, Urvashi (2011). "Mona's Story". *Granta The F Word* Issue 115 : Spring

Butler, Judith (1990). *Gender Trouble*. Routledge, New York and London

Butler, Judith (1993). *Bodies that Matter.* Routledge, New York and London

Buzuvis, Erin (2010). "Caster Semenya and the Myth of the Level Playing Field." *The Modern American,* Vol. 6, No. 2

Chakravarti, Uma (1983). "Rape, class and the State" in PUCL (People's Union of Civil Liberties) Bulletin, September. http://www.pucl.org/from-archives/Gender/rape-class.htm

Chandralekha (1992). "Who are these age-old female figures?" *The Economic Times,* March 8

Chopra, Radhika (2003) "From Violence to Supportive Practice. Family, Gender and Masculinities" Economic and Political Weekly April 26

Chauhan, Chetan (2007). "Govt to monitor pregnancies, abortions". *Hindustan Times*, July 13

Chopra, Radhika (2006) "Invisible Men. Masculinity, Sexuality, and Male Domestic Labor", *Men and Masculinities,* October vol. 9 no. 2

Chowdhry, Prem (2004). "Caste panchayats and the policing of marriage in Haryana: Enforcing kinship and territorial exogamy". *Contributions to Indian Sociology* (n.s.) 38, 1 &2

De Alwis, Malathi (1997). "Motherhood as a Space of Protest: Women's Political Participation in Contemporary Sri Lanka" in Amrita Basu & Patricia Jeffrey Appropriating Gender : Women's Activism and the Politicization of Religion in South Asia, eds. London/NY : Routledge/ Delhi : Kali for Women

Deshpande, Swati (2011). "Divorcees can retain surnames". *The Times of India.* October 3

Devika, J. "On the Far Side of Memory" English translation of Antarjanam (1960) in Nivedita Menon ed Sexualities Women Unlimited, Delhi

Fausto-Sterling Anne. (2002) 'The five sexes: Why male and female are not enough'. Christine L WIlliams and Arlene Stein eds., Sexuality and Gender, Blackwell

Gandhi, Nandita and Nandita Shah 1992. *The Issues at Stakes*, New Delhi, Kali for Women

Gatwood, Lynn E (1985). *Devi and the spouse goddess : Women, sexuality, and marriages in India.* Riverdale Co. Riverdale

Ghai, Anita (2002). "Disabled Women : An Excluded Agenda of Indian Feminism." *Hypatia* Volume 17, No. 3, Summer

Ghatwai, Milind (2009). 'Virginity' row : MP sets scheme selection rules." *The Indian Express,* Sep. 5

Ghosh, Shohini (1999). "The Troubled Existence of Sex and Sexuality : Feminists Engage with Censorship." in Christiane Brosius and Melissa Butcher eds *Image Journeys : Audio-Visual Media and Cultural Change in India* Sage, New Delhi

Gilligan, Carol (1982). *In a different voice : psychological theory and women's development*, Harvard University Press

Gunu, K (2010). "Supreme Court of India bats for women's work." http://www.worldpulse.com/node/23298

Gupta, Alok. "Englishpur ki kothi. Class Dynamics in the Queer Movement in India" in Arvind Narrain and Gautam Bhan (2005)

Gupta, Alok and Arvind Narrain (2010) Introduction to *Law like Love* Yoda Press, Delhi

Haksar, Nandita (1999). "Human Rights Layering : A Feminist Perspective" in Amita Dhanda and Archana Parasher eds., *Engendering Law. Essays in Honour of Lotika Sarkar* Eastern Book Company, Lucknow

Halder, Baby (2006). *A Life Less Ordinary.* Zubaan Books, Delhi

Halley, Janet (2011). Presentation at MISR Contemporary Debates Workshop : Gender and the Public Sphere http://misr.mak.ac.ug/uploads/Halley%20Presentation.pdf

Halley, Janet, Prabha Kotiswaran, Hila Shamir and Chantal Thomas (2006). "From the international to the local in feminist legal responses to rape, prostitution/sex work, and sex trafficking : Four studies in contemporary governance feminism." *Harvard Journal of Law and Gender,* Volume 29

Hansen, Kathryn. "Making Women Visible : gender and race cross dressing in the Parsi Theatre." *Theatre Journal,* 51.2 (1999)

Humes, Cynthia Ann and Rachel Fell McDermot. eds., (2009) *Breaking Boundaries with the Goddess.* Manohar, Delhi

Hunasavadi, Srikanth (2011). "Daily working hours for women all set to go up in Karnataka." February 23. http://www.dnaindia.com/bangalore/report_daily-working-hours-for-women-all-set to-go-up-in-karnataka_1511640

Jaggar, Alison M (1983). *Feminist Politics and Human Nature.* Harverster Press, Sussex

Jebaraj, Priscilla (2011). "Turning baby girls into boys? The scoop that wasn't." *The Hindu,* July 20

Jesani, Amar and Iyer, Aditi. 1993. "Women and Abortion." *Economic and Political Weekly*, November, 27

Johri, Rachana (2001) Unpublished paper "Resisting the Cultural Construction of Mothering Daughters : Narratives from mothers with mar ried daughters" presented at University of Queensland, Brisbane, Australia

Johri, Rachana (2010). "Mothering from the margins : The mother daughter relationship in a culture of son preference" in Phyllis Erdman and Kok-Mun Ng (eds) *Attachment : Expanding the cultural constructions* Routledge, Taylor and Francis

Kakar, Sudhir (1989). *Intimate relations. Exploring Indian Sexuality.* Penguin Books, Delhi

Kalra, Nonita (2011). "Do you deserve a good maid?" *The Indian Express,* May 1

Kapur, Anuradha (1993). "Deity to Crusader : The Changing Iconography of Ram" in Gyanendra Pandey ed *Hindus and Others. The Question of Identity in India Today.* Viking, New Delhi

Kapur, Ratna (2005). *Erotic Justice : Law and the New Politics of Postcolonialism.* Permanent Black, Delhi

Kaur, Ravinder (2008). "Dispensable Daughters and Bachelor Sons : Sex Discrimination in North India" *Economic and Political Weekly.* July 26

Kessler, Suzanne J. (1990) "The Medical Construction of Gender : Case Management of Intersexed Infants" *Signs : Journal of Women in Culture and Society*, 16, Autumn

Kidwai, Ayesha et al. (2012). "Sexual Harassment at the Workplace : Expanding the Debate" *Bargad.Org.* September 11

Kishwar, Madhu (1994). "Codified Hindu Law : Myth and Reality." *Economic and Political Weekly.* August 13

Kodoth, Praveena (2001). "Courting Legitimacy or Delegitimizing Custom? Sexuality, Sambandham and Marriage Reform in Late-Nineteenth century Malabar." *Modern Asian Studies.* Vol 35, No. 2

Kothari, Rita (2009). *The Burden of Refuge.* Orient BlackSwan, Hyderabad

Kotiswaran, Prabha (2011) *Dangerous Sex, Invisible Labor. Sex Work and the Law in India*, New Jersey : Princeton University Press

Krishna Raj, Maithreyi (1990). 'Women's work in the Indian census.' *Economic and Political Weekly.* December 1-8

Krishna Raj, Maithreyi and Vibhuti Patel (1982). "Women's Liberation and the Political Economy of Housework : An Indian Perspective." *Women's Studies International.* No. 2, July

Kumar, Radha (1993). *The History of Doing.* Delhi, Kali for Women.

Kumar, Udaya (1997). "Self, Body and inner sense : Some reflections on Sree Narayana Guru and Kumaran Asan", *Studies in History.* 13, 2

Kumar, Vinoj (2010). "Free sanitary napkins : A scam in the making?" http://pcvinojkumar.blogspot.com/2010/02/free-sanitary-napkins-scam-in-making.html

Lakshmanan, C (2004). "Dalit Masculinities in Social Science Research. Revisiting a Tamil Village", *Economic and Political Weekly*, March 6

Lakshmi, C. S. (1989). "On kidneys and Dowry." *Economic and Political Weekly.* January 28

L, Bhavila and Bushra Beegom RK (2017). "Functioning of Internal Complaint Committees in Government Offices of Kerala" *Economic and Political Weekly.* September 2

Madathil, Sajitha (2010). *Malayalanatakasthricharithram.* Mathrubhoomi Press (Malayalam)

Majlis (2005). *Abuse of Power.* Report on Majlis, Mumbai

Martin, Emily (1991). "The Egg and the Sperm. How Science has constructed a romance based on stereotypical male-female roles" *Signs. Journal of Women in Culture and Society* 16, No. 3

McElroy, Wendy (nd) "Feminists Against Women: the New Reproductive Technologies" http://www.wendymcelroy.com/reason2.htm Downloaded October 14, 2010

Menon, Nivedita (2004). *Recovering Subversion. Feminist Politics beyond the Law.* Permanent Black Delhi and University of Illinois Press

Menon, Nivedita (2011), "Modest? Sexy? Or just an athlete?" on the blog kafila. http://kafila.online/2011/04/27/modest-sexy-or-just-an-athlete/

Menon, Nivedita (2014). "Cooking up nature : Science in the world of politics" in Nivedita Menon, Aditya Nigam and Sanjay Palshikar eds. *Critical Studies in Politics.* Orient Blackswan, Hyderabad

Menon, Nivedita and Aditya Nigam (2007). *Power and Contestation India since 1989.* Zed Books London and Orient Longman, Hyderabad

Mernissi, Fatima (1987). "The Muslim Concept of Active Female Sexuality" in *Beyond the Veil, Male-Female Dynamics in Modern Muslim Society.* bloomington : Indiana University Press

Mody, Perveez (2008). *The Intimate State : Love-Marriage and the Law in Delhi*, Routledge, Oxford and New Delhi

Mookherjee Nayanika (2011). 'The womb and the absent skin: Sexual violence in the Bangladesh war and its gendered and racialised inscriptions' Modern Asian Studies, Cambridge University Press

Mulvey, Laura (1975). "Visual Pleasure and Narrative Cinema" *Screen,* Volume 16, Issue 3

Najmabadi, Afsanch (2005). *Women with Moustaches and men without Beards. Gender and Sexual Anxieties of Iranian Modernity.* University of California Press, Berkeley and California

Nandy, Ashis (1983). *The Intimate Enemy. Loss and Recovery of Self under colonialism.* Oxford University Press, Delhi

Narrain, Arvind and Gautam Bhan ed (2005). *Because I have a Voice. Queer Politics in India.* Yoda Press, Delhi

Oudshoorn, Nelly (1994). *Beyond the Natural Body. An Archaeology of Sex hormones.* Routledge, London and New York

Oyewumi, Oyeronke (1997). *The invention of Women. making an African sense of Western gender discourses.* University of Minneosta Press

Pande, Amrita (2009). "Not an 'angel', not a 'whore' : Surrogates as 'dirty' workers in India" *The Indian Journal of Gender Studies.* 16:2, Pp. 141-173

Parasher, Archana (1992). *Women and Family Law Reform in India.* Sage Publications, Delhi

Phadke Shilpa (2007). "Dangerous Liaisons: Women and Men - Risk and reputation in Mumbai" *Economic and Political Weekly.* April 28.

Pillai, Supriya, Meena Seshu, and Meena Shivdas (2008). "Embracing the rights of people in prostitution and sex workers, to address HIV and AIDS effectively." *Gender & Development.* Vol. 16, No. 2, July

PUCL (2003). *Human Rights Violations Against the Transgender Community. A Study of hijra and kothi Sex Workers in Bangalore, India.* People's Union for Civil Liberties, Karnataka. September

Qadeer, Imrana and Mary E. John (2008). "Surrogacy Politics" at Kafila.org http://kafila.online/2008/12/25/surrogacy-politics-imrana-qadeer-mary-e-john/ Downloaded October 14, 2011

Ramanujan, A.K. (1973). *Speaking of Siva*, Penguin Classics, 1973

Ray, Raka and Seemin Qayum (2009). *Cultures of Servitude. Modernity, Domesticity, and Class in India*, Stanford University Press, 2009

Raymond, Janice G (1993). *Women as Wombs : reproductive technologies and the battle over women's freedom.* Harper, San Francisco

Roscoe Will (1988). *Living the Spirit, A Gay American Indian Anthology*, St. Martin's Griffin, New York

Ruether, Rosemary Radford (1994) "Ecofeminism. Symbolic and Social connections of the oppression of women and the domination of nature" in Christopher Key Chapple ed. Ecological Prospects. Scientific, Religious and Aesthetic Perspectives State University of New York Press, Albany

Sahni, Rohini and V. Kalyan Shankar (2011). *The First Pan-India survey of sex workers. A summary of preliminary findings.* http://sangram.org/Download/Pan-India-Survey-of-Sex-workers.pdf

Sakhrani, Monica (2017). "Sexual Harassment : The Conundrum of Law, Due Process, and Justice" *Economic and Political Weekly.* December 16

Sarkar, Tanika (2009) "Wicked Widows. Law and Faith in Nineteenth century Public Sphere Debates" in Rebels, Wives, Saints Permanent Black, Ranikhet

Sarojini, N.B. and Dharashree Das (2010). "ARTs : Voices from progressive movements" in Sandhya Srinivasan ed. *Making Babies.*

Birth Markets and Assisted Reproductive technologies in India. Zubaan, New Delhi

Scott, James (1998), *Seeing Like a State : How Certain Schemes to Improve the Human Condition Have Failed.* New Haven, Yale University Press

Sen, Amartya (2006). *Identity and Violence The Illusion of Destiny.* W. W. Norton & Company, New York

Shah, Svati (2003). 'Sex work in the global economy.' *New Labor Forum.* Vol. 12, No. 1, Spring

Shanley Laura (2007). "Milkmen : Fathers Who Breastfeed." http://www.socalbirth.com/pdf/milkmen.pdf

Sharma, Garima and Chandna Arora (2011). "So, what's your name now, Ma'am?" *The Times of India.* October 17

Sharma Jaya and Deepika Nath (2005). "Through the Prism of Intersectionality : Same Sex Sexualities in India." in Geetanjali Misra and Radhika Chandiramani ed *Sexuality, Gender and Rights. Exploring Theory and Practice in South and Southeast Asia.* Sage, New Delhi

Sharma, Nandita, (2003). "Travel Agency : A Critique of Anti-Trafficking Campaigns." *Refuge,* 21:3 (May)

Shiva, Vandana (1988). *Staying Alive : Women, Ecology and Survival in India*, Zed Books London and Women Unlimited, New Delhi

Singh, Kirti (2012). "This too is loaded against women." *The Times of India. The Crest Edition.* P 8

Sinha, Chitra (2007) "Images of Motherhood: The Hindu Code Bill Discourse" *Economic and Political Weekly.* October 27

Siwach, Sukhbir (2011). "Not my son's father" *The Times of India.* November 13

Sreekumar. K. (2006). *Ochira Velukutty.* Kerala Sangeeta Nadaka Academy, Thrissur (Malayalam)

Steinem, Gloria (1978). "If men could menstruate" *Ms Magazine*, October Available at http://www.mum.org/ifmencou.htm

Stemple Lara (2009). "Male Rape and Human Rights." http://uchastings.edu/hlj/archive/vol60/Stemple_60-HLJ-605.pdf

Stephen, Cynthia (2009). "Feminism or Womanism? A personal herstory." Insight Young Voices Blog. http://blog.insightyv.com/?p=837

Stoler, Ann Laura (2002). *Carnal Knowledge and Imperial Power. Race and the Intimate in Colonial Rule.* University of California Press, Berkeley, Los Angeles, London

Susan, Nisha (2009). 'Why we said pants to India's bigots.' *The Observer*, February 15

Swaminathan Nikhil (2007). "Strange but True : Males Can Lactate." *Scientific American,* September 6

Teman, Elly (2003). "The medicalization of 'nature' in the 'artificial body' : Surrogate motherhood in Israel." *Medical Anthropology Quarterly.* 17 (1)

Tomalin, Emma (2009). "Introduction" in Tamsin Bradley, Emma Tomalin and Mangala Subramaniam eds *Dowry. Bridging the gap between theory and practice* Women Unlimited, Delhi

Truitt, Eliza (2001). "Athletes in skirts" *Slate Magazine* July 6. http://www.slate.com/articles/arts/culturebox/2001/07/athletes_in_skirts.html

Vance, Carol (1984) ed. *Pleasure and Danger. Exploring female sexuality.* Routledge and Kegan Paul, London

Vance, Carol (1992). "More Danger, More Pleasure. A Decade after the Barnard Sexuality Conference" Preface to 2nd edition of *Pleasure and Danger.* (1984)

Vanita, Ruth and Saleem Kidwai (2000). *Same-Sex Love in India. Readings from Literature and History.* St Martin's Press, New York

Vanita, Ruth and Simona Sawhney (2010). 'A grand celebration of feminist discourse' *Seminar*, December (Translation of Archana Verma, 2010)

Verma, Archana (2010) 'Stree vimarsh ke mahotsav'. *Kathadesh.* September (Hindi)

Vijay, Anant (2010). "The chhinaal controversy" *Face n Facts* http://www.facenfacts.com/NewsDetails/127/the-chhinaal-controversy.htm

Wajihuddin, Mohammed (2011) "Islam, Women and feminism." New Age Islam May 29 http://www.newageislam.com/NewAgeIslamArticleDetail.aspx?ArticleID=4753

Waldby, Catherine (2010) 'Rent-a-womb trend is a form of neo-colonialism' Interview with Venkatesan Vembu, *Daily News and Analysis*, July 24 http://www.dnaindia.com/india/interview_rent-a-womb-trend-is-a-form-of-neo-colonialism_1413754 Downloaded October 13, 2010

Wolf, Naomi (2008). "Behind the veil lives a thriving Muslim sexuality." *The Sunday Morning Herald.* August 30

अनुक्रमणिका

✪✪✪

अनुक्रमणिका

✪✪✪